須賀敦子の本棚 6
池澤夏樹=監修

Clio, dialogue de l'histoire et de l'âme païenne CHARLES PÉGUY

クリオ 歴史と異教的魂の対話

シャルル・ペギー 宮林寛 訳

河出書房新社

目次

凡例

一、本書は Charles Péguy, *Clio, dialogue de l'histoire et de l'âme païenne*, Paris, Gallimard, 1932 の全訳である。この版を底本に用い、プレイヤッド版『ペギー散文全集』第三巻（Charles Péguy, *Œuvres en prose complètes*, t. III, Paris, Gallimard, « Bibliothèque de la Pléiade », 1992）を適宜参照した。

一、本文中［ ］内の語句は訳者による補足。

一、訳注は奇数ページの左端にまとめた。

一、原文中のラテン語については、原則として漢字とカタカナで表記する。

一、原文中のギリシア語については、フランスの古典ギリシア語教育で一般に用いられる語音をカタカナで表記する。文脈から意味が明らかな引用や語句は和訳しない。意味の推測が困難な場合に限って［ ］内に大意を示す。

一、古代ギリシア語の固有名詞については原則として音引きを避け、たとえば「ホメーロス」ではなく「ホメロス」と表記する。

一、原文で「神」に相当する語は、キリスト教の神を指す場合に限り〈神〉と表記する。

一、本書は丸括弧の使い方が特殊で、丸括弧で括った中にまた丸括弧で括った追記が散見される。模式的に示すなら（○○○（×××）○○○）。原著者の意図は不明だが、訳文ではこれを（○○○《×××》○○○）の形で再現した。

クリオ

歴史と異教的魂の対話

――私が直接手を下した、と口を切ったその女《ひと》は、（どことなく）不安そうで、自分から私に言葉をかけておきながら、むしろ独り言を呟いているように見えた。胸の奥で反芻するように呟いた。歴史を重ねた老女の歯で言葉を噛みしめるように呟いた。不明瞭な声で、口をもぐもぐさせながら、ぐちゃぐちゃと咀嚼するように呟いた。それが不安そうな面持ちから一転、あれは冗談半分だったと言わんばかりに、今度は真顔になって、眉をひそめ、額に皺を寄せて呟いた。私が直接手を下し、この仕事は自力で仕上げた。私が直接手を下す以上の奉仕は、まずありえない。私は（だからこそ）今回の探究に乗り出した。それが私の務めで、私の本業で、私の存在理由で、私の使命でもあるから。それが「私の力と私の喜びと私を支える青銅の柱」[*1]でもあるから。探究する、研究に励む、

＊1　ヴィクトル・ユゴー『懲罰詩集』（一八五三）第七部、「最後ノ言葉」の第四八詩行。同じくユゴーの詩集『内なる声』（一八三七）に収められた「凱旋門に捧ぐ」の第一三八詩行に「ナポレオンが建てた青銅の柱」とあり、「青銅の柱」はヴァンドーム広場の記念柱であることがわかる。アウステルリッツの戦いに勝利したナポレオンの記念柱に、『クリオ』の冒頭でペギーが言及したのは偶然ではなく、巻末近くで明らかになるユゴーとナポレオンの同一視を予告したものと思われる。

という言葉からは享楽が伝わってくる。将来の展望に満ち、はちきれんばかりになった言葉だから。多くの若者に私はこれまで幾度となく研究を強いてきたし、こうして私の僕《しもべ》となった若者に数々の研究を任せるうちに、とうとう自分の番が回ってきて、最後に一つだけ、新たな研究を自力で進めることになった。「崩れ去りし事どもへの忠誠」[*1]。それが終われば、たぶん私は最期を迎える。享楽を感じさせるあの言葉。数々の記憶に満たされ、思い出を満載し、遠い昔からの展望を、遠い昔の享楽を、将来（の展開）を約束する遠い昔からの展望を満載して、はちきれんばかりになった言葉。そういう言葉を耳にすると、私には自分がまだ老境に達して間もない自分であるように思えてくる。私と違って、自分はまだ青春を謳歌した頃の自分と同じだと思っている者も多いというのに。でも私は年を取りすぎてしまったから、老境そのものが太古の闇に沈んで見えなくなった。あなたはいつだって私の言うことが冗談だと思い込み、人前でもそう吹聴している。私は冗談を言ってばかりだし、しかもそれが間の抜けた冗談ばかりだと思っている。間の抜けた冗談を、あなたはさらに愚劣な冗談に変えてしまう。私の話を人に伝えることで。不幸な身の上を私がどれだけ悲しんでいるか、そして戯れ言にしか聞こえない言葉の陰にどれほどの苦しみが隠れているのか、あなたにもわかってもらえたら嬉しいのだけど。私は永遠の生をもたない哀れな老女。いても、いなくても同じ。ぼろきれと変わらないから。古雑巾も同然の老婆だから。あり余るほどの過去を鼻にかけ、それでいて自分は空っぽだということを、もちろん自分でも認めるしかないこの私には、だから（一切の）未来がない。「兜屋小町長恨歌」に歌われた兜屋小町が、この私だった。「兜屋の娘なりしかの小町」[*2]と本文に書いてあるとおりよ。女が一人、それも永遠の生に与ることのない（哀れな）老女が一人いて、いったい何になるだろう。老女がいなくなった後に何が残るだろう。あれほどの評判をとった麗しのクリオ[*3]が、この私だった。若くて何もかも望みどおりになった頃の私は得意満面だった。それから年齢を意識するときがきた。私も人並みに女盛りの勝利を経験した。腰回りが豊かになった者の勝利を重ねてきた。私は全財産を終身年金に切り換えた。得意満面でいられるほどの成功を収めたわけでもないのに、ある年齢に手が届けば、すべてを手に入れ、一度に満額を受け取ることのできる女はいくらでもいる。ところが私は、その女たちと同じ年齢に手が届いたというのに、手に入るものがもう何もない。だから私は自分で自分を欺いて、時間をつぶそうと躍起になっている。調査研究に身を捧げる。乾ききった砂のように私を焼き尽くす不毛な調査研究に身を捧げ、無辺の砂漠で燃え尽きようとしている。私はこうして惨めな姿を人目にさらし、正視に堪えない、憐れみを注ぐべき対象になりはてたから、いくら心が冷たい人でも私を見れば胸が張り裂ける思いをするに決まっている。私は歴史。その私が時間つぶしをしているのよ。研究に打ち込めば若かりし日を思い出す。若かりし日とはつまり自分がまだ若い年寄りだった頃のこと。私には若い友人が

＊1　ヴィクトル・ユゴー『懲罰詩集』第七部、「最後ノ言葉」の第四七詩行。
＊2　フランソワ・ヴィヨン『遺言詩集』（一四六一年頃完成）八行詩四七番第二詩行。
＊3　ギリシア神話に登場する女神クレイオのフランス語表記が「クリオ」。最高神ゼウスと記憶の女神ムネモシュネのあいだに九人のムーサ（詩神）が生まれ、それぞれ芸術、学芸の特定分野を宰領したが、長女クリオは歴史のムーサだった。図像的にはフェルメール『絵画芸術』（一六六六年頃）に見られるとおり若い女性の姿で描かれる。そのクリオを老女に変えたペギーの意図は追々明かされていくが、ほぼ同じ時期に運命の女神をとりあげたポール・ヴァレリー（一八七一－一九四五）の例と比べてみるのも面白い。運命の糸を紡ぎ、人間に割り当て、最後には断ち切る三人の女神をローマ神話ではパルカと呼ぶ。通常は老婆の姿に描かれるパルカを、ヴァレリーは純潔な乙女に変えて、長篇詩『若きパルク』（一九一七）に登場させたのだった。若返った女神と老いたムーサ。神話に取材した同世代の詩人二人が、主人公の年齢をめぐって正反対の設定をおこなったのは果たして偶然だろうか。

いる。あの子たちのことは大好きよ。ほとんど敬意と変わらない気持ちを向けている。ところがあの子たちに研究課題を与えて送り出すと、行ったきり二度と戻らないこともたまにある。若い友人のなかには、ずいぶんと馬鹿な人もいるから。そういう若者は、私が教えたことに加え、誰もが知る私の方法を真に受けて、これを厳密に適用する。私は私で間が抜けている。あなたの言うとおりよ。あなたも知ってのとおりよ。でも、いくらなんでも私は、あなたが言うほどの馬鹿ではない。もちろん私は知っている。完璧に理解している。研究に首を突っ込んだが最後、二度と抜けられないということを。だから当然、私の優秀な教え子についても事情は同じで、またそうであればこそ、最優等生はなおのこと研究から抜けられない。そういう手合いを、私は軽蔑する。大いに軽蔑する。でもそれと同時に、軽蔑の念と同程度に強い敬意を向ける。私が限りない軽蔑の念を抱いてしまうのは、困ったことにあの子たちが私の話を、教えた内容も、方法もひっくるめて、すべて真に受け、当然ながら窮地にはまったまま抜け出せずにいるからにほかならない。間の抜けた話ね。なんらかの人物や、なんらかの主題について一文を草する前に、学校で教える前に、論じる前に、本にまとめる前に、講義や講演でとりあげる前に、いいえ、それどころか「アルヒーフ［史料館］」に納める覚書や、誰も気づかないほど小さな注記を書く前に、いいえ、それどころか当の人物や主題について考えるよりも前に、関連の文献を汲み尽くすことが求められるとしたら、またそれと同じように、いいえ、それ以上に強く、問題に含まれた現実を汲み尽くすことが求められるとしたら、どうかしら。大変な事態に立ち至っても不思議はない。いつになっても終わりが見えず、結末は誰にも見通せない。始まりの終わりすら誰にも見えない。違うかしら。できないものはできないと認めるしかないのよ。問題を汲み尽くす、と私が言えば、汲み尽くすべき対象は現実ではない、つまり私と敵対し、私にとって不倶戴天の敵ともいうべき現実ではないということを、もちろん誰もが理解してくれるし、私はあの忌まわしい現実を汲み尽くすと言っているわけでも、汲み尽くそうと思っているわけでもないことくらい、誰にでもわかる。現実と呼ばれる、あの忌まわしい女は関係ない。永遠に生きるあの女は関係ない。誰もが私に対して本当に優しくしてくれるから。求められるのは一定数の、それも大半は著しく量が多い資料に、兵を観閲するのと同じ要領で一応は目を通し、一定数の、それも並外れた量が求められる史跡について、調査目録を作成することを措いて他にない。量が多ければ、それは私にとって完全であるのとほぼ同じことだから。一冊の本を書き上げ、その本が労作で、並外れた大著だったとしたら、問題を汲み尽くせないはずがない。そういう本は、私の望みどおりに一種の敬意や、畏怖の念を呼びさまし、私を満足させてくれるだけでなく、現実への敬意に取って代わるという、私にとって有利な結果にもつながる。平和が続き、誰もが満足していた。満足感が宙をただよっていた。ただ一つ困ったことに、聞く耳をもたない間抜《ヴォ》けな若者がいた。道理が呑み込めないふりをした子牛《ヴォ》のような若者が、「若い牛」が、先ほど話題にした若い友人が、「子牛」が、先ほど話題にした若い仲間がいた。さらに変な気を起こして現実は現実のまま汲み尽くそうとする若造が、青二才が、「青年」が、ひよっこがいた。こういう手合いは行ったきり二度と戻らない。あなたなら、わかってくれるわね。悪しき精神の持ち主ばかりだからしかたない。あの子たちは哲学的精神という、まことに厄介な細菌を宿している。形而上学的で形而上学者的な精神という、まことに厄介なウイルスに感染している。現実主義の精神に加え、現実志向という重いペストに罹患している。御一同様は哲学者でいらっしゃる。おまけに大層な御身分だから、なおさら扱いが難しい。あなたがたの言う現実の汲み尽くしがあれば当然そうなる。私にもようやくわかるようになってきた。あなたがたの言う現実の汲み尽くしとは何なのかということが。あなたがたは今以上に何が必要で、今以上の何を望んでいるのかしら。少しは落ち着いてほしいわね、私の子供であり、私の大切な子羊であるあなたがたには。急いだところで、そこからすぐに出られるなどということは絶対にないのだから。いいこと、私の大切な坊やたち、通り道になる出口の扉が、ここからすぐ近くにあるなどということは絶対にないと肝に銘じておきなさい。あの子たちのことは親しみを込めて「桶屋」と呼んでいる。あなたなら、わかってくれるわね。ダナイデス[*1]に因んだ命名だということが。さあ、笑いなさい。叫びなさい。いいえ、まだ足りない。もっと大々的に宣伝してもらわないと。なかなか機知に富んだ冗談なのよ。私の口から出た冗談だから当然でしょう。どんな冗談でも、私の口を衝いて出れば必ず機知に富んだものになる。というか、誰に聞かせても必ずそう言ってくれる。桶屋の話が面白いものになったのは考古学を踏まえているからだけど、やることなすことの一切が考古学に関係する私なら、当然そうなるわね。ほとんどの場合、私が何か冗談を言えば、とても面白いと誰もが認めてくれる。それというのも私が官立の大学で講座をいくつも担当しているからに決まっている。加えて学士課程の奨学金もある。それに一級教員資格試験の奨学金もある。それに博士課程の奨学金もある。さらに今では研究旅行の奨学金まである。奨学金の受給者が必ず機知を身につけるとはかぎらない。でも、奨学金の配分を決める側の人間は必ず機知を身につける。奨学金の他に褒賞が与えられることもあるし、それに加えて記念の小旗をもらうこともないわけではない。だから誰もが私のことを、なかなか機知に富んだ人物だと思ってくれる。それで私も、自分の権勢と、人々が敬意を払ってくれることに気をよくして、つい人と同じように考えはじめる。眼前の手本に引きずられ、この私も自分自身と折り合いをつけ、自分のことをなかなか機知に富んだ人物だと思うようになる。

私が職権を濫用することはない。国家の枠に収まっているから。あなたも知ってのとおり、私は悪人ではないから。これほどの重要人物にしては珍しいことよ。時間の中で権勢をほしいままにする人物としては珍しいことよ。あなたも知ってのとおり、愚にもつかない冗談の数々を私がまきちらすとき、心はよそへ行き、頭は空っぽになっている。私と同じ立場に立てば、ここまで絶対的で、これほど異論の余地がない権勢を濫用する者が、いったいどれだけあらわれることか。できることなら愛してみたい。かつて世にあった女として、私は持てるものすべてを時間なるものに注《つ》ぎ込み、時間の中にある、時間なるものの世界で大きな成功を収めてきたし、兜屋小町だったこの私より大きな成功を収めた女は一人もいない。そんな、かつて世にあった私が、もはや自分のいない時代を迎えようとしている。なにしろ今の私がその間近まで辿り着き、かつて世にあった女である私がすでに辿り着いてしまったのは、時間なるものが再生することも、新たに獲得されることもない時代なのだから。私は時間なるものが（もはや）何の役にも立たない年齢に届いてしまったのだから。できることなら愛してみたいし、愛を経験しておきたかった。私も今となっては全身に憂愁が満ち、全身を憂愁に冒された老女にすぎない。母の家で九人の姉妹が生まれた。私は第一子だった。長女

＊1　ダナイデスはギリシア神話に登場するダナオス王が多くの妃とのあいだに設けた五十人の娘。ダナオスの双子の兄弟、アイギュプトスには五十人の息子があり、彼らとダナイデスとの縁組を望んだ。申し出の裏に奸計があると踏んだダナオス王は、娘たちに短刀を渡し、就寝中の夫を殺させる。ただ一人、夫を手にかけなかった長女ヒュペルムネストラを除き、残りのダナイデスは全員が罰として冥界での水汲みを強いられたが、汲んだ水を入れる桶（正しくは甕）は底に穴があいていたため、いくら水を汲んでも満たすことができなかった。これに因んで果てしなく続く仕事のことを「ダナイデスの桶」と呼ぶ。

であり、女の子が大勢いる家で最初に生を享けた者は、あなたも知ってのとおり、ただ辛いだけの仕事を強いられる。一つでも本当に負担が大きい家庭をいくつも構えるのと同じことだから。私は長女だった。知らぬ者とてない評判の長女だった。小さな妹たち全員の顔を洗ってやるのが私の役目だった。そうするしかなかった。私は献身的に務めを果たした。でも年頃の娘を献身が美しくするはずもない。特に異教徒の娘は献身によって美しくなることがない。それなのに私がこの世に生を享けた頃は異教の時代で、周囲の人間も異教徒ばかりだった。私は小さなお母さんだった。子供が多い家庭ならどこでも同じだけど。毎朝、妹たちを学校に送り出すのは私だったし、そのときは私なりに訓戒を垂れ、訓戒を守って、賢くするよう言い含めるのだった。賢さ、ということで言えば、あなたも知ってのとおり、妹たちは本当に賢かった。でも、そのことをあなたが知ったのは（あくまでも）私の話を聞いたから（にすぎない）。私の話を聞かなければ何一つ知ることはできないのだから。それに、賢かったおかげで妹たちがどれだけ運に恵まれたか、またそのための手段として、教室でずっと賢くしていたおかげで、どれだけ多くの、しかも多方面にわたる幸運に与り、どれほどの栄誉に浴したかということも、あなたは知っているはずだけど、それほど恵まれた境遇にありながら、妹たちは全員で一つの目的を達し、あなたがた人間が、私に倣い、古代の知恵と呼び、これから先も永遠に古代の知恵と呼びつづけるしかないものを、一致協力して作り上げた。あなたがた人間は、それを今後もずっと古代の知恵と呼びつづけるしかない。本当に愛らしかった。まだほんの子供で、小さな異教徒だった妹たちは。食べてしまいたいほど愛らしかった。それはそうよ。私は毎朝、妹たちに小さな白のスモックを着せてやりながら、親戚に当たるアポロン先生の学校に行ったら、ちゃんと賢い子でいるようにと言い聞かせたものだけど、やはり私の助言が役に立った。妹たちは文句なしに賢い子だった。賢いのを通り越して、賢者と呼んでもおかしくなかった。そして王族の娘なりの知恵を総動員して、あなたがた人間がこれから先も永遠に古代の知恵と呼ばざるをえないものを作り上げた。他に例を見ない、あの創意。ある一族から生まれ、その一族が単独で作り上げた制度。ある一族が単独で創出し、鍛え上げ、想像よりも、むしろ創造として生み出し、当初はその一族の中だけで通用した制度。たった一つの民族から生まれ、たった一つの土地に芽吹き、そこで育まれ、熟成した後、人類全般に行き渡るようになった、あの制度。学校ではアポロン小父さんが妹たちの先生だった。私たち姉妹が小父さん、と呼ぶようにしていたのは、向こうが学校の先生だったから。でも実際は私たち姉妹から見て、近い親戚だった。というよりもむしろ、兄さんだった。同じ神の血がその体に流れていた。ただ、兄さんではあっても（神様のように立派な）小学校の先生だから、小父さん、と呼ぶことにしていた。当時はもうアポロン派とディオニュソス派が大論争を戦わせる時代になっていた。[*1] その話ならあなたも聞いたことがあるわね。アポロンとディオニュソスは二人とも神で、同じ父をもつ二人の息子同士だった。ところが悲しいことに母親は同じではなかった。二人とも私たち姉妹の兄さんであることに間違いはない。父方か

*1 ニーチェ（一八四四－一九〇〇）の処女作『悲劇の誕生』（一八七二）を念頭に置いた記述と思われる。ギリシア悲劇の誕生と衰退を論じたこの著作で、ニーチェは「ディオニュソス的なもの」と「アポロ［＝アポロン］的なもの」を芸術の二大原理として打ち出し、この二つが相乗効果をあげたアッティカ悲劇に祝祭共同体の理想的形態を見た。ディオニュソスは元来オリエントの神で、陶酔と破壊と錯乱を引き起こすため、ギリシア世界の美と調和と規則を体現するアポロンとのあいだに激しい闘争が起こるが、両者を一時の調和へと導いたのがアッティカ悲劇だというのだ。しかしソクラテスに代表される理性の働きによって悲劇を成り立たせる土台は崩れ、以後は理性の側にあるアポロン的なものと、衝動に身をゆだねるディオニュソス的なものが争闘を繰り返すようになった。

ら見れば。そして同じ神の血が二人の体に流れていた。二人とも父親が私たち姉妹と同じだけど、悲しくも、また不幸なことに、母親は私たち姉妹の可哀想なお母さんとは別の人だった。金髪のアポロンは当然ながら金髪で白い腕のレトを母にもつ息子であり、レトはクロノス[*1]の娘だった。赤ら顔のバッコス［＝ディオニュソス］は雷に打たれて息絶えたセメレの息子だった。紛れもない大論争になったし、あなたも知ってのとおり、それは古代の世界を二分する論争だった。私が言うことは信じていいし、私は歴史なのだから、信じてくれて当然だと思うけど、あれはドレフュス支持派[*2]と「アクシオン・フランセーズ」[*3]紙の論戦よりも、（はるかに）大きな論戦だった。そこに一人の〈神〉が来て、たちまち両陣営を永遠の和解に導いた。私たち姉妹は、小さいながらも一応はムーサだから、当然ながらアポロン支持に回った。アポロン支持を優先した。酩酊状態のディオニュソス派が繰り広げる乱痴気騒ぎを見ていると、怖くて震え上がるだけでは済まない。憤りを覚えた。あなたも小さい頃の妹たちを見られたらよかったのに。今となってはもう、その姿を思い描くことはできない。ふるいつきたくなるほど愛らしかった。今となってはもう、あなたは妹たちを、あの頃のままの姿で見ることができないし、これから先永遠の時間が流れても、あの可憐な姿は二度と再び見ることができない。度を超した数々の作り話があの頃の思い出を覆い隠した。度を超した数々の作り話が、あの頃の思い出を泥まみれにした。度を超した数々の作り話が、あの子たちの姿を覆い隠した。それに私も、妹たちが小さな子供ではなくなった以上、毎朝のように鼻をかんでやるわけにはいかない。小さいながらもアポロンに似て形が整った鼻をかんでやるわけにはいかない。私たち九人の姉妹は当然ながらアポロン支持に回った。そうするのが妥当で正しいことだと思ったし、唯一それだけが完全な妥当性をもち、唯一それだけが完全に正しく、非の打ちどころがない唯一の、整合性がある唯一の選択だった。私もその後、自分が歴史である以上は否応なく、ディオニュソス派の人々に特徴的な、あの憎むべき悪癖の数々と、あの忌まわしい残虐行為の数々を知ることになった。歴史である以上、そうするしかない。すべてを知り尽くす以外、私にはどうすることもできない。それが私の仕事だから。楽しいわけがない。それどころかムーサであり、記憶の女神ムネモシュネを母として最初に生まれた、つまりムーサ九姉妹の長女である私は、それが嫌でたまらない。酒神の祭儀に見る、あの乱痴気騒ぎや、近東方面から伝わった、あの野蛮なディオニュソスの式典を目の当たりにして、吐き気をもよおした。嘔吐感が後々まで尾を引いた。今でもまだ、思い出しただけで体が震える。ディオニュソスの式典は野蛮な協和音と脚韻を、これでもかとばかりに響かせていたので、それがよみがえって今でも鼓膜が破れるのではないかと思えてくる。耳障

＊1　誤記と思われる。女神レトの父親はクロノスと同じ巨神族のコイオス。
＊2　ドレフュス事件（一八九四－一九〇六）はフランス陸軍のユダヤ人将校アルフレッド・ドレフュスの逮捕に始まる冤罪事件。終身流刑に処せられたドレフュスの再審を求めるドレフュス派と、これを阻止しようとした反ドレフュス派が激論を交わし、第三共和政の存立を脅かすほどの政治的危機に発展した（「訳者あとがき」を参照されたい）。
＊3　アクシオン・フランセーズは二十世紀前半に一定の影響力をもったフランスの右翼団体。ドレフュス事件を契機に結成され、その名称は一八九九年創刊の機関誌「アクシオン・フランセーズ評論」に由来する。当初は反ドレフュス派の知識人を束ねる団体だったが、作家、評論家として健筆をふるうシャルル・モーラス（一八六八－一九五二）の影響を受けて王政支持に転向、反共和主義と反ユダヤ主義を徹底させる組織へと育っていった。なお、原稿の状態から一九一〇年以降の追記と推測されるこの部分でペギーは「『アクシオン・フランセーズ』紙」と書いている。正しくは「アクシオン・フランセーズ評論」と記すべきところを（日刊紙「アクシオン・フランセーズ」の創刊は一九〇八年だから、ドレフュス事件当時は存在しなかった）、誤記ともとれる記述をあえておこなったのは、自身の最新刊『ジャンヌ・ダルクの愛徳の神秘劇』（一九一〇）をめぐって、「アクシオン・フランセーズ」紙とのあいだで誤解があったことを暗示したものと思われる（この点についても「訳者あとがき」を参照されたい）。

りな語尾の音。音節と音節が複雑に絡み合った奇怪な音の数々。そこに、あなたがたの〈神〉が来て、たちまち両陣営を永遠の和解に導いた。妹たちは毎朝、アポロン小父さんのところへ勉強を教わりに行った。小父さん、と呼んでいたのは、そのほうが真面目そうに聞こえるからだった。妹たちのために、お昼の食事を小さな手提げの籠に入れてやった。中身はまず上質な小麦粉の焼き菓子が一切れ（子供ではあっても妹たちが女神であることに変わりはないのだから、せめて身分は尊重してやらないと）。（この焼き菓子のことを、あなたがた現代人は白パンとも、自家製パンとも、特製パンとも呼んでいる。）それから、干したチーズを四角く切った、いわゆる山羊のチーズ。つまり、もう何のことかわかったとは思うけど、山羊の乳を使った、とても堅いチーズが一切れ。堅くても大丈夫、ろくでなしの妹たちは立派な歯をしていたから。ときどき、全員で分け合うようにと言い聞かせて、炙り焼きにした小鹿の小さな腿肉や、雉の手羽や、子羊の小さな腿肉や、野ウサギか家ウサギの、ごく小さな背肉や、白くて柔らかい子山羊の肩肉や、若鶏の笹身をもたせてやった。あの頃はまだ私たちムーサの供物台を無視する人間はどこにもいなかったから。妹たちが手のひらですくって飲むのは濾し器を通した水ではなかったし、瓶詰めの水でもなかったから安心してかまわない。あなたがた現代人が飲んでいるミネラルウォーターとは似ても似つかない水だから。学校に向かう道すがら、妹たちは小さな手のひらをくぼめて体にいい水をすくい、森を流れる小川の水で喉を潤し、木の精ハマドリュアスが守る泉に身をかがめて、清いその水を飲んだ。私が一緒に行かないときは、よく道草をした。道の途中で立ち止まって、通りかかった人に自分から話しかけ、森の精を相手に無駄話を楽しんでいた。正直に言うと、妹たちは通りかかった人や森の精から多くを学び、慎み深いアポロン小父さんが授業で教えてくれる範囲を大きく超えた事柄を学んだのだった。近くで見ていた私が真っ先に認めるのだから間違いない。アポロンの授業には足りないところがたくさんあったから、不足を補う（異なる要素で補完する）のが望ましく、またそうする必要もあったということだけど、学校とは別の、ある種特別な授業について、ここで詳しく述べるのは容赦してほしい。私はほぼ毎日家にいて可哀想なお母さんの家事を手伝った。あなたも知ってのとおり、あの見下げ果てたお父さんが私たち家族の面倒を見てくれることは、皆無に等しかった。泣きたくなるほど品行の悪い人だった。驚かないでね。今みたいに、娘である私が、父親のことを悪しざまに言ったからといって。気を悪くしないでね。私は歴史なのだから洗いざらい語るしかないし、いろいろなことに目をつぶるわけにはいかない。見下げ果てたお父さんは家にいたためしがない。私たちの（可哀想な）お母さんはとても辛そうだった。はっきり言っておくべきかしら。お父さんは名うての女たらしだったのよ。女の尻を追い回してばかりいるという話が、どこからともなく伝わってきた。これでもまだ手緩いかしら。女の尻、と言ったのは、むしろ慣例的な言葉遣いに従ったまでのこと。実際は滑稽な変装ばかりが目立った。仮装の名人だった。おびただしい数の内縁関係を結んだ。

　売春に、密通に、近親相姦、
　盗みに、殺しに、憎むべき数々の所業、
　これぞ見習うべき手本としてわれらが神々の示したまえるもの。[*1]

可哀想でならなかった。お母さんの苦労は並大抵のものではなかった。お父さんが滑稽なことといいったら、これも並大抵のものではなかった。あれほどの艶福家で、か弱い女に対して次々に考古学的な勝利を収めたかと思うと、手を替え品を替えして、後にモリエール[*1]が参考にしたほど珍妙な変装で身分をごまかし[*2]、簡単になびく大勢の女をいとも簡単に征服していったお父さんは滑稽以外の何ものでもなかった。そして第二帝政の象徴にもなった、あの鷲も滑稽だった。そして光がジグザグに走るあの雷は、多くの場合に残忍そのもので、多くの場合に正義を欠き、多くの場合に人の不意を衝き、目標を誤った。誤りを承知のうえで目標を誤った。あれだけ好き勝手をしておきながら、あの見下げ果てたお父さんが許される理由は一つしかなかった。たぶん自分では気づいていなかったと思うけど、その理由は、お父さんがあれほど鼻にかけた腕力ではない。あそこまで慢心する元となった権勢ではない。自分ではたぶん気づいていなかったと思うけど、お父さんが救われるたった一つの理由は、ほかでもない、お父さんが門と戸口の神だったことにある。遭難した船乗りが海をただよいながら、すがるように両腕を差し伸べて、波頭すれすれに垣間見た遠くの軍船に合図を送れば、その人は必ず救われる。遭難した船乗りが陸に向けて、すがるように両腕を差し伸べれば、その人は必ず救われる。沈んだのは帆が一枚だけの小舟だったとしても、必ず救いの手を差し伸べてもらえるし、逃亡者も、追放された者も、流刑に処せられた者も、フガス、つまり国ヲ追ワレシ者も、貧しい者も、盲いた者も必ずや救われる。ホメロスも、オイディプスも、アキレウスの足下にひれ伏すプリアモスも、ナウシカアの膝にすがるオデュッセウスも救われた。遭難した船乗りが、どこかの戸口を叩けば必ず救われた。氷に覆われた北の果てから灼熱のアモン・オアシスまで、キンメリアの平原と雪に降りこめられたキンメリオイ族[*3]の国から百の門をもつテバイと「ナイルの賜物[*4]」たるエジプトの地まで、どこに行っても変わらない。それから次は逆向きに、ヘラクレスの柱[*5]

から始めて、シチリア島やプロヴァンス地方も含む、遠方の入植地、それも特にマルセイユ、つまり当初はマッシリアと呼ばれ、後の港湾都市マルセイユへと発展するフェニキア人のマルセイユから、入植地開発の先鞭をつけたイオニア人や初期の哲学者まで、算術に長けたシチリア人から、物理と自然に初めて取り組み、自然学に長けたイオニア人まで、そしてシラクサとアグリジェントとメッシーナから、エフェソスとミレトスに生まれた初期の自然学諸派まで、ピュタゴラス派の哲人算術家から四大の自然学を案出したイオニア人まで、あるいは数というものを考え抜いたピュタゴラス派から、四大の理解を極めたイオニア人までの道のりを辿り直したら、今度はさらに先を目指

＊1（一七ページ）ピエール・コルネイユ『ポリュークト』（一六四二年頃執筆）第五幕第三場。傍点で強調した「われらが」の部分はコルネイユの原文に「そなたらの」とあったのを、『クリオ』の文脈に合わせてペギーが変更したもの。主人公ポリュクトゥス（そのフランス語表記が「ポリュークト」）は古代ローマ時代のアルメニアで二五九年に殉教したキリスト教の聖人。当然ながら原文にあった「そなたらの神々」はギリシア・ローマの神々を指す。

＊1 本名ジャン＝バティスト・ポクラン（一六二二－一六七三）。青年期に劇団「盛名座」を旗揚げして以来、俳優と座長も兼ねたモリエールは、古典喜劇を確立し、フランス文学史上最大の喜劇作家となった。モリエールの率いた劇団が、後にコメディ・フランセーズへと発展する。モリエール作品のうち、『ドン・ジュアン』（一六六五年初演）、『人間嫌い』（一六六六年初演）とともに性格喜劇の傑作として知られるのが一二六ページ以降で論じられる『タルチュフ』（一六六九年完全版初演）。

＊2 姿を変えた最高神と人間の女性との交情を描くモリエールの喜劇『アンフィトリオン』を暗示している。二二五ページの注＊1を参照のこと。

＊3 『オデュッセイア』第十一歌に言及がある。冥界の近くに住む民族。

＊4 「歴史の父」ヘロドトス（紀元前四八五頃－同四二五頃）がその著書『歴史』に「エジプトはナイルの賜物」と記している。

＊5 怪力で山を砕き、かつて地続きだったヨーロッパとアフリカのあいだにジブラルタル海峡を作ったとされる英雄ヘラクレスに因んで、海峡入り口にあるヨーロッパ側とアフリカ側の岩山をこのように呼ぶ。

し、さらに歩を進めて、蛮族の文化が栄えたペルシアまで、情熱と懶惰が同居する近東まで、懶惰が支配するペルシアまで足を延ばしてみても、エイス・タス・マラコテータス、結局何も変わらない。ギリシア世界を限なく歩いても、その範囲を超えて、地の果てまで来ても、そして地の果てすら越えて先に進み、危険きわまりないシルチスの流砂を通り抜け、はるか彼方で、海岸に沿って曲線を描くトレビゾンドに向かい、古代にはトラペズス、つまり卓状の都市を意味する名で呼ばれた港を目の当たりにしても、結局何も変わらない。ヘレニズムが浸透した世界を限なく歩いても、その範囲を超えて、蛮族が暮らす、さまざまな異世界にまで辿り着いても、また氷の異世界から、今では赤道地帯とも、熱帯とも呼ばれるようになった異世界まで、雪の荒野から砂の荒野まで、非情な氷の荒野から不毛な砂の荒野まで、どこを見ても結局何も変わらない。地球上に一つしかなく、歴史を通じて一度しか生まれなかった茫々たるギリシア世界に身を置くかぎり、北極圏の荒野からアフリカの荒野まで、氷が占拠する荒野から黒い肌の人間が住む炎熱の荒野まで、その向こうにどのような海が開け、現代の世界を迎えると、どのような大洋へとつながるのか、まだ知る由もなかったヘラクレスの柱から、そこに人間の起源がある原初の谷間と、中東を流れる始原の大河まで、冷酷すぎる野蛮から優しすぎる野蛮まで、粗雑にすぎる野蛮から懶惰にすぎる野蛮まで、前の野蛮から後の野蛮まで、先行する野蛮から後続の野蛮まで、まだ進歩が足りない野蛮から進歩しすぎた野蛮まで、古代以前の野蛮から現代の野蛮まで、どこを見ても結局何も変わらない。ヘレニズムが浸透したこの単一の世界では、どこへ行っても、そこが陸だろうと、海だろうと、すがるように手を伸ばせば、陸の遭難者だろうと、海の遭難者だろうと必ず助けてもらえる。客人も、旅人も、航海する者も、巡礼の旅に出た者も、さらには罪を犯した者ですら、どこかの戸口を訪ねさえすれば必ず、お父さんの威厳が決して朽ちることのない不滅の外套となって、その人を優しく包んでくれる。それだけが救いになる、あの見下げ果てた父親にとって。唯一それだけが大事なことだし、これは注意して聞いてほしいけど、それだけが、必滅の存在として生きる時間が尽きたその先で、あるいは不滅の存在として生きる時間が尽きたその先でも、たぶん大事な美点に数えてもらえる。お父さんは「ゼウス・クセニオス［客人を守るゼウス］」だった。だから門を開け、よそ者を迎え入れれば、必ずその場をお父さんが仕切っていたし、門を閉ざせば、その冒瀆的な行為によって、お父さんの威厳が必ずや損なわれてしまうということ。大事なことはそれ以外にない。

私は先ごろ病気をした。[*1] あなたも知ってのとおりよ。歴史のことで気づかれずに済むものは一つもないから。それに、あなたのような人にとって、およそ歴史にかかわる事どもで無縁なものは一つもない。[*2] だからあなたは、八か月前か、十か月ほど前に、私が重い病気にかかったことに無関心でいられなかった。私は『イリアス』と『オデュッセイア』を読み直してみた。どちらも若い頃の愛読書。でも今回は、ギリシア語原典で読む場合を除けば、これを読むのに最もふさわしい心構えで読み直した。私はギリシア語がわりとよくできた。まだ若くて聞き分けもよかった頃はね。[*3] でも今の私はもう少女時代の私ではないし、エデ親爺[*4]のもとで学んでいた頃ほどギリシア語もできなく

＊1　ペギーは一九〇八年九月に過労で倒れ、四か月間病床にあった。因みに『クリオ』の冒頭部分が書かれたのも一九〇九年。
＊2　古代ローマの劇作家テレンティウス（紀元前一九五頃 - 同一五九）の戯曲『自虐者』に見られる言葉を下敷きにしている。「私は人間だ。およそ人間にかかわる事どもで私に無縁なものは一つもない」
＊3　フランソワ・ヴィヨン『遺言詩集』八行詩二六番第一 - 二詩行の一節をもじった表現。引用元の詩行は次のとおり――「残念無念、こんなことなら勉強しておけばよかった／まだ若くて愚かだったあの頃に」

なった。そこでギリシア語原典の代わりに翻訳を手に取った。私が手に取った『イリアス』と『オデュッセイア』の刊本は、見つけられたなかでは最も非学術的な翻訳（仏語訳）だった。今の私たちがどれだけ堕落していようと、今の時代がどれほど腐敗した時代になっていようと、今の、現代人である私たちがどれだけ知能の遅れた、どれほど野蛮な人間になった（戻った）としても、また自分の手で自分をそのような人間に変えてしまったとしても、今でもまだ、せめて古本屋で探す手間さえ惜しまなければ、学術的ではない翻訳が見つかる。（病気をして私は率直な自分に戻った。それに私も一息ついて、疲れをとって、気分転換に日頃の業務を休むくらいのことはして当然ではないかしら。）[*1]（私がこなす日頃の業務には学術的な翻訳も含まれるし、特に大事な仕事に学術的な校訂版の作成がある。思い出したくもない。いったいどれだけの数こなしてきたことか。学術的な翻訳を。向こうも私のことがわかっている。学術的な翻訳とは長いつきあいだから。私が手に取ったのは、最も古めかしく、最も素朴で、最も人間的な、最も謙虚で、最も実直なうえ、気取りは最も少なく、大学の良さを、それも昔ながらの大学の良さを最も色濃く残す翻訳だった。クリュタイムネーストラーは正しくクリトムネストルと呼ばれ、ミネルヴァはミネルヴ、オデュッセウスはユリスと呼ばれる、良き時代に出た、良き時代の翻訳。そういう翻訳書はほとんどの場合、学年末の賞品授与式で、成績優秀者に賞品として配られたものだった。昔ながらの賞品を授与する、麗々しくも厳粛な賞品授与式がおこなわれた田舎で、地方都市の高校や、建物が立派で古めかしい県庁舎で、地元選出の代議士先生が委員長を務める賞品授与式で配られたものだった。訳者名を挙げると、P・ジゲの手になる、まずまずの翻訳で、版元はパリ、セーヌ街三十三番地の書肆兼出版人ポーラン、刊行は一八四四年。病気にかかるという栄誉に浴したうえ、幸運にもそれが頭は好きに使わせてくれる部類の病気だったなら（せめて当座は、病気そのものが持続する期間に限り好きに使えるということだけど、それも過ぎた後、いわゆる回復期に入ると失地回復に努めるのが病気だから、なんとも忌々しい）、その病気が、適当に例を挙げるとして、たとえば黄疸だったら、下品な言葉を使い、一般的な病名で呼べば黄疸、下品で滑稽な俗称に比べれば恐ろしいほど重々しく、科学的にも響く名で呼べば（重い）「高ビリルビン血症」だったとして、頭は正常に働くままにしてくれるものの、その反面（好都合なことに？）医者から厳重に差し止められ、自然の摂理からも厳重に差し止められて、仕事をすることが厳しく阻害されたなら、そのときこそ、唯一その場合に限り、人は理想の読者になる。そしてこれが理想の読者になる唯一の機会だということは、ここで是非とも強調しておきたい。（あなたには今さら教えてあげる必要もないと思うけど、読書というものはそれ自体で一つの操作なのだから。読書は実際に何かが起こり、行為となってあらわれ、行為の状態に身を置くことであって、だから当然、どうでもよくて、無意味なことでは断じてなく、活動がゼロになった状態や、純然たる受動性や、精神の白紙状態とは似ても似つかない行為なのだから。）なにしろ私たちは通常の生活を送っているかぎり、あらゆる方面から（四方八方から）嫌というほど仕事に追われ、生活上のさまざまな必要に責め立てられ、包囲され、身動きがとれなくなるばかりか、目いっぱい仕事を詰め込まれ、良心の呵責を詰め込まれ、後悔の念を詰め込まれたあげく、読書する理由が仕事以外に一切見出せなくなっている。ところが病気になれば、唯一その場

＊4 （二一ページ） ジョルジュ・エデ（一八五四－一九〇三）。ラカナル高等学校在学中にペギーが影響を受けた恩師の一人。
＊1 この丸括弧は閉じられないままになる。

合に限り、それも病気がたまたま特殊な部類の病気で、頭は正常に働くままにしてくれる反面、もう一方では臥せったままでいることを余儀なくされ、仕事をすることも厳しく禁じられるとしたら、その場合は例外的に、絶対厳守の、一種特別な制止によって一時的に、また一種特別な休息によって（本来なら本質的にそうあるべきところを）暫定的に、しばらくのあいだ私たちは、そうあることを決してやめてはならないもの、つまり読者に戻ることができる。知識を得るためではなく、仕事のためでもなく、読むために読む純粋な読者。悲劇や喜劇に純粋な観客が必要であるのと同じように、また彫刻にも純粋な鑑賞者が必要であるのと同じように、一方では読み方がわかっていて、もう一方ではただ読みたいと思っている、要は素直な心持ちで本と向き合い、素直に読む読者。素直な心持ちで作品に見入る人は、作品を見て受け止めることだけを考えているし、素直な心持ちで作品を読む人は、作品を読んで受け止めることだけを考え、まるで貴重な食物のように、その作品を心の糧とし、その作品によってわれとわが身を養いながら、自分を成長させ、自分の価値を高めようとする。ただしそれは内面から、有機的に自分の価値を高めようとしているのであって、断じて仕事に役立てるのではないし、同時代的に、社会で自分の価値を高めることを目指しているのでもない。またそういう人は、結局のところ読み方を心得た人であるからこそ、読むとはどういうことなのか、ちゃんとわきまえている。読書とは中に入る行為だということを理解している。何の中かといえば、それは作品の中に決まっている。作品の中に入っていく。作品を読む行為そのものの中に入っていく。生の中に入っていく。生を凝視して観想の中に入っていく。友情と、誠意と、欠くべからざる一種特別な心遣いをもって、単に共感だけでなく、愛情をもって入っていく。それができる人なら作品の、いわば根源に入っていかなければならないこと、そして作者と文字どおり協働しなければならないことも、ちゃんとわかっている。作品を受け止めるにあたって、受け身の姿勢で臨んではならないこともわかっている。「読書とは共同の行為であり、読む側と読まれる側が共同でおこなう操作である」ということ、そこに作品と読者の、本と読者の、作者と読者の協働が実現するということもわかっている。同じように「舞台芸術は共同の行為であり、劇作品と観客が共同でおこなう操作である」としたら、そこに劇作家と観客の協働が実現する。同じように「彫像の鑑賞と、彫刻の心象は共同の行為であり、作品と鑑賞者が共同でおこなう操作である」としたら、そこに彫刻家と鑑賞者の協働が実現する。正しく読み、実直に読み、謙虚に読む。要するに正しい読み方ができていれば、読書は一輪の花にも、その花から生まれた果実にも等しいものとなる。（読書とは桃の実に生えた産毛のようなものだ、と断じた古人もいる。[*1]）それは正しい見方ができて、舞台芸術をしっかり心の目に刻んだ場合も同じ。全体の調和がよく見えて、彫像の均斉を心の目に刻んだ場合も同じ。なんらかの文章について私たちが自分なりに抱く心象は、劇作品について他人が私たちに与える（それにまた私たちが自分なりに抱く）心象と同じ働きをする。彫刻作品について、その作品自体が私たちに与える（そして私たちが自分なりに抱きもする）心象と同じ働きをする。読書とは最低でも、紛れもなく文章を完成させ、正真正銘の、またとりわけ手応えの確かな完成へと文章を導き、作品を完成させることにほかならない。それは戴冠の儀式に似ている。特別にあつらえた冠で華を添えるのに似ている。茎が伸びきった先端に咲く冠型の花に似ている。神殿の柱を立て、その上に置いた破風に似ている。設置場所を決め、全体の調和を考えて取りつけた破風

＊1　出典不明。

に似ている。完成した神殿に合わせて設置場所を決め、しかるべき位置に置いた破風に似ている。実を結び、ほどよい大きさまで育った果実に似ている。成熟を続けて、一度だけ定められ、一度だけ選ばれ、一度だけ達成された円熟の頂点に似ている。なんらかの事業を完遂するのに似ている。類稀な、唯一にして特異な点に似ている。特異点に似ている。企ての成就に似ている。一度だけ獲得し、一度だけ成就させた一つの点に似ている。目標の達成に似ている。心の糧にも、糧の補完と完遂にも似ている。栄養補給と同時に操作もおこなう、一種特別な完遂に似ている。「謙虚な読書は共同の行為であり、読む側と読まれる側が共同でおこなう操作である」としたら、そこに作者と読者の、作品と読者の、文章と読者の協働が実現する。つまりそれは実際に何かが起こり、操作が完了し、作品を完成させ、これに特別な裁可を与えること、つまり現実と、実現とに照らして作品に裁可を与え、十全な完成へと導き、成就させ、充足させることにほかならない。個々の作品が(最後には)その運命を満たすことにほかならない。こうして読書は文字どおり共同でおこなう操作となり、親密な、内なる協働を実現させる。特異な、究極の協働を実現させる。また読書は、そうすることで一定の責任を負い、人を狼狽させずにはおかない、高次の、究極的で特異なその責任に縛られる。あれほど立派な数々の傑作が、巨匠の、それもあれほど立派な巨匠の手になる数々の作品が、今なお成就を、完成を、冠をかぶせるような最後の仕上げを待っている、しかも作品を仕上げるのは私たちであり、あろうことか、私たちの読書によってそれが実現するとは、なんとも素晴らしく、また恐ろしいほどに重い運命だと言うほかない。それが私たちに、恐ろしく重い責任となってのしかかる。(同じことが、ある意味からすると、個々の作者にも、作者の集団にも、きわめて重い責任となってのしかかる。なぜなら読者を、事後的な協働に、また時間的に終わりの見えない共同の操作へと引きずり込む作者が少数者であるのに対し、読者は多数者であり、人数規模が本当に大きかったのは昔の話で、今では日々その数を減らしているとはいえ、少なくとも読者のほうが多数者である状況に変わりはないのだから。）時間の中にあるかぎり、いかなる作者といえども門戸を閉ざす権利はなく、いかなる作品といえども、時間の中にあるかぎり、そこがいかなるアトリエであろうと、永遠に封じ込めておくのは絶対に不可能だということ、ここに昔の言葉を使うなら運命の残酷な戯れがあるわけで、それとまったく同類で、同じように働くものを、私たちとしては時間的使命に見られる最も残酷な戯れの一つに数えておきたい。いかなる作品といえども例外ではない。どれほどの完成度を誇ろうと、また私たちの目にはどれだけ完成したものに見えようと、そして生みの親である作者にも完成したものに見えたとしても事情は同じで、いかなる作品といえども時間の中にあるかぎり完成に辿り着くはずはなく、時間の中にあるかぎり十全な完成の証しを手に入れるはずもないから、別の意味からすると（あらゆる人間が人間であり、個別の作者も人間であり、私たちも、小粒ながら人間である以上、また私たちが不満に思っても、結局ある意味で作者の仕事を引き継いでいく以上、同じ意味で、と言ってもかまわない）、作品は未完成のまま、未完成作品として永久に完成への道を歩みつづけるしかないし、作品には完成の証しを受け入れる責務があり、実際にもそれを受け入れ、永久に受け入れつづけるしかないばかりか、完成の証しとなる冠そのものがまた永久に未完成なままにとどまるということ、ほかでもないこのことが、時間的使命に秘められた、最も強く不安を煽る謎の一つであり、最も不安に満ち、これでもかと不安を詰め込まれた謎の一つとなる。それが時間の中にあるものすべてに共通する運命であり、また作品が時間の中にあるかぎり、作品そのものの運命でもある。作品はこれからもずっと、否応なく、望ムト望マザルトニカカワラズ、永久に成就への道を歩みつづけ、完成に近づくという運命を割り振られ、冠をかぶせるような最後の仕上げも永久に終わることがなく、仕上げそれ自体が永久に不完全で、永久に未完成なままとなる。もしかすると、いいえ、たぶん間違いなく、作品の側ではそんなことを求めてはいなかった。そんなことは望んでいなかった可能性がある。普通に考えれば、そんなことを望むはずがなかった。作者という輩は、無知で、間抜けで、もともと失望を運命づけられた人間だから――そうであればこそ世界最高の天才にもなれる――自分の家では主としてふるまうのも悪くないと思っている。人間はいずれ自分の家で主になると思い込み、それどころか、いかなる家も自宅同然になるとすら考えているようだから呆れるしかない。なぜなら、どこであれ時間の中にある家を住まいとするかぎり、時間それ自体の仕組みが働いて、絶対に自分の家に身を置くことはできないし、自分の家で好きにふるまえる者の身分を手に入れて、本懐をとげることも絶対にありえないのだから。そして来世の家に腰を落ち着けても、そこは他人の家でしかない。自宅では主でありたいと願うこと、またそのような空想にふけること自体が、むなしい夢だった。主は門戸を閉ざしはしたものの、それもむなしかった。主は作品をアトリエに置いたままにした。ほら、そこにいるピエール・ローランス君[*1]、よく聞いておくのよ。そして主は作品を自宅アトリエに閉じ込めた。それからアトリエを閉めて、作品が人の目に触れないようにした。そして最後に扉を閉めて、アトリエに人が入れないようにした。しかも扉に鍵を残すような真似はしなかった。見てのとおり、錠（の鍵穴）に鍵が差してないから、私たちは中に入れない。そして管理人室を覗いてみても、鍵掛けに肝心の鍵が見当たらない。それに作者は自分のことを、できればそっとしておいてほしいと思っている。あれほど望んだ安らぎを得るために、少しはそっとしておいてもらうために、あれほど頑張ったのだから、それくらい当然だと思っている。仕事をやりとげたのだから。作品を生み出すために最大限努力して、もう疲れきっているのだから。頭痛がする。彫刻家の想像力も、何度となく辿った小道のように自分で踏みにじったから、もう働かなくなった。精根尽きただけではない。その程度なら何ということもない。当然といえば当然の結末だから。精根尽きただけでなく、もう自分の作品を見るのも嫌になった。そして自分の作品が話題に上ると、その話を聞くことすら嫌になった。そこに死が訪れ、最後の掃除婦として務めを果たした。死は必ず訪れる。もちろん掃除をした。最後の仕事として床の掃き掃除も終え、作品を整理した。作者のことも整理した。作品をすべて片づけた。作者と、作者が自分で踏みにじった彫刻家の想像力も片づけた。最後の仕事として叩《はた》きがけも終え、作品をすべて分類した。作者のことも分類した。それが最初で最後の仕事になった。一度きりの仕事になった。最後にアトリエを閉めて作品が人の目に触れないようにすると、次は扉を閉ざしてアトリエに人が入れないようにした。さらに作者を封じ込めるために墓所の扉にも、墓石にも相当する「墓標」を置いた。

かくして我ら、たちまち墓標の下に横たえられん。[*2]

それどころか死は時間の鍵を一つも残さなかった。そして作者はといえば、自力で安らぎを勝ち取ったと思い込み、その安らぎを（安らかに）享受することを望んでいる。作者は永遠の安らぎを

＊1　ペギー夫妻の肖像画を描いた画家ジャン＝ピエール・ローランス（一八七五－一九三二）のこと。
＊2　ピエール・ド・ロンサール『第一オード集』（一五五〇）からの引用。

味わい、その休息によって自分を養っていくことを望んでいる。その期待が失望に変わる。いくら門戸を閉ざしても、作者のアトリエには私たちの誰もが四六時中いつでも入っていけるし、この状況は永久に変わることがないのだから。ホメロスを誤読すれば、作品をめぐる理解と作品そのものに影響がおよび、作者をめぐる理解と作者その人にも影響が出る。しかもホメロスの誤読は、いついかなるときでも犯す可能性が最も大きく、最も安易で、私たちの能力から考えると最も犯しやすい誤りでもある。それを重々承知のうえで、誰もが平気で読み違える。私たちがホメロスを誤読すれば、ある意味で、またある一定のやり方で、それからある一定の範囲で、この範囲に見合っただけ完成の証しである冠を剝奪し、その分余計に人と作品から冠を剝奪することになる。正しく読めばホメロスに（再び）冠をかぶせることになる（のかもしれない）。私たちがホメロスを誤読すれば、つまり私たちによるホメロスの誤読が実際に起これば、ホメロスから再び冠を剝奪することになる。それに、こうして正しい読み方と誤った読み方を繰り返すうちに、永久に続く、時間的に終わりのない往復運動が起こって、完成といっても、それ自体は絶対に完成することのない完成と、完成しないといっても、それ自体としておそらく唯一完成する可能性を秘めた脱完成とをもたらす。なにしろここは時間の領域であり、時間の法則が働いているのだから。また（ここでは）時間の領域に身を置き、これまで何度か説明した共同の行為に、読む側と読まれる側が、作者と読者が、文章と読者が共同でおこなう操作に加わっているかぎり、完成も、完成の証しとしての戴冠も、追加も、拡張も、確立され、永遠不変の成果となり、撤回不可能な形で措定されることは絶対にない。ほかでもないそれが時間なるものの仕組みだから。ところが逆に、剝奪や、減衰や、縮小は成果としてあることも、成果になることも、確立されることも、永遠不変の成果となり、撤回不可能な形で措定されることもありうる。ほかでもないそれが時間なるものの仕組みを支える法則であり、働きであり、作用でもあるのだから。肯定的な価値をもつものが、混乱もなく、まったくもって安全に、際限なく、永久に追加されつづけることはありえず、特に撤回不可能な形での追加は断じてない。否定的な価値をもつものは逆に（削除の方向で働くから）際限なく、混乱もなく、まったくもって安全に、永久に、撤回不可能で、取り返しのつかない形で追加されつづけることもありうる。成長、増大、戴冠など、いずれも肯定的な価値をもつものは絶対に増大を保証されることがない。縮小、減少、冠の剝奪など、いずれも否定的な価値をもつものは、冠の剝奪と縮小を保証されることもありうるし、保証されたものになることもできる。ホメロスを正しく読み、正しい読書の回数をいくら増やしたところで、現に読んでいる文章が、『イリアス』や『オデュッセイア』が、朽ちることのない栄誉の冠を授かるとはかぎらない。誤読を繰り返し、その誤った読書の回数が過剰なまでに増えてくると、文章の品位を下落させ、文章が文字どおり損傷を受けることもありうるし、その文章が体現した記念碑的価値が滅びる可能性をもたらすために、また実際に撤回不可能な形で滅ぶよう仕向けるために、文章のいわば有機的組成を解体することもありうる。そこでは損失が約束される反面、利得は約束されない。約束されることはありえない。それが時間の一切に共通する一般法則だから。名高いペンテリコンの大理石[*1]がどれほど硬かろうと、石は時間による物理的浸食を受けてきたし、これから先も永久に浸食を受けつづける。古今の哲学者に教えられて、私たちにもこの点を考慮に入れる習慣ができた。でも、それだけで済むはずはなく、ペンテリコンの大理石

＊1　アテネの北東に位置するペンテリ山から切り出した白大理石。ペンテリコンの大理石を使った代表的な建造物がパルテノン神殿。

は、これに負けず劣らず重大な浸食を受けてきたし、これから先も永久にその浸食を受けつづけ、時間の中にある者すべてが協働することによって、戴冠と冠の剝奪を、増大と減損を繰り返す。しかも正しい読み方と誤った読み方のあいだで選択を迫られることがないよう、またとりわけ誤読を免れるために、無差別と無関心と、読書をゼロにするという極端な選択によって、その場を切り抜けることは断じて許されない。なにしろこの、協働が実現する領域は、生の一般的領域に含まれた個別の領域であって、生の領域で一般に見られるのと同様、個別の水準でゼロや、無関心や、無差別を、要するに無いということを許さず、どちらでもないことや、中間にあることを許容しないのだから。中立を許容しないのだから。一つの作品に読書ゼロを突きつけるということは、ある意味からすると、冠の剝奪としてこれ以上ない究極の暴挙となる。その意味で読書ゼロは最悪の誤読になりかねないし、実現すれば間違いなく最悪の誤読となる。最後には必ずそうなる。最悪の誤読は最も致命的な形で作品を浸食しかねないし、実現すれば間違いなく致命的な浸食をもたらす。なにしろ忘却と、廃滅への扉が開いてしまうのだから。習慣の喪失に向けて扉を開くだけでなく、栄養不良への扉も開いてしまうのだから。なにしろここで本来求められるのは心の糧であり、永久に続くその摂取であって、断じて埋葬でも、調査目録や、一覧表の決定版を作ることでもないのだから。点鬼簿ではないのだから。それもそのはず、ここで問われるのは、一般的には時間にかかわることであり、個別の水準では協働であり、永久に共同でおこなわれ、永久に時間の中にとどまる操作なのだから。名高いペンテリコンの大理石がどれほど硬かろうと、また古色を帯びたその表面がどれほど艶やかであろうと、永久に、また永遠に時間の中にとどまって、石は時間による物理的浸食を受けつづける。時間による浸食については、古今のあらゆる哲学者が考察し、ときには観想もおこなってくれたおかげで、私たちもこれを考慮に入れる習慣が身についた。ところが時間による浸食と同時に、時間による浸食が起こるのと同じ時間の中で、ペンテリコンの大理石は永久に、また永遠に時間の中にとどまって、物理的浸食以外の特異な浸食を受けつづけている。その侵食とはつまり、戴冠と冠の剝奪を繰り返す不断の与奪や、完成といっても、永久に完成することのない完成や、未完成といっても、現実には完成し、現実には成果となってあらわれ、現実には獲得することができる未完成や、戴冠といっても、永久に冠をかぶることのない戴冠と、冠の剝奪といっても、永久に、また現実において未完に終わる冠の剝奪のことであり、そうした浸食は、小粒ながらこの私たちが手を貸しているかぎり、あらゆる場面で、永久に続く私たち受容者の協働によって起こる。ここにはおそらく、出来事をめぐる最大の謎がある。違うかしら。ここにこそまさに出来事の、それも歴史的な出来事の謎と仕組みそれ自体があって、私に与えられた力の秘密がある。違うかしら。時間に与えられた力の秘密が、謎めいた時間の秘密が、謎めいた歴史の秘密がある。時間の、歴史の仕組みそれ自体が、機械仕掛けを解体したかのように、ここでその実態をさらし、歴史に与えられた力の秘密が、私に与えられた力と支配の秘密がここに露出している。それがあるから、まさしく時間の仕組みが働いたからこそ、私は時間の制覇を確かなものにすることができた。あなたなら私が何を言いたいのか、ちゃんとわかってくれるわね。時間の制覇、と私が言ったとき、それはどういう意味で、それがどれだけ確実で堅固なものであるか、もちろんわかってくれるわね。時間の制覇は、あなたの言ったとおり、永遠の制覇に関するかぎりゼロに等しい私の立場を埋め合わせてくれる。時間の中にある永遠でも、これを総動員すれば、正真正銘の、確かな永遠、つまり永遠の中にある永遠のかけらと拮抗しうるものとなり、時間の中にある何かが私たちの慰めになってくれるかもしれないのだから。制覇とはいっても、永遠に時間の中にある、この惨めな制覇がどれだけ堅固で確実なものであるか、あなたにはわかる。言われるまでもなく十分わかっている。時間の制覇はすべてこの単純な仕掛けによって保たれている。名高いペンテリコンの大理石がどれほど硬かろうと、艶やかなその表面がいくつもの世紀を経て、黄色く、暖かく、金色の髪のような、藁のような黄金色に輝き、二十四世紀から二十六世紀にもおよぶ長い時間をかけて太陽に焼かれ、その黄金色の輝きを増した末に、それがいわば堅いパンの皮となり、太陽光が石の表面にいわば露出し、太陽がいわば表面の結晶となり、古代の太陽が、古い石の表面に歴然とその跡をとどめたとしても、その大理石は太陽光以外にもさまざまな浸食を受けているし、太陽に焼かれたのとは違う新たな艶を絶えず獲得し、あるいは絶えず失っている。物理的な原因がある艶とは別の、（老いた）太陽に焼かれたのとは別の、さまざまな艶を絶えず受け止めては、また絶えずこれを失っている。長時間風雨にさらされた末の物理的な浸食とは違った、さまざまな浸食を絶えず受けている。歴史たるわれ、まことに汝らに告ぐ。これはまことに不面目なことだ。またそれゆえに一つの謎だ。そしてこれは、時間の中で創造がおこなわれる場合に、その創造をめぐる最大の謎だ。天才の手になる（最高の）作品が、なぜ馬鹿者どもの手に引き渡されなければならないのか（紳士にして親愛なる市民の諸君、馬鹿者とは私たちのことだ）。時間の中で永遠を得るのと引き換えに、数々の作品がこうして永久に譲渡され、馬鹿者どもの手に落ち、なすがままになり、引き渡され、ゆだねられなければならないのはなぜか。馬鹿者どもの、あまりにも惨めな手が私たちの手であることは言うまでもない。つまり誰でも好き勝手ができるということになる。名高い大理石がどれほど硬かろうと、その大理石で建てた建築は私たちの手に落ちることによって、誰もが手出しすることによって、地上の太陽に焼かれた艶とは別の艶を、新たな艶として絶えず受け入れ、また絶えず失いつづける。私たちが建築に視線を注ぐと、間の抜けたその視線は目に見えない艶を、そこに絶えず残していくかと思えば、またこれを取り除く。手を休めることもなく艶出しに精を出したかと思えば、またすぐにその艶を削り取る。そうした艶が、まさしく歴史の艶にほかならない。私たちの視線は誤った視線だから、注ぐに値しないこの視線を浴びると、名高い神殿もその冠を剝奪されてしまう。視線が正しければ、注ぐに値するこの視線を浴びた神殿は、一時的とはいえ再び戴冠の栄誉に浴する。欠くべからざる補完と、完遂とが現実のこととなる。欠くべからざる完成が現実のこととなる。

欠くべからざる、と言ったのは、私たちが完成させなければ、完成させる人は金輪際あらわれないだろうから。正しい視線、つまり古代人の視線は完成をうながす。誤った視線、つまり野蛮人の視線、つまり現代人の視線は完成からの脱出をうながす。無きに等しい視線、つまりゼロの視線、つまり視線がまったくない欠落の状態は、ある意味で誤り方が最も由々しく、誤った視線のなかでも最悪の視線だと言うほかない。なにしろ栄養不良を決定づけ、最終的な興味の喪失を印づける視線なのだから。永遠の毀壊へと導く視線なのだから。要は風化に直結する忘却の視線なのだから。

芸術家はアトリエを閉めて作品が人の目に触れないようにした。両目が濁っていた。終わった。何を言われようと、もはや聞く耳をもたなかった。もはや自分の作品を見ることができなくなっていた。つまり、注ぐべき唯一の視線を、創作にたずさわる、作者ならではの、常に生き生きとした、常に新鮮で、常に新しく、常に脱皮を繰り返す視線を作品に向けるべきところを、その芸術家は否応なしに、ヘコーン・テー・カイ・アコーン、不本意ナガラ、撤回不可能な形で作品に習慣の視線を注ぐようになったということで、この種の視線を向けたが最後、もう手のほどこしようがない。

ほどこすべき策は一つも残されていなかった。芸術家の視線から新鮮な驚きが消えていた。この盲目は芸術家にとって唯一、取り返しのつかない損失となる。だから仕事場を閉めた。作者であるはずの人間が、観客と同じ見方をするようになっていた。自分が観客第一号となり、観衆の到来に先鞭をつけた。そして作者が閉め、死によって閉ざされたそのアトリエには、閉ざされたとはいえ私たちの誰もが四六時中いつでも入っていけるし、小粒な（この）私たちがいるかぎり、作品そのものも、作品の運命も、私たちの手（の中）に握られている。作品は私たちの視線にさらされているのだから当然そうなる。そして私たちはアトリエを、聞くに値しない空疎な喧騒で満たす。語というものは、語本来の意味よりも、またとりわけ、よく聞いておきなさい、そこの困った坊やたち、語本来の意–味–作–用よりも、はるかに深い意味を秘めている。名高いパロス島の大理石がどれほど硬かろうと、古代からいつも日の光にさらされてきたその表面がどれだけ艶やかだろうと、私たちの視線に絶えずさらされた古代のアフロディテー像は形の成立と、その解体を繰り返すことになる。いついかなるときでも私たちには、馬鹿げた言葉を吐き、馬鹿げた行動に出る自由が認められている。違うかしら。それに馬鹿げた行動に出る、と口に出して言ったところで、そんなことは何の自慢にもならない。残念ながら私たちには、言いたい放題を言う自由が認められている。つまり好きなだけ協働を申し出て、好きなようにその協働を始める自由が認められている。私たちには、好き放題に、間の抜けた言葉を好きなだけ吐き、好きなだけ間の抜けた行動に出る自由が認められている。しかも言いたいこと、したいことは山ほどある。そして状況が最悪になるのは、私たちに言いたいことも、したいこともなくなった場合で、そのときはまさに最悪の局面を迎える。なにしろそこにあるのは忘却であり、忘却とは死の前触れにほかならないのだから。名高いホメロスの文章がどれほど硬質だろうと、またペンテリコンの大理石や、パロス島の大理石を思わせるホメロスの文章が、そうした大理石と同じ特徴をいくら示したとしても、そして三十もの世紀を経たその表面がどれだけ艶やかであろうと、それでもやはり文章そのものは私たちの手に握られている。（私たちの手にゆだねるとは不用心にもほどがある。違うかしら、そこの坊やたち。）（まことに不面目なことで、それゆえに不面目であると同時に大きな謎だ、と私が言ったのは、まったくもって正しかったことになる。）「三千年の歳月がホメロスの遺灰の上を通り過ぎた」[*1]。三千年ものあいだ、さまざまな読み方がなされてきた。中断があった数世紀と、将来的に訪れる中断と野蛮の（数限りない）世紀を別にすれば。そうではなくて、私たちを別にすれば、と言うべきかしら。当時から見れば私たちは将来的に到来する読者だったから。三十もの世紀が継起するあいだ、正しい読み方と、誤った読み方が繰り返された。読書がゼロになった数世紀、つまり将来的に訪れる諸世紀も含めて、全世紀のなかでも最悪の部類に入る世紀を別にすれば。そうではなくて、当時から見れば将来的に訪れるはずだった諸世紀を別にすれば、と言うべきかしら。いずれにしても将来訪れる諸世紀は任意の補充としてではなく、不可避の補完として、決定的な補完として、読み方を誤った諸世紀に付け加わる。正しい読書は完成をうながすだけで、仕上げをおこなうことがない。決して門戸を閉ざすことがない。誤った読書は崩壊をもたらす。無きに等しい読書は諸世紀の完遂につながる。あらゆる時代の完遂につながる。究極の崩壊を導き、最終的な崩壊につなげる。時間の中で、いわば最初の最後の審判を実現させる。最後の審判の、時間の中における、いわば（最初の）像を描いてみ

＊1　マリ＝ジョゼフ・シェニエ（一七六四－一八一一）の詩「ヴォルテールへの書簡」（一八〇六）からの引用。因みに断頭台の露と消えたフランス革命期の詩人アンドレ・シェニエ（一七六二－一七九四）は実兄。

せる。

恐ろしいことよ。違うかしら。私たちは勝手放題ができて、私たちには法外な権限が認められていて、ホメロスを誤読し、天才の手になる作品から冠を剥奪する権利があるだなんて、考えてみるだけで恐ろしい。最高の天才の手になる最高の作品が、生気の失せた過去の遺物ではなく、森の巣穴に棲む小さな野ウサギさながらに、生きたまま私たちの手に引き渡されるだなんて、考えてみただけで恐ろしい。またとりわけ、私たちの手から、作品を受け取ったのと同じ手から、生気の失せたこの両手から作品を取り落とし、忘却にゆだねて、その作品に死を注ぎ込むことすら私たちには許されているだなんて、考えてみただけで恐ろしい。ここには身の毛もよだつほどの危険がある。違うかしら。身の毛もよだつほど苛酷な運命がある。またとりわけ、身の毛もよだつほど重い責任がある。作者と読者の双方を巻き込んだこの操作は、あまりにも困難な局面を迎え、あまりにも複雑な結合をもたらす。まず、一方の当事者である作者からすると、危険はあまりに大きい。作者は自分の作品について明晰な見方ができなくなっていた。あることに気づいて、ある程度の恐怖と、内にこもった、ある程度の苛立ちを覚えずにはいられなかった。なにしろ作者は、もう終わりだということも、ほどなくして自分には打つ手がなくなり、もはや何一つできなくなるということも、今後はいついかなるときも自分が無用の長物でしかなくなるということも、そのような事態は作者本来の操作に、自身の作品を自身の手で実現させる作者本来の使命に終止符を打つ死の予告であり、死の先取りであるということも、きちんと認識し、その認識を受け入れていたのだから。作者は気づいていた。もう手を引くべきだということに。自分で自分をいわば裏返しにして、自分の中で自分を敵に回した（のがその原因だ）ということに。自分の意に反し、自分を敵に回す形で、本来的な姿勢に反する姿勢を身につけ、最初に自分の姿勢となった、作者としての姿勢に、本来的かつ全面的に反する精神の姿勢を身につけ、いわば衣服のように着用しようとしている自分に気づいていた。知らず知らずのうちに、撤回不可能な形で、自分の意図に反して、自分の天分を守るためにやむなく、自分が別の人間に、それも自分とは正反対の人間になりかけていると感じていた。別の人間を身にまとい、その人間になりきり、その人間の衣服（外皮）を受け入れていくに従って、衣服のようにその人間を脱ぎ捨てることはできなくなった。まるでケンタウロスの上着。[*1] 作者であるはずの自分が、その反対である観衆になりかけているという、いかんともしがたい感覚に襲われた。最前列に陣取った観衆、つまり目の前にいて、こちらを見ている人間、つまり作者とは違う目を、未知でもあり、無知でもある目を見開く魯鈍な男になりかけていた。「青や黒、どれも愛しく、どれも美しい目だ[*2]」。最初の俗人。時間の中に身を置き、移ろいゆく時間の中を移ろってゆく、最初の人間。柵のところにいて、その、作品と観衆を隔てる柵にもたれて立つ人間。その（武骨な）手を（ひどく武骨な感じで）柵の手すりに乗せた人間。作者は自分がそれに、あの悲惨と、あの不毛と、あの無能を集約した最初の観客に、最初の読者に、最初の見物人になりかけているという、いかんともしがたい感覚に襲われ、また実際にもそうなっていく。そこに自分が見える。それが自分

＊1　いわゆる「ネッソスの上着」。英雄ヘラクレスの妻ディアネイラを凌辱しようとしたケンタウロス族のネッソスはヘラクレスが射た毒矢に倒れる。死の直前、自分の血をディアネイラに与え、これに浸した服を着せれば夫の愛は戻ると嘘を教えた。やがてヘラクレスが若い女に心を移すと、ディアネイラは一着の服にネッソスの血を塗り、その服に袖を通したヘラクレスは全身の皮膚が焼けて悶え苦しむが、服を脱ごうにも脱ぐことができない。自身の不明を悟ったディアネイラは自害し、ヘラクレスは火葬壇にみずから火をつけ、炎に包まれて生涯を終えた。

＊2　シュリー・プリュドム『詩集（一八六五―一八六六）』、「目」の第一詩行。

であることを認める。今となっては、自分と敵対するその人間が自分だと認めるしかない。敵どころか、撤回不可能な形で自分とは無関係になった人間。そんな他人が自分であり、今となっては自分が、自分にとって最大の敵であるばかりか、それをはるかに超えて、自分とまったく無関係な人間になってしまった。だから店じまいをする。昔の自分とは縁を切るしかない。手すりにもたれて立つ男は作者その人なのだから。向こうが店じまいしそうなので、こちらも店じまいをする。情けないことに当人は気づいてすらいない。観衆の側に立てば、店じまいなど絶対にありえないことに、あるいは仮に店じまいするにしても、それは最悪の仮定を、場合によっては後で思いついた最悪の解決策を選んだ結果であり、それこそ最悪の最終決着だということに気づいていない。自分はもう(全力を傾けて)仕事に打ち込むことができないし、できればもう仕事はしたくないと作者が思ったのは、自分は観衆の一人になりかけていると感じたから。それに観衆の一人となることは作者にとって吐き気をもよおし、茫然とするほどの衝撃だから。ところが観衆の側は作者とちょうど逆で、自分が観衆になりかけていると感じてなどいない。この世に生を享けたときはもう観衆だったから。一度も作者になったことがないから。作品の生みの親には断じてなれないから。そしてあなたが全力を傾けて仕事に打ち込むのをやめて、作者であるこの自分は、いかんともしがたい力に引きずられ、作者から観衆に変わりかけていると感じたからこそ、もう力も尽き、自分ではもうどうすることもできないと思った瞬間、まさに同じその瞬間を捉えて、あなたの観衆は、あなたと同じ動機をもたないこの観衆は、まさにその瞬間、作者とは逆の仕事を始める。鉄面皮な輩だから、鉄面皮に仕事を進める。無骨な連中だから、無骨に仕事を進める。しかもそんなことが当分は続く。当分どころか果てしなく続くことを期待するしかない。なにしろ観衆がひとたびその仕事を中断しようものなら、事態はさらに悪化し、最悪の局面を迎えることになるだろうから。危険が大きすぎる。違うかしら。作品にとっても、作者にとっても、これ以上の不運はない。ところがほかでもない、時間の中にある万物に、等しく訪れる共通の不運が、ここにはある。それは歴史の中にある万物に、等しく訪れる共通の不運だとも言える。残念ながら、これは唯一可能な運でもある。そのような危険を冒し、あらゆる人の、無骨このうえない手に落ちることで、さらなる危険に直面し、無骨な手に握られたまま、ありとあらゆる危険を冒すこと。あるいは逆に、もっと大きな危険に遭遇し、もはや誰の手にも落ちないという、まさに究極の危険を冒すこと。つまり、結局のところ病か、さもなければ死あるのみ、と言われたのと同じことになる。それが歴史で通用する共通の尺度というものの。歴史の機械装置が働けば、必ずや訪れる共通の不運、と言い換えてもいい。作品と、時間の中で起こった出来事に、作品と歴史的な出来事に、つまり作品と、記録に残った出来事に等しく訪れる共通の不運。ブリセイス[*1]は私たちの手中にある。だからブリセイスは大変な危難に直面する。アキレウスも大変な危難に直面する。こうして内側から阻害されるからこそ、時間の中にあるものはすべて腐ってしまう。違うかしら。歴史に属するものが、歴史の中にあって、明確に歴史と認められたものが、すべて腐ってしまう。出来事も腐る。それ自体が出来事であり、出来事の一部（一部分）となる作品も腐ってしまう。それが私の深い傷。時間の中で受けた傷。永遠に時間から逃れられない者の傷。それが私の隠れた傷。決して癒えることのない傷。もちろん私は理知的な民族が暮らす土地に生まれた。妹たちを送り出し、学校に向かう妹たちが理知にあふれるあの山の小道を辿

＊1　ブリセイスは英雄アキレウスの愛妾。アカイア軍総帥アガメムノンにブリセイスを奪われたアキレウスは、以後戦闘への参加を拒み、そのことが遠因となって親友パトロクロスの戦死を招いた。

っていた頃、純真だった私は祖父である時間《クロノス》の神が密かに画策していることを予見できなかったし、祖父の暗躍を疑った者が他にいたとも思えない。祖父が運命として私たちに割り当てたのは、内側から働いて、後から効いてくるばかりか、時間の中にあるかぎり永遠で、打ち負かすことも、取り除くこともできない、あまりにも大きな不運であり、あまりにも大きく、密かにうがたれた内なる空洞だった。つまり、祖父と同じように腐っていくということ。撤回不可能な形で腐敗に蝕まれるということ。そして祖父と同じく絶望的な癌に蝕まれるということ。老獪な祖父だからこそ（因みにヴィルヘルム一世ごときを私が老獪と呼ぶことはない）[*1]、この隠れた欠陥を遺産として私たちに残すことができた。しかもその遺産を、自分の末裔であるものすべてに、時間の中にあるすべての創造物に、時間の領域に属するものすべてに分け隔てなく与えることができた。一つの法則を適用するにしても、これほど恐ろしい適応の仕方はない。違うかしら。古くからあったその法則を、あなたがた現代人は無邪気にも、また（疑似）科学的な見地から、自分で発見したと思い込み、正式名称を「遺伝の法則」に決め、すこしばかり大げさなこの名前で呼ぶようになった法則を、まったく分け隔てなく適用するという、なんとも恐ろしく、身の毛もよだつような適用の仕方が選ばれてしまった。時間から生じるもの一切、つまり結局は神羅万象が、時間の印と、時間に宿った欠陥の印を刻まれている。そうなってしまうとレプラか、さもなければ大罪[*2]ではなくなって、いいこと、ペギー君、レプラと大罪の両方を抱え込むしかない。時間の中にある一切の創造物、つまり歴史でとりあげる一切の素材が、存続する全期間を通じて変わることなく、内なる欠陥によって、空無によって、空虚によって、繰り返し穴をうがたれる。創造物の一切と同じく、永遠に時間から逃れられない空虚によって繰り返し穴をうがたれる。創造物に同伴するとともに、創造物の懐に食い込み、時間の中で永遠に続く空虚によって、繰り返し穴をうがたれる。昔は外の大鷲が肝臓に食らいついたものだった。疲れを知らない大鷲が不滅の神であるプロメテウス[3]を苦しめたものだった。今では内なる大鷲が私たちを苦しめるようになった。遺伝するだけに、なおのこと冷厳で、なおのこと執拗な大鷲が、私たちの肝臓に食らいつく。疲れを知らない大鷲が、時間の中では不滅の、それでいて必滅でもある創造物を苦しめる。最終的には滅びるしかない創造物を苦しめる。いつの日か必ず滅びる創造物を苦しめる。なにしろここでは、きわめて厳格な、文字どおりの意味で、またあらゆる点で『アンティゴネ』の主人公[4]が語ったのと正反対のことが起こっているのだから。これは間違いなく「今日や昨日の法」なのだから。そして成文法のなかでも、これ以上なく正確に書きとめられた法であり、歴史の記載そのものを定めた法なのだから。ニューン・ゲ・カクテス・カイ・アエイ・ポテ・ゼー・タウタ・カイ・パンテス・イスメン・エクス・ホトゥー・パネー[5]。その法は（せめて）今日のところは生きている。そして昨日も生きていたし、またこれから先もずっと命を保ちつづける。[6]（時間の中でずっと生きつづける。それに私たちは、その法が誰の手によって、どこからその姿をあらわしたのかということを、誰もが（きちんと）把握している。その法が私たちに伝

＊1　プロイセン王ヴィルヘルム一世は普仏戦争後の一八七一年一月十八日、ヴェルサイユ宮殿でドイツ皇帝に即位した。ペギーが『クリオ』の冒頭部分を執筆した一九〇九年当時、第三代皇帝の地位にあったヴィルヘルム二世はその孫に当たるため、ここでヴィルヘルム一世を「祖父」の列に加えている。

＊2　年代記作者ジャン・ド・ジョワンヴィルの『聖王ルイ伝記』（一三〇九）に宗教上の大罪とレプラをめぐる問答があり、ペギーは『われらが青春』（一九一〇）でこの部分を引用している。

＊3　ギリシア神話に登場する男神。最高神ゼウスの命に背いて人間に火を与えたため磔にされたうえ、昼間は大鷲が肝臓を食い荒らすという残虐な刑に処せられた。不死の神であるプロメテウスの肝臓は夜ごとに再生する。だから責め苦は永久に続くかと思われたが、最後は英雄ヘラクレスによって解放された。

えられ、遺産として私たちに残された結果、今も私たちに伝わるその法が（私たちの前に）その姿をあらわした、そもそもの起源に祖父のクロノスはいる。（クロノス［Chronos］の頭文字CをKに変えてKhronosと正しく綴るのは避けたほうがいいわね。何がどうあろうと、ルコント・ド・リール[*1]の真似だけは絶対にしてはならないから。）不幸なことに、年老いた時間の神《クロノス》は、老いさらばえ、骸骨のような、長柄の鎌をもつ老人となったし、その、すっかり耄碌した祖父は、私たち不幸な姉妹だけのお祖父さんではなかった。広く人類一般を統べる祖父なのだから。万人に共通の祖父なのだから。この世界にあまねく君臨する祖父なのだから。

アンティゴネー

ウー　ガル　ティ　モイ　ゼウス　エーン　ホ　ケーリュクサス　タデ
ウー　デー　クシュノイコス　トーン　カトー　テオーン　ディケー
トイウース　デン　アントゥローポイシン　ホーリセン　ノムース
ウーデ　ステネイン　トスートン　オーオメーン　タ　サ
ケーリュグマ　トースタ　グラプタ　カスファレー　テオーン
ノミマ　デュナスタイ　トゥネートン　オンテュ　ペルドゥラメイン
ウー　ガル　ティ　ニューン　ゲ　カクテス　アッラエイ　ポテ
ゼー　タウタ　クーデイス　オイデン　エクス　ホトゥー　パネー[*2]

アンティゴネ　それらの法を私に対して声高に（伝令のように）布告したのはゼウスではなく、また地底の神々とともにある正義の女神が人間の世界でこのような法を定めたわけでもありません。それにあなたの（あなたの伝令が伝えた）お触れは必滅の人間が定めたもの、神々が定めた揺るぎない（あるいは「無謬の」）不文法を犯す（その上を踏み越えてゆく）に足る

＊4（四三ページ）　アンティゴネはギリシア神話に登場するテバイの王女。実の父を殺害し、実の母と夫婦の契りを結んだオイディプス王の娘で、呪わしい自身の運命を悟った父がみずから両目を潰し、テバイを去ると、盲目の父とともに各地を放浪した（このあたりの経緯はソポクレス『コロノスのオイディプス』に詳しい）。オイディプスの死後テバイに戻ったアンティゴネは国の一大事に直面する。王位継承をめぐる不満から、兄ポリュネイケスが攻め寄せてきたのだ。戦いは七つの門をもつテバイ側の勝利に終わったが、門の一つを護ったアンティゴネのもう一人の兄、エテオクレスはポリュネイケスと相討ちになって果てた。悲劇『アンティゴネ』の物語はここから始まる。テバイ王の地位にあるクレオンはアンティゴネの叔父。そのクレオンが、同じ甥でありながら、テバイのために死んだエテオクレスを救国の英雄として手厚く葬る一方、反逆者ポリュネイケスの亡骸は城壁の外に放置し、野犬にでも食わせろと命じた。エテオクレスと同様、血を分けた兄でありながら、ポリュネイケスには弔いの礼が尽くされない。これに反発したアンティゴネは一人城門を出て、兄の遺体に砂をかけ、略式ながら弔いの儀式としたのだった。怒ったクレオンはアンティゴネをとらえさせ、地下の墓地に生きたまま埋葬する。アンティゴネは暗闇の中で自害し、クレオンの息子で、アンティゴネの婚約者だったハイモンもみずから命を絶つのだった。兄への弔意という肉親の情、および神々が求める埋葬という宗教上の務めが一方にあり、人間の定めた法がもう一方にある場合、どちらを優先すべきか。『アンティゴネ』は二つの法をめぐる選択によって引き裂かれた人間の悲劇である。

＊5（四三ページ）　ソポクレス『アンティゴネ』第四五六－四五七詩行を一部書き換えたもの。これに続く約三行がペギーによる仏訳。

＊6（四三ページ）　この丸括弧は閉じられないままになる。

＊1　高踏派の詩人シャルル＝マリ＝ルネ・ルコント・ド・リール（一八一八－一八九四）は『イリアス』と『オデュッセイア』の仏訳を手がけたが、固有名詞の表記に原音主義を徹底させ、たとえばフランス語では「エルキュル」と綴るヘラクレスを「ヘラクレース」と音訳した。

＊2　ソポクレス『アンティゴネ』第四五〇－四五七詩行。

だけの効力（それに値する力）をもつとは思いもしませんでした。なぜなら神々の法は（せめて）今日のところは生きていて、昨日も生きていただけの法ではなく、これから先もずっと命を保ちつづけるばかりか、誰の手によって姿をあらわしたのか、何人《なんぴと》たりと知ることのできない法なのですから。

すべての点で正反対になっている。違うかしら。私たちは誰の手によって法がその姿をあらわしたのか、ちゃんと把握しているし、この場合の法には成文法だけでなく、書き言葉と記載そのものを定めた法も含まれる。だから若い娘が、だから小さな女の子が純真なものとして生まれ、純真なまま育っていくとしても、その腹には早くも先祖代々の欠陥が宿されている。だから、そうした一般の少女となんら変わることなく、マッタク同ジョウニ、私たち姉妹も純真なまま育っていったわけだけど、早くも私の腹には私を苦しめる宿痾が密かに宿っていた。あるいは病、あるいは死。誰であれ、あなたがたはもう、そのどちらかを選ぶしかない。そして一切の創造物もまた純真なものとして生まれ、純真なまま育とうとしていた。私たちの周りにあると同時に、私たちに同伴する一切の創造物は、こうして純真である点で私たちと同じだった。ところが何から何まで私たち姉妹と同じである以上、当然ながらその内部は健全とは程遠い状態に陥っている。永遠だけが唯一、健全で純粋なのだから、他にどうなりようもない。だから作品と作者の側が選択を迫られることになる。下落を迫られ、無骨このうえない手で好きなだけいじくりまわされ、作者の浄書原稿が、あなたにとって大の親友であるエルネスト・ラヴィス氏[*1]の手に落ちたのと同様、最低な人間の手に渡って改竄されるという危険を冒すのか、それとも、さらに大きな危険に直面して、下落は覚悟のうえで無骨な手による愛撫を受けることすらなくなる、つまり死にいたるという、それこそまさに究極の危険を冒すのか。そのどちらか一方を選ぶしかない。あるいは下落、それも種別が特殊で、下落としていわば一つの目か綱《もくこう》に属する下落、あるいは死。そのどちらか一方を選ぶしかない。あるいは死となんら変わるところのない下落、あるいは下落となんら変わるところのない死。ここに下落も極まり、限界に達し、下落がここに完了し、卑屈にすら見えてきたとしたら、目の前には究極の危険としての死がある。下落とは、永久に罵詈雑言を浴びつづけ、無理解と、知性の欠如に苦しめられることにほかならない。そうした下落の危険を冒すのか、それとも辛かった下落そのものと、下落の危険とを惜しみ、もはや下落しなくなったことを悔やむところまで追い詰められるほうを選ぶのか、態度を決めなければならない。「生ける犬は死せる獅子に愈ればなり」[*2]。作者にとって、これほど恐ろしい危険はない。そして私たちにとっても、これほど恐ろしい責任はない。違うかしら。問題の根はここにある。違うかしら。なにしろこれは正規の契約とほとんど変わらない準契約であり、それにともなう一切の責任がここに生まれるのだから。それは私たち抜きで結ばれた契約であり、意見を求められもしなかった私たちが、この契約によって縛られる。準契約そのものはいくらでもあって、時間の中にある私たちの一生を通じて、あるいは一生を少し上回る期間にわたって、私たちの両手首を縛ってきた。作者と観衆のあいだで結ばれるのも、そうした準契約の一つにほかなら

＊1　エルネスト・ラヴィス（一八四二―一九二二）は第三共和政期を代表するフランスの歴史家で、高等師範学校の校長も務めた。本書末尾（四〇六ページ）にも登場するが、論敵である歴史学の大御所をペギーが「大の親友」と呼んだのはもちろん皮肉。

＊2　旧約聖書「伝道の書」九・四。

ない。一方では、作者の側から作品の提供がある。他方、私たちの側では世界のすべての記憶を差し出し、人類が共同で作り上げた人類共通の記憶を提供する。私たちが提供する共通の記憶は[*1]、きわめて不安定なうえ、きわめて強力でもあるため、絶えず成立と解体を繰り返している。そのような提供物を、契約者双方が差し出す。ここに両者の関係と、つながりが生まれ、両者を一つに縛り合わせる。詰まるところ、ここにこそ当事者双方を縛る、契約上の履行義務が生じる。あらゆる契約の例にもれず契約として失敗作ではあっても、あらゆる契約の例にもれず破棄することができない契約。しかも契約を結ぶにあたって私たちは、一方の作者も、もう一方の当事者である私たち観衆も、これまで一度として相談を受けてこなかったし、これから先も相談を受ける機会は一度として訪れない。いずれの作品も私たちの手に渡れば人質同然となる。囚われ、奴隷となった作品はダレイオス王[*2]の妻妾となんら変わらない。悲しいことに、アレクサンドロス大王の末裔ともいうべき非道な者どもの手に落ちてしまったのだから。作品にとっての名誉も、作品の評価も、作品の寿命も、すべて私たちの一存で決まる。たかが評価と思うかもしれないけど、作品をめぐる評価は、作品が存在することそれ自体に等しいから、決して軽視すべきではない。あなたなら見逃すはずがない。違うかしら。作品に対する評価こそ、時間の中で私たちに許された最大の名誉である、だからといって私たちがそれを要求したわけではないということを、あなたが見逃すはずはない。

私たちにとりましては、陛下、ほかならぬ名誉を賜ることが大いなる名誉となったのであります[*3]。天才の手になる最高の作品でも危なっかしい私たちの手に渡る。私たちの手に落ち、私たちに世話されることで、私たちの手中にあるという、たったそれだけのことで、作品には、いつまでも完成にいたることのない成就が与えられる。私たちの読み方次第で、かの有名な『アンティゴネ』は完成もすれば、歪められもする。私たちの読み方次第で、ホメロスの手で完成を見た、かの有名な『イリアス』と、かの有名な『オデュッセイア』は冠を授かりもすれば、冠を剝奪されもする。とんでもない不正義だわ。違うかしら。言語道断とはこのことよ。しかもこれは偶発的な不正義でも、たまたま生じただけの食い違いでもなくて、時間に内在し、時間の領域に内在し、時間の領域それ自体に組み込まれた、まさに本質的な不正義なのだから手に負えない。有機的で、機械装置のような、つまり時間の仕組みそれ自体に直結するばかりか、技術的な、技術それ自体に直結する、とんでもない不正義。だから絶対に許せない。そして、こう言ってよければ、不正義を正当化しているだけに、なおのこと許せない。結果的にどうなるかと言えば、これは注意して聞いてほしいのだけど、ここには当然ながら大きな謎が隠されているだろうと思うのよ。歴史と、歴史の領域とをめぐる本来的な謎。歴史の根底には不正義がある。歴史の領域も、その根底には不正義がある。それを認めないのは安価な道徳小論だけ。わかるわね、坊や、程度の差はあるにしても、どれも必ず大学関係者の臭いがして、初等教育と、中等教育と、それから高等教育でも使われ、さらには学校現場の外でも使われる道徳論の小型本や、世俗的で、公民的で、道徳と公民精神を叩きこむ、有益な、

＊1 アラン・レネ（一九二二－二〇一四）の短篇作品に『世界の全ての記憶』（一九五六）がある。記憶を主題に映画を撮りつづけたレネ監督なら自作の題名をここから借りたとしても不思議はない。
＊2 ダレイオス三世はアケメネス朝ペルシア最後の王（在位紀元前三三六－同三三〇）。イッソスの戦いと、それに次ぐガウガメラの戦いでアレクサンドロス大王に敗れた。因みにダレイオス三世の娘、スタテイラ二世はアレクサンドロスの妃の一人となった。
＊3 ジャン・ド・ラ・フォンテーヌ（一六二一－一六九五）の『寓話』第七巻その一「ペストにかかった動物たち」の一文をもじったもの――「彼らにとっては、陛下に食べられることこそが名誉になりましょう」

つまり人間形成と、教育の普及に資するような、教育的で、国家的で、簡略かつ簡便、抹香臭いところもあって、読めば勇気が湧いてくるばかりか、大学入学資格試験や、さらには高等教育修了証書の取得に向けた受験勉強でも重宝する概説書は、万事丸く収まり、すべてが解決し、正義の人が地上で幸福を得て、成功を収める、だから時間の中を支配するのは正義なのだと説いている。ところが現実には逆のことが起きていて、時間の中を不公正が支配するように、根底的なところで、すべては有機的に絡み合っている。公民精神を問われる場面でも、善良な市民が成功を収めることはない。まして正義の人が、公民精神を（通り）越した（すべての）場面で成功するはずもない。正義の人は何かを企てるにあたって希望を必要としないし、これと決めた路線を堅持するにあたって成功を必要としない。それでいいのよ。なにしろ企てるにあたって希望が芽生えるのを待ち、堅持するにあたって成功が訪れるのを待っていたら、それこそ何も始まらないのだから。そこで重要な規則が生まれた。道徳と英雄的精神と創意に加え、英雄的精神の堅持を定めたこの規則は、一般に道徳と英雄的精神と創意に加え、英雄的精神の堅持を定めた規則とは必ずしも同じものではない。決して立派な規則ではない。人が選んだ規則でも、選ばれた規則でもない。人が自由意思によって選んだ規則でも、自由意思によって選ばれた規則でもない。こう言ってよければ、新たに作られ、ある一定の水準にまで（意志の力で）高められた規則ではない。ここに見られるのは（逆に、と言うべきかしら）むしろ服従の規則であり、ある意味、それも深い意味で、不可避の事態を受け入れ、出来事と歴史の領域そのものや、技術そのものと時間の仕組みに相当するもの、要するに出来事が作用をおよぼすための技術と仕組みを甘んじて受け入れるよう迫ってくる諦めの規則なのだから。ある特定の気質や、ある特定の性格をもつ人から見れば、他にどうしようもないから、と認めただけでは規則にならないかもしれない。とは言っても、気質と、性格次第で、この種の規則を好み、とりわけ諦めの規則が好きだという人もいる。好みの違いはあるにしても、結局のところ、他にどうしようもないという諦めが、一つの規則であることに変わりはない。無理やり押しつけられた規則。この規則は私たちを必要としない。私たちの許可がなくても用は足りる。私たちの同意を待つこともない。私たちの承認も必要ない。私たちが選ぶことで、選ばれた規則に仕立て上げる必要はまったくない。私たちに好かれる必要もない。私たちが手を貸さなくても十分に用は足りる。実のところ諦めの規則があるからこそ、英雄的な人間は誰であれ英雄であることに同意したにもかかわらず英雄になる。現実と、出来事と、歴史。これら時間の中にあるものは、単に不正義を働くだけではない。実は考えうるかぎりで最も大きな不正義をかかえている、と言ったほうが正しいくらいよ。そして特に由々しいのは、不正義が偶発的なものではなく、実は本質的な不正義だということかしら。この世は何かにつけて簡便で、放っておけば何事も（丸く）収まる、と考えるのは、この世で最も誤った考え方だと思う。正義はこの世のものではない、と人が言うとき、その言葉に込められた意味が次のようなものに限られるとしたら、気にかける必要は一切ないし、わずかばかりの意味しかない言葉が大きな関心を呼ぶはずもない。つまり正義が地上のどこでも一様に、落ち着いて、冷静に、退屈そうな面持ちで、平原に立っているのと同じように、いわば水平方向の支配を確立するはずはないということ。あちこちに穴があき、いくつも欠落が認められるということ。たびたび変調をきたすということ。それどころか窪地もできているということ。この大地では、地表がどこも一様な外見によって、つまり正義の被膜、それも時間の中にある正義の被膜によって一様に覆われるはずもないということ。正義の支配は断片的に、細分化された区画をなぞるようにして成立するので、ところどころに欠落が見られ、あちこちで細かなかけらが剝がれ落ちたモザイク模様に似ているということ。正義はこの世のものではない、という言葉に込められた意味はそんなものではない。ちょっとした偶然から、しかも一時的に、そして思いがけず正義の欠落を招いた、などと主張しているわけではないのだから。木材を用いた舗道の状態が悪く、あちこちで木製煉瓦が失われているのと同じだと言えばわかってもらえるかしら、とにかくそういった部類の欠落とはまったく違うのよ。教育学的に誤った考え方がある。公立学校でも私立学校でも取り入れられた考え方がある。説教を垂れ、励ましの言葉をかけるのに適した考え方がある。確かに簡単だ。まったくもって同感だよ。この世は何かにつけて簡便だ。人生は放っておけば何事も丸く収まる。どのようにでも話をつけることができる。物事は何かにつけて簡便で、いくら危険な真似をしても日常となんら変わらないから、人は必ず自分を取り戻し、どんな人でも、それもとりわけ正直者が十分な報いを受ける。これは誤りだから当然、主流になった考え方で、こういう支配的な考え方は、他のどのような考え方よりもずっと大きな誤りを犯しているし、誤り方の度合いもはるかに高い。正義は断じてこの世のものではない、と人が言うとき、その言葉にはさらに遠い先を見据えた、はるかに深い意味が込められている。その人が言わんとしたのは、出来事と正義が（出来事のほうを前に置かなければならない）、出来事の領域と正義の領域が、それぞれの内部に、また双方のあいだに、生得的な対立と、両立不可能性と、和解不可能性をかかえているということだった。二つの領域はどちらも内的な対立をかかえ、その対立が嵩じて斥力を生むだけでなく、斥力自体も深いところに入り込み、いわば内部に隠れたまま強く作用して、物事の根源に、生命の諸力に、生命の根源に、また地中深くまで食い込んだ根に、さらには樹木の芯にまで深い影響をおよぼすから、領域と領域のあいだに協調や、重なり合いは一切求めようがなく、期待のしようもないということだった。不公正はただ単に至高の原理として地上を支配するだけでなく、最も根底的なところで正当化された原理として君臨するということだった。さらには至高の原理であることに慣れきった原理として君臨するということだった。出来事や、歴史は常に不正義を働く。歴史であるこの私には、それがよくわかる。残虐性を発揮することもある。歴史が不正義を働き、残虐性を発揮するのは自由意思によるのでも、断片化や遺漏によるのでもなく、本質的な、まさに根本のところでそのような事態に立ち至っている。歴史の不正義はどれも特殊な事例であり、汚点であり、説明は難しいけど、とにかく説明しなければならない。そう考えるのは現実とかけはなれた空論で、むしろ正義のほうが、つまり歴史で言うところの正義が、どれも見かけ倒しで、現実味を欠き、表面的で、奥行きを欠いている。歴史で言うところの、そうした（見かけ倒しの）正義を、私はどうしても許すことができない。なぜなら私には、規則の中身がわかっているばかりか、正義の規則が厳しいものだということもわかっているし、正義の本性がわかっているばかりか、その本性が厳しいものだということも、ちゃんとわかっているのだから。歴史の正義は特殊な事例であり、私から見ると真実味に欠け、事情に通じた私に言わせてもらうなら汚点となり、染みとなって残る。だから私は、むしろ歴史の正義について説明を聞かせてもらいたいと思っている。歴史の正義は自明どころか、難しい問題を提起するわけだし。だってそうでしょう。二つのものが重なり、俗に言う正義と歴史の重なり合いが実現するとしても、それは誤った、偶然の一致にすぎないのだから。正義はこの世のものではない、と人が言うとき、その人が言いたくて、伝えたくて、また口に出して言いもしたのは、正義と歴史のあいだに有機的で、機械仕掛けを思わせ、技術もからんだ一つの対立があるということだった。

正義と歴史は互いに戦争をしかけ、抑えようのない戦争を続けるしかない状況にあるということだった。歴史を忘れたら、そのときばかりは歴史が正義をおこなっているように見えるかもしれない。歴史を忘れなければ、不公正が罷り通る。

さて、ここでまた選択の問題を考えてみましょう。前にも言ったように、人は下落と死のあいだで選択を迫られる。多種多様で、数限りなく、そのうえ永久に繰り返す下落と、最後に訪れる究極の下落である死とのあいだで、実際に自分が下落することを確信し、常に下落の危険にさらされた状態と、死とのあいだで選択を迫られるということ。これら二通りの悲惨のあいだで、永久に続く悲惨と、悲惨な状況に陥る危険とが一方にあり、もう一方には極限的な悲惨と、この極限的な悲惨に遭遇する危険とがある場合、ただ単にその二つのあいだで選択を迫られるだけではないということ。ただ単に悲惨なその選択をするよう迫られるだけでなく、悲惨な選択が許されるということ、悲惨な選択を余儀なくされるということ、悲惨な選択を運命づけられているということ、また実際にも悲惨な選択をするよう導かれるということ、悲惨な選択ができる立場にある（立たされる）ということ。わかるわね、坊や、これは救済を別にすれば人間にとって最大の幸運なのよ。全人類のなかから選ばれ、双子のように似通った二つの悲惨のあいだで、似たもの同士の対をなす二つの悲惨のあいだで、この悲惨な選択を許された運命の人になることを目指し、それこそ何百万もの人間が、まだ海のものとも山のものともつかない状態のまま死んでいった。そして道が二つに分かれるところまで導かれた人たちや、二つの悲惨に入っていく二つの敷居のところまで進むことを許された、ほんの数名なら当然よく知っていることだし、そもそも誰もがよく知っていることではあるけれど、悲惨な選択に直面した人々は全人類のなかから選ばれ、救済を別にすれば、これまで世界に降ってきたなかで最高の恩寵を授かった人間にほかならない。

それにしても厄介な恩寵ではある。苦いだけでなく、授かった人が報われないのだから。授かったところで報われないこの恩寵を得るために死んでいった人の数はあまりにも多い。そして死なずに済んだのが作者だった。とはいえ死なずに済んだ作者はその代価を支払わなければならない。しかも、はなはだ規則正しく、どこまでも執拗に（その執拗さは作者本人から出たものではないにしても）、代価の支払いを続け、一種異常な残忍性に磨きをかけていく。作者は下落を引き受けるしかなく、耐え忍んでいかなければならず、これが時間の中で与えられた最大の幸運である以上、感謝するしかない。死とのあいだでこの下落を選択するしかない以上、死にも等しいこの下落に、作者は有機的な組成を与え、自分が先頭に立ち、最初の当事者として、これを管理するという責務を負うことにもなる。この下落を制度化し、改革し、先導するという責務を負うことになる。そうする以外にないのだから。どのみち責務を逃れることはできないし、そもそもこれは信頼できる者にしか任せられない任務であり、従来とは違う第二の天命であり、高い信頼を勝ち得た者にしか任せられない、従来と違う第二の任務なのだから。作者は口火を切る者となり、自分の作品を下落に導き、下落のありようを考え出す最初の人間になるのだから。ほかならぬ作者が手すりにもたれて立つ男になった。作品の前を通りかかり、列に並ぶ観客第一号になった。ほかならぬその手が、作品を作り上げたのと同じあの手が、手すりをつかむ手に変わった。あろうことか作者は観客第一号になりはてた。行列した観衆の先頭に立っている。展覧会の開幕として悲しすぎないかしら。実に不思議な、撤回することもできない式典だから。ほかならぬ作者が、決して終わらない（という希望にかけるしかない）葬儀を仕切る小役人になりさがった。どうしてそうなったかと言えば、葬儀が埋葬によって終わらないことに希望を求めるのは絶対に不可能だから。千に一つでも、数百万に一つでも希望があるとすれば、その希望は、葬儀が長引くという、その一点にこそある。誰にもわからないのだから。いつまでも続くものであるかどうかということは。希望は、葬儀が土に埋めるだけでは決して終わらないという、まさにその一点にある。一度きりの特別な瞬間を捉え、みずから作り上げた作品に、ほとんど造物主にも等しい力を働かせて創造したその作品に、作者は鉄槌を振り上げて最初の一撃を加えることになる。それもそのはず、あらゆる人に先駆けて作品を知っている以上、作者はあらゆる人のなかで最初に、自分の過去を畳み込んだ記憶の奥底で、作品に観衆の視線を向けるしかなかったのだから。

作者はすでに持ち場を離れていた。作品をそのまま残したのは、作品が完成し、仕上げもほぼ完璧だったから。人間に許される範囲で完璧だったから。作者は生来の視線をすでに失っていた。生まれたままの、始まりの視線を、本にたとえるなら章の始まりに向けられた視線を、最初の、唯一真正な視線を失っていた。真正である以上に、現実に沿った視線を失っていた。要するに啓示の、初めて啓示を受けた者の視線を失っていた。作者は慣れきった視線で、ものを見るようになっていた。絶対に修復がきかない芸術上の堕落。作品の創造それ自体を無力化する、撤回不可能な堕落。作者の視線はもはや新鮮な驚きの視線ではなくなっていた。熟練を欠いた視線でも、新しい視線でもなければ、生来の視線でも、生まれつきの視線でも、生まれたばかりの視線でもなかった。慣れきった視線であり、あえて言うなら老け込んだ視線だった。老け込んだコルネイユ[*1]が韻文劇『ポリュークト』で最も美しい詩行、というか、それでは褒めすぎなら、作品全体の構成で要となる詩行を自分で壊すことになったのも、たぶんこのあたりに原因がある。[*2] そこにはもう作者が作品に向けた、最初の視線はない。あるのは観客や公衆が向ける、二番手の視線だけ。最初の観客となり、観衆や公衆として最初の一人になったとしても、その人が二番手であることは疑いようのない事実なのだから。作者の視線は、真新しい紙に、削って先を細く尖らせた鉛筆で、そっと触れるように引いた細い線でも、ペンで一気に引き、乾いた感じがする線でもなくなっていた。それはもう、そっと触れるように引いた線でも、一気に引いた線でもなく、筆記具を紙に押しつけたような鈍い線だった。覇気がなく、切れ味は鈍り、擦り切れ、削り方が足りないどころか、もう削ってすらいないし、せめて目の前にある視線の対象だけは捉えるために、今回だけは特別に、これを最後と決めて削り直したいと思っても、それすら叶わない鉛筆で引いたような視線。疲れの見える線。消しゴムで消し、引き直し、また消して、また最初から引き直した線。もはや鮮明で、乾いた感じの点でも、全体に乾いた感じがする線でもなく、水で薄められた描線と、水に濡れて滲んだ線。疲れの見える紙に引いた、やはり疲れの見える線。作者の視野も、そんな疲れの見える紙と同じになっていた。紙の表面が、つまりその表側が、つまり表側に寄った紙の層が、つまり表層が、つまり表の層が明らかな損傷をこうむったのと同じような視野。要するに紙の面が修復不可能なまでに押しつぶされ、

＊1　ピエール・コルネイユ（一六〇六－一六八四）はフランス古典悲劇を確立し、フランス演劇史上初めて優雅な悲劇を書いた十七世紀最大の劇作家。悲喜劇と銘打った代表作『ル・シッド』（一六三七年初演）は興行的に大成功を収める一方、一日のうちに（時の単一）、一つの場所で（場の単一）、一つの行為が完結する（筋の単一）という、いわゆる三単一の法則を破ったため、大論争を巻き起こした。以後、三単一の法則を厳密に守りながら完成させた傑作悲劇の一つが『ポリュークト』である。

＊2　『ポリュークト』（一六四三年初版）の本文に後日、作者コルネイユは多少の修正を加えているが、ペギーの記述から「要となる詩行」を特定することはできない。

時を同じくして傷をつけられ、それと同時に取り除かれ、撤回不可能なまでに乱暴な扱いを受けたのと同じような視野。何度となく消される、まさにその繰り返しによって、紙の面が消しゴムと鉛筆から誰の目にも明らかな侮辱を受けたばかりか、その侮辱は消しがたいものであることが明らかになったときと同じような視野。目の前の一ページが書き直しと、未練と、後悔の念に埋め尽くされたのと同じような視野。それぞれが決定版だと言われながら、まさにそう言われたからこそ最後の一つでしかありえず、今も、これから先も決して決定版にはなれない描線の下に、あまりにも多くの試みが、無益で屈辱的な企ての数々が、報われぬ努力の数々が、不毛な努力の数々が、以前に描いてはみたものの、結局は放棄した、数限りない形や、数限りない描線の成れの果てである、累々たる死骸の山が、以前に引きはしたものの、結局は廃棄した数限りない描線の成れの果てである、大量の埃が、以前に引きはしたものの、結局は故意に忘れ、怒り狂って否認した描線の成れの果てである、あまりにも多量の遺灰が見つかったときと同じような視野。決定版としては相当な無理があり、はっきりした自由意思に従って、万策尽きたからこそ決定版になるべきものとして選ばれた描線の下に、つまり平たく言えば最後に試した描線の下に、以前は盛んにおこなわれたものの、どうして他の読み方ではなく、こちらを捨てたのか、その理由もわからないまま捨てられた誤読の数々が見つかったときと同じような視野。芸術家だろうと、作者だろうと、創作にたずさわる者だろうと、その視野が、疲れの見える紙と同じになり、その視線も削り方が足りない鉛筆や、先の欠けたペンや、使い込んで先が丸くなった刃物と同じになったとしたら、それはあまりにも不幸だと思う。作者の視野が度重なる屈辱を受け、何度となく試し書きに利用され、それでいて何度となく赦免を公表しなければならず、またそのことに慣れきって押しつぶされるとしたら、それはあまりにも不幸だと思う。あなたが見逃すはずはない。違うかしら。私たちはここで、作品の創作それ自体と、作品の操作にかかわる最も困難で、最も深遠な問題の一つに触れようとしているということを（困難と深遠の二つが連動することはままある）。おとなしい表現に変えて、創作にかかわる人たちと同じ言葉遣いをするなら、美学上最も微妙な問題の一つがここにある、ということになるかしら。そして、これもあなたなら見逃すはずがないことだけど、美学上、たぶん最も微妙な問題、つまり作品の胚胎それ自体と制作の問題、そして公表の問題、生産の問題、作品を創ることそれ自体にかかわる問題、要するに私たちが作品の創作と呼び、またとりわけ作品の操作と名づけたこと全般にかかわる問題は、その本質において歴史の問題であり、記憶の有機的組成それ自体にかかわる問題でもある。そういったことが全部、今でも、またこれから先も、まるで偶然そうなったかのように、私の管轄に属している。私の領分に含まれるし（私の領分は広い）、この分野でも当然ながら私は第一人者の地位にある。昨日あなたは「手帖」[*1]の編集室で、今なお現役の、巨匠と認められた現代の画家について話を聞かされた。有名な『睡蓮』[*2]を、二十七回だったか、三十五回だったか、飽きもせず描きつづけた、あの画家のことだけど、「睡蓮」の正しい綴りは「Nénuphars」だったかしら、それとも「Nymphéas」だったかしら（「nénuphars」と「nymphéas」のあいだに違いがあったとして、二つを区別する、というか区別してしかるべき違いを今ここで教えてくれたら謝礼を

＊1　ペギーが主宰した「半月手帖」のこと。一九〇〇年一月五日創刊、ペギーの戦死にともない一九一四年に廃刊。哲学、文学、歴史、教育など、幅広い分野の論文を掲載し、ペギー当人も著作の大半をこの雑誌に発表した。

＊2　クロード・モネは一九〇九年五月六日から六月五日まで、パリのデュラン＝リュエル画廊で個展「睡蓮、水の風景連作」を開いた。ペギーが本書の冒頭部分を執筆したのはその少し後だった。

弾むわよ、と歴史であるそのひとは言った）。また、『睡蓮』の売却価格は一枚につき（一回につき）最低でも三万フランに上った。作品一点で三万フラン、それとも三万一千フランだったかしら。はっきりしないわね。こういう勘定は合ったためしがないから。金額の話をしたけど他意はないのよ。昨日の今日だというのに、この話を蒸し返したのは、煽っているそぶりも見せずに煽って、あなたに掛け算をさせようと思ったからではない。（そもそも掛け算するなんて無謀だと思う。なにしろ私には、どちらの数字についても、それが正しいと保証してあげることはできないのだから。これにはもちろん理由があって、まず私は正確な金額を知らないし《歴史であるこの私も何から何まで知り尽くしているわけではない》、それから《万が一知っていたとして》、私が金額を漏らすようなことをしたら、特定の誰かを名指しで批判しているように思われるだろうから、金額について、とやかく言うわけにはいかない。）そんなわけで私は、一点につき三万フランで作品を売却したことで、その人を責める気になれないだけでなく（歴史である私には時間の中にある世俗の世界がどういうものか、少しはわかっているから）、三十回にわたって同じ作品を制作したことでも、その人をとりたてて非難しようとは思わない。どうして非難できるかしら。最高の巨匠がそろいもそろって同じ行動をとったことに――史上最高の天才もこぞって同じようにふるまったということに――そして彼らが巨匠たりえた理由は、おそらくそれ以外にないということに――そして彼らが巨匠となり、天才でありえた理由は、おそらくそれ以外にないということに――むしろ思いを致さなければならないのだから。例の画家だけを非難したら、私は許しがたい忘恩の徒になってしまう。なにしろ私がこの話をしたのは、むしろ例の大物画家が二十七回にも、三十五回にもわたって素晴らしい睡蓮の絵を描きつづけただけでなく、この連作に取り組むのと同時に、また連作の内側で、想像しうるかぎり最も完璧な手本を、つまり実現しうるかぎりで最も強く凝集した一つの事例を、つまり、これがなければ無理にでも作るしかなかったような、いわば模範ともいうべきものを、つまり最高の模範例を、つまり先ほどから話題にしている最重要問題に最も多くの点で最もよく当てはまる手本を、つまり真に典型的な事例を、つまり最大限の意味と最大限の代表性に満ちた手本を示してくれたのだから。私たちにも、それなりに有名な『睡蓮』があって、私たちの誰もが始終これを描き直している。小粒ぞろいの私たちは誰もがそうしている。ところが史上最高の天才も、決して私たちと違うことをしたわけではなかった。それに天才が天才たりえ、世界最高の天才でありえた所以は、やはりここにあるのではないかしら。ある者は明白に、はっきりと人目につく形で繰り返し、別の者はむしろ目立たないように、むしろ人目を避けながら繰り返した。同一人物が、ある程度まで明白に、あるいはむしろ人目を避けながら繰り返したこともあれば、ある程度は人目につき、表面に出る形で繰り返したことも、あるいは内面にいわば沈潜して、さらなる深みを目指し、さらに深い内面に隠れて繰り返したこともある。いずれにしても天才は、素晴らしい自分なりの『睡蓮』を繰り返し描き直す以外、ほとんど何もしてこなかったし、もしかするとそれ以外に何かをするようなことは一度もなかったのかもしれない。ある者は『睡蓮』を絵に描く。別の者は歌にする。文章で表現する者もいる。物語に仕上げる者もいる。ここまで一貫して繰り返すところを見ると、これこそ天才だけに許された歩みなのではないか、ここにこそ天才の領域と、技術と、使命があるのではないかと思えてくる。これを最後と決め、可能なかぎり永遠に続くような、一定した時間の共鳴をもたらすところに、天才の天才たる所以があるのではないかと思えてくる。それがレンブラントのような天才をめぐる真実であり、現実でもある。レンブラントは明白な形で、同じ

（ような）一枚の（あるいは数枚の）素描（群）を何度となく繰り返し、同じ一枚の油彩画を何度も描き直し、同じ肖像を、それも自画像ばかりを、つまり同じレンブラント像を、何度となく描いたのではなかったかしら。そしてレンブラントの深さは常に同じレンブラント像を描いてきたことから生まれたのではないかしら。ある程度の深みに下っていき、ある程度奥まった、外から見た印象よりもはるかに深い内部の世界で、そのような方針を貫いたのではなかったかしら。これはまた楽聖ベートーヴェンや、文豪コルネイユや、歴史の天才であるミシュレ[*1]をめぐる真実であり、現実でもあった。ちょうどいい機会が訪れた。せっかくの機会だから、これを逃したりしないで、ミシュレこそ歴史の天才である、と声を大にして、何度でも言っておかなければならない。なぜかといえば、まず、それが真実だから。次に、ミシュレを天才扱いすると困る人が大勢いるから。そして、あなたや私の親友である現代人にとって、ミシュレを天才と認めることは苦痛以外の何ものでもないから。それでも私には、ほかならぬ睡蓮の連作ほど強く凝集し、惚れ惚れするほどの唯一性に恵まれ、あまりにも珍奇で、極限に迫り、あそこまで完璧に仕上がった事例を、一度でも提供した者がいるようにはとても思えない。あそこまで典型的な事例を一度でも絵に描いたり、歌にしたり、文章で表現したり、物語に仕上げたりした者がいるとは思えない。睡蓮の連作は確かに美しさの限りを尽くし、その事例としての力を総動員して、ここで私たちが取り組んできた問題を、あの最重要問題を突きつけてくる。つまり、一人の大物画家が二十七回か、三十五回にわたって、あの有名な睡蓮の絵を描いた点に鑑みるならば、「画家が最も巧みに睡蓮を描いたのはいつなのか」という問いを立てるしかない。そしてあなたには、睡蓮の画家だけでなく、同時に他の天才全員に当てはめたとき、この問いがどこに向かうことになるか、ちゃんとわかっている。全部で二十七枚ある連作と、三十五枚ある連作のうち、どの睡蓮が最も巧みに描かれたのか、と当然ながら問い直すことになるわけだから。論理の動きに従うなら、最後の一枚に決まっている、なぜなら画家はより多くを（最も多くを）知っていたからだ、と答えることになる。でも私に言わせれば、その逆が正解で、「実は最初の一枚だ、なぜなら画家はより少なく（最も少なく）知っていたからだ」と答えるしかない。

論理の動きが貧しいものに見える点で、睡蓮の連作を超える事例は一度もあらわれなかった。論理の動きがこれほど経験則に欠け、情報も不足し、いたずらに硬直しているばかりか、現実から、これほど遠いものに見えたことは一度もなかった。母なる現実から、現実の強さから、現実の若々しさから、これほど遠く見えたことは一度もなかった。現実の柔軟さから、これほど遠く見えたことは一度もなかった。論理の動きに従えば、もちろん作者は一回ごとに腕を上げ、一回ごとに前進し、一回ごとに進歩する、なぜなら回を重ねるごとに（新たに回を重ねた後の）作者は当然ながら前の回よりも正しい見方を身につけているからだ、と考え、人前でも平気でそう断言することになる。こう言ってよければ論理の動きを支配する思い込み、全面的な慢心と段階的にふくらんでいく慢心、つまり階段状になった慢心であり、梯子を上るようにしてふくらんでいく慢心でもある思い込みは、一つ回を重ねるごとに、より多くを知ることができるのだから、一つ回を重ねるごとに、

＊1 ジュール・ミシュレ（一七九八－一八七四）は十九世紀フランス最大の歴史家。主著『フランス史』（一八三三－一八六七）は全十七巻におよぶ大著で、古代ガリアから十九世紀初頭までの歴史を活写している。その『フランス史』で救国の英雄ジャンヌ・ダルクに高い評価を与え、『フランス革命史』（一八四七－一八五三）には歴史の主体として民衆を登場させた点で、ミシュレはペギーの歴史観に深い影響をおよぼしたと思われる。

より正しい見方もできるようになるという、まさにこの誤解から生まれた。論理の動きがその貧しさを曝け出した点で、睡蓮の連作を超える事例も、睡蓮の連作と肩を並べる事例も、これまで一度たりとあらわれなかった。富める者の貧困であり、貧困のなかでも最悪の部類に属する貧困。悲惨このうえない極貧。睡蓮の連作が極限的な事例であるからこそ、ただ珍奇なだけの事例ではなく、極限的な事例であり、典型的な事例であり、唯一無二の事例であるばかりか、無理をしてまで用意したような事例であり、惚れ惚れするほど強く凝集し、惚れ惚れするほど見事に描かれた事例であり、いわば濃縮された事例であるからこそ、論理の動きはなおのことこれを嫌い、限りない嫌悪でもってこれを迎えたわけで、そこに対象となる事例と同じく極限的な嫌悪の念が生まれて、この事例から自分はなおのこと遠く離れていると感じるしかなかった。睡蓮の連作を前にした論理の動きが、はなはだしく力を欠き、あまりにも無様で、はなはだ野蛮なうえ、ひどく窮屈で、まったく身動きがとれなくなり、完全な誤りにますます深く陥って、物事の意味を逆に解釈するようになったのは、睡蓮の事例が本質的に強い有機的組成をもつ事例であり、有機的な事例を凝集し、要約し、縮図にまとめたもの、つまり有機的な事例を典型に高め、必要最低限だけを抜き出し、一つの本質にまで純化したもの、要はその本質において歴史と記憶にかかわる事例だったからにほかならない。今回も主役はこの私。本当に厄介な問題ね。例の大物画家が二十七回か、三十五回にもわたって、あの有名な睡蓮の絵を描いた点に鑑みるならば、画家が最も巧みに睡蓮を仕上げたのはいつなのか。一回目だろうか。それとも三十五回目だろうか。あるいは初回と最終回の中間に位置する、また別の回だろうか。これは最大限と最小限を問うだけに、なかなか厄介な問題だと思う。結局のところ最もよく描けた睡蓮の絵はどれなのか。もちろん、出来不出来の他はすべて同じであると仮定して問わなければならない。気分、情緒、精神状態に加え、来る日も来る日も（多少の波はあるにしても）続く作業、また毎日の状況と毎日変化する気のもちよう、あるいは日々の糧、精神のもちようをめぐる日々の調整など、出来不出来の他はすべて同じであると仮定したうえで、結局のところ最もよく描けた睡蓮の絵はどれなのか、と問わなければならない。一枚目だろうか。それとも三十五枚目だろうか。あるいは最初と最後の中間で描いた、また別の一枚だろうか。最初に起こる、間の抜けた動きに、つまり（最初に起こる）論理の動きに従い、論理的に考えれば、三十五枚目に決まっている、なぜなら作者はその時点で最も多くを学び、最も多くを知っているので、最も正しい見方ができるからだ、と即答することになる。でも私に言わせれば、最初に、まず一枚目の睡蓮を描いた、その最初の回だ、なぜならその時点で作者は最も少なく知っていたからだ、と答えるしかない。まさに学んだことが最も少なく、知っていることが最も少ない時点で描いたからこそ、最高の睡蓮になったのだ、と答えるしかない。裏を返せば、ここに蓄財家の貧困が露呈していることにもなる。論理的に考えれば、つまり（最初に起こる）論理の動きに従うなら、一つ回を重ねるごとに、新たに重ねた回は前の回に対して（否定しようのない）進歩を示す。それもそのはず、新たに重ねた回は後から訪れ、その一つひとつが獲得、それも揺るぎなき獲得となり、進歩、それも獲得され、声価の定まった進歩となるからだ。後の回は人が階段を上がるときの、踏み板と同じだからだ。どの段も前の段より高いことは認めざるをえないからだ。階段とはそういうものだからだ。後の回は前の回に続くものだからだ。さもなければ階段ではなくなってしまう。段ですらなくなってしまう。そう考えるのが進歩の理論であり、論理に沿った理論なら必ずそう考える。広く一般の信念として通用しているのは、これが論理に沿った理論であり、進歩の理論であるから。それ以外に理由はない。圧倒的な力で君臨する理論。つまり回を重ねるごとに何かを学ぶのは、学んだことを次の回に繰り越すためであり、これを繰り返せば立派な家が建つという発想。[*1] 要するに貯蓄。いわば倹約して貯めたものを、前の回から次の回に繰り越し、手つかずのままになったものを、前の回から次の回に繰り越し、知っていることや、学んだことを、知識や、手腕を、そして情報を蓄え、元本に組み入れ、前の回から次の回に繰り越すこと。これこそまさに進歩の理論であり、ここにこそ進歩の理念がある。現代の世界と、現代の世界を支える哲学や政治や教育の核心に、進歩の理念がある。現代の世界で知識人党に与えられた地位[*2]の核心部分に、進歩の理念がある。現代の世界で知識人党が確立した支配の核心部分に、進歩の理念がある。歴史であるこの私も、私なりの支配を確立してはいるけれど、その核心部分に進歩の理念が組み込まれたのは、現代人が私のことをさっぱり理解できず、私の苦しみや、私の心にあいた穴や、私の知られざる弱さについて、何も知らずにいるからにすぎない。今の時代、現代の世界で歴史学と社会学に与えられた地位と、そこに確立した支配の核心部分に、進歩の理念がある。確かに（完璧な）論理に沿った理論ではある。でも残念なことに（論理的であるだけになおのこと、と言うべきかしら）（論理的だからこそ、と言うべきかしら）無機的で、有機的組成から遊離した理論でもある。有機的組成以前の理論でもある。論理的であるだけになおのこと、有機的な理論、つまり有機的組成をめぐる理論から遊離している。また、そうであるからこそ、理論として広く一般に行き渡り、この分野で唯一の理論にも、唯一の理念にもなりえたわけだけど、安易で、手軽なこの理念は、結局のところ世俗に媚びた通俗的な理念でしかない。それに、結局のところこれは、誰の目にも明らかなように、ある時代のある民族から生まれた理念であり、ブルジョワ階級が勃興し、自身もブルジョワ階級に加わった時期に、また資本主義が確立し、自身も資本主義に加担するようになった時期に、知識人階級の手で、つまりある時代のある民族から生まれた知識人党の手で作られた理論でもあった。ブルジョワ階級と資本主義の時代を迎えると、あらゆる種族の活力と精気、力の源と、力を求める本能のすべてが、そして隠れたものも、明白なものも合わせて、有機的組成を志向する本能のすべてが、さらにはあらゆる種族の血をたぎらせた（昔と同じ）高揚のすべてが、どれも同じように減退し、消えてゆく定めを受け入れ、疲れの見える描線を親指の腹でこすったように、やがて失われ、意識の混濁を招く一方（その後に訪れるのはどのような時代かしら）、これらに代わって新しい本能が、つまり新たに獲得した本能的な力が、現代人の本能が、知識人特有の本能が興隆し、下劣な本能が頭をもたげたことで、ここに現代の世界は大きな勝利を収めたのだった。貯蓄と元本組み入れ、強欲、吝嗇、倹約（と貯金）、金銭欲、心の冷酷、打算（と利息）。貯蓄銀行に証紙販売所。これこそまさに元本組み入れの理論にほかならない。それも単に利息がつくだけでなく、複利でふくらむ元本組み入れの理論。現代の世界は、ここに自分のあるべき姿を見出し、必要不可欠な制度の一つである元本組み入れに自分を重ね、その姿に満足し、われとわが身を慈しむ。しかも世界のすべてが、元本組み入れという全体を構成する部分の、どれか一つに照らしただけで、その正しさを立証してもらえる。なぜなら結局のところ、ここでいう進歩の理論は、その本質からして必ずや貯蓄銀行の理論に帰一するのだから。進歩の理論が想定し、創設するのは、私たち一人ひとりを相手に、各個人の知的資産を自動的に積み立てていく、小規模な貯蓄銀行にほかならない。自動的、と言った意味は、個人がいつも預け入

＊1　悲劇詩人ジャン・ラシーヌ（一六三九－一六九九）唯一の喜劇『訴訟狂』（一六六八年初演）を念頭に置いた記述。
＊2　『現代の世界で知識人党に与えられた地位』はペギーが「半月手帖」第八巻第五号に発表した論考の題。

れるばかりで、引き出す機会は決して訪れないということ。そして何もしなくても出資がまた出資を呼び、営々として、いつまでも増額を繰り返すということ。次は全体に目を向けて、世界規模で考えるなら、進歩の理論が想定し、創設するのは全世界に根を張る一つの巨大な貯蓄銀行、つまり人類一般を対象にした、人類一般に共通の貯蓄銀行、つまり人類一般を相手に、全国の、いいえ、それどころか全世界の知的資産を自動的に積み立てていく大規模な貯蓄銀行にほかならない。自動的、と言った意味は、人類がいつも預け入れてばかりで、引き出す機会は決して訪れないということ。そして何もしなくても出資がまた出資を呼び、営々として、いつまでも増額を繰り返すということ。それでこそ進歩の理論というもの。そしてここには理論全体の図式があらわれている。何かにたとえるなら脚立。上り専用の階段。上ったが最後、二度と下りられない階段。それどころか段を踏んでいるかぎり、絶対に下りられない階段。だから一段、また一段と踏んでいくだけで、高さの獲得が既成事実となる。すべてが確定する。損失も出ない。これで最終的に決着する。減衰は起こらない。摩耗すら起こらない。（なぜなら貯蓄銀行は摩耗と無縁であることを求められ、摩耗がゼロに等しい状態を保たなければならないから。）よくできた階段だと言うほかない。後から踏む段はどれであろうと、先に踏んだどの段よりも必ず高くなる。上ることしかできない。いつも上ってばかりいる。決して下りられない。下りることはできない。このような体系、この理論体系には気の毒だけど、現実が易々と梯子を上ってくれることは絶対にない。それに現実一般も、個別の有機体も、みずから進んで論理に縛られ、盲目的に論理尊重を貫くことは断じてなかったし、盲目的だろうと、そうでなかろうと、論理を尊重するようなことは絶対にありえないとすら言えるかもしれない。貯蓄機能は貯蓄機能なりに大きな重要性をもつ。甜菜と人参が、馬鈴薯と蕪が、それを教えてくれる。なかでも馬鈴薯は、揚げ物にすれば特に大きな有用性を発揮する。でも馬鈴薯がすべてではない。そして特に注意すべき点は、馬鈴薯が人間にとっていくら有用でも、馬鈴薯という品種を作る元となったナス科の植物から見ると、さほど有用ではないということだと思う。動物の体にもそれがある。馬鈴薯ではなくて、貯蓄機能がある。でも貯蓄機能がすべてではない。脂肪だけが人体のすべてではない。ところが貯蓄銀行に見られる進歩の体系は、あなたならわかると思うけど、結局のところ脂肪太りの体系でしかない。自然というものは、あなたも知ってのとおり、現実とも、有機体とも言い換えることができるけど、これを支配する法則には、貯蓄以外にもさまざまなものがある。減衰が現実のこととなり、永久に損失を計上しつづけ、摩滅し、避けようもなく摩耗が起こる。しかもこれが偶発事ではなく、自然の作用そのものに組み込まれている。自然が作用をおよぼす際の規則に組み込まれ、さまざまな法則、あるいはむしろ唯一の法に組み込まれ、自然の仕組みと自然の自動作用に組み込まれている。要は有機体の中を見れば明らかなように、あらゆる有機体に一定の仕組みがあるという意味で、またそのかぎりにおいて、自然の仕組みに組み込まれている。永久に減衰を繰り返し、摩滅し、摩耗が起こって、不可逆的なものが自然そのものの中に、本質の中、出来事の中に、ほかならぬ出来事の核心に組み込まれた。一言でいうなら老いが組み込まれた。気の毒だけど、進歩論者の想定には誤りがある。違うかしら。進歩論者の体系は、時間がただひたすら純粋なだけの時間であると想定している。つまり幾何学的な時間。空間的な時間。それだけが絶対で、無限に伸びる（その起源が無限の彼方にあるわけではないにしても、こう言ってよければ、終わりに向けて無限に伸びる）一本の線。つまり想像の中で、随意に選ばれ、空間を模倣し、空間と同じように作られ、空間に似せ、空間の相似形として作られた時間。人為的で、模造品を思わせ、随意に選ばれ、いかにも出来すぎた時間。どこにも切れ目がなく、どこをとっても等質だから、この完璧な線に沿って行くだけで、時間の中にあるかぎり無限に続く果樹牆に沿って進むのと同じく、永久に終わらない進歩が、永久に続く右肩上がりの曲線となって刻まれるような、ただひたすら純粋な一本の線。私は物笑いの種になるようなことは絶対に避けたい。わかってくれるわね。だから『意識の直接与件についての試論』と同じ説明を繰り返す気はないし、この本を再度とりあげようとも、改めて発見しようとも思わない。『物質と記憶』についても、あの議論を繰り返す気にはなれない。それに、いくら望んだところで、私にそんなことができるはずもない。違うかしら。なにしろ、あの人〔＝ベルクソン〕の登場以前に、あの人と同じことができる者は誰もいなかったし、また実際に同じことを試みた者もいないのだから。それにね、坊や、発見には二度となしえない発見もあって、あれはまさにそういう部類の発見だったのだから、よく覚えておくのよ。それにしても不思議ね。とても信じられない。素晴らしいことでもある。時間が関係する領域を対象に定め、ある一定の分野で、探究と、突っ込んだ考察を続ければ、そうした重大な発見から遠い未来に向けて投射された、まばゆい光が届く範囲内に、必ず戻ってしまうだなんて、不思議としか言いようがない。特に、これまで取り組んできた分野で、等質の時間や空間的な時間に私たちは馴染んでいるけど、この図式化された時間、想像上の時間、虚構の時間、絵に描いた時間、偽りの時間、幾何学的、数学的な時間はまさに、紛れもなく正確な意味において、貯蓄銀行や大規模金融機関の時間であり、小学校時代から比例算や利息計算に用いることで、すっかり慣れ親しんだ時間でもある。要は利息を算出するための目盛。「はい、先生、時間に利率を掛けてから百で割ります」。元本が利息を生む増殖の時間。手形の、そして有価証券の、そして決済期限を目前に控えた煩悶の時間。正真正銘、紛れもなく等質な時間。それもそのはず、煩悶や運不運の数限りない変種を、等質な計算によって、等質な計算式の中に取り込み、いわば翻訳を通じて、等質な（数学の）言語に置き換えるのが、ほかならぬこの時間なのだから。こうして今一度、長らく探究を続けるうちに、私たちも何度となくその存在を予測した、あの真実と、あの現実が明らかになる。つまり現代と、現代の世界と、ブルジョワ資本主義のあいだには、また現代（および現代の世界）ならではの手法および手順、そしてブルジョワ階級の歩みと手法と手順のあいだには一つの親和力が、深く、遠くまでおよび、どこまで波及するのか見当もつかない一つの類縁関係があるということ。現代（および現代の世界）と非有機体と金銭のあいだには一つの親和力が、きわめて深い類縁関係があるということ。同様にして、キリスト教と有機体（永遠の生命）と清貧のあいだには一つの親和力が、無限に深く、無限の彼方まで波及する類縁関係がある。同様にして、古代の異教と有機体と祈願のあいだには、一つの秘められた親和力が、深い類縁関係があった。これは要するに現代の世界だけが、ただ一つ、他のあらゆる世界と区別され、ただ一つ、独特のリズムと、私たちもこれまで何度となく遭遇してきた特別な法則によって、他のあらゆる世界と際立った対照をなすということであり、現代の世界が非有機体に対して恥ずべき秘密の執着を示す一方、他のあらゆる世界はどれも逆に、有機的な絆で有機体につなぎとめられ、胎盤による深い結びつきを示してきた。

　脚立を頼りに誰もが上っていく。人間は一生のあいだ、誰彼の別なく果樹牆にしがみつき、その枝をつかんで、永久に終わることのない登攀を続ける。どの枝も平行になった、誰もが知る果樹牆、あるいは枝がすべて水平を向くように剪定した、誰にでも見覚えがある簡略型の果樹牆。そうした果樹牆に全人類がそろって挑み、個々人の場合と同様、やはり永久に終わることのない登攀を、全員一丸となって続ける。「それが進歩だ」。進歩論者は信じて疑わない。でも私は知っている。これとまったく違った時間があるということを。出来事は、現実は、有機体は、これとまったく違った時間に従い、一つの持続と、持続のリズムに従うばかりか、みずから一つの持続を、それも現実の持続を形成し、一つの持続によって、それも現実の持続によって形成されるということを。そのような持続は、やはりベルクソン的持続と名づけるしかない。なにしろ、まったく新しい世界であり、永遠の世界でもある持続を発見したのはベルクソンその人なのだから。ベルクソン哲学の予見と影響が、どこまでおよぶものか、それは絶対に、誰にもわからない。ベルクソン哲学はどこまで食い込み、どこまで進展を見せるのか。どこまで先を予告し、どこまで照らし出すのか。徐々に版図を広げた末に、どこまで勢いを増すのか。土壌に染み込む水のような、その浸潤はどこまでおよぶのか。どこまで照らし出すのか。そしてベルクソン哲学が投げかけた明りは、秘められたその光は、遠くに照射するその光線は、謎めいたその輝きは、いったいどこまで届くのか。それは誰にもわからない。さらにベルクソン哲学が、いわば自己超克をとげた先で、いったいどれだけの成果を期待できるのか、つまり、これまでに達成した明白な成果をはるかに超えて、遠く離れた（隔たった）その先で、どれだけ（深いところで）みずからを刷新するのか、あるいは、これまで語ってきたことを（大きく）超えて、どれだけ広い適用範囲をもつにいたるのか、それは誰にもわからない。それにもう一つ、いわば専管事項としてベルクソン哲学に帰属する水域で、迂闊にもベルクソン哲学独自の領域に近づき、かすめる程度だったとはいえ、一応はベルクソン哲学の関与が明らかな分野に手を出したなら、そのときはベルクソン哲学に遭遇せずに済ませるほうが難しいだけでなく、迂闊な人間が予想だにしなかった水域や、領域や、遠く隔たった分野で、思いがけずベルクソン哲学との一致を見出し、ベルクソン哲学に遭遇し、それまで知る由もなかった延長や、人知れずそこに生え、際限なく投影され、どこまでも伸びた光の触角に遭遇することもある。そのときの驚きはどれほどのものか、誰にもわからない。効果（と範囲）を限られ、無駄な縁の部分は切り落とすことができる論理の力を有するだけでなく、それ自体で特別な血統に連なる力を、文字どおり有機的な血統を、有機的な力を、豊饒な力を、出来事および現実としての力を有しているので、独自の対象を、当初の領分を、本来の得意分野を、個別的な対象を全方位的に乗り越え、いたるところに溢れ出していく動きこそ、特に優れた哲学の証しであり、その哲学だけがもつ特性でもある。それに私は知っている。老いがあるということを。個々人の老いと、人類全般の老いがあるということを。現実に体験する持続、つまり今後も一貫してベルクソン的持続の名で呼ばれる持続は、有機的な持続であり、出来事と現実の持続でもあるわけだから、本質的に老いを含みもっている。老いは本質的に有機体とかかわりをもつ。持続の中にある老いは有機的組成の核心部分に取り込まれている。誕生し、成長し、老いること。生成した末に死んでいくこと。大きくなった末に縮んでいくこと。それが全部一つになっている。同じ一つの運動になっている。有機的な、同じ一つのふるまいになっている。これはいずれも古代の哲学者が衰滅の領域にあるものとして、的確に描いてみせた現象でもある。時間の中に生まれ、時間の中で死を迎えるまで、眼前には決められた道があって、旅人は必ずこの道を辿る（旅人と言ったのは、もちろん私たちのこと。個々の人間が、人類《のすべて》が、時間の中にある創造物《のすべて》が旅人なのだから）。決められた道筋があり（従ってまた決められた日程がある）、決められた巡礼の道があって（宗教的な巡礼だろうか、それとも世俗的な巡歴だろうか）、巡礼者なら全員が休むことなく、いつも同じ方向にこの道を辿っていく。

同じ道を辿り直すことはないし、引き返すこともできない。時間の中で創造がおこなわれてから、すべての時代が終結するまでのあいだ、不可逆なものが、一定の、避けようもない支配を確立し、磨滅が、撤回不可能な摩耗が、老いがあらわれて、ここに一つの運動が起こる。その運動に巻き込まれた動体は（動体とは私たちのことであり、当然ながら森羅万象が動体になる）、いつも同じ方向に飛びながら、同一の的を狙った同一の矢と同じ飛翔をおこない、実行し、実現し、終結させる。動体には、やりなおし（の能力）がなく、引き返すことも、繰り返すこともできない。未練や後悔がないわけではないとしても、時間そのものと、必ずや到来する審判の成就および終結に向けて突き進む。ここにこそ老いはある。私にわからないはずがない。自分の姿を見ただけで、この私がかつて、私のこの体もかつて老いに冒される素材となり、老いに狙われる的になった頃を、まざまざと思い浮かべることができるのだから。自分の姿を間近に見ただけで、「かつての私はどんなふうで、やがてそれがどうなったのか」[*1]、まざまざと思い浮かべることができるのだから。あなたにもわかってもらえたら嬉しいんだけどね。私が若かった頃から見て、世界がどれだけ年を取ってしまったか。遠い昔の話だけどもね（見てのとおり、そのひとは完全に老女の言葉遣いをするようになっていた。もちろん社交界の老婦人ではなく、庶民階級の老婆に特徴的な言葉遣いである）。運不運ということなら、妹たちも私も、本当にたくさんの種類を経験してきたし、積み上げた経歴も、またずいぶんと種類が多い。ところが、そんな私たちから見ても、睡蓮の老いほど際立った特徴を示し、あそこまで強く凝集した老いはどこにもない。他に例を見ない草本にして、あまりにも特異な植物。そのうえ惚れ惚れするほど美しい。老いの縮図を描くことによって睡蓮が一つの模範たりえ、一つの事例となり、最大限の範例たりえたからといって、そのような幸運は私にとって（そもそも）あなたが考えているほど意外なことではない。いかにも睡蓮らしくて意外でもなんでもない。考えてもごらんなさい。睡蓮は、植物学者に倣って「nénuphar」と綴っても、ごく普通に「nénufar」と書いても、とにかく仲間が多い（水生植物である）スイレン科の一員なのだから。白い睡蓮はエジプト人が崇めた聖なる蓮に等しい。そこを介して睡蓮は、とにかく高貴で、とにかく権勢が高いハス科の植物と類縁関係にあり、とにかく正統的で、高貴で、由緒正しく、「ネロンボ」とも「ネルンボ」とも呼ばれた系統に属している。因みにネルンボは小洒落た、というか、美麗ですらある袖珍本の商標にも使われているけど[*2]、そのうちの一種がヒンドゥー教徒の聖なる蓮に相当する。当然ながらそれはラテン人にも、フランス人にも、世界中の人々にも親しまれた「ロチュス」であり、ギリシア人が親しみ、ルコント・ド・リールが好んだ「ロトス」でもある。

また、そなたは雄弁な唇をもつムーサではない。

見てのとおりルコント・ド・リールは、私たち九人のムーサを厚遇して、かの有名なアフロディテー[*3]とは区別してくれた。

＊1　フランソワ・ヴィヨン『遺言詩集』八行詩五一番第四詩行。
＊2　ダンチュ社の「ネルンボ叢書」を指すと思われる。一八九三年初頭に刊行点数十六を数えたこの叢書では、その名のとおり睡蓮の絵が裏表紙を飾っていた。
＊3　次の引用にある「ウェヌス」と同じ。

また、そなたは雄弁な唇をもつムーサではない。
淑やかなウェヌスよ、そなたは懶惰なアスタルテとも違う。
薔薇とアカンサスの花飾りを額にいただくアスタルテは、
ロトスの臥所で逸楽におぼれ、息絶えようとしている。[*1]

懶惰なアスタルテとも区別してくれた。正しい判断だと思う。なにしろ私たちムーサは老いていき、老いの法則に従っているのだから。それに私たちが逸楽におぼれて息絶えることは断じてありえないのだから。そういえばルコント・ド・リールは、蓮のことを「ロチュス」と呼び、そのように綴ったこともある。

泣け、観想者の諸君、諸君らの知恵は連れ合いを亡くした。
ヴィシュヌ神が蒼穹のロチュスに座することはもはやない。[*2]

「ロチュス」とは書かず、「ロトス」と書くこともなく、ただ単に大地の子[*3]であろうとしたヴィクトル・ユゴーは、昔ながらの厳かな「ネニュ**ファール**［睡蓮］」をそのまま使った。「ファール（phar）（far）」の音で統一した脚韻を、凱歌のように響くこの脚韻を、つまり直截簡明に言えば、「ファン**ファール**［軍楽］」のような男性韻を手放すほど愚かではなかった。

ユゴーと、ルコント・ド・リール。異なる二つの体系が、この二人には宿っていた。あなたもまだ覚えているはずよ、ペギー君、老境に達した二人のことは。彼ら二人の老境は断じて正確に対をなすことがなく、断じて正確な平行線を辿ることもなく、こういう言い方が許されるとしたら、明らかに一方が他方を追っているような、ずれを含む平行線を描いた。一方から他方へ繰り越す関係にあった。それでも彼ら二人のあいだには（大きな）違いが（いくつも）認められる。しかもそれは、人間同士の違いが押しなべてそうであるように、二人の老いが示す違いに照らすことで、さらにはっきりと感じられる違いであるらしい。なにしろ一方が他方の後に続き、一方が他方を模倣するようにして老いる過程で、一人が老人だったのに対し、もう一人は年寄りだったわけだから、どうしても違いが目についてしまう。

いいかね、私が若かった頃の年寄りなら一人で当節の若い者二人に匹敵しますぞ。[*4]

一人は老いて老人となり、もう一人は老いて年寄りになろうとしていた。もちろん、あなたも知ってのとおり、終わりを迎え、老いた末に老人となったのはルコント・ド・リールで、老いて年寄りになろうとしていたのがヴィクトル・ユゴーだった。こうして順繰りに老いを迎えた二人のあい

＊1　ルコント・ド・リール『古代詩集』（一八五二）、「ミロのウェヌス」の第一三－一六詩行。
＊2　同、「怒リノ日」の第五五－五六詩行。
＊3　アルフォンス・ド・ラマルチーヌ『瞑想詩集』（一八二〇）、「人間」の第一八七詩行に「高ぶることも、低頭することもなく、ただ単に大地の子」とあるが、その前半部をペギーは『ロチュス』とは書かず、『ロトス』と書くこともなく」と書き換えた。
＊4　ヴィクトル・ユゴー『諸世紀の伝説』（一八五九）、「エヴィラドヌス」第十七節「棍棒」。詩群全体では第一一〇八詩行。

だには一定程度の間隔が空いていた。ある意味からすると一方がもう一方の支えになっていたとも言える。バレス[*1]が華々しい活躍を始める重要な契機となったばかりか、当人も話してくれたように[*2]、偉人の威光を観想するための重要な手ほどきとなったのは、上院図書館に出向いたある日のこと、二人が顔をそろえた場面に、つまりルコント・ド・リールを訪ねたユゴーに遭遇するという、なんとも幸運な巡り合わせだった。当時のユゴーは、私の記憶が正しければ上院議員で、ユゴーを迎えたルコント・ド・リールは司書を務めていた[*3]。当然そういうこともありえた。二度と起こらないだろうけど。大変な衝撃だったにちがいない。バレスほどの幸運には恵まれなかったわね、ペギー君、あなたは。しかもユゴーとルコント・ド・リールを隔てるのとほぼ同じ間隔を置いてバレスの後を追いながら、つまり時間的に間隔を空けながら、十年か十二年後、あるいはもっと後に、あるいはもう少し前に、あなたにも衝撃の体験があった[*4]。とはいえ、それは南東の角からオデオン座の回廊に思いがけず姿をあらわしたルコント・ド・リールとの邂逅でしかなかった。いいえ、やめてちょうだい。その話はまた別の機会に聞かせてもらうわ。あなたも告白録の材料を残しておく必要があるだろうし。

　あなたはね、ペギー君、老人にしか会っていない。年寄りには会えずじまいだった。あなたは銅版画を思わせる、あの老人にしか会えなかった。あの見事な白髪頭。見事な純白の髪。見事に形が整い、見事なまでの威厳をたたえた、あの高貴な頭蓋。そして海のように穏やかで深く、海のように静かな、あの深い眼差し。それから人を威圧するあの片眼鏡。あなたが会った老人は銀《しろがね》の髪と、オリュンポスの神々を思わせる頭蓋が、まさにゼウスだった。そして几帳面に剃刀を当てた顔面。あなたはメダルの表面に刻まれた肖像のような人物に会った。でも年寄りに会うことはできなかった。

用意周到な年寄りは、あなたを出し抜くように世を去り、埋葬された。そんなことができるのは、あの人しかいない。その頃あなたはまだ、さすがに五十里には届かないかもしれないけど、それでも優に三十里は離れた田舎の高等中学校で第五学年か、第六学年の教室にじっとしているしかなかった。

あなたの故郷《くに》では、そうよね、ペギー君、お百姓さんたちが、「年寄り」の一語に並々ならぬ思い入れと、たくさんの意味を込めている。節くれだったもの。根をもつもの。耐え抜いたもの。芽生えと生育を経験したもの。老いを経験したもの。持ちこたえたもの。どんな試練でも切り抜け、勝利を収めたもの。それから、こう言ってよければ終わりを迎えることが絶対にないと思われるもの。これを「年寄り」の一語に込め、元からあった意味をすべて汲みとったうえで、老境に入ったユゴーのことを「それでこそ年寄りだ」と讃えなければならない。片眼鏡をかけてオリュンポスの神となる役所は老人に譲ったのだから。オリュムピオス・ティス［そのオリュンポスの神］。年寄り

＊1 モーリス・バレス（一八六二－一九二三）は独仏国境に近いロレーヌ地方ヴォージュ県の生まれ。一八七〇年の普仏戦争で祖国の敗北と、敵国による故郷の占領を目の当たりにした経験がバレスの生き方を決定づけ、誰もが認める文学的才能と、非妥協的なナショナリズムを並立させる特異な知識人の誕生につながった。バレスは十九世紀末から二十世紀初頭にかけて圧倒的な影響をおよぼした作家、思想家であり、フランス・ナショナリズムの先駆的論客でもある。

＊2 モーリス・バレス『スパルタ紀行』（一九〇六）の一挿話。

＊3 ルコント・ド・リールが上院図書館の司書に任命されたのは一八七二年で、ユゴーが上院議員に選出されたのは一八七六年一月三十日のことだった。

＊4 ルコント・ド・リールはユゴーより十六歳八か月、ペギーはバレスより十歳五か月、年下だった。

は二つの目を見開けばよかった。上まぶたは重く垂れ、下まぶたが両方とも緩んだ二つの目。最も深い眼差しではないにしても、かつて人間が地上の世界に向けて見開いたなかでは、最も深いところまで見据えた二つの目。かつて創造物に注がれたなかで、最も深いところまで届いた二つの目。年寄りは二つの目を大きく見開いて生きた。年寄りは一人の人間だった。（牛を一頭まるごと食らう豪傑〔＝ヘラクレス〕とは、この年寄りのことだった。）年を取り、皺だらけの皮膚が樹皮を思わせる人間だった。ホメロスの作品で随所にあらわれた真実、つまり一人の人間は、遠くから人を脅かすだけの神よりも多くのものを抱えているということが、年寄りにはわかっていた。そして苦も快も感じる年寄りは、苦も快も感じないルコント・ド・リールが老人や神の道を歩みつづけても、まったく不都合はないと思っていた。

「しかし、老いた今は、冬の白樺のように震えるばかり」[*1]。同様にして年寄りは「ロチュス」や「ロトス」に、考古学や語音の復元に熱中したことが一度もない。「アフロディテー」と綴ったこともない。この点はラシーヌ[*2]と同じで、餌食を銜《くわ》えて放さぬヴェニュス[*3]、と書けば、それで十分だった。だから当然、睡蓮に、素朴な睡蓮に、もはやロチュスの名ではなく、単純に睡蓮の名で呼ぶことによって、最大の幸運をもたらしたのはユゴーのほうだった。

世界には数多の本がある。それはあなたも知ってのとおりだけど、人類史上すべての本を調べても、『懲罰詩集』ほど確かな風刺をきかせ、激しい論戦を挑み、悲劇ではないまでも、間違いなく抒情的で、さらに叙事詩としても確かな手応えを感じさせるような本は、まず一冊も見当たらない。ところが、ほかでもないこの『懲罰詩集』に、『懲罰詩集』全七部のどこかに、特別な懲罰の詩が一つ収められている。数ある懲罰詩のなかでも特に陰鬱で、ヴィヨンのように死それ自体の弔鐘を鳴らし、モンフォーコン[*4]のように屍それ自体の腐臭をただよわせる懲らしめの儀式。懲罰詩のなかの懲罰詩と呼ぶべき、舞台を墓地に定め、葬ったはずの罪をよみがえらせる特別な懲罰の詩は、一貫して陰鬱な脚韻に支配され、恐怖を内に秘めた一つの単語に脅かされることで成り立っている。脚韻の位置に置かれたその一語が、実は「睡蓮」だった。

その詩に曲をつけて歌った。というか、正確を期するなら、歌うために曲をつけた詩だったと言うべきだと思う。連綿と続く輝かしいフランス文学の歴史を見ても、歌うために曲をつけた詩がほとんどないという事実には特別な注意を向けていい。ここにもまた、少しは掘り下げてみるべき素材が隠されているかもしれない。言葉を朗唱することに巧みな最高の詩人が、言葉に曲をつけて歌うことに、そろいもそろって、あれほど強い不信感を抱いたのは偶然のなせる業ではないだろうし、力不足や、卑屈な心根が災いしたからでもない。それでもやはり、ここには一つの問題と一つの困難と、心の奥に隠れた、一つの矛盾があるのではないかしら。リズムを刻んで朗唱し、存在の奥底でリズムを聴きとることに巧みな大詩人が、リズムを刻んで歌うことに、そろいもそろって、またあれほど一貫して不信感を抱きつづけ、そこに独特な、一貫した不安と、独特な執念と、不信感を

＊1　ヴィクトル・ユゴー『諸世紀の伝説』第二部、「眠るボアズ」の第五三詩行。
＊2　ジャン・ラシーヌはフランス文学史上最高の悲劇詩人。激しい情念の世界を端正な韻文で表現した。代表作に『アンドロマック』（一六六七年初演）、『フェードル』（一六七七年初演）がある。
＊3　ジャン・ラシーヌ『フェードル』第一幕第三場。第三〇六詩行の後半。
＊4　十一世紀初頭から十七世紀前半まで使われたフランス最大の刑場。

抱いて当然だと思っている者の独特な自信がともなっているということは、創造につきものの現象でもあり、一般にも広く認められた事実だから、これを一種の法則と認めないわけにはいかない。フランス十九世紀の大詩人だけをとりあげ、フランス古典主義の巨匠、つまり大詩人を輩出したもう一つの時代の巨匠、つまりフランスで最初の大詩人となった古典主義時代の巨匠まで遡るのは控えたとしても、ラマルチーヌや、ヴィニーや、ミュッセのような大物に加えて（ミュッセ当人がどう「言い訳」しようと）、誰よりもまずユゴーが音楽だけでなく（音楽の話はまた別の問題だからここでは追究しない）、リズムを刻んで歌うことに、言葉に曲をつけて歌うことに対して癒しがたい不信感を抱き、不可解なまでに根深い嫌悪感を示したことは明らかなうえ、それが一貫した、一切の例外を認めないという異常事態でもあるから、再度の調査を求め、徹底的に究明してしかるべきだと思う。私の言うことを信じなさい。わかるわね、これには何かしら秘密が、それも創作の根源にかかわる、特に重要な秘密が隠されている。私が今ここで言っておきたいのは、大詩人がそろいもそろって音楽に不信感を抱いたということではないのよ。それは（まったく）別の問題。私が言いたいのは「曲」を歌うことに対する不信感なのだから。

曲はまったく別の存在だと誰もが感じていた。

そういう事情であってみれば、なおのこと注目に値するのは、一つの曲が、それも同じ一つの曲が、フランス文学の歴史を通じて二度使われたという事実だと思う。その曲は素朴そのもので、広く民衆に親しまれてきた。（「曲」に対する根深い不信感について指摘をおこなった以上、続けてすぐに指摘しておくべきことがある。つまり技法そのものに目を向けると、まず曲があって、それに歌詞をつけるという例外的な事態に立ち至ったとき、決まって選ばれるのは、というよりもむしろ、とりあげられ、すんなりと手本にしてもらえるのは、どれも古くから民衆に親しまれてきた曲、つまり素朴で、節回しも明瞭なうえ、人口に膾炙して、扱いやすく、人気の面でもこれ以上ありえない安定を誇った曲ばかりだということ。音楽家の曲は絶対に使わない。それも音楽家の面々が一つでもこの種の曲を書いたことがあればの話だけど。）

　何はともあれ一つの曲が二度使われた。それも不思議な出会いがあって、というよりもむしろ牽制し合う不思議な関係が成り立ち、不思議な矛盾に陥ることで、その、同じ一つの曲が、フランス文学の歴史を見渡しても、おそらく最も優雅に感じられるものと、おそらく最も恐ろしいと思われるものを、それぞれ引き立てるために使われた。優雅な十八世紀が後世に残したなかでも、おそらく最も優雅に感じられるものと、恐ろしい十九世紀が後世に残したなかでも、おそらく最も恐ろしいと思われるものを、両方とも引き立てるために使われた。文学史家の面々が知識人党による、あるいは知識人党の成れの果て、つまりかろうじて残った知識人党の残骸による一般人の支配を確立しようと躍起になる、その妄執を少しは離れ、少しは本来の仕事に打ち込んでくれたなら、古くから伝わる「マルブルー」[*1]の歌は数奇な運命を辿り、二つの命を与えられた曲だという事実が、とうの昔に注目を浴び、指摘もなされ、私たち一般人にも伝えられていたにちがいない。この曲はまず一方で「シェリュバンの恋歌」を作り上げるための土台となった。

＊1 「マルブルー」は「マールバラ」のフランス語表記。「マルブルーク」、あるいは「マルブルーグ」と表記されることもある。スペイン継承戦争でイングランド軍司令官を務めたジョン・チャーチル（一六五〇－一七二二）がアン女王から授かった公爵位だが、一七〇四年にフランス軍を撃破したマールバラ公の出陣と死を語るこの歌は、公爵戦死の誤報が流れた一七〇九年か、公爵が世を去った一七二二年に作られたと思われる。

私には名づけの母があった。
（わが心は痛む、わが心かくも痛む！）[*1]

そして同じ曲は『懲罰詩集』に引き継がれ、「聖別」の陰鬱な埋葬を作り上げるための土台となったわけだけど、こちらの作品で第一詩節の掉尾を飾る脚韻の位置に置かれたのが、実はあの陰鬱な睡蓮だった。

「第五部」――「権威は神聖なり」――「その一」――「聖別」――「マルブルークの曲に乗せて」――。あなたはこの曲を何度となく人に歌わせた。そうだったわね、ペギー君。情熱にも似た、文字どおりの忠誠心に突き上げられ、絶えずどこかに回帰するという、文字どおりの喜びを噛みしめながら、パリでもこれ以上ない低音の持ち主[*2]に曲を歌わせただけでなく、陰惨なものに惹かれ、この不気味な詩をこよなく愛するあなたなら、当然わかっているはずよ。この詩から改めて感じられるのは何なのか、見るもおぞましい死者たちを呼び戻す沈鬱な声と、死者たちがよみがえる、身の毛もよだつ光景にあらわれたものは何なのかということが。あなたなら、当然わかっているはずよ。この詩から感じられ、やがてその正体をあらわすのは、この詩から改めて聞こえてくるのは不吉このうえない弔鐘だということが。この詩から改めて見えてくるのは、かつて絵画や、彫刻や、物語や、歌曲で描かれたなかでも特に陰鬱な「死の舞踏」であるということが。正真正銘の、最も濃密に「中世」の世界観をあらわした作品でも遠くおよばない死の舞踏だということが。なにしろ作者はあの人なのだから。わかるわね、大きな成功を収める人間は、いつもあの人と決まっていたし、どこに行ってもあの人しかいない。あの人は、これまで何度となく成功を収め、何度となく傑作を完成させ、何度となく冠をかぶせるような仕上げをほどこしてきたのと同じように、死の舞踏を完成させ、これに冠をかぶせるような仕上げをほどこし、成功を収めることを運命づけられていた。あの人は死の舞踏を完成させ、最大限充実させ、絶頂にまで導くことを運命づけられていた。一つのジャンルに挑んだ。一つの時代に挑んだ。一つの世界に挑んだ。そして死の舞踏を置き土産にすることも、やはりあの人の運命だった。そしてあの人の後に死の舞踏を書く者が出ないことも決まっていた。そして試してみるだけ無駄だということも決まっていた。死の舞踏を描いたこの詩が、死を成就させ、死そのものを死にいたらしめ、死の舞踏に最後の踊りを踊らせ、埋葬そのものを埋葬する作品となることも決まっていた。しかもそれが、ごく自然に、考えを巡らすこともなく、ロマネスク時代の考古学や文献学も関係ないという、最も望ましい形で実現した。あの人が崇高で、恐ろしいことこのうえなく、最後を飾るのにふさわしい、まさに決定版と呼ぶべき「死の舞踏」を書くことを運命づけられたのは、当人にはそんなものを書いているという自覚すらなく、それが死の舞踏であり、自分は今まさにそれを書いているとは夢にも思わず、あの人らしい怒りと、あの人らしい激情と、そしてもう一つ、よく言われるように、あの人ならではの経験にもとづいて書いたからにほかならない。古代の考古学や文献学とも、ロマネスク時代の考古学や文献学とも無縁だったという、まさにその事実こそ、あの人が天才であることの隠れた理由であり、おそらくは一般に

＊1　ボーマルシェ『フィガロの結婚』第二幕第四場。引用箇所は「シェリュバンの恋歌」第五歌節の四行目と五行目だが、ここでは行が前後逆になっている。作者ボーマルシェについては一二三ページ注＊4を参照のこと。

＊2　不明。因みにプレイヤッド版『ペギー散文全集』の編者は画家ジャン＝ピエール・ローランスの名を挙げている。

天才が天才であることの隠れた理由でもある。（そしてキリスト教の考古学や文献学と無縁だったという、まさにその事実こそ、おそらくは一般に聖人が聖人であることの隠れた理由でもある。）「死の舞踏」を書く気がなかったから、あの人は死の舞踏を書くことができた。そして立派な作品に仕上げることができた。そして作品を掌握することができた。そして作品を永遠に掌握しつづけることにもなった。ごく最近の、記憶も生々しい怒りを題材にして、あの人は古代と拮抗する作品を書き、一時的で、移ろいやすく、すぐに消えてしまう政治がらみの怒りを題材にして永遠の傑作を書き上げた。発掘したミイラなどではなく、墓を暴いて取り出した死体を題材にして、あの人は荘重な埋葬を描き上げた。ここにこそユゴーの詩が荘重な埋葬になりえたことの隠れた理由がある。古代の考古学や文献学と無縁だったという、まさにその事実こそ、「国を追われた者」[*1]が傑作であることの隠れた理由にほかならない。違うかしら。私たちは作品中にばらまかれた数々の固有名詞にも、博識を気取っていながら、その実あまりにも粗雑なうえ、粗雑さが表に出すぎて無邪気にすら見え、あまりにも明け透けで拍子抜けするような蘊蓄にも、決して騙されない。ロマネスク時代に加え近世全般の考古学や文献学と無縁だったという、まさにその事実こそ、「エムリヨ」や「ガリシアの小さな王」や「ロランの結婚」や「エヴィラドヌス」が傑作であることの隠れた理由にほかならない。最後にもう一つ、ヘブライ文化の考古学や文献学と無縁だったという、まさにその事実こそ、「眠るボアズ」が傑作であることの隠れた理由にほかならない。

（もちろん、ここでとりあげた「死の舞踏」は数ある類例のなかでも特に陰鬱なうえ、こう言ってよければ最高の完成度を誇る作品にはちがいないけれど、これが少々特殊な死の舞踏であることは、私にもわかる。生者が死者の踊りを先導するのではなく、逆に死者のほうが生者の《政治的な》踊りを踊るという意味で、これは死の舞踏を裏返した作品なのだから。もっとも、こんな話をしたところで、作品の成立に際して調子と素材がどれほど決定的な要因となり、この二つは意味よりもはるかに重要だということを、改めて証明するための補助手段にしかならない。）

要するに文章家が読めば、あまりの出来栄えに自失し、愕然たる気持ちになること請け合いの、信じがたい技量。恐怖を掻き立てるために練達の士が特定の音を選り分け、組み上げた、他に例を見ない音の建築。フランス語による、フランス語ならではの言語表現をおこない、最も深いところで子音同士を組み合わせることで得られる効果を、いわば底の底まで汲み尽くす確かな技量。音を殺した脚韻と、飾り気のない脚韻、つまり「ル（r）」の音で統一した脚韻と「ブル（bre）」の音で統一した脚韻を組み合わせて、たとえば「椎骨《ヴェルテーブル》（vertèbres）」と「闇《テネーブル》（ténèbres）」を押韻する、またその結果、特に効果的な「アール（ar）」の音で統一し、「睡蓮《ネニュファール》（nénuphar）」の一語にも組み込まれた脚韻を用いることで得られる効果を、ものの見事に汲み尽くす確かな技量。リズム自体が特殊であることは言うまでもない。古くから伝わる曲を選んだことで、歌のリズムを受け入れるしかなかったわけだけど（そう言い切れるかどうか、実は怪しい）、それでもこのリズムは、新機軸として『懲罰詩集』で導入された、他のどの詩集よりも極端で、きわめて特異な詩行の分断と驚くほど似ているし、驚くほど濃密な類縁関係にある。そんなことができるのは、古代劇の合唱隊が

＊1 「国を追われた者」以下、段落末尾までに題名が挙がった六作品はいずれも『諸世紀の伝説』に収められた詩篇。

沈黙するようになって以来、全世界に轟き、鳴り渡った最大最強の太鼓だけ。

曲は「マルブルーグ公出陣の歌」、と『往事の舞台、劇文学傑作選』に収められたボーマルシェの古い版に断り書きがある。――「マルブルークの曲に乗せて」、と『懲罰詩集』の古い版に断り書きがある。大判で、平べったくて、本文を二段組みにしたエッツェル社の挿絵本。[*1] 多くの一般市民はこの本を読んで『懲罰詩集』が空で言えるようになった。

マルブルークの曲に乗せて

悍《おぞ》ましいあの墓地で、
パリが震える、おお苦しい、おお辛い！
悍ましいあの墓地で
戦《おのの》く睡蓮。

カスタン[*2]は墓石を持ち上げる、
パリが震える、おお苦しい、おお辛い！
カスタンは墓石を持ち上げる
草が茂ったクラマールの墓地。[*3]

そして叫び、そして喚く、

パリが震える、おお苦しい、おお辛い！
　そして叫び、そして喚く、
　　――俺はなりたい、カエサルに！
　カルトゥーシュ[*4]は屍衣を身にまとい[*5]……

続く十三詩節では「エール（ère）（aire）（erre）」の音で統一した脚韻それ自体が、かつて戦きを表現したもののなかで、疑いようもなく最も恐ろしい音を響かせているし、その先で待ち受ける最終詩節は、冠をかぶせるような最後の仕上げにかかり、文字どおりの聖別を成り立たせることで、かつて試みられたリズムの技法では、おそらく最高の出来栄えを示している。すべてを完全に逆転させ、リズムも、脚韻も、詩行の分断も、韻律も含め、すべてを裏返すことによって、それまで詩篇全体の支えとなり、詩篇全体を回転させる中心軸として機能した詩行が突如変調をきたし、基本

＊1　ペギーが所蔵していた版。本書一八六－一八七、一八八、一九〇－一九六ページを参照のこと。
＊2　エドム＝サミュエル・カスタンは裕福な公証人の息子二人を毒殺し、一八二三年十二月六日にパリで斬首された。
＊3　クラマールの墓地はセーヌ川の支流、ビエーヴル川沿いにあった死刑囚専用の墓地。今では暗渠となったビエーヴル川はオーステルリッツ駅のあたりでセーヌ川と合流し、周辺は沼沢地帯だった。一八二〇年代初頭、ユゴーは婚約者を伴い、好んでこの地を散策したという。「聖別」に登場する「睡蓮」は散策中に目にしたものである可能性が高い。
＊4　ルイ＝ドミニク・カルトゥーシュは十二年の長きにわたってパリおよび近郊を荒らしまわった盗賊。一七二一年十一月二十八日にパリのグレーヴ広場で処刑された。
＊5　ヴィクトル・ユゴー『懲罰詩集』（一八七二年版）第五部、「聖別」。

方位ともいうべきこの詩行が最後の最後で自身を、自身の役割に反する形で完全に裏返して、陰鬱なリズムの世界を終わらせ、そこに一種独特な完全脱臼と、完全な反創造を、リズムに特化した一種独特な最後の審判を招来するわけだから、これはもう啞然とするほかない。

このあたりで一息入れましょう、と歴史であるそのひとは言った。気持ちのいい天気ね。この傑作のことをもう少し考えてみましょう。たぶん一つも類例がない作品だから。いいえ、類例が一つもないことは確かだから。たっぷり時間をかけましょう、と歴史であるそのひとは言った。時間は私たちのものだから。時間は私たちの家来だから。なにも私たちが急ぐ必要はない。時間をかけて考えましょう。傑作について考えるのにふさわしい姿勢で臨みましょう。私たちから見れば、これこそ知られざる傑作なのだから。忘れられ、世に埋もれた傑作なのだから。実際、今でもこの詩を暗唱できる人がいるとは思えない。歌える人がいるとは思えない。（歌ってもらうのにふさわしい声の持ち主が一人だけいることはいるけど。）同じ『懲罰詩集』でも、他の詩ならその大半を、まだ大抵の人が読み、朗唱し、空で言えるようになるけど、傑作であるこの詩は、ごく普通に読む人すらいないと思う。なんだ、俗謡じゃないか、と呟いたきり飛ばしてしまう。「ギター」という題の詩があるわね。あれと似た二番煎じか、三番煎じだと思っているのよ。――「ガスティベルサ、騎銃の男」[*1]。――わかってないわね、坊やたちときたら。例の詩はね、数多ある死の舞踏のなかで、聖歌「怒リノ日」と比べても遜色のない特別な作品だというのに。それに、読む術を心得た人は（読むことができる人なら移調の何たるかが少しはわかるはずだから）これが「怒リノ日」から程遠からぬところに位置する詩だということを見抜くに決まっている。

元の曲は同じなのに、ボーマルシェがこのうえなく優雅な恋歌を書き上げ（ある意味で昔日のフランス以外の何ものでもない恋歌だけど、それと同時にミュッセの前触れとも、始まりともいうべき先駆的な作品）、ユゴーは陰鬱このうえない死の舞踏を傑作に仕上げた。これこそまさに、と歴史であるそのひとは言った。二つの詩で、リズムばかりを優遇したわけではないにしても、間違いなく「曲」には与えられた地位をめぐって、私たちに多少の情報を提供してくれる大事な手がかりではないかしら。それでもこの問題は放っておくことになるわね。当然でしょう。私だって敵は作りたくないもの、と歴史であるそのひとは言った。敵がいる暮らしにもう辟易しているから。私は誰にも守ってもらえない哀れな女だから。また一つ厄介事を抱え込むなんて真っ平御免よ。これまでだって嫌というほど痛い目に遭ってきた（と吐き捨てたそのひとの口調は少々ぞんざいだった）（どう考えても少しばかり下品だった）。戦を交えるまでもないのに起きてしまった戦闘も嫌になるほど見てきた。（なんとも威厳に欠ける態度ではないか、歴史であるそのひととしたことが。）嫌というほど厄介事を抱え込んで、嫌になるほど苦労させられた。（同じ単語を繰り返し使うとは怠慢もはなはだしい。[*2]）疲労の色がありありと浮かび、精神もいたく衰弱し、耄碌の兆候は隠しようもなかった。本来なら類義語を使うはずなのに、いったい何があったのだろう。）放置しておけばいい、

＊1　ヴィクトル・ユゴー『光と影』（一八四〇）、「ギター」の第一詩行。
＊2　同語反復はペギーの文体的特徴であり、批判されることも多かった。

とそのひとは言った。双子のような二篇の詩が生まれ、この二つを対にして、繋ぎ合わせることで例の「曲」に（そして曲を補完する形で歌詞に）与えられた地位の問題は放っておけばいい。今日のところ私が絶対に押さえておきたいことは（曲の問題は明日か、明後日にでも考えればいい。その日のうちにできることは次の日に先送りすればいい。そんな諺もあることだし[*1]）、今日のところ私が押さえておきたいことは些細な一点に限られていて（今日のところ私たちは睡蓮の問題で手一杯だということを私は決して忘れない）、要するにそれは他に例を見ない職人芸と天才の結合なのだから。そんな場面に立ち会うのは実に喜ばしいことだし、実を言うと私たちも、立ち会う必要が出てきた場合には必ず、つまり本当に傑作を目の当たりにした場合は必ず、職人芸と天才の結合に立ち会っている。天才の世界で大きな成功を収めるには、と歴史であるそのひとは言った（それに聖人の世界にもたぶん同じことが当てはまる）、必ず職人芸と天才が互いの後を追い、必ず両者の調和がとれ、必ず両者が良好な関係を保ち、仕える側が率いる側の足跡を辿って、必ず同じ道を歩むのでなければならない。（それは聖人の場合もきっと同じで、聖人が聖人であるためには肉体が魂に従い、魂を受け入れるという密かな帰順と、密かな合意が必ず求められ、肉体と魂のあいだで諍いになったとしても、この原則だけは守らなければならない。）（ここにこそ本当の意味で、また唯一ここだけに、恩寵の精華と呼ぶべきものがある。）（それに天才ならではの職人芸があるように、間違いなく聖人ならではの職人芸がある。）ともあれ今日のうちに私が押さえておきたいことはただ一つ、と歴史であるそのひとは言った。他に例を見ない、この特別な傑作では、職人芸と天才が対になり、完全な帰順と隷属と、この連結と、職人芸の継ぎ手を天才の継ぎ手に合わせた完全な結合が成り立っているということに尽きる。（そして密かに実現するものとしては天才の継ぎ手を職人芸の継ぎ手に合わせた、完全に逆向きの結合もあるかもしれない。）（ユゴーのような人間にとって、一方が他方に仕えるときも、一方が他方を支配するときも、両者は密接不可分の関係にあるので、どこまで秩序が保たれ、どこで逆転が起こるのか区別しても、それは恣意的な区分にしかならない。どちらが仕える側であり、率いるのはどちらの側かということは、製作の過程に秘められ、創作という操作それ自体の奥底に隠された謎にほかならず、職人芸が天才を先導し、天才を支配するとき、両者に共通の父として作者が収める成功は決して微々たるものではない。）

十八詩節、あるいは十八歌節とも言えるけど、それを長々と連ねた葬列では、古くから伝わる「曲」によって全体のリズムが決まる。ところが、まさにこれこそ天才ならではの一手であり、職人芸あっての一手でもある。なぜならこれは稀に見る力業なのだから。こんなふうに出来事を招来するという成功体験は強者にしか訪れないし、幸福な巡り合わせによる成功体験は大物にしか訪れない。リズムを熟知する巨匠だけが、一般人の世界を見渡し、玉石混交の市場で古くから伝わる「曲」を見つけ、そのなかから一つの成功作を全面的に支配するものだけを選ぶことができる。どの歌節も、歌節の中にある一種の「反復句」に支配され、その反復句を（歌節に）もたらすのが各歌節の二行目だった。

＊1 「その日のうちにできることはその日のうちに終わらせろ」と言うべきところを逆にしている。

パリが震える、おお苦しい、おお辛い！

紛れもない大物だけに、この幸運は訪れる。というよりもむしろ、紛れもない大物だけが、市の立つ広場を訪れ、どこにでもいる田舎の小母さん連中から、ただ同然で、大変な「掘り出し物」を買い取ることができる。この一行。深い切り込みによって分断され、腹の底に響くような韻律に彩られ、それ自体で弔鐘のリズムを刻む、あの第二詩行。作品中で最も長い詩行。他の詩行がいずれも六音節であるのに対し、自分だけ九音節からなるこの詩行は、それぞれの詩節が拠って立つ手すりの働きをする。繰り返され、秘密の反復句となり、内側の反復句として歌節から歌節へと伝わっていくことで、あの陰惨な葬列全体が拠って立つ手すりの働きをする。そのうえ「マルブルー」の歌で使われた（内側の）反復句に対応し、「マルブルー」の歌で使われた内側の反復句に発し、これを直接受け継ぐのが、ほかならぬこの一行だった。（以前にも、これと同様の継承が実現したことはあって、ボーマルシェが歌節内のちょうど同じ位置に、やはり同様の反復句を置いている。というか、反復句の位置を元歌と同じままにしている。――「わが心は痛む、わが心かくも痛む！」）――それもそのはず、天才には他の人にない特別な一面があるから、そこから天才ならではの手法は作られ、いくらありふれた現実でも必ずこれを尊重する態度も生まれたわけで――（ありふれた現実であればあるほど尊重するのかもしれない）――、今ここで検討しているような借用では天才のそうした特質が、借用元を尊重し、いたわり、派生させ、演繹し、一方的な借用を否定して作業を進め、一切の混乱を避けようとするところにあらわれている。

一種敬愛にも似た気持ちを込めて、歌節を歌節に従わせなければならない。言い換えるならつまり、文学的な歌節が大衆的な歌節に従わなければならない。さもなければ、ごく些細な過ちを犯しただけで、継承の操作がもたらす利益も、意義も、面白みも、すべて失われてしまう。脇に逸れ、いかさまに手を染めるようなら、試してみるまでもない。この種の試みが厳粛なものとなり、悲劇の風格をただよわせるのは、忠誠を貫いた場合に限られるのだから。継承の試みはその点で、素朴とは程遠い多くの試みに似ている。

だから反復句は内側の、伝統として受け継いだ反復句が置かれていたのと同じ、伝統として受け継いだ定位置に置かれることになった。九音節からなるこの詩行は、伝統として受け継いだ切り込みによって、それ自体が分断され、伝統として受け継いだ韻律に従って律動するばかりか、狭い「エ（ai）」か広い「エ（e）」の音で統一した伝統的な脚韻によって、韻律そのものが支配されることにもなったわけで、脚韻の音色が陰鬱なものになったのは、もっぱら支えの子音を取り換えたことが原因であり、この飾り気がなく、重厚に響く脚韻にも助けられ、六音節の詩行を見下ろし、支配者として君臨する、あの長い詩行は三拍子のリズムを刻み、音節を区切り、三音節のまとまりが三つ連なる安定した組成にものを言わせて全歌節を支配する。必滅の世界を支配する永遠不変の法則と言えばいいかしら。哲学者が主張し、たぶん数学者も認める「定数」。第二詩行の脚韻によって反復句は、作品中最初の十七歌節にあらわれ、十七回とも同じ組成を示す歌節一行目で使われた、総計十七個の脚韻をすべて支配する。反復句が最初の統治を確立して間もなく、その力は倍加する。作品中最初の十七歌節に含まれた、総計十七個の第一詩行は即座に分身を作り、その分身が、作品中最初の十七歌節に含まれた、総計十七個の第三詩行として回帰するわけだから。

　　カルトゥーシュは屍衣を身にまとい、
パリが震える、おお苦しい、おお辛い！
　　カルトゥーシュは屍衣を身にまとい
血まみれで叫ぶその姿。

――俺は地上に出たいのだ、
パリが震える、おお苦しい、おお辛い！
俺は地上に出たいのだ、
陛下と呼ばれるそのために！

マングラ[*1]は説教壇に上り[*2]……

Cartouche en son suaire,
Paris tremble, ô douleur, ô misère!
Cartouche en son suaire

S'écrie ensanglanté:

Je veux aller sur terre,
Paris tremble, ô douleur, ô misère!
Je veux aller sur terre,
Pour être majesté!

Mingrat monte à sa chaire,...

これだと第四詩行は自分本来の歌節で、つまり自分が身を置く歌節で、つまり自分がその中にある歌節で、いかなる支点も、拠って立つべきいかなる脚韻も見出すことができない。今説明したばかりの支配と重複によって、「エール（ère）」の音で統一した脚韻による統治とその倍加が作用して、各歌節に含まれた（全部で四行あるうちの）冒頭三行が常にそろって韻を踏み、きっちりとまとまり、一体をなし、常に「エール（ère）」の脚韻で統一されるわけだから。そうなると気の毒なのが各歌節の第四詩行で、孤立し、途方に暮れ、自分本来の家にいながら、つまり自分本来の歌節

＊1　アントワーヌ・マングラは猟奇殺人者。司祭でありながら信徒の女性を強姦したうえで殺害し、遺体は切り刻んだ。フランス国内で再度同様の犯行におよんだ後、サヴォワに逃れ、一八二二年十二月九日に欠席裁判で死刑判決を受けた。

＊2　ヴィクトル・ユゴー『懲罰詩集』（一八七二年版）第五部、「聖別」。

に身を置いているにもかかわらず、そこに拠って立つべき脚韻がないため、自分たちだけで鎖のように繋がり、歌節をまたいで互いに手を差し伸べることを余儀なくされる。そして第四詩行の鎖が加わったことで、締めつける力はまた倍になり、あの陰惨な葬送曲が続くあいだずっと、歌節同士が緊密な連係を保つことにもなる。

この詩を読んだ今、どうして気づかずにいられるかしら、と言ったきり、歴史であるそのひとは言葉を切った。当然だろう。あのユゴーを語るとなれば、話を続ける前に、いったん言葉を切るしかない。ユゴーはそれほどまでに豊かで、多方面の発見が詰まった宝の山なのだ。この詩を読んだ今、どうして気づかずにいられるかしら。私たちは今、ユゴーに訪れた数々の幸運を話題にしているわけだから、気がついて当然だと思うけど、固有名詞が全部、わかるわね、詩に登場する固有名詞が全部、誰の目にも明らかな人殺しの名前になっているばかりか、一連の名前は、あの陰惨な葬列から伝わってくる特徴的な音色、つまり他に例を見ない子音同士の連結と、他に例を見ない、母音の、ただひたすら陰惨な母音の響きに身をゆだねるために元から用意されていたらしく、自発的に、それも行き先を正確に見極めたうえで、しかるべき位置に身を落ち着ける。カスタン、(クラマール)、(カエサル)、カルトゥーシュ、マングラ、(ニコライ)[*1]、プルマン[*2]、マンドラン[*3]、ラスネール[*4]、スフラール[*5]、ロベール・マケール[*6]。これら人殺しの面々は、人殺しになるしかない特別な名前を、ことさらに名乗ったのではないかと思えてくる。というよりもむしろ、これは明白な事実ではないかしら。加えてもう一つ、特別な名前を名乗った理由は明白で、あの陰鬱な葬列から伝わってくる全体の音色に、子音同士の接合と、世界中どこを探してもおそらく他に例を見ないほど強烈な母音の破裂に、世界文学史上おそらくは最も恐ろしい弔鐘から幾重にも重なって、繰り返し押し寄せる音の波に、自分の名前も加えることを強く求めたのではないかしら。カスタン、（クラマール）、（カエサル）、カルトゥーシュ、マングラ、（ニコライ）、プルマン、マンドラン、ラスネール、スフラール、（ルーヴル宮）、ロベール・マケール。

全体の音色。——脚韻による詩行の支配がどれほどのものであろうと、リズム本来の力と指令による統治がどれほどのものであろうと、支配と統治それ自体はあくまでも部分であり、部分的な構成要素であるにすぎない。もちろん重要で、何よりも大切な要素ではあるけれど、これだけですべてを汲み尽くすことができるかといえば決してそうではなく、万能からは程遠い。汲み尽くせないも

＊1 ロシア皇帝ニコライ一世。一八四九年にハンガリーの独立運動を鎮圧した。
＊2 プルマンは居住指定令を破った徒刑囚。一八四三年に宿屋の主人を虐殺した。
＊3 ルイ・マンドランは武装集団を率いた密輸業者。一七五五年五月二十六日にフランス南東部のヴァランスで処刑された。極悪人の汚名を着せられたが、実際は出身地のドーフィネ地方だけでなく、ブルゴーニュ地方やオーヴェルニュ地方の農民を守る義賊だったことが明らかになっている。
＊4 ピエール＝フランソワ・ラスネールは窃盗、詐欺、殺人など、数々の悪行に手を染めた犯罪者。文才に恵まれ、一冊の『回想録』を残している。一八三六年一月九日にパリで斬首された。
＊5 スフラールは一八三八年六月五日の寝具販売業者惨殺事件で知られる犯罪者。
＊6 ロベール・マケールは通俗劇に登場する架空の人物で、盗賊にして殺人者という設定。名優フレデリック・ルメートルが演じたことで有名になった。

のを名指すとしたら、あらゆる作品から伝わってくる全体の音色ということになるかしら。そのような音色をもつものは、あらゆる詩と、あらゆる散文、つまり文章表現全般に限らず、造形芸術のあらゆる作品と、物語として語られ、素描され、彩色された作品に加え、あらゆる彫刻作品もこれに含まれる。つまり一般に作品と呼ばれるものはすべて該当する。脚韻があって、脚韻による支配が成り立つだけでは足りない。リズムがあって、リズムによる統治がおこなわれるだけでは足りない。作品を操作するには、これに貢献する要因を総動員する必要がある。あらゆる音節を、あらゆる微粒子を、そして特に運動を、そして全体の音色となって生きる一種独特な響きを、そして音節と音節のあいだにあるものを、そして微粒子と微粒子のあいだにあるものを、そして運動それ自体の中にあるものを総動員する必要がある。そこに生まれる全体の音色によって、個別具体的な作品は意義深い成功を収めることができる。それは断じて細部が目を引くだけの成功ではない。いずれかの細部が首尾よく仕上がり、勝利の女神でも祀った神殿で、屋根の上にでも彫像の台座を置いたような、特定の細部から自由になれない成功とはまったく違う。求められているのは意義深いとともに、人が感じることすらできないような成功なのだから。

以上の点を呑み込んでさえいれば、最も意義深く、また全面的な成功を収めた全体の音色が、個別的にも、当該の作品を含むジャンルから見ても、あるいは個や類から切り離した絶対の次元で見ても、一つには「眠るボアズ」であり、弔鐘の音色に範囲を限るなら、今ここで検討している「睡蓮」であるということは、誰の目にも明らかなのではないかしら。

人殺しの面々による助力について。——助力があったことは確認済みだから、これを語るのは当然として、他にも一つ、確認が不十分とはいえ、どうしても気にかかる現象、つまり彼らの名前に認められる一種特別な定めについても考えてみなければならない。特異な名前であるとはいえ、人殺しの面々は、生体トシテ、現実に、紛れもない事実として人殺しになる前に、その名前を授かっていた。特異な名前であるとはいえ、それでも彼らの名前がすでに、行為におよぶ前から、誰の目にも明らかな人殺しの名前だったこと、事実に先行して人殺しの名前たりえていたことは認めざるをえない。名前が先にあり、実際の出来事が後に続いたのだった。カスタンとラスネール。スフラールに、ロベール・マケール。プルマンに、マンドラン。そしてあのマングラ。

博士論文を書くだけの材料はあるし、これならまた一つ博士論文が増えても不思議はない、と歴史であるそのひとは言った。それも博士論文一般に求められるような、分厚くて立派なうえ、内容も充実した論文に仕上がるでしょうね。「ラテン語版」の副論文[*1]なら確実に書けるし、もしかすると滋味豊かな「フランス語版」の主論文も十分書けるかもしれない。題目は「ヴィクトル・ユゴーの全作品で人殺しに与えられた地位について」で決まりね。人殺しが出てくるのは『懲罰詩集』だけではない。あの本ではそれが必須だったし、それにうってつけの題材を扱っていたし、人殺しの面々は放っておいても自分からやってきた。原因はナポレオン三世にある。でも『懲罰詩集』に限

＊1　フランスでは伝統的に、主論文（フランス語で執筆）と副論文（ラテン語で執筆）を合わせて、一つの博士学位請求論文としてきたが、一九〇三年以降はフランス語の副論文も認められるようになった。

らず、ユゴーの全作品に最初から、同じくらいの頻度で、同じくらい大勢の人殺しが登場してきた。『レ・ミゼラブル』にも、『諸世紀の伝説』にも人殺しは出てくるし、私が思うに『静観詩集』で最も純度が高い観相の詩ですら、人殺しと無関係ではない。これなら本当に立派で、力のこもった文学史の博士論文になる。専門的で、題材は明確なうえ、それと同時に中身が濃く、妥当性もあり、扱う範囲も適切に定められているから。総じてそういう論文が博士論文として好まれるものだけど、正しい判断だと思う。ユゴーは人殺しが好きだった。動かしようのない事実だわ。風変わりで効果的な固有名詞を好む、いかにもユゴーらしい性向に駆り立てられたのは間違いない（また、ここに顔を出す人殺しの面々が、まさに人殺しの名前を名乗っていることも確認したばかりだし）。対照法《アンチテーズ》を好む、いかにもユゴーらしい性向に駆り立てられたのは間違いない（当然ながら人殺しの面々が差し出す素材は素晴らしく、これがそのまま素晴らしい「定立《テーズ》」となって、あらゆる反定立《アンチテーズ》と拮抗する）。それでも結局のところ、ユゴーを駆り立てる要因は、これをはるかに上回るものだった。それにまた、ユゴーを駆り立てる要因は、ユゴーのロマン派的心情をはるかに上回るものだった。これだけは言っておかなければならない。そう、ユゴーには人殺しに対する特別な偏愛があった。人殺しはユゴー作品のいたるところに顔を出し、多くの地点で人知れず能力を発揮している。多くの地点で人知れず力を貸してくれる。基礎を欠いていながら、ユゴーに完全な成功をもたらした、あの途方もない博識には、人殺しをめぐる特別な、土台もしっかりした個別の博識が含まれていた。ユゴーは数々の秘密に通じていた。誰も知らないようなことを知っていた。ユゴーには独自の情報網があった。あの膨大な作品群にあって、秘密の部分は豊かな鉱脈を形成し、当然ながらユゴーもこれに強い愛着を覚えていた。ユゴーの考えによると断頭台は他に例を見ない（ロマン派的な）崇高に彩られている。一種極限的な崇高に彩られている。当然ながらユゴーにとって断頭台は流血と死をもたらす驚異の道具であり、一個独立の装置だった。断頭台はユゴーの全作品に顔を覗かせる。朝には血まみれの曙光となって空に昇る。夕べは血まみれの落日となって地に伏す。ここでまた『懲罰詩集』を開いて、第七部、五番目の詩を読めばわかるように、ユゴーの脳裏をよぎる最初の想念、それも空を巡る月を見て最初に訪れた詩的な想念は、月が一個の生首であるということだった。

急に暮れると、月が出た。
血にまみれ、天高くを、喪の色をまとい、
その生首が巡るのを私は見た。

ジャージー島、一八五三年五月。[*1]

ユゴーの考えによると犯罪者を極刑に処する断頭台が革命期の断頭台につながることは間違いなく、死刑台はいつの時代にも死刑台以外の何ものでもなかった。だからユゴーの全作品に描かれた苛酷な刑罰全般について、さらに広範な研究をおこない、昔の拷問請負人から近代以降に登場した最新の死刑執行人にいたるまで、すべて調べ直す必要がある。おそらく、数々の死刑台は古い王国の死刑台に始まったものではない。その前から使われていた。そして革命期の死刑台で終わらなか

＊1　ヴィクトル・ユゴー『懲罰詩集』第七部、「五月のこと、所はブリュッセル、こんな話を聞かされた」。

ったことは間違いない。その後も存続した。グレーヴ広場で始まったものではないと思う。その前から使われていた。そして革命広場で終わらなかったことは間違いない。その後も存続した。『ノートルダム・ド・パリ』で始まったものではないと思う。その前から描かれていた。そして『九十三年』で終わらなかったことは間違いない。その後も存続した。ユゴー作品の死刑台はどれも大昔の拷問部屋に端を発するものだった。そして苛酷な刑罰へのこだわりは、こう言ってよければ、イングランドに寄り道することで、また大きな展開を見せ、こうして生まれたのが『笑う男』だった。それに苛酷な刑罰へのこだわりは、それ以前にまず植民地に寄り道するところから始まり、大きな展開を見せていたと思う。こうして生まれたのが『ビュグ＝ジャルガルの闘い』だった（とはいえ『ビュグ＝ジャルガルの闘い』に何が書いてあるのか理解できた人はこれまでのところ一人もいない）。そして極めつきは『死刑囚最後の日』だった。しかも『死刑囚最後の日』はユゴーの栄達に先行し、栄達への道を大きく開く作品となった。『死刑囚最後の日』が作者ヴィクトル・ユゴーの作家人生に、政治家、ロマン主義者、人道主義者としての生き様におよぼした（こういう言い方が許されるとして）極刑にもなぞらえるべき決定的影響からは、絶対に目を背けてはならない。影響を受けたのは生き様にとどまらず、作品そのものでもあるのだから。

ユゴーが断頭台にとりつかれていたことは間違いない。人殺しにとりつかれただけではなかった。断頭台をめぐる正しい認識に加え、いわば管轄能力と、博識を有していた。人殺し仲間も抜かりなく恩に報いた。確かに悲壮とは言えないけれど、それでも血が流れ、外連味たっぷりの場面でユゴーが幾度となく成功を収めるよう導くことで、抜かりなく恩を返した。普通に考えれば人殺しに頼めることはそれしかなかった。人殺しに期待できることはそれしかなかった。それなのにもう一肌脱いでくれた。各自の墓から外に出ると、他に例のない「睡蓮」が戦く、他に例がない死の舞踏を取り出してみせた。そのうえラスネール（Lace**naire**）とロベール・マケール（Robert Mac**aire**）は人殺しとは思えないほど素直に自分の名前を差し出すことで、固有名詞による、「エール（aire）」の音で統一した脚韻を二個提供してくれた。事情を呑み込んだユゴーなら、その脚韻を正しい位置に置かないわけがない。

授業に戻るわよ、と歴史であるそのひとは言った。ここでもう一度、技法のことを考えておきましょう。授業といっても、教えるのは私たちではない。断るまでもないわね。そうではなくて、あの傑作に私たちのほうが教えを乞うわけだから。とにかく作品を読んでみましょう。伝統として受け継いだリズムと、伝統として受け継いだ詩行の分断に対して忠実さに欠けるどころか、また詩行の分断を緩めたり、その縛りを脱して弛緩したりするどころか、あの作品では詩行の分断が従来よりもはるかに厳格で、さらに拘束力の強いものになった。伝統として受け継いだものに忠実でありつづけるには、そうするのが最善の道だから。なるほどユゴーは反復句の長い詩行に、ボーマルシェに倣って、「エーヌ（aine）」の脚韻を残すという選択に見向きもしなかった（また、これを残すことで、反復句となる詩行に支配され、反復句と韻を踏む歌節内の二行に、「エーヌ（aine）」の脚韻を残すという選択に見向きもしなかった）。ところが支えの子音を取り換えることで「エール

(aire)」の脚韻がひとたび確立してからは、厳しく自己を律し、この脚韻だけを使っている。脚韻を「エール（ère）（aire)」に統一するという着想も、陰鬱な鐘の音を思わせる歌い出しも、元はといえば原典版「マルブルー」の一行目によって、ユゴーに与えられたものだった。

ここで原典版「マルブルー」をふりかえってみると、反復句が「エーヌ（aine)」の音で終わっても、これによって他の詩行が支配されることはなかった。つまり反復句で使われた「エーヌ（aine)」の脚韻が他の詩行の脚韻を支配することはなかった。他の詩行は他の詩行同士で折り合いをつけ、韻を踏んだり、かろうじて半諧音《アソナンス》を響かせたりしながら、各歌節の中でも、歌節をまたいで協力し合う場合も、総じてうまく連係を保っている。原典版「マルブルー」は、やはり葬儀の歌だけあって（かすかにパロディの匂いが感じられ、おそらくは情愛を秘め、間違いなく敬虔の念を秘めている)、すでに特徴的な脚韻と、特徴的な協和音をいくつも使い、「ア（a)」と「オ（o)」の音で統一した半諧音を響かせながら（支えの子音として「ル（r)」の音を、あるいは母音の前に、あるいは後に置いて)、私たちが検討してきた「睡蓮（**nénuphar**)」の脚韻と、半諧音と、全体の音色を予告し、その導入を果たしている。

ボーマルシェは伝統の歌節を弛緩させるにあたって、次のような手順を踏んだ。まず第一歌節の二行目に、元歌が求めるとおり、反復句となる詩句を置く。そして元歌が「三回繰リ返ス」と書き足して各歌節末尾の第四詩行を反復するのに対し、「二回繰リ返ス」や「三回繰リ返ス」から新たに二つの詩行を作り、その二行が最初の二行、つまり後に続く歌節の第一詩行と第二詩行になるよう調整することで、歌節と歌節の切れ目を二行分先に送った。

今度ばかりは、と歴史であるそのひとは言った。「科学的な」方法を使わないかぎり、さすがの私も切り抜けられそうにない。だから各詩行に名前をつけ、文字で呼ぶことにしましょう。文字は八ポイントの斜体で決まりかしら。このような手法を導入したからこそ、フランスの大学でも文学部教授が、遅まきながら理学部の先生方から評価してもらえるようになったわけだし、理学部から見れば依然として二流でも、一応は同業者の列に加えてもらうことに、まずは成功したのだった（列に加える《アグレジェ》という動詞が、もっぱら「中等教育」の教授資格者《アグレジェ》を指す専門用語でなければ、文学部教授をアグレジェと呼んで特に不都合はない）。そんなわけで私が指摘しておこうと思いますのは（と言葉を継いだそのひとは、いかにも学者然とした口調で続けた）、指摘しておこうと思いますのは原典版「マルブルー」において、すべての歌節が以下のごとき図式に沿って成立したという厳然たる事実であります。

a
b
a
c　（二回繰リ返ス、ないし三回繰リ返ス）

また、各詩行について、音節数はアラビア数字で示し、続いてこれを丸括弧で囲んだならば、すなわち換言すると、アラビア数字でもって各詩行の韻律構成を表現するならば、われわれの式も優に二倍は科学的なものとなるでありましょう。なんとなれば式は以下のごとき様相を呈するからであります。

a（6）
b（8ないし9）
a（6）
c（二回繰リ返ス、ないし三回繰リ返ス）（6）

ほらね、と歴史であるそのひとは言った。これで「マルブルー公出陣の歌」の方程式が成立した。まあまあの出来かしら。この程度のこともできないくせに、なぜか高名で、ソルボンヌの正教授に任命されたうえ、一万二千フランの年金にありついた者もあるのだから驚きね。それはそうと、私たちの式はまだ十分に「科学的」であるとは言えない。まだ十分に「数学的」であるとは言えそうもないから。そしてまだ十分に「数学的」であるとは言えないのは、私が思うに、まだ十分に複雑な式には見えないから。本物の数式は複雑なものと相場が決まっている。フランスの大学で文学を講じる教授なら、それくらいのことは心得ている。それにこの私も、と歴史であるそのひとは言った。あの人たちと同じで、文学を講じる教授の一人だし。だから複雑な式にするために、ここはひとつ脚韻を加えてみようと思うの（脚韻を書き足す位置は韻律とアラビア数字の後、つまり韻律を示すアラビア数字の後で、丸括弧を閉じた後しかない。脚韻は詩行の末尾に来るわけだから当然そうなる）。そうするだけの立派な理由もあると思うのよ。なにしろ脚韻を書き足すにあたって、その脚韻が自由な、つまり無限定なものであれば、つまり反復句と同じ、「エーヌ（aine）」の音で統一する義務がなくなれば、そのときは必ず無限定性の符号を加えることになるから、私たちの式はその分さらに数学的なものになる。――わかるだろ、あんた、と突然ぞんざいな言葉遣いに変わって、歴史であるそのひとは言った（この馴れ馴れしい態度が私には不快だった）。「マルブルー公出陣の歌」の第一歌節は最終的にこうなるのよ。

そのひとはここで一瞬、迷いを見せた。――でも無限定性の符号はどれにしたらいいかしら、とそのひとは続けた。数学科の先生方によると最低でも三種類はあるそうだから。「ゼロ分のゼロ」なら0／0。「無限分の無限」なら∞／∞。「無限掛けるゼロ」もあるけど、（それとも、と慌ててそのひとは言い足した。「ゼロ掛ける無限」のほうがいいかしら。積が一定なら因数の順序は逆にできることくらい、私だってちゃんと知っているから）、その場合は0×∞（あるいは∞×0）。そうね、私なら、と訳知り顔でそのひとは言った。三つ目の、このなかでは最後の符号を選ぶと思うわ。そのほうが難しそうに見えるし。完成度も高いし。「ゼロ」と「無限」の両方が出てくるし。私たちが検討してきた原典版「マルブルー」の第一歌節は、次のような式になる。

a　（6）　0×∞
b　（8ないし9）　aine

a（6）0×∞

c（二回繰リ返ス、ないし三回繰リ返ス）（6）0×∞

——なかなか様になっている、と満足げに揉み手をしながら、そのひとは言った。でも、この式には二種類の無限定性が含まれていることも、やはり頭に入れておかなければならない。本来的に無限定な無限定性と、こう言ってよければ限定づけられた無限定性があるわけだから。説明させてもらうわ、とそのひとは言った。（交通渋滞のような難しい状況に陥ると、そのひとは決まって満足そうな表情を見せるのだった。）第四詩行の末尾は本来的に限定を欠く、絶対的に無限定な脚韻になっている。この脚韻に課せられた義務は、程度の差はあるにしても、なるべく曖昧に、それも脚韻たりえているかどうか疑わしいくらい曖昧に押韻すること、そして半諧音が成り立つ場面では必ず半諧音に身をやつし、後続の無限定な脚韻と半諧音に呼応すること以外にないのだから。それに対して第三詩行の無限定な脚韻は、第三詩行それ自体が第一詩行をただ反復するだけの詩行なのだから、必ず第一詩行の無限定な脚韻と同じになる。（何だか変ね、と歴史であるそのひとは言った。でも人には言わないようにしないと。符号を決めるのに手間暇をかけた。それが後になってみると、「符号さえ使わなければ」すぐに理解できることだなんて、口が裂けても言えないから。）

ボーマルシェは締めつけを緩め、風変わりで優雅な動きを導き出した。それを最初の操作と思い定め、一種独特な梯形配置を実現し、蒸気機関について、あれはいくつもの段階に分けて蒸気を膨張させる複式機関だ、と言われるのと同じ意味で、歌節を膨張させた。第四詩行の「二回繰リ返ス」と「三回繰リ返ス」を膨張させ、これが後に続く歌節の第一詩行と第二詩行になるよう（私に言わせれば、きわめて巧妙に）調整し、各歌節の始まりを二行分先に送り、歌節と歌節の切れ目を、歌節一個につき二行分先に送ることで、歌節をまたいだ先行とも呼ぶべき一種独特の先行現象、つまり歌節をまたいだ一種独特な踊りのステップを作り上げた。こうして得られた結果は、歌節のちょうど半分が、いわばその歌節本体の前で披露する踊りだった。式にすれば、こうなる。

a（6）aine
b（8）aine
c（6）aine
d（6）er

d（6）er
e（6）er
f（6）aine
b（8）aine
g（6）aine
h（6）er

h（6）er

以下同様。こうして歌節と歌節との切れ目が、第二歌節に始まり、最後の第八歌節で終わるまでのあいだ、必ず二行分先に送られるばかりか、さらには新たに始まる各歌節の第一詩行が先行する歌節の最終詩行を反復しただけの一行だから、踊りを繰り返すたびに、その踊りに先行するステップの効果はなおのこと高まる。でもこんな話はやめにして、あなたには単刀直入に言ったほうがいいわね、と歴史であるそのひとは言った。つまりこういうこと。

恋歌

曲は「マルブルーグ公出陣の歌」と同じ

第一歌節

駿馬は息を切らし、
（わが心は痛む、わが心かくも痛む！）
われさまようは野辺の道、
軍馬が行くにまかせて。

第二歌節

軍馬が行くにまかせて、

小姓も連れず、盾持ちもなく。
目指すはあそこ、泉のほとり、
（わが心は痛む、わが心かくも痛む！）
名づけの母、面影を偲べば、
流れしたたるわが涙。

第三歌節

流れしたたるわが涙、
悲しみもここに極まれば。[*1]

以下同様。第二詩行、それも本来の第二詩行、要するに反復句となる詩行は、もはや四行目まで姿を見せなくなった。歌節ははるかに長くなり、四行が六行に増えたばかりか、歌節内に目を向けると、まっすぐに長く伸びた手すりのような一行も、今となっては各歌節の真ん中よりも少し後で、ようやく姿をあらわすようになった。ちょうど真ん中を過ぎた直後に姿をあらわす、というよりも、正確を期するなら、まさに各歌節後半が始まる一行になった。こうして否応なく先へ、先へと進める効果が生まれ、前にも指摘した先行現象の効果は強くなる。

＊1　ボーマルシェ『フィガロの結婚』第二幕第四場。

そのひとは自分で書いた式が何列も並ぶ黒板を満足げに眺めていた。式を板書せずに、どうして数学を教えられるだろうか。そんな思いが表情にあらわれていた。最初の一列が他のどの列よりも美しいと思っているように見えたが（最初の一列とはつまり原典版「マルブルー」を記述した式の列だ）、そう思った理由は式が無限を含むところにある。それに哲学者諸氏がそれぞれに考えた、程度の差はあるにせよ、いずれも質の面が勝る哲学的無限には、途方もない量の中身をこれでもかとばかりに詰め込んであるので、量の面が勝る無限にも、ある程度まで質的な無限の痕跡が残ったのだった。そのひとは幾分うつろな目で、8を横倒しにした符号を眺めていた。それでも突然、眠っていた理性が目覚め、分別を取り戻すと、また授業を続けた。

脚韻の扱いは逆になっている。無限定な韻を一切認めないことで、ボーマルシェは脚韻構成に縛りをかけたわけだから。支えとなる一行、ということはつまり反復句には、原典版から受け継いだ「エーヌ（aine）」の脚韻を残した。ところが原典版の歌に倣い、それ以外の脚韻がすべて自由、あるいは無限定な脚韻となることを許す代わりに、つまり行末の音同士で、ほとんど思いのままに韻を踏んだり、明らかに半諧音をなしたりすることを許す代わりに、ボーマルシェは尊大な「エーヌ（aine）」の脚韻が、君主然としたこの脚韻が、直前の詩行を締めくくる脚韻と、直後の詩行を締めくくる脚韻を支配するよう調整している。言い換えるなら、第二詩行から第四詩行に移ったこの脚韻が、第三詩行の脚韻と第五詩行の脚韻を支配するよう調整している。さらに言い換えるなら、b

行の「エーヌ（aine）」が、まずはａ行の「エーヌ（aine）」とｃ行の「エーヌ（aine）」を、続いてｆ行の「エーヌ（aine）」とｇ行の「エーヌ（aine）」を支配している。これが最初の縛りとなって重要な働きをする。それからボーマルシェは印象的な、これら「エーヌ（aine）」の脚韻に、弱音器となって働く男性韻を一つだけ取り合わせることで、みずからに第二の縛りをかけ、さらにこの、常に同じで、一つしかない男性韻が「エーヌ（aine）」の音では終わらない全詩行を、一つの例外も認めず、端から端まで支配するよう、つまり六行そろった全歌節の第一詩行と、第二詩行と、第六詩行を支配するよう調整することを、みずからに課したのだった。

こうして恋歌は、原典版から受け継いだ女性韻と、新たに取り入れた男性韻という、全部で二つしかない脚韻に乗って全篇が展開することになった。原典版から受け継いだ女性韻が全詩行の半分を支配する。新たに取り入れた男性韻は残りの半分を支配する。原典版から受け継いだ女性韻が第三詩行と、第四詩行と、第五詩行を支配する。男性韻は第一詩行と、第二詩行と、第六詩行を支配する。

そのうえ男性韻には、できるだけ弱く、できるだけ鈍い脚韻が選ばれた。原典版から受け継いだ「エーヌ（aine）」の女性韻を損なわず、逆に際立たせるために、そのような選択がおこなわれた。選ばれたのは、できるだけ控えめで、できるだけ目立たず、陰に隠れたような男性韻だった。一歩後に引いた地味な脚韻。ただ支えるだけの脚韻。黒子に徹し、ただ同伴するだけの脚韻。狭い「エ」の音で終わり、地味で目立たない亭主さながらに、発展家の女性韻に同伴して社交界に顔を出すだけの男性韻。

このようにして、と歴史であるそのひとは言った。支配者たる女性韻、つまり原典版から受け継いだ「エーヌ（aine）」の脚韻が、まずはa、b、cの各行と、f、b、gの各行を支配する。そして補助の脚韻、つまり仕えるだけの脚韻は（ここでは男性韻が仕える側に回っている）（それに私たちは文字どおりの意味で女性の天下を目の当たりにしている）、つまり男性韻として、狭い「エ」の音で終わるこの脚韻は（補佐役となって）残りの全詩行、すなわちd、e、hの各行を支配する。こうも言えるわね。つまり恋歌の男性韻は、原典版から受け継いだ脚韻が響かせる、その印象的な破裂音の引き立て役となることを唯一の使命とする。「エーヌ（aine）」の脚韻が響かせる微かな、澄み渡った、それでいて物憂い音を際立たせるためにある。

要するにこれは、とそのひとは言った。細君のほうが亭主よりも何かと騒がしい夫婦だということになる。聞くところによるとそういう夫婦も少なくないようだし。私が言いたいのは男性韻と女性韻を一緒にした夫婦のことではあるけど。

男性韻と女性韻がa行とb行を、次いでc行とd行を支配するという話を続けるうちに、そのひとは自分で書いた一連の式に戻り、これをじっと見ていた。突然の哄笑が、そのひとの体を揺さぶった。ある考えが頭をよぎったのだ。それは式を並べた最初の列、つまりそのひとが心底惚れ込んだ式の列にかかわることだった。その、最初に書いた式の列を指差しながら、「丸括弧を外してみようかしら」と言ったきり、そのひとは無邪気に笑い、体を揺らしつづけた。「無限」と「ゼロ」の符号が、脚韻や、各詩行に割り当てた文字とごたまぜになれば、大混乱に陥ることに気づき、それがおかしくてならなかったのだ。

こうして原典版の歌から、と歴史であるそのひとは言った。恋歌と死の舞踏が芽生えた。昔のまま変わらない株から、一方では早春の枝が伸び、葉をつけた。そしてもう一方で同じ株から、冬と死に包まれた皚々《がいがい》たる木の幹が生じた。相反する二つではあるかもしれないけど、この矛盾はおそらく表面的なものにすぎない。

まず言えるのは、枯れ枝を得るには常に生きた枝が必要になるという意味に理解するなら、矛盾はおそらく表面的なものにすぎないだろうということ。それが理法に適ったことだし、自然とはそういうもので、時間の中で老いるとは、まさにそういうことだから。時間の中で死を迎えるとは、まさにそういうことだから。同じ一つの株から、ありとあらゆる春の兆しが生まれたかと思えば、それに続けて冬の悔恨と皚々たる冬枯れの光景が生まれるということ。新緑の兆しが生まれたかと思えば、それに続けて、また同じ要領で、ぱっくり口を開け、皚々たる雪原を思わせ、黴に覆われ、罅《ひび》割れた、昔のまま変わらない一つの株が生まれるということ。自然界ではそこに矛盾など一切存在しないだけでなく、これこそまさに自然の理法でもあるのだから。

ただし一つ条件がある。つまり、ほかならぬ株そのものが、古くから伝わり、そもそもの始まりに位置するこの株がそれ自体、本来的に自然な株として、古くから民衆のあいだに伝わった株であり、決して知識人の貧しい空想から生まれたものではないということ。要するに最古の株、つまり万物が生じる元となった株は、それ自体が誕生と肥沃を内に秘め、生によって（元から）満たされ、

（また老いによって）、そして死によって満たされた、昔ながらの株でなければならない。

生と死に満たされた株。それを受け止めることが運命なのだから。

また自然な、数多ある株を調べても、民衆のあいだに伝わった、数多ある株を調べても、肥沃の点で、つまり生と死によって元から満たされていた点で、フランス古来の民謡に勝る株は一つも見つからないだろうと思う。そしてフランス民謡の世界を見渡しても、深く民衆の心に根差し、深い肥沃の世界を開いてくれた点で、「マルブルー」に勝る歌はほとんどない。比較的最近の歌ではないか。そう反論する人もいるでしょうね。でも結局のところ、最近の歌だろうと、昔の歌だろうと、それを育んだのが同じ民衆であることに変わりはない。違うかしら。

それに平和と戦争、愛と憎しみ、生と死と老いが、同じ平和と同じ戦争、同じ愛と同じ憎しみ、同じ生と同じ死と同じ老いであることに変わりはないのではないかしら。それに結局のところ救済も、と歴史であるそのひとは急に声をひそめ、証言を強要されたかのような面持ちで、絞り出すように言った。同じ救済であることに変わりはないのではないかしら。

そのひとは口をつぐみ、長い時間が経過した。同じ民謡であることに変わりはない、とようやく口を開いたその人は、ぽつりと言った。だから「マルブルー」のような歌を軽々しく扱う者ほど愚かな人間は他にいない。

――それに苦しみが、と続けたそのひとの口調は、どこか間延びしていた。同じ苦しみであることに変わりはなく、それに涙が、同じ涙であることに変わりはなく、それに葬儀が、同じ葬儀であることに変わりはないのではないかしら。

軽薄の精神は、とそのひとは言った。そのまま軽率の精神に通じるから、そういう精神の持ち主なら原典版「マルブルー」を軽々しく扱っても不思議はない。フランスの民謡ほど悲しい歌はどこにもない。あれほど気高く、はるかな昔を思わせ、あれほど古くから伝わり、あれだけ真実味にあふれ、心の奥底から湧き上がり、あれほど厳粛な悲しみと憂愁に満ちた歌は他にない。その点でフランス民謡はどれも同じだと言える。戦争と侵略を語る歌も、征服した数々の町と国を、海と平原と旅を語る歌も、玉座と王女を語る歌も全部そう。また別の歌は……。心の奥底から湧き上がる厳粛な歌、とりわけ深い悲しみと、とりわけ深い敬虔の念を宿した歌は、もちろん愛を語る民謡と決まっている。それに民謡である以上、どの歌も愛を語るに決まっている。

元はといえば同じ一つの「マルブルー」から優雅な青春の輝きと、死を間近に控えた老年と、それに続く死の行列が生まれた。元はといえば同じ一つの「マルブルー」から優雅な恋歌の調べと、恐ろしいことこのうえない野辺の送りが相前後して、いわば対等の相続人として生まれた。でも、そんなことになったのは、原典版「マルブルー」で材料が全部出そろっていたからにほかならない。そう、原典版「マルブルー」は皮肉と論戦と誹謗の歌だった。ところが政治家と軍人を誹謗する文書でありながら、その陰に隠れるようにして軍隊が行進し、さらには戦いに駆り立てる行進曲を鳴り響かせるばかりか、見かけ倒しで実効性に乏しい皮肉を隠れ蓑にして葬送曲を奏でている。一種独特な葬儀の恋歌だと言えば、わかってもらえるかしら。そんな葬送の恋歌からボーマルシェが恋歌の成分だけを抜き取り、残された葬送を元に、ユゴーはあの陰惨な埋葬の場面を作り上げたのだった。

原典版の歌は踊りと行進を、輪舞と行列を、そして何一つ欠けるところのない弔いの儀式を兼ねていた。ボーマルシェがそこから成分の一部を抜き取って作り上げたのは踊りと輪舞であり、行進ではなかった。行列と、何一つ欠けるところのない苦しみの儀式だった。いわば優雅と、悲しみと、苦しみの輪舞だった。ユゴーが同じ歌から作ったのも、やはり一つの輪舞だった。なにしろ死の舞踏とは、その起源に照らしても、字義どおりに解釈しても、踊り以外の何ものでもないのだから。一つの輪舞なのだから。

――それに苦しみが、とそのひとは言った。同じ苦しみであることに変わりはないのではないかしら。それに死が、同じ死であることに変わりはないのではないかしら。

(そのひとは気をとりなおした。)――ところで、とそのひとは言った。「シェリュバンの恋歌」に宿った(そして舞台人の言葉に倣うなら、この「役柄」それ自体にも宿った)、あらんかぎりの悲しみを推し量るには、恋歌が歌われるのを聞くだけで確かに足りるかもしれない。(そして役柄が演じられるのを見るだけで足りるかもしれない。）とはいえ正しく推量し、本当に納得のいく成果につなげたければ、並外れた作品でありながら、私の見たところ、ボーマルシェを語る際に絶えて言及されることのなかった例の戯曲を読んでおく必要がある。『罪ある母』。もはや四幕喜劇でない点で『セビーリャの理髪師』とは違い、もはや五幕喜劇でない点で『フィガロの結婚』とも違う、『ボーマルシェ作、もう一人のタルチュフ、または罪ある母、町民劇全五幕』。何かが変わった。何か新しいことが起こった。その出来事は、『理髪師』が一七七五年作であり、『結婚』は一七八四年作、というよりもむしろ一七八四年にようやく上演された作品であるのに対し、『罪ある母』は初演が一七九二年だったという、まさにその一点に集約される。一七八四年と一七九二年のあいだで、確かにとんでもないことが起こっている、と歴史であるそのひとは言った。今でも口の端に上る例の事件。二つの年号にはさまれたこの期間、私も方々から相談を受けて、ずいぶん迷惑した。なにしろフランス人民が碑銘を残したいという、昔ながらの記録癖にとりつかれた時代だったから。一七八四年から一七九二年まで、そんなことが続いた。目が回るほど忙しい八年間だった。それから間もなく、一七九九年にボーマルシェが世を去る。自信を喪失し、こう言ってよければ落馬した武者が死ぬような幕切れだった。

私が見たところ、『罪ある母』をとりあげる人は絶えてなかった、と歴史であるそのひとは言った。とはいえこれがなかなか興味深い戯曲であることに変わりはない。文章はとても良質なうえ、堅実そのものだし、期待どおりの間抜けな展開も楽しく（間抜けな、と言ったけど、才気煥発で、そのこと自体を商売にした人間がこうした末路を辿るのは世の習いだと思うし、それはそれで当然の報いではないかしら）、そして何よりも、時代の好みに対して見事なまでに適応している。これとは別の、『罪ある母』に先立つ二篇の戯曲もまた、発表当時の若かりし日には、もちろん時代の好みに適応する作品だった。というよりむしろ、気がついてみればごく自然に時代の好みと合致していた。ただ、時代の好みは一七七五年や一七八四年よりも、一七九二年のほうが強くあらわれていた。しかも以前と同じ好みではなくなっていた。正反対のものに変わっていた。一七九二年の時点で必要なのは、もはや権威に反抗し、旧体制を欺くことではなかった。反抗は終わった。というよりもむしろ、完成の域に達していた。欺瞞は終わった。というよりもむしろ、完成の域に達していた。一七九二年の時点で必要なのは、激動のさなかに、どうにか土台を固めようとする新体制に自分を売り込むことだった。ヴァルミーの丘[*1]やジェマップの高台[*2]で新体制に自分を売り込んだ者は決して少なくない。そういう豪傑こそ私の息子にふさわしい、と歴史であるそのひとは言った。だから不滅の名声を与えた。古代人のように気高く、遠い昔の英雄とも、不滅の英雄とも肩を並べる強者たち。遠い昔の英雄を残らず集めても、あれほど気高く、あそこまで遠い昔を思わせる者は一人も見当たらない。実際、彼らが参加したヴァルミーの戦いは、フランスにとってテルモピュライの戦い[*3]となった。でも今と似たような時代だったのよ。わかるわね、坊や、とそのひとは笑みを浮かべながら言った。共和国誕生から間もないこの時期に早くも共和国擁護を打ち出し、国家の補助を受けた劇場の舞台に立つ者もあらわれた。皺くちゃ顔の老練な悪徳相場師で、人生を悟った時計職人でもあるカロン・ド・ボーマルシェ[*4]が、これに協力しないはずはなかった。（あるいは協力するふりをしただけかもしれない。）「舞台はパリ、伯爵一家が住む館。時に一七九〇年の暮れ」。戯曲をここまで読み進めた時点で、（まだ話が始まったばかりであるにもかかわらず）、読者の頭には早くも一つの考えが宿り、舞台で繰り広げられるのは一七九〇年の暮れに起こったことだと思い込んでしまう。あるいは一七九二年の暮れに起こったことだと思い込む。原因は登場人物一覧が、それだけですでに何一つ欠けるところのない一篇の詩たりえていることにある。『理髪師』と『結婚』でも、ボーマルシェは当然ながら冒頭に登場人物を列挙した。でもそれは呆れるほど単純な形で、ただ順番に並べたにすぎず、どんな工夫もない。それで当たり前だったから。昔からそうだった。モリエールやマリヴォーもそうしている。ボーマルシェもこれに従った。わずかに規範を外れたのは、『理髪師』の登場人物一覧に「レヴェイエ［目覚めし者］バルトロに仕えるもう一人の下僕。寝惚け眼の愚鈍な青年」と記したときくらいかしら。昔はね、と歴史であるそのひとは言った。戯曲の本文を見れば登場人物の人となりは十分わかったから、あらかじめ梗概で人物紹介をするまでもなかった。それに舞台上の所作も、これが愛の戯れや偶然の戯れ[*5]に分類される場合ですら、本文の中にあった。核となる種が果肉の中にあるのと同じように。小道具類も本文中に取り込んであった。それが今では、今というのは一七九二年のことだけど、一字一句違えずに引くなら「登場人

＊1　いわゆるヴァルミーの戦い（一七九二年九月二十日）の舞台となった土地。ヴァルミーの戦いはフランス側がプロイセン軍を破った会戦で、革命後最初の軍事的勝利であるとともに、史上初めて国民の軍隊が君主の軍隊を破った戦争でもあった。「ここから、そしてこの日から世界史の新しい時代が始まる」と述べたゲーテの言葉が有名。

＊2　いわゆるジェマップの戦い（一七九二年十一月六日）の舞台となった土地。ジェマップの戦いは、フランス革命軍がオーストリア軍とベルギー南部の都市モンス近郊のジェマップで会戦し、勝利を収めたフランス革命戦争の一つ。

＊3　紀元前四八〇年八月十一日、スパルタ軍とアケメネス朝ペルシアの遠征軍が激突した合戦。アテネの北方テルモピュライの隘路を南下する総勢二十万の大軍を、国王レオニダス一世に従う、わずか三百名のスパルタ軍が迎え撃ち、敵方に甚大な被害を与えた。全滅したスパルタ軍は、予想外の奮戦によって勇名を轟かせることになった。

＊4　ピエール＝オギュスタン・カロン（一七三二－一七九九）は時計職人だった。結婚相手の姓をもらってピエール＝オギュスタン・カロン・ド・ボーマルシェと改名し、さまざまな金融取引にかかわったことでも知られる。

＊5　マリヴォーの喜劇『愛と偶然の戯れ』（一七三〇年初演）を踏まえた表現。

物」を次のように紹介している。

アルマビバ伯爵　スペインの大貴族。自尊心は高いが高潔で、傲慢とはおよそ無縁の人物。（そんな人物だから開幕して間もない第二場で、伯爵は今後「様」をつける以外の呼びかけを認めないそうだ、とフィガロから聞かされても、別に驚くことはない。――「俺たちがパリに住まいを定めてからというもの、そしてアルマビバ様が……（「殿」と呼ぶことまかりならぬとの仰せだから、ここはひとつ、お名前で呼ばせていただくしかあるまい……）」[*1]。もっとも、これは忘恩の誹りを免れない、相当に身勝手な言い分ではないかしら。私の記憶が確かなら、と歴史であるそのひとは言った。『理髪師』に登場する、かつての伯爵にとって、「伯爵」と呼ばれることが少しは有利に働いたわけだから。それに「様」づけが似合うのはバルトロのほうだった。バルトロ様以外の呼び名は考えられなかった。アルマビバ氏はどうかしら。アルマビバ氏では、今の私たちから見ても少し物足りない気がする。少し滑稽に感じる。少し度を超していると思う。そこまで求められたわけではないだろうと思う。それでもここに、新体制は必ず旧体制を裏切るという、由々しい忘恩があることだけは確かかね。他の登場人物も削り直され、様変わりした点で伯爵に引けをとらない。）

騎士レオン　その息子。血気盛んな無辜の魂をもつ者が必ずそうであるように、ひたすら自由を求める青年。（騎士レオンの年齢は私たち読者に知らされていない。それでも少し先を読めば、青年の誕生はシェリュバンの死と同じ頃、というよりもむしろ、シェリュバンが死んだほんの少し後か、ほんの少し前だったことがわかる。）

ベジャース氏　アイルランド人。スペイン陸軍歩兵連隊付き副官で、伯爵が大使を務めていた頃はその秘書官。深謀を巡らし、数々の策を弄して巧みに不和の種を蒔く陰謀家。

フィガロ　伯爵の従僕、外科医、そして腹心の家来。世間の荒波にもまれ、さまざまな出来事を経験することで人格形成をとげた男。

ファル氏　伯爵の公証人。几帳面で謹厳実直を絵に描いたような男。

ヴィルヘルム　ベジャースに仕えるドイツ人の従僕。主人に似合わず単純な男。

アルマビバ伯爵夫人　たいへん不幸な身の上ながら、天使のような信仰心をもつ女性。

フロレスティーヌ　アルマビバ伯爵の後見を受けた孤児で、その名付け子。とても感じやすい少女。

シュザンヌ　伯爵夫人の侍女頭で、フィガロの妻。夫人一筋に仕え、若かりし日の夢を捨てた善

＊1　ボーマルシェ『罪ある母』第一幕第二場。

良な女性。

見てのとおり、少しばかりルソーの影響が残っている。今でもルソーの名を口にすることが許されたものかどうか、私にはわからないけど。フロレスティーヌは「感じやすい」。誰も彼も「感じやすい」。

この戯曲は、一番目の題に謳われているように、つまり二つある題のうち最初の一つからも明らかなように（完全な題名は『もう一人のタルチュフ、または罪ある母』）、もう一人のタルチュフであるとともに、先行作品を敷き写しにしたものであることを、これ見よがしに、また取りつく島もないほど直截に主張した戯曲でもある。先行作品と言ったのは要するに『タルチュフ』のことだけど。大先輩に当たる例の傑作だけど。この一点だけでも、十分に興味深い作品だと思う。風格もあるし。読んでいて楽しいし。学ぶことも多いし。とにかく折り目正しい。それに奥が深い作劇術を考えるうえでも重要な作品だと思う。先行作品に応答《レプリク》し、複製《レプリク》を作ろうと思い立ったとき、複製するという責務を前にした作者はその複製を一目で複製とわかる複製に仕上げようとした。この選択はまったくもって正しい。誠意が感じられる。それもそのはず、劇作にも誠意は必要で、しかもその誠意は一般的な誠意と同じくらい確実で、わかりやすく、純粋なものでなければならない。一般的な信義と同じくらい確かなものでなければならない。敷き写しという手段に訴え、第二の『タルチュフ』を書き上げ、『タルチュフ』第二版を世に問おうと思い立ったとき、作者は十二分に正確な敷き写しを完成させ、その方針を包み隠すことなく、これ見よがしに示したうえで、敷き写しの意義を強調してみせ、さらには自分の作品が（紛れもなく）先行作品を敷き写しにしたものであることを強く主張した。この方針はまったくもって正しい。隠し立てはせず、小細工を弄することも、とぼけることもなく、私たち読者を欺こうとはせず、偽装することも、新機軸を打ち出すことも、小細工を弄することも、創意あふれる作品がここに生まれたと吹聴することもない。早くも第一幕第二場で、それも第二場が始まったばかりの時点で、フィガロは面白半分に、本文中のト書きによると「語気を強めて」[*1]、ベジャースのことを「オノレ＝タルチュフ」[*2]と呼んでいる。ただの間抜けなら、初代タルチュフを避けるばかりか、初代タルチュフの影と、初代タルチュフの記憶すら遠ざけようと（むなしい）努力に明け暮れただろうし（あるいは初代タルチュフのことを人が忘れるように画策して、いかにも間抜けな失態を演じただろうし）、何がどうあろうと、初代タルチュフの相似形を描いて、その思い出を呼びさますことだけは避けようとしたにちがいない。何がどうあろうと初代タルチュフを敷き写しにすることだけは避け、敷き写しに見えることすら避けようとしたにちがいない。何がどうあろうと関連づけだけは避け、関連づけがおこなわれたと匂わせることすら避けようとしたにちがいない。これだけ粗雑な方略を前にしたら、私たちも憤慨しただろうし、これほどまでの努力を見せられたら、私たちも辛くなっただろうし、これほど執拗で無益な回避の試みに立ち会ったなら、私たちも我慢の限界を超えていたのではないかしら。目につきすぎて哀れをもよおす。目立ちすぎていつも失敗ばかり。人間が小さすぎる。人目を気にしすぎる。人間が小さすぎて小間使いと同じになっている（有り体に言えばモリエールの世界で小間使いはそういう存在だった）。ボーマルシェ以外の作者なら無駄な努力に明け暮れ、努力するというまさにそのことによって自分を見失い、

*1　ボーマルシェ『罪ある母』第一幕第二場。
*2　同前。

私たち読者を辟易させたにちがいない。単純すぎるからそうなる。（単純すぎてモリエールの世界も理解できない。）ということはつまり、裏表があるからそうなる。ところが一七八四年から、いいえ、一七七五年を起点にしても同じだけど、そこから一七九二年までのあいだにフィガロが愚昧な人間になりさがることはなかった。タルチュフのような人物を新たに一人作ろうと思い立ったとき、フィガロは先を見越し、機転をきかせて、単純明快にもう一人のタルチュフを作ったのだった。直截簡明は廉直と同じであるがゆえに、最大の方略となる。本当の意味で単純になれるということは、さまざまな才能があるなかで最も機転のきく者だけに与えられた能力なのだから。フィガロが私たち読者を騙そうとしなかったからこそ、私たちも、まずは最大級の感謝でもってその誠意に報いる。フィガロは機転をきかせ、落ち着きはらって、もう一人のタルチュフを作り上げた。だから首尾よく運んだ。私たちにも何をどうすべきか、ちゃんとわかる。相手は何者なのか、ちゃんとわかる。フィガロは機転をきかせ、私たち読者を信頼してくれた。信頼してくれたから、私たちもすぐに安心することができた。一歩引いて兄貴分の後ろに控えようというフィガロの決意が微塵も揺るがない以上、私たちはフィガロが二番手に甘んじていることを責められた義理ではない。

　フィガロが私たちを信頼してくれた当然の帰結として、私たちもフィガロを信頼する。

　フィガロは利口ぶったりしない。そこが特に好感のもてるところね。

　理由はわからないけど、と歴史であるそのひとは言った。三作目に当たるこの戯曲が話題に上ることは絶えてなかった。ファンション[*1]か、いつも炉端にいて、誰も顧みる者のない灰かぶり姫《シンデレラ》のような扱いを受けている。暖炉の灰とは比べものにならない傑作なのに。無視され、捨てられた境遇は似つかわしくないのに。忘れられていいような作品ではないのに。まず言えるのは、とてもよく出来た戯曲だということ。『結婚』より堅実で、力強く、健全性の面でも勝っているし(私が言いたいのは健全な構成ということだけど)(それに端から端まで健全だし)、話の運びにも優れ(無理に話を進めようとする前のめりの姿勢があまり見られず、作者が手腕を発揮する機会も少ないから)(『理髪師』のことは言わずにおくけど)、作品を弱体化させる、藪のように入り組んだ筋立てもここにはなく(そう、これは筋立て第一主義ともいうべき策謀の面が希薄であるどころか、策謀とはおよそ無縁な戯曲ですらある)、統一がとれ、わが道を行き、布にたとえるなら目が詰んで、はるかに強い生地に仕上がっている。要は質がいいということ。良質な戯曲だということ。どうして家に閉じ込めたままにするのかしら。とてもよく書けているのに。でもこの「町民劇」について、とりあえず今日のうちに私が指摘しておきたいのは、そんなことではない。

だからどうして、と歴史であるそのひとは言った。どうしてこの戯曲を家に閉じ込めたままにするのか、理解に苦しむ。きっと理由がある。簡単明瞭な理由だと思う。たぶんこれだ、と私が思っている理由は、私にとって他人事ではなく、私の本質や私の本性そのものに、そして私がおよぼす支配の根底にある、なんらかの力に関係している。私の存在そのものに潜む、なんらかの力に関係している。私には強い確信がある、と歴史であるそのひとは言った。これは広く作品一般に該当することではあるけど、特に劇作品の場合、時間の中で高い評価を受けるには、その戯曲が時間の中に華々しく生まれ落ちていなければならない。評価は生まれに付随する。それが旧体制の理法だった。ごく自然な理法だった。その理法に私も従っている。同じ理法に自然も従っている。これは作

＊1　十八世紀末のフランス民謡に歌われた陽気な村娘。「笑うのが好き、飲むのも好き、歌うのが好き」だった。

品一般に見られる傾向には違いないけど、特に劇作品が時間の中で受ける評価は、時間の中に生まれ落ちたときの状況によって決まる。というよりも、時間の中に生まれ落ちたときの状況によって、あらかじめ決められている。生まれにともなう意味と、尺度に照らし、これに比例して決まってくる。時間に沿って何世紀も続く反響を呼ぶには戯曲が爆発的な成功を収めなければならない。喧伝されるには鳴り物入りで登場し、まずは評判をとり、出自にまつわる噂が流れなければならない。栄光に輝くには物議をかもす必要がある。まずは物議をかもすこと。爆発的な成功という、一種特別な騒動によって物議をかもし、これを紛れもない大事件にまで高めること。まずは評判をとること。花火が上がり、続いて炎の花が咲くようにすること。それが作品一般を、ほぼ例外なく支配する理法だから。そして特に演劇を支配する理法だから。劇作品というものは、いつの時代にも打ち上げ花火のようなものだった。ボーマルシェの戯曲が特にそうだった。確かに旧体制を取り除くことはできた(と歴史であるそのひとは言った)(それですら怪しいかもしれないけど、旧体制を取り除いた、と私が言う場合に、何を言わんとしているのか、あなたならわかってくれるわね)。ただ作品(と演劇)と歴史と評価から、つまり(ほんの)一言でいうと、あらゆる現実から旧体制を取り除くことは怠ってしまった。ただ出来事から旧体制を取り除くことは怠ってしまった。確かに『理髪師』と『結婚』は旧体制を取り除くことに貢献した。それでもボーマルシェの作品から、『理髪師』および『結婚』と、『罪ある母』との関係から旧体制を取り除くのに貢献することはできなかった。確かに『理髪師』と『結婚』は長子権を取り除くことに貢献した。それでも『理髪師』と『結婚』の、末子『罪ある母』に対する優位を定めた長子権を、自身から取り除くのに貢献することはできなかった。確かに『理髪師』と『結婚』は生得権を取り除くのに貢献した。それでも自身に与えられた生得権を取り除くのに貢献することはできなかった。そして末子には与えられなかった生得権を、他でもないその末子に与えるのに貢献することはできなかった。自分たちは『理髪師』と『結婚』だから立派な生まれであり、対する末子は結局のところ末子のままでいるしかないという、この不公平を是正することはできなかった。

（あらゆる人を平等な人間に変えることはできる（と歴史であるそのひとは言った）（全部言わなくても、あなたなら私が言いたいことは、わかってくれるわね）。でもあらゆる人を長子に変えることは絶対にできない。かのナポレオンですら一生涯、自分が八人兄弟の長子ではないことを負い目に感じつづけたくらいだから。[*1]）

（『ラルース小百科』の項目がよくできている、と歴史であるそのひとは言った。他の事典も同じだと思うけど、「ボナパルト――ナポレオンを見よ」とあるから、そこを読んでおくように。）

立派な生まれだということは、守旧派であるのと同じで、一七七五年生まれであることに等しい。一七八四年生まれでも同じだけど。末子に生まれたということは（劇作品の場合）、一七九二年生まれであることに等しい。一七九二年ともなればやはり優先すべきことも多く、一七七五年に『理髪師』を、そして一七八四年に『結婚』を世に広めたときと同じ態勢で新たな劇作品を受け入れる

＊1　ボナパルト家は十二人の子宝に恵まれたが、うち四名は早逝している。因みにナポレオンは第四子。

状況にはなかった。

ところが、まだ揺りかごに寝かされているうちに反響を呼び、物議をかもした過去がなければ、いかなる戯曲も不利なこの状況から立ち直ることはできず、いかなる戯曲もこの状況を逆手にとることはできず、いかなる戯曲も自力でこの状況を切り抜けることはできない。戯曲である以上、生まれたその年に急激な普及をなしとげなければならない。戯曲以外に目を向けると、卑しく生まれた作品が、人知れず成長をとげた末に、とうとう永遠不滅の名声を手にした例に事欠かない。対する劇作品は公衆の面前で生まれ、公衆の面前で即座に名声を手に入れ、通常なら時間に沿って進む成長も瞬時に終えることを求められる。劇作品である以上、闇の中に生まれ、闇の中で成長することはできない。生まれてから、いくつかの段階を経て成長していくことができない。舞台前面の脚光は闇を追い立てる炎の砲列なのだから。劇作品である以上、沈黙したままではいられないし、沈黙する権利を認められてもいない。皆を呼びつけたのだから。皆が詰めかけたのだから。人前に出ていくか、何もせずに死んでいくか。そのどちらかを選ぶしかない。ところが一七九二年ともなれば、やはり脚光の「蠟燭」以外にも、さまざまな炎が上がり、脚光とは違う、本物の砲列が耳目を集めるしかなかった。

これが、と歴史であるそのひとは、私の中にある異教徒の魂に語りかけた。これが私の手にゆだねられた時間の調整というもので、今日はその具体例をいくつか見てもらった。身も蓋もない言い方をするなら、時間の調整は万物を支配する。それ以外のことを学んだところで得られるものは何もない。それ以外のものを含んだ、まさにすべてが、時間の調整によって支配されるのだから。あらゆるものの背後に時間の調整が潜んでいる。どのような外観を呈するものでも、その背後には時間の調整がある。どのような事象でも、その背後には時間の調整がある。法則の背後にも、やはり時間の調整がある。あらゆる経験の奥底で人は時間の調整に行き当たる。あらゆる科学の奥底で人は時間の調整を知る。あなたがた人間の考えた法則がすべて滅びても、その背後にあった時間の調整は必ず存続する。こうして、と歴史であるそのひとは言った。昔から私は時間と連係を保ってきた。どうにもならなかった。他にどうすることもできなかった。時間があるか、それとも時間がないか。他に選択肢はない。一七七五年には『理髪師』に耳を傾ける時間があった。一七八四年には『結婚』に耳を傾ける時間があった。一七九二年には『罪ある母』に耳を傾けるだけの時間がなかった。一七七五年には『理髪師』を世に広める時間と、それだけの関心があった。一七八四年には『結婚』を世に広める時間と、それだけの関心があった。一七九二年には、たとえ関心はあったとしても、『罪ある母』を世に広めるだけの時間がなかった。

これが、と歴史であるそのひとは言った。私の手にゆだねられた不滅の法則で、もちろんこれは時間の中にあるかぎり決して滅びることがない。戯曲以外の作品なら、百歩譲って、実際に生まれたのとは別の日に生まれることが、まだありうる。言ってみれば自身の死後に生を享け、ある意味で遺作同然の作品として世に出ることもありうる。死を迎えた（ずっと）後で生まれることもありうる。対する劇作品の場合、実際に生まれたその日には、遅くとも生まれなければならない。だからこそ現代の劇作家が、さすがに事情通と言うべきか、実際の誕生以前に大半の作品が生まれるよう工夫することにもなった。確実性を高めるために。だから初演のはるか以前に作品が生まれるようになった。初演のはるか以前に作品が生まれるよう、仰々しい宣伝を打つようにもなった。一七九二年の、自分が生まれたまさにその日、公衆の前に出ていく機会が一度もなかったという不幸な巡り合わせから、戯曲『罪ある母』は決して立ち直ることができなかった。私たちがここでまた遭遇することになったのは、と歴史であるそのひとは言った。二人であれこれ語り合った歴史の記載や、時間的な記載をめぐる問題にほかならない。自分が時間的記載の対象となるまで長いあいだ「待つ」ことはできる。でも記載の「機会を逃す」ことは許されない。ある意味からすれば記載されるまで延々と待ちつづけることはできるかもしれない。待ちつづけたところで特段の不都合はないかもしれない。でも記載がおこなわれる日には、是が非でも記載してもらう必要がある。記載されてこそ世に広まり、世に広まることで評価も定まるから。ところが劇作品には、その本性からして、また制度の面でも絶対に欠かせない一つの条項が含まれていて、戯曲が戯曲であるためには必ず「初日」を迎えなければならない。つまり正式で、型にはまった、麗々しい記載の日を迎えなければならない。自分が記載される日を迎えなければならない。戯曲は私たちを呼びつける。私たちは劇場に足を運ぶ。その晴れの日に戯曲が記載の機会を逃したら、それは気の毒としか言いようがない。記載というものは一度その機会を逃すと永久に取り戻すことができないようだから。この種の失態を裁く訴訟がひとたび結審すると、再審に漕ぎつけることはまずありえない。本や、絵画や、彫像の場合、ひとたび初公開の日を迎えれば、戯曲と同じくらい麗々しく着飾って初登場の機会を逃すことはありえない。本や、絵画や、彫像が世に出る日をひとたび迎えれば、戯曲と同じくらい型にはまり、戯曲と同じくらい麗々しく着飾って初登場の機会を取り逃すことはありえない。本や絵画や、彫像が初公開の機会を逃すことはありえない。考えてみればわかるように、戯曲と違って初日というものがないのだから。王政時代の記念碑や建造物もこの点は同じで、修復後に共和国大統領が落成式をとりおこなったとしても、それでは初日にならない。書籍一般もこの点は同じで、出版社がいくら売り込みをおこない、発売日をいくら祝ったとしても、それでは初日にならない。絵画一般や彫刻一般もこの点は同じで、美術展をもよおし、一般公開前日の盛大な特別観覧を開いても、それでは初日にならない。ひるがえって劇作品に目を向けると、せっかく初日を迎えても、その機会を取り逃す可能性が常につきまとっている。その有機的な組成からも、専門技術の面からも、戯曲には必ず初日がついてまわる。初日があることは戯曲にとって常態だし、戯曲という種別を示す指標でもある。戯曲の本性とも言える。初日とは戯曲にとって船出の準備と同じだから。戯曲に初日が必要なのは、船に進水が必要なのと同じだから。初日のない戯曲は進水しない船と同じだから。そんな戯曲では決して航海に出ることができない。

そうなった原因は、やはりこの私にある、と歴史であるそのひとは言った。個々の戯曲にとって初日とは、麗々しく着飾って時の王国に入っていくことにほかならない。

初登場によって、初日を迎えることによって、個々の戯曲は麗々しく着飾って時間の統治下に入り、厳かな口調で、自分は時間の軍門に下り、時間の統治に身をゆだねると宣言する。

つまりこれは時間との関係を明示したうえで登場することにほかならない。個人差はあるにしても、私たち全員が人知れず登場するのに対し、戯曲の場合はきちんと日時を決めて登場することを余儀なくされる。

ところが、と歴史であるそのひとは言った。一七九二年は『罪ある母』の初日も含め、まさに初物づくしの一年だった。

それなりの競合関係が成り立っていたとも言える。

生まれさえすれば生きられるわけではない、とそのひとは言った。でも生きるには、生きるに先立って生まれていたことが必要になる。坂道にたとえるなら、いつも下りてばかりではないにしても、下りたが最後、二度と上れない坂もある。いつになっても上れない坂もある。生まれた者が必ず生きるとはかぎらない。でも生まれなかった者は、いつになっても生きることができない。私たちがここで再会し、また遭遇することになったのは、私たちの知るかぎりで最も古い時間の法則にほかならず、これがそのまま出来事の法則となり、そのまま時間の流れを支配する法則となり、ベルクソンの用語で言うなら持続の流れを支配する法則となる。古くて、全的で、普遍的な、不可逆性の法則。この法則を免れるものは（時間の中に）一つとして存在しないし、ここにこそ、と歴史であるそのひとは言った。私が見たところ、曲がりくねり、好き勝手な方向を目指した科学的探究の道を辿るうちに、現代の世界ですら最終的に、あらゆる方面で受け入れるしかなかった法則が、ここにある。

時の神は鎌をいつも肩の同じ側にかついでいる、と歴史であるそのひとは言った。またある意味からすると、いつも同じ方向に刈り進める。またある意味からすると刈り取る神が刈り進んだ先から引き返すことはない。その意味で言えば、刈られる側は負けてばかりで、絶対に勝つことがない。典型的な片側偏重の法則。片側だけを優遇している。その意味で言えば、すべては失われ、得られるものは何もない。その意味で言えば、すべてが失われるばかりか、誰かの言葉にもあるとおり、

「生じるものは何もない」[*1]。

時は過ぎゆくものだ。この言葉を吐いただけで、と歴史であるそのひとは言った。言うべきことを言い尽くしたのと同じになる。

私たちは部外者だから、個人差はあるにしても、全員が人目を忍んで、世界をぐるりと取り巻くオケアノス[*2]に潜り込むことができる。ところが戯曲は戯曲である以上、いつか必ず船出しなければならない。

そして戯曲は、この船出の儀式に皆を呼びつけるしかない。

私たちなら人知れず海に沈むこともありうる。そしておそらくは損失の埋め合わせをすることもできる。戯曲にはそれができない。

進水前は船体の支えとなった突っかい棒を鋸で挽き、幸運か不運のいずれかが待つ海原へと、戯曲という船が出ていけるように準備を整えなければならない。

＊1　質量保存の法則を発見した化学者アントワーヌ・ド・ラヴォワジエ（一七四三－一七九四）の言葉から。「失われるものは何もない、生じるものは何もない」

＊2　古代ギリシアでは世界の周囲を大河が取り巻き、星辰はそこから天に昇り、その水中に没すると考えられていた。この大河がオケアノス。

無数の戯曲が爆発的な成功を収めていながら、それを摑みそこねた。というよりもむしろ、成功に続く当然の、想定内の、正当な報いとして、まったくもって当然で、まったくもって正当な報いとして見込まれた名声を摑みそこねた。無数の戯曲が初演で赫々たる勝利を収めていながら、勝利の報いと、成果と、直接の帰結を摑みそこねた。例を挙げろと言われても挙げるのは難しい、と歴史であるそのひとは言った。初演の不在を埋め合わせることができた戯曲の題を一つでも挙げられる人は、まずいないだろうから。作者も、当の戯曲も、不首尾に終わった初演を埋め合わせることはできる。失敗の埋め合わせをするには、失敗したことそれ自体が賑々しく取り沙汰されるだけで足りる。意に反する形で物議をかもすことになっても、意に適う形で物議をかもした場合と同じ結果になるわけだから。その意味で言えば、何であれ中途半端な成功には勝ることになる。忘却と、沈黙と、日陰者の立場を埋め合わせることはできない。そこでは減衰が起こり、いつも同じ方向に流されていくわけだから。

これでもまだ物足りない、とそのひとは言った。最初にとりあげた、敷き写しは簡潔かつ誠実におこなうべし、という大切な教えも、次に紹介した、一七九二年の知られざる失敗から得た大切な教えも、例の「町民劇」について、私が今日のうちに指摘しておきたいことを、まだ語り尽くしてはいない。

なにしろこの作品は途轍もなく重要な着想から生まれている。巧妙で重要、しかも劇的、そのうえ舞台映えがして、哲学的な内容をもち、歴史にも根差した着想から生まれている。つまり、早くも一七九二年の時点で、あるいはそれよりも早く（遅くとも戯曲を執筆していた頃には）、たった今、目の前で世界に産み落とされた第二のタルチュフ的偽善が、文字どおり「人道」の偽善へと育っていくことに気づき、その明察を肝に銘じたところに、この着想が重要な着想たりえた所以がある。疑いの余地はない。紛れもなく重要な明察だし、その内容が作者の脳裏にあれほど鮮明な像を結んだことにも息を呑むしかない。そして像を結ぶとすぐ、あれほど舞台映えがしたことにも（舞台映えとは鮮明さの別名だから）、早くも一七九二年の時点でこれだけの明察を得ていたことにも息を呑むほかない。だから『もう一人のタルチュフ』が先代を敷き写しにした簡潔な作品であることに徹し、盲従的で、いわば付随的な、つまり言い換えるなら忠実で、いわば補助的な作品であることに徹すれば徹するほど、本来の着想はますます正しく、ますます重要なものになっていく。一人の男が、早くも一七九二年の時点で、あるいはそれよりも早く、世界史の中に産み落とされたものがあるということを、たった今、目の前で産み落とされたのは、ひとりシェリュバンの息子だけではなく、紛うことなき「もう一人のタルチュフ」、つまり第二のタルチュフと、第二のタルチュフ的偽善であるということを明察した。私に言わせれば、ここにこそ出来事がある、と歴史であるそのひとは言った。私に言わせれば、ここにこそ明察がある。

私が言いたいことははっきりしている、とそのひとは言った。説明するわ。一七七五年に、あるいは一七八四年でもいいけど、一人のフランス人が、旧体制は崩壊しかけていることに気づいたとしても、それは特段に優れた明察ではない。わかるわね。誰の目にも明らかだった。フランス人なら体制の崩壊を見慣れているわけだから。一七七五年に、あるいは一七八四年でもいいけど、ここで（また）一人のフランス人が旧体制を崩壊させるのに一役買った、というよりもむしろ、そのフランス人が一役買うことで、旧体制が自分から崩壊したとしても、やはり特段の驚きはない。フランス人なら体制の崩壊に一役買うことに慣れているわけだから。一七七五年に、あるいは一七八四年でもいいけど、パリ市内にまた一人、典型的なパリの悪童があらわれたとしても、と歴史であるそのひとは言った。それは特段に珍しいことではない。パリにはいつも大勢の悪童がいるわけだから。いくら悪童が増えても決して多すぎることにはならない。一七七五年に、あるいは一七八四年でもいいけど、パリ市内にまた一人才人があらわれて、旧体制に風刺詩の矢を射かけたとしても、と歴史であるそのひとは言った。それは特段に珍しいことではない。パリにはいつも大勢の才人がいるし、セーヌ＝エ＝オワーズ県[*1]まで足を延ばしても才人には出くわすわけだから。いくら才人が増えても決して多すぎることにはならない。それに引き換え一七九二年に、たまたま一人の男が前途を明察し、『もう一人のタルチュフ』を書いたということは、少々私の理解を超えている、と歴史であるそのひとは言った。それは認めるしかないけど、私に言わせれば、これこそ明察であり、私が出来事と名づけたものでもある。もちろん私も、世間の人は少し冷たすぎるのではないかと思っている。あれだけの働きがあるのだから、その男がボーマルシェでなければ、もっと広く世に知られても不思議はない。あれだけの働きがあるのだから、その男が喜劇さえ書かなければ、広く世に知られ、思想家として、また予言者として、あるいは哲学者として、それに、おそらくは社会学者として名声を轟かせたとしても不思議はない。ところが現実は厳しかった。自分が楽しんでいる人間は、自分を楽しませる人間が深い洞察力の持ち主であることを望みはしない。人に笑われて当然の人間、つまり物笑いの種になるだけの滑稽な人間は、笑いの達人が思想家であり、歴史家であることを、（たとえその人が風俗史の専門家だったとしても）、決して認めないし、予言者でもあり、さらに哲学者でもあることを絶対に容認しない。クインティリアヌスが百五十一、十七の九十二、D8[*2]で、いみじくも指摘しているように、「笑いに駆り立てる者は笑いを意のままにあやつる者が哲学者であることを認めない」。笑イヲ駆ル人間ハ笑イヲ掌握セシ人間ガ哲学者タルコトヲ肯ゼズ。

それでもやはり認めなければならない、と歴史であるそのひとは言った。一七九二年に初めて使われた、もう一人のタルチュフという表現が、やはり特別な重みをもつことは認めるしかない。明確な意味と、特段に広い適用範囲をもつということは認めるしかない。詰まるところ、これは放っておいても目につく表現なのだから。早くも一七九二年の時点で、一人の男が前途を明察し、書き残した。川を渡ったはずが、辿り着いた向こう岸でも従来とまったく同じことがまた始まろうとしている。阻止するにはすでに遅く、従来と同じことが始まってから、すでに一定の時間が経過している。そう書き残した男の明察に与えるべき名は一つしかない、と歴史であるそのひとは言った。天才のなせる業としか言いようがない。また、こんなことができる人間は、これまでも一貫して天才と呼ばれてきた。ただしこれには付帯事項と、条件が一つだけあって、唯一の例外であるこの条

＊1　ペギーはパリの南西に位置するセーヌ＝エ＝オワーズ県に住んでいた。

＊2　クインティリアヌス（三五年頃－一〇〇年頃）はヒスパニア出身の修辞学者。現存する唯一の著作が『弁論家の教育』全十二巻。訳者が参照した羅仏対訳本では、ここに見られるような略号は使われていない。残念ながら引用の出所は確定できなかった。

件だけは譲ることができない。付帯する条件とはつまり、天才が才人であってはならないということ。

一人の男が早くも一七九二年の時点で前途を明察し、これまでさんざん教権のタルチュフを養った後で、次は人道のタルチュフを養っていかなければならないばかりか、その悪夢は早くも現実になりかけているということを看破した。いいえ、「後で」ではなくて、「と同時に」と言ったほうが正しいわね。なぜなら後から来たタルチュフが元からいたタルチュフを滅ぼすとはかぎらないし、真相は逆だったかもしれないのだから。（それに二人のタルチュフは同一人物だったかもしれないし。）純朴な人民が本家本元のタルチュフを、古参のタルチュフを、古典的なタルチュフを、教権のタルチュフを、何世紀ものあいだ養ってきた（しかもそれが善意の奉仕とすら呼びたくなる無償の活動だった）。それと同じ人民が、お人好しとしか言いようのない同じその人民が、臣下も、市民も、職工も、農民も、選挙人も、納税者も、父親も、母親も、子供も全員が一丸となって、従来の負担に加え、また従来の負担と同時に、初代に対するのと同様、また初代と同時進行で、空いたもう片方の手を使いながら第二のタルチュフを、現代の世界に生まれたタルチュフを、アンチ＝タルチュフを、二番煎じのタルチュフを、人道のタルチュフを、ということはつまりもう一人のタルチュフを養っていかなければならない。しかも今後どれだけのあいだ、二人のタルチュフが総じて対等な立場に立ち、互いを敵と見なして戦い（互いに支え合い）、互いに相手を養うような（共通の庇護者を利用して相手を養うような）状況は続くのか、まったく見当がつかない。長くなる恐れはある。向こう一世紀は続くかもしれないし、永久に続かないともかぎらない。都合のいい思いつきが廃れることは、まずありえないのだから。

そして二つのタルチュフ的偽善が今では相似し、並立する偽善となった。

天才のなせる業だとしても、それがわかっただけではまだ全然物足りない、と歴史であるそのひとは言った。例の「町民劇」について、私が今日のうちに指摘しておきたいことを、まだ語り尽くしてはいない。私が歴史学の教授だとしたら（と歴史であるそのひとは言った）、必ず指摘しただろうと思うのは、作品そのものが立派な歴史の授業になっている、というよりもむしろ、この作品を使えば立派な歴史の授業になる、ということなのだから。フランス史について、またおそらくは世界史についても、文字どおり「二十年後」[*1]の光景が見られるということなのだから。私がフランス史の教授だとしたら（と歴史であるそのひとは言った）、またおそらくは世界史の教授だったとしても、きっと弟子たちにこの戯曲を読ませると思う。というよりもむしろ、蜜よりも甘い声色を使うだろうと思う。私たち全員の師匠であるランソン先生[*2]と同じくらい甘く、心地よい声で、この私が自分で戯曲を読み聞かせることになるはずだから。最初に二つの「喜劇」を読む。その後で「町民劇」を読み聞かせる。一七七五年、次が一七八四年、そして一七九二年。以上三つの年をフ

＊1　ボーマルシェ『罪ある母』の序文。
＊2　ギュスターヴ・ランソン（一八五七－一九三四）は原典批判と歴史的アプローチにもとづく文学研究を確立した大学人で、一八九四年刊行の『フランス文学史』が有名。オルレアン生まれの同郷人であることが、かえってランソンに対するペギーの敵意を煽ったかもしれない。

ランス史に、またおそらくは世界史にも書き込むだけでなく、ここまで忠実に、ここまで正確に、ここまで深く刻むことができる、つまり全部まとめて一言でいうなら、これら三つの年を「歴史上の年代として確定する」ことができるものは、これら三篇の戯曲を措いて他になく、だから当然、三篇の戯曲は是が非でも読まなければならない。世相の違いを、口調の違いを、要するに一つの民族にも、全世界にもかかわる、文字どおりの歴史と時代と出来事を推し量ろうと思うなら、これほど頼りになるものは他に一つもないのだから。私は弟子たちに、実際の一七七五年が、一七八四年が、そして一七九二年がもつ味わいそのものを、いわば身体感覚的な風味をわかってもらいたい。だから直截簡明に三篇の戯曲を読み聞かせようと思うのよ。

とはいえ私がいくら頑張っても、と歴史であるそのひとは言った。ランソン先生の声色をそのまま再現することはできない。だからとりあえず、「町民劇」の、私が今日のうちに指摘しておきたいことを、あなたに今すぐ話しておいたほうがいいと思うの。私が指摘しておきたいのは、この作品から「二十年後」の光景が見えるということにほかならない。ただ、その二十年間はもはや一民族の生や、全世界の生から切り取ってきた二十年間に、一民族全体の出来事や、世界規模の出来事に含まれる二十年に、また一般に広く知られた二十年間の歴史に限られるものではない。その程度のことなら歴史学の教授でも、まだ十分に理解できる。この作品から見えてくる二十年間にはもっと深い意味があって、それこそ絶対と呼ぶにふさわしい二十年間の歴史であり、絶対と呼ぶにふさわしい二十年間の出来事であり、要は歳月それ自体に力点を置いた、絶対と呼ぶにふさわしい二十年間がここにある。つまり老いそれ自体が見える二十年間であり、人生の一時期に相当する、老いの二十年間がここにはある。

作品の登場人物を青春の典型そのものに仕上げれば仕上げるほど、また登場人物の姿が青春そのものの類型として優れた出来栄えを示し、古典的で、伝統にのっとり、優れた出来栄えを示し、すべてが適切で、ほとんど儀式を思わせる荘厳の域に達した類型であればあるほど、一般人と同じになった、つまり老いに冒され、要はどこにでもいる善男善女として、一般人と同じように四十歳を迎えた彼らとの再会は、ますます悲痛の度を増していく。

これほど悲痛な光景はない、と歴史であるそのひとは言った。登場人物の運命が悲しすぎて、見るに忍びない。登場人物の青春が広く認められていればいるほど、その登場人物から若さを奪うボーマルシェの戯曲があるという現実が、ますます悲痛の度を増していく。その意味で言えば、と歴史であるそのひとは言った。世界中どこにも、これほどの戯曲はない。たぶん世界中の文学作品を一つ残らず探っても、そしておそらくは、文学にかぎらず、人の手になる作品を一つ残らず探っても、またおそらくは、考えられるかぎりの事象を限なく探っても、今ここで検討しているボーマルシェの戯曲と張り合うほど、紛れもなく私に帰属し、私の力を適切に表現するばかりか、どこまでも私に似て、間違いなく時間の中にあり、文字どおりの歴史たりえているものは、どこにも見当たらない。実を言うと私、とそのひとは言った。これは「兜屋小町」より怖いのではないか、つまり怖くなるほど強烈な印象を与える点で、こちらのほうが優れた作品なのではないかと思うことがあるのよ。「兜屋小町」では男と女を待ち受ける運命それ自体が崇高なものとして描かれている。ところがボーマルシェの作品では男と女に訪れた老いが、そのまま老いとして示される。男と女が辿り着いた人生の一時期を、そのまま老いとして示している。

どこにもない、とそのひとは言った。私の忌むべき力がこれほど明瞭にあらわれた場所は、この戯曲を措いて他にない。まさに私の王国。そして隅々まで私の統治が及ぶ、歴史の独擅場。かつて一度でも、とそのひとは言った。ここまで現実主義的な戯曲を書く者があったとは思えないし、これほど現実主義的な企てが一つでもあったとは思えない。ただし、そう断じるには一つだけ条件があって、現実主義という言葉に少しは賞賛に値する、それ自体が現実に則した意味を認めてやらなければならない。戯曲のどこをとっても私の力が明瞭にあらわれているけど、そうなったのは、いずれか特定の語に託して、私の力を目立たせようとしたからではない。それどころかむしろ逆に、話題に上らないから、注意を引かないから、当たり前すぎて気がつかないから、布にたとえるなら織り地となり、その織り目となって全体の雰囲気に溶け込んでいるからこそ、私の力は感じられる。それでこそ証言よ。わかるわね、四十歳の男と女がどんなふうか、その実態を伝えた、まさに記念碑的な証言が、ここにある。あの人たちはね、いいこと、四十歳を迎えるために、あなたほど仕事に追われたわけではない。それでも四十歳を迎えた。しかも正しく迎えた。かつて一度でも、あれほど強く、またあれほど深く、しかも明確な意図があったわけでもないのに（とはいえ自然体こそ最も正しく、唯一可能な姿勢にはちがいないけど）、感じさせられたことがあるとは思えない。結婚とは、夫婦とは何であり、男と女と子供の関係はどうなっていて、過ぎ去った時間とは何であるかということを。そして生とは何か、それも語頭を大文字の「V」で書く、愚か者の人生（Vie）ではなく、語頭を小文字の「v」で書き、一切合切を摩滅させる生（vie）とは何であるのかということを。

ここで注意しておくべき点がある。信念と願望にもとづく作者の仕事ぶりが、今説明した作品の姿とまったく違うということ。(とはいえ多くの場合齟齬があればこそ天才は天才たりうるわけだけど。)(それでも齟齬が起こる機会は一般に言われてきたほど多いわけではない。)作者は演劇人だから。舞台の仕事にたずさわっている。自分の仕事を知り尽くしている。喜劇を書いたことがある。今は「町民劇」に取り組んでいる。(いろいろと込み入った事情もあったようだけど、この際それは関係ない。)当然ながら戯曲らしい戯曲を書かなければならない。戯曲の書き方なら心得ている。筋を考え、考えた筋を豊かにふくらませ、糸を撚り合わせるのと同じ要領で一本にまとめ、舞台にかけるまでの段取りを決める。登場人物を考える。(つまり多くの場合に観客のことを考える。登場人物の素材となり、登場人物を目撃するのが観客の役目だから。裁きを下すのが観客の役目だから。そして作者の労に「報いる」のが観客の役目だから。金銭で報い、名声をもたらすことで報いるだけでなく、私たちもその事実を確かめたし、作者にもわかっているように、後世への橋渡しをすることで報いるのが観客の役目だから。)(記憶にとどめることで報いるのが観客の役目だから。)何から何まで自分で考える。それが演劇人の仕事だから。大道具。役者の登場。そして退場。戯曲の中で起こること。それを全部考える。自身の手腕をふりかえる。だから当然、現在のことに加えて、今はどこで何をしていようと、自分がその作者である戯曲のうち「大当たり」をとった、新作に先立つ二篇のことも思い出す。二篇の(昔書いた)戯曲が大当たりをとったことを思い出す。そして新作が怖い作品となり、他に例を見ない作品たりえたのは、私たち読者が絶えず目の前の光景とは別のことを考えてしまうからにほかならない。

頭をよぎるのはほかでもない、昔読んだ二篇の喜劇だと思う。でも本当に怖いのは考えてしまうことそれ自体だと思う。役者の声に耳を傾けたり、戯曲の本文を読み進めたりするうちに、なんというか、一種独特な二重の操作に引き込まれ、なんというか、一種独特な二重の記憶を辿りながら、私たちは登場人物が二重写しになったのを見て、心の中で我知らず自問しはじめている。「あれが伯爵で決まりだな。してみるとこちらはロジーヌか。そして、あれがシュザンヌなら、こちらはフィガロということか」

この戯曲は他に例を見ない巡り合わせから生まれた。まず、戯曲の誕生以前に、あらゆる要因が一点に集中して、主な登場人物は青春一般と、ある時代のフランスに生きた若者ならではの青春を、いわば一手に引き受ける本職の若者になった。本職の若者になるだなんて、きっと本職の恋人になるのと同じくらい悲しいわね。同じ悲哀と、同じ憂愁が感じられる。新作の誕生以前に、あらゆる要因が一つに合わさって、二篇の喜劇は（見かけによらず二作目のほうがこの点で一作目を陵駕するようだけど）、まばゆい青春が文句なしに輝いた、いわば例外的な時代に、いわば例外的な青春の時刻になることができた。作者の手腕と、天分と、血筋、そして作者の才気、作者の知性。それから観客の才気と、最低でも作者と拮抗し、作者と完璧に同調したその知性。すべてを包む青春と才気の空気感。一つの民族と、一つの社会全体にただよう雰囲気、かつて一度は現実のものとなった例外的な雰囲気のすべて。一つの体制と、一つの世界全体が、どこかで到達した紛れもない青春の極点。これら多数の要因が親切な妖精となり、約束の場所に集まって、二篇の戯曲を、例外的な時代に、例外的な輝きを放つ青春の時刻そのものに変え、青春の到来を告げる時の鐘を鳴らした。だからこそ二篇の喜劇は、いわば本職の若者が演じる喜劇を超える作品となったわけだし、四、五人の登場人物が青春の類型そのものになることもできた。

上首尾であるだけ、かえって裏目に出ることもある。皆が手を貸してくれた。作者と、観衆が協力し合った。一つの民族と、一つの社会が輝けた時代背景。社会情勢と、多方面の連携。記憶と、伝統と、いわば全世界的な名声の確立。それに加え、四人か五人の主要登場人物が青春の王者と認められ、その地位を確立し、正式に指名を受け、その役どころにはまればはまるほど、時流に取り残された彼らを見るという観劇体験はますます悲痛の度を増し、他に例を見ない苦痛の体験となる。しかもそれが戯曲の最初から最後まで続く。今さら断るまでもないだろうけど、表題になった「罪ある母」は、あのロジーヌ以外の誰でもないのだから。騙し討ちに遭ってシェリュバンの子を産んだわけだから。まさに一大事。私たちにとって、特に驚きなのは、シェリュバンがあそこまで垢抜けのしない息子を遺したということね。なにしろこの息子というのが、あなたにも当然わかったと思うけど、「騎士レオン」以外の何者でもないのだから。「血気盛んな無辜の魂をもつ者が必ずそうであるように、ひたすら自由を求める青年」。シェリュバンは確かに死んだということが、これでよくわかる。早くも第一幕第一場で、シュザンヌが私たちの記憶にシェリュバンをよみがえらせる。（つまりシェリュバンは死んだという事実を私たちの記憶によみがえらせる。）「シュザンヌ、ひとり。手に暗い色の花をもち、花束を作っている。――奥様がお目覚めになって、呼び鈴を鳴らしてくだされぱいいのに。私の悲しい仕事も終わったわ。（ゆったりと腰を下ろす。）九時になったばかりね。それなのに、もうすっかり疲れてしまって……。お休みになる前の、最後のお言いつけのおかげで、昨日の夜はまるで台無しになってしまった……。『明日はね、シュザンヌ、夜明けに花をたくさん持って来させて、私の部屋を全部飾ってちょうだい。』――門番には『誰か私を訪ねてきても、明日は絶対に通さないように』とおっしゃった。――『お前には花束をお願いするわ。黒と、濃い赤の花を束ねて、真ん中に白のカーネーションを一輪だけあしらうのよ……。』さあ、これで出来上がり。――お気の毒な奥様！ 泣いていらした！……花を混ぜ合わせたこの飾りは誰のため？……そうだわ、ここがスペインなら、ご子息レオン様のお祝いだし、（曰くありげな顔で）もういらっしゃらない、いま一人の殿方にとってもお祝いだったはずだけど。（花束を見て）血と喪服の色！（ため息をついて）傷ついた心は絶対に癒えることがない。――これは喪章で結わえてあげましょう。あの悲しい思いつきには、これがいちばん似合うのだから。（花束を結わえる[*1]。）」

実際にシュザンヌが結わえようとしたのは花束だった。構文上の不備が誤解を招き、結わえられるのは心だと思った人もいるようだけど。それでも、こうした構文の混乱に照らして戯曲を批判するべきではない。確かに不手際ではある。所有詞として形容詞と代名詞を使うだけなのに、一つの文でこれだけフランス語の誤りを犯した例は、なかなか見られるものではない。たった一文だというのに。代名詞「これ」は何を指すのか。所有形容詞「あの」は誰を指すのか。これに答えようだなんて、賭けも同然よ。「傷ついた心は絶対に癒えることがない」。――「これは喪章で結わえてあげましょう。あの悲しい思いつきには、これがいちばん似合うのだから」。――「これ」は花束のことであって、心を指す言葉ではない。「あの」が指すのは、もはや花束でも、心でもなく、自分が仕える奥様のことを言っている。思いがけず、いわば構文の剣玉遊びに立ち会わされたからといって、無闇に腹を立ててはいけない。才人にはありがちなことだから。いいえ、むしろ才人だからこそ起こることだから。そして才気煥発な文体をあやつろうとするとき、とりわけ頻繁に起こることだから。要するに芝居は芝居にすぎないのだから。「曰くありげな顔」にしろ、「飾り」にしろ、

「花を混ぜ合わせたこの飾り」にしろ、道具立てはそろっているけど、その程度のことで息を呑む者はいない。ことさらに沈鬱な感じを出そうとした道具立てだから、これを見ても一向に興味が湧いてこない。ここには早くもロマン主義が顔を覗かせているばかりか（そして私たちにはロマン主義の何たるかがよくわかっている）、ロマン主義ならではの道具立てもあれば、ユゴーの散文劇に、さらにはユゴーの韻文劇にも通じる面がある。私たちが息を呑むのは、観客の立場に甘んじるのではなく、当然ながら読者としても戯曲を繙《ひもと》く点を考え合わせると、むしろ思わせぶりな小細工が一切ない場面と決まっている。道具立てさえなければ、劇全体を通じて、どの場面でも息を呑むことになる。主な登場人物が（なかでも懐かしいあのシェリュバンと、懐かしいシェリュバンその人から生まれた、いわば新規の登場人物に注目しなければならない。今のところ心の中にだけあって、私たちが「シェリュバンの恋歌」と名づけたこの新参者は、文字どおり記憶の中に生き、くっきりとした輪郭を描く特別な登場人物だから、なおのこと大事にしなければならない）、これら登場人物全員が、その青春を鮮明な肖像として刻むことに成功したものだから、どこに行こうと青春の思い出は壮年期を迎えた彼らの後をついてまわるようになった。本職の若者がこぞって予備役に退いた、と言えばいいかしら。一般人となんら変わらないし、若者でいる、という務めから解放されて以来、自分は何をすればいいのか、それすらわからなくなった。「昔わしの小姓にアストルガのレオンという者があった。皆からシェリュバンと呼ばれておった……」[*2]

＊1　ボーマルシェ『罪ある母』第一幕第一場。
＊2　同、第八場。

簡潔で、フランス語らしい文体に戻り、簡潔で、フランス語らしい本文に戻ってすぐに変わったことがある、と歴史であるそのひとは言った。簡潔を絵に描いたような、この台詞以上に感動的な言葉を、あなたは一つでも挙げることができるかしら。「アストルガのレオンという者があった」。実にいい。これまでと違う。すべてが的を射ている。しかも、ど真ん中を射貫いている。それに「昔わしの小姓」と言ったときの、「昔」はどうかしら。そして簡潔な動詞と、この直説法半過去はどうかしら。「皆からシェリュバンと呼ばれておった」。なんですって、そういうことだったのか。これがシェリュバンの正体だった。シェリュバンの正体は、実にこの人だった。名前、というよりも渾名、あるいは偽名や愛称があるだけではなかった。一般人となんら変わらなかった。人並みに名字があったわけだから。あの「シェリュバン」にも名字はあった。しかもそれがレオンだった。ある土地の出身だった。そして出身地にも呼び名はあった。しかもそれがアストルガだった。「わしがあの小姓の二親から買い上げた、くだらぬ痩せ地の中心にあるアストルガの粗末な館[*1]」。つまりあのシェリュバンですら、その身元が割れていたことになる。戸籍があったことになる。奴隷となんら変わらなかったことになる。縛られていたことになる。老いにつかまって当然の人間だったことになる。

老いがすべてを脅かす、と歴史であるそのひとは言った。ホメロスの願いは単にアテーネーのアイギス[*2]が「たいへん尊く」、「アイギスからは百本の房が垂れていたが、その房はすべて黄金を用いて見事に編まれ、一つひとつが牛百頭に相当する[*3]」ことだけではなかった。ホメロスの願いは、このアイギスが神のように不滅であることだけではなかった。――『イリアス』第二歌四四七行で歌われるように、ホメロスの願いにはアイギスが「老いに冒されない」ことも含まれていた。ギリシア人だけあって、ホメロスには死と老いと衰滅はどれも同じだということがわかっていた。

メタ　デ　グランコーピス　アテーネー
アイギド　エクース　エリティモン　アゲーラオン　アタナテーン　テ

そして彼らとともにあり、眼光輝くアテーネーは
たいへん尊く、老いに冒されず、不滅なるアイギスをもつ。[*4]

「アゲーラオン」は、字義どおりに解釈すれば「老いに冒されない」ことを意味する。私があなたに言ったことはたぶん正しかった。そうよね、ペギー君（と歴史であるそのひとは言葉を継いだ。私の中にある現代人の魂に語りかけるそのひとの口調からは愛情が感じられた）。「シェリュバンの恋歌」に宿った憂愁を残らず感じ取り、その憂愁を、他に例を見ないその憂愁を味わい尽くそうと思うなら、是非とも『罪ある母』を読むべきだと言ったけど、たぶんあれは正しかった。一人の男に訪れる最悪の老いは誰が見ても愚昧な子供をもつことにとどめを刺す。私たちが知るシェリュバ

＊1　ボーマルシェ『罪ある母』第一幕第八場。
＊2　武具であることは確かだが、詳細は不明。盾か、胸当てのようなものであるらしい。
＊3　『イリアス』第二歌四四八－四四九行。
＊4　同、四四六－四四七行。

ンに訪れたのも、それと同様、誰がどう見ても死後の老いでしかありえない老いだった。私たちが知る（新たに登場した）青年の受け答えを、いくつか抜き出しておきましょう。これを読めば何かが変わったことに気づくはずだから。青年は［第一幕］第十二場で初めて登場する。――「第十二場。――レオン、伯爵、ベジャース」。――（レオン、というのは名前なのか、それとも名字なのか、今となっては判然としないけど、混乱を招くようなことをしたのは故意に違いない。）

伯爵（出ていこうとする。レオンが入ってくるのを見て）今度はもう一人のほうか！

（伯爵の言葉は当人が思っている以上に正しい。この人もまた、この人とはレオンのことだけど、所詮は初代あっての「もう一人」なのだから。ボーマルシェは戯曲の題を『もう一人のタルチュフ』に決めた。でも上演にあたって同じ戯曲を、まったく違う視点から捉え、本文は一字一句変えずに、題を『もう一人のシェリュバン』とすることもできたはずよ。）

レオン（おずおずと。伯爵に接吻しようとする。）お父さん、ご機嫌よろしゅう存じます。昨夜《きのう》はよくお休みになれましたか？

伯爵（そっけない口調で。レオンを押しのけながら）して昨晩、貴君はどこに行かれましたかな？

レオン お父さん、僕は人に連れられて集会に行きました。立派な方ばかりの……。

伯爵 そこで朗読をしたと？

レオン　修道誓願の誤りと、その誤りを正す権利について、僕が書いた試論を読むよう、皆さんに言われたものですから。
伯爵（苦々しげに）騎士の誓願もそうだと言うのかね？（伯爵の望みは青年をマルタ島騎士団に「入れる」ことだった。確かそうよね。）
ベジャース　聞くところによると大変な喝采を浴びたようですね？
レオン　いえ、僕が若輩者だから、皆さん優しくしてくださっただけです。
伯爵　すると何かね、遠征に備え、[*1]騎士団の一員たるにふさわしい心構えを身につける代わりに、貴君はせっせと敵を作っているのかね？　時流に合わせて文章をひねり、それを書きとめるというわけだな？……これでは早晩、貴族と学者の区別もつかなくなろうて！
レオン（おずおずと）いいえ、お父さん、無知な者と教養人士の、自由人と奴隷の区別がずっとはっきりしたものになります。

――こんな調子だから、話しっぷりが父親に似ていると非難されることはなさそうね、と歴史であるそのひとは言った。それに（と言葉を継いだそのひとの顔は悲しそうだった）、青年が歌うのは先代と違う恋歌だし。

伯爵　頭に血が上った愚か者のたわごとだ！　落としどころは見えておるぞ。（出ていこうとす

＊1　マルタ島騎士団の使命には東方での布教活動が含まれていた。

る。）

レオン　お父さん！……

伯爵（侮蔑的に）町方の職人衆にでも任せておくことだな、そういう下卑た言葉遣いは。われわれと同じ身分の者は、もっと高雅な話し方をするものだ。宮中でお父さんなどとぬかす者があると思うか？　貴君はそれを何と心得る？　わしのことは様づけで呼びたまえ！　貴君は平民の臭いがする！　父親だと？　このわしが！……（出ていく。レオンは同情のそぶりを見せたベジャースのほうに顔を向け、伯爵の後を追う。）さあ、ベジャース君、まいりましょうぞ！[*1]

私は民主主義者ではない、と歴史であるそのひとは言った。貴族政治を支持するつもりもない。歴史を第一に考える私なら、それで当然ではないかしら。でも一つだけお願いしておきたいことがある。「庶民」と「平民」を区別してほしいの。私は平民というものが嫌でたまらない。庶民のことは大好きだけど。ヴァルミーの戦い[*2]に参加した歩兵隊と、モン＝サン＝ジャンの丘[*3]に集まった歩兵隊は、わかるわね、どちらも庶民だけを束ねた、平民とは無関係な集団だった。

平民らしいところは微塵もなかった、と言葉を継いだそのひとは笑っていた。その歩兵隊を思い出し、六月のあの夕べ、その目でしかと見たことを、九月のあの日、その目に焼きつけたことを思い出しただけで急に元気をとりもどすと、壮健で気持ちにも張りがあったその頃の自分に戻って、非常な光栄に浴した喜びを人知れず噛みしめていたのだ。

本当にくっきりと見えてくるはずよ、とそのひとは言った。出来事の本質が。それに個々の出来事もよくわかるようになると思うの（もっとも、それは誰も望まないことなのかもしれない）。大した手間もかからない。簡便な区別をいくつか設けて、それを維持するだけで足りるのだから。たとえば私たちがたった今、庶民と平民のあいだに認めた違いが、そうした区別に相当する。一般に庶民が平民と同じになることはありえないし、逆に平民が庶民と同じになることもありえない。ヴァルミーの戦いに身を投じた人々と、ワーテルローの戦いに参集した人々は断じて平民ではなかった。ところがレオンは、残念ながら一介の平民にすぎない。伯爵に言わせると彼は、つまりレオンは一介の平民にすぎないわけで、残念ながら伯爵の見立ては正しいと言わざるをえない。彼が、つまり伯爵がそう言って当人を面罵したのは、さすがに少し行き過ぎだったかもしれないけど、伯爵の見立てが正しいことに変わりはない。それが『結婚』と『理髪師』の場合は様子が違って、この二作にはおそらくすべてがある、欠けているのは平民的なものだけだ、と断じて一向にさしつかえない。平民的、と思っただけで周りの空気は一変する。『結婚』と『理髪師』から感じる、あふれんばかりの才気それ自体に、いわば身体感覚的な味わいに、作品の雰囲気に、存在そのものに、ここまで逆行し、ここまで異質なものはない。『結婚』と『理髪師』では誰一人平民ではなかった。その意味で、この二作に平民的な要素は一つも見当たらない。作中の出来事ですら平民的ではなかった。そして、わけても懐かしいシェリュバンは、世界を埋め尽くす人間のなかで、平民的な思考から最も遠いと言える、まったくもって稀有な存在だった。

それに引き換えシェリュバンの息子が平々凡々たる一介の平民であることに異論の余地はない。

＊1　一五四ページの「伯爵（出て行こうとする）」からここまでが『罪ある母』第一幕第十二場。
＊2　本書一二三ページの注＊1を参照のこと。
＊3　ワーテルローの戦いで主戦場となった場所の一つ。

これはやはり、と歴史であるそのひとは言った。私の支配がその根底にまでおよんだ領域で起ることではないかしら。これにもやはり老いが関係してくるから。ずんぐりした体は動きが鈍るように、精神もまた鈍化に襲われる。それが老いの正体なのよ。そのような鈍化が、そのような老いが、一人の詩人を一介の平民に変え、初々しかった一人の男を、やはり一介の平民に変え、情に厚い一人の男を、同じく一介の平民に変えてしまう。そのような鈍化が、そのような老いが、単に一個人だけでなく、特定の一族を、あるいは一つの家系を隅々まで冒すからこそ、シェリュバンはシェリュバンの息子に変えられた。あの凡庸なレオンに化けてしまった。

懐かしいあのシェリュバンはまさに青春の化身だったし、青春時代と子供時代は、どちらも決して平民的になることがない。青年であれば、その人は常に貴族でいられる。子供であれば、その人は常に貴族でいられる。その後に訪れる年代は、もはや貴族と何の関係もない。

優雅の欠如こそ、まさに平民の特質だと言うことができる。青春時代は優雅以外の何ものでもない。子供時代は優雅以外の何ものでもない。その後に訪れる年代は、いずれも優雅を失っている。

「昔わしの小姓にアストルガのレオンという者があった。皆からシェリュバンと呼ばれておった……」。なんという憂愁かしら、と歴史であるそのひとは言った。ここに並んだ簡潔明瞭な言葉から滲み出る憂愁よりも致命的なうえ、それと同時に敬虔で、気高くもある憂愁に、かつて一度でも襲われたことがあるかしら。これほど厳しく、これほど強く、これほどキリスト教の考え方に近いだけでなく、これほど直截簡明で古典的な憂愁に、かつて一度でも襲われたことがあるかしら。以前こんな話を聞いたことがある、とそのひとは言った。さすがはロマン派だ。ロマン派だけが、他に先駆けて憂愁なるものを考案し、それを私たちの時代に持ち込んだ。そう聞かされた。ロマン派的な憂愁は今でもよく話題に上る。ところがここに、紛れもなく古典的な憂愁があった。健全そのもので、限りなく深い憂愁があった。これほど豊かな記憶を宿し、これほど深く死者を悼むばかりか、時間もまた稔りなき海[*1]であり、死とは漕ぎ出したが最後、二度と戻れぬ大海原であるという、反駁を加えようのない認識と、心の底からの実感を、これほど満々とたたえた憂愁に、これまで一度でも襲われたことがあるかしら。的を射る気などさらさらなく、的を射るためにあるのでもなければ、的を射るために生まれたわけでもない言葉の数々が、見事に的を射貫いている。「昔わしの小姓にアストルガのレオンという者があった。皆からシェリュバンと呼ばれておった……」。こうして昔の思い出がよみがえると、今度は例のベジャースが口をはさむ。ベジャースとは、現代の世界に生まれ、旧体制のタルチュフとともに二重像を形成する新時代のタルチュフのこと。この、新時代のタルチュフと、「もう一人の」タルチュフを兼ねた人物は、アイルランド人だということになっている。そして連隊付きの副官ということになっている。そしてスペイン陸軍歩兵連隊で軍務に服したことになっている。そういう設定にした理由はよくわからない。登場人物である以上、それなりの身分と職業が必要だったには違いないけど。そのスペイン陸軍歩兵連隊でベジャースは懐

＊1　ホメロスが多用した定型表現の一つ。『イリアス』第十五歌、『オデュッセイア』第二歌等に用例がある。

かしいあのシェリュバンと知り合った。新時代のタルチュフが昔のシェリュバンと知り合った。新時代のタルチュフは昔のシェリュバンと同じ連隊で軍務に服したのだった。こうして思い出がよみがえったところで、ベジャースはすかさず口をはさむ。

ベジャース　その男なら存じております。副官にしていただいた例の連隊で、あの男ともども軍務につきましたから。もっとも、亡くなって二十年になりますが。

伯爵　だからこそ、わしは疑っておるのだ。彼奴は不敵にも、あれに横恋慕しおった。あれも憎からず思ったことだろう。奴をアンダルシアから遠ざけて、わが配下の部隊で使うことにしたのはそのためだ。[*1]

私はこれまで多くの人に別れを告げてきた、と歴史であるそのひとは言った。そんな私でも、今は亡きあの青年に別れを告げる決心がつかない。ユゴーが自分の番を待っていることくらい、私にもわかっている。それでもこの特別な憂愁の虜になった今は、この特別な憂愁の風味を楽しんでいる今は、長い時間をかけて、この特別な憂愁のことを考えている今は、たとえユゴーが相手でも待たせておけばいいと思う。だから伯爵夫人がシェリュバンに宛てた最後の手紙と、同じその手紙に書き加えられた返事を読み返すこともなく、二人に別れを告げていいとはとても思えない。——「幸薄く、無分別なあなた!」と伯爵夫人は書いている。「私たちの運命はここに成就しました。あなたが育ち、隅々まで御存知の館で、大胆にもあなたが私にしかけた夜の不意打ち。不意打ちに続く乱暴狼藉。一言でいえばあなたの罪――そして私の罪……。［中略］――それからというもの、涸れぬ涙を流すばかりの私にはわかるのです。涙が罪を消してくれるはずもなく……罪の報いはいつまでも残るということが。二度と私に会わないでください。これは取り消すことのできない命令です。哀れなロジーヌの……今となってはロジーヌ以外の名を記すことができない哀れな女の命令なのです」[*2]。――さて、次は伯爵に倣って、と歴史であるそのひとは言った。「同じその手紙に書き加えられた返事を見ておく」[*3]ことにしましょう。――「もはやお目にかかることも許されぬ以上」[*4]とシェリュバンが答えている。「ただ厭わしいばかりの命となりました。ですから私は、出陣の命令はなくとも砦の強襲戦に加わり、この命、喜んで散らせてみせましょう。

頂戴した非難のお言葉、私が手ずから描いた奥方様の似姿、こっそり拝借した奥方様の巻き毛。全部そろえてお返しいたします。私が世を去った後、これを届けに上がる友人は確かな人間です。絶望する私を見て、すべてを悟った人間です。一人の不幸な男の死が、奥方様の心に残った憐れみの情を掻き立てることがあるようでしたら、お世継ぎの名前に……私ではなく、果報者の跡を継ぐ……男子の名前に、レオンも加えていただけませんでしょうか……そうすれば時おり、幸薄き男の思い出が、奥方様の胸に浮かぶこともあろうかと思うのです……。奥方様を心から愛し、そのまま息を引き取る者が、今生の別れに際して、最後に名を記します。アストルガのシェリュバン・レオ

＊1　ボーマルシェ『罪ある母』第一幕第八場。
＊2　同第二幕第一場。
＊3　同前。
＊4　同前。

ン[*1]」

「……それから、血の文字で綴られた言葉……。『瀕死の重傷を負った今、私は再度この手紙を開き、私の血でもって、辛い永訣の言葉を、ここに記します。忘れないで……』

ここから先は涙で滲み、字が消えていた[*2]……」。よほど放埒な女でないかぎり、と歴史であるそのひとは言った。ここまで勇気をひけらかし、ここまで虚勢を張る純真な男の言葉から、これほど優しさにあふれ、これほど純真な青春から、コルネイユが描いた青春の群像と、コルネイユ的英雄主義の残響を聞き分けることも、これに耳を傾けることもないままでいられるはずはない。また、よほど放埒な女でないかぎり、そして青春と英雄主義に疎い俗人でないかぎり、これほど純真な青春と、ロマン派的で、これほど純真な英雄主義から、予兆となってあらわれ、あらかじめ用意され、予告され、あらかじめ呼び出されたミュッセ的な青春の恋と、青春の無垢と、若さゆえの英雄主義が響かせる音を聞き分けることも、これに耳を傾けることもないままでいられるはずはない。私が見たところ、と歴史であるそのひとは言った。今読んだ手紙の核心は（今でも定型句という言葉を使うことが許されるとしたら）、一つの民族全体を高揚させる青春の定型句に（それを集約するのがシェリュバンの青春だった）、一つの世界全体を高揚させる青春の定型句に、絶対的な意味で青春という言葉を使った場合の、まさに青春それ自体の定型句にある。「もはやお目にかかることも許されぬ以上、ただ厭わしいばかりの命となりました。ですから私は、出陣の命令はなくとも砦の強襲戦に加わり、この命、喜んで散らせてみせましょう」。青春の定型句はこの一節にとどめを刺す、と歴史であるそのひとは言った。そしてシェリュバンの恋歌から、さらに深い憂愁が滲み出すことになったのは、この歌が一つの時代を、歴史上の年代として正確に伝えているからであり、一つの世界全体が、一つの民族全体が、出陣の命令はなくとも旧世界転覆の強襲戦に加わり、喜び勇んで身命を擲った（あるいは万難を排してその道に突き進んだ）時代と、正確に呼応しているからにほかならない。

シェリュバンとはバラのことであり[*3]、シェリュバンはヴィアラでもあった[*4]。そしてシェリュバンとバラとヴィアラには、一丸となり、出陣の命令はなくとも旧世界転覆の強襲戦に身を投じた民族の姿が重なって見える。アストルガのシェリュバン・レオンは、共和国の軽騎兵となり、十四歳で敵に殺されたパレゾー生まれの少年と[*5]、どこも違わない。あらゆる要因が力を貸してくれた。個別の出来事も、出来事全体の流れも、一族の掟も、社会情勢も、国の気候も、人心の向かうところも、すべてが一致協力して一つの民族に働きかけ、世界の鼻先で、その世界を賭けた一か八かの勝負に出ようという熱い思いを燃やし、またとりわけ自分とは無関係な大義のために、いくらでも命を投げ出そうという熱い思いに胸を焦がす特別な、純真で熱い若者に、民族全体を変えたのだった。「出陣の命令はなくとも砦の強襲戦に加わり、この命、喜んで散らせてみせましょう」。当事者が望まないかぎり、絶対に命令を受けることはない。当事者が望めば、必ず命令を受ける。違うかしら、

＊1　ボーマルシェ『罪ある母』第二幕第一場。
＊2　同前。
＊3　ジョゼフ・バラ（一七七九－一七九三）はフランス革命期の愛国少年。パリの南西に位置する町、パレゾーの生まれ。反革命軍との戦闘でとらえられ、「共和国万歳」と叫んで処刑された。
＊4　ジョゼフ＝アグリコル・ヴィアラ（一七八〇－一七九三）はジョゼフ・バラと同様、フランス革命期の愛国少年。南仏アヴィニョンの生まれ。国民軍の一員としてフランス南東部のデュランス川で王統派を迎え撃ち、壮絶な戦死をとげた。
＊5　ジョゼフ・バラのこと。

と歴史であるそのひとは言った。これは今の私たちなら難なく理解できることでもあるし。そもそもの原因は、たぶん私にある。テーヌの言うところ[*1]が原因となって旧体制が倒れたわけではない。旧体制打倒の命令を受けた者はどこにもいなかった。旧体制打倒を要請され、その責務を負った者はどこにもいなかった。あれはただ、人々の脳裏をかすめた、ほんの思いつきにすぎなかった。それにテーヌの言うところが原因となってバスチーユ奪取が実現したわけではない。バスチーユ奪取の命令を受けた者はどこにもいなかった。バスチーユ奪取を要請され、その責務を負った者はどこにもいなかった。そもそもの原因はやはり私にある、と歴史であるそのひとは言った。かの有名な、バスチーユ奪取がどのように進行したのかということも、今ではよく知られている。七月十四日だった。これは言うまでもないわね。天気がよくて、暑い一日だった（この時分としては暑かった）。パリは旧市街に熱い日差しが降り注いでいた。善良なフランス人民は何をすればいいか、自分でもよくわからなかった。わかるのは、自分が何かをしたがっているということだけだった。閲兵式があるので、政府要人も、警察も、軍も、残らずロンシャン[*2]に出かけて留守だった。そこでフォブール＝サンタントワーヌ地区の家具職人が、世界最高水準の家具を作ってきた自分たちなら、一日くらい休んで当然だと思い立ち、あっさりバスチーユ奪取をなしとげたのだった。

　バスチーユ監獄に迷惑をかけられたことは一度もない。バスチーユ奪取は、と歴史であるそのひとは言った。文字どおり一つの祝祭だった。それ自体が、バスチーユ奪取を讃える最初の祝賀式典であり、最初の記念式典であり、早くも事件当日に事件の一周年を祝う、いわば最初の記念日だった。というよりもむしろ、ゼロ回目の記念日だった。思い違いがあったのよ、と歴史であるそのひとは言った。一つの方向に目を向けただけだった。逆の方向にも目を向けるべきだった。それがようやく見えるようになってきた。連盟祭[*3]は、バスチーユ奪取を讃える最初の記念式典でもなければ、一周年の記念日でもなかった。むしろバスチーユ奪取が最初の連盟祭であり、連盟という呼び名が生まれる以前の市民連盟だった。

旧体制の悪弊だけが話題に上るけど、と言葉を継いだそのひとは笑っていた。悪弊に染まったからといって一つの体制が倒されることはかつて一度もなかった。一つの体制が倒される理由は、体制そのものに緩みが生じたことを措いて他にない。

旧体制の悪弊だけが話題に上るけど、とそのひとは言った。それ以外にも多くの悪弊に私たちは耐えてきた。旧制度の崩壊から今日までのあいだずっと。それに新たな悪弊にも遭遇した。そして当該分野を覆い尽くす悪弊に遭遇した。どれほど大きな悪弊に染まろうと、旧体制が金銭の天下だったことは一度もない。画一的に、また全面的に金銭の天下だったことは一度もない。現代の世界と体制は金銭の天下そのものだというのに。

どんな遠慮もなければ、限度も、つけいる隙もない金銭の天下。

贖いようのない金銭の天下。

＊1　イポリット・テーヌ（一八二八－一八九三）は十九世紀後半のフランスで思想界に君臨した哲学者、歴史家。科学的な文学批評を確立したことでも知られる。普仏戦争とパリ・コミューンに衝撃を受け、祖国がこれほどの不幸に見舞われた原因を究明すべく、畢世の大作『現代フランスの起源』（一八七五－一八九三）に取り組んだ。保守派の圧倒的支持を得たこの著作でテーヌはフランス革命全体を誤りと断じ、その思想的責任は啓蒙思想家のなかでは左派と目されるジャン＝ジャック・ルソー（一七一二－一七七八）にあると主張した。

＊2　パリの西、ブローニュの森とセーヌ川の中間に位置するロンシャン修道院のこと。パリの社交人士が散策の場所として好んだ。

＊3　バスチーユ監獄襲撃から一年後の一七九〇年七月十四日に開かれたフランス革命一周年記念式典。

とはいえ私たちはもう、と歴史であるそのひとは言った。若い血潮をたぎらせた、あの頃のフランス人民ではない。またそうであればこそ、とそのひとは言った。「シェリュバンの恋歌」から、さらに深い憂愁が滲み出すことにもなった。なにしろあの頃のフランス人民には、かつて実現したなかで世界最大級の記載をおこない、かつて記載されたなかで最も大がかりな、時間の中にある歴史を記載するために、自分たちが今まさに動こうとしているという強い自覚があった。なにしろあの頃のフランス人民には、自分たちは向かうところ敵なしだという実感があった。フランス人民は全力を傾注せずにはいられなかった。全身の血管に脈打つ血を感じた。彼方の丘に最初の風車小屋を認めると、そこに向かうのが自分の運命であることを、すぐに悟った。かつて世界を舞台に展開したなかで最も勇壮な叙事詩的冒険が続く二十と三年のあいだ[*1]、ウーグモンの高台[*2]に向かう道中、森の外れで最後の農場を認めると、自分はそこを目指す運命にあることを、すぐに悟った。
すべての始まりとなる砲撃から、すべての終わりとなる夕暮れまで。

(旧体制には最低でも一つ、褒められるべき点がある、と歴史であるそのひとは言った。画一的で、贖いようのない金銭の天下を招来し、金銭の体制になりさがるという悪弊に染まらなかった点は評価すべきだと思う。精神面の力がまだ何通りも残されていて、金銭の力とまだ均衡を保っていた。非時間的な力が時間的な力とまだ均衡を保っていた。数ある時間的な力のなかにも、時間的な金銭の力と均衡を保つものがまだ残っていた。現代の世界では、と歴史であるそのひとは言った。金銭の全能が悪弊と見られることすらなくなった。万人が礼拝する、まさにその対象となり、いわば修道規則となって現代の世界を実質的に支配するのが、冷酷にすべてを汲み尽くす金銭の全能であるわけだから。）

そうであればこそ、とそのひとは言った。「シェリュバンの恋歌」から深い憂愁が滲み出すことになった。「シェリュバンの恋歌」は一つの時代をくっきりと映し、一つの民族を歴史上の年代として今に伝え、世界の歴史がこの先いくら続いても、おそらく二度と戻ることのない一つの世界を、歴史上の年代として今に伝えている。あの頃はまだ紛うことなき青春があり、もちまえの活力ではちきれんばかりのフランス人民がいた。それでもいずれは実現の時が訪れる。私たちは全員が口をそろえ、自分で自分に言い聞かせるように、実現に勝るものはどこにもない、と繰り返す。私たちは知っている。意義深く、厳粛で、手堅くもある点で、実現に勝るものはどこにもなく、なしとげた事業や、操作それ自体、あるいは現実に起こった戦争と勝利の栄冠がすべてであることを。記録に残った征服がすべてであることを。勝利の確定がすべてであることを。記載された勝利がすべてであることを。それを私たちは知っている。それが正しいと信じている。そのうえ私たちは知っている。事業もまだ見込みにすぎず、運不運が決まる勝負はまだ始まらない、すべてに危険がともない、それでいてすべてが未来の約束だった、要するに戦いがまだ起きていなかった時代をふりかえると、必ず深い憂愁に襲われるということを。

操作それ自体と実現にも、確かに独特の味が、抑制のきいた健康的な味が、つまり第二の無垢がある。だからこそ私たちは、最初の無垢に目を向け、操作や実現とは別の味があった時代を、まだ

＊1　革命戦争が始まった一七九二年から、ワーテルローの戦いでナポレオンが敗れる一八一五年までの期間。
＊2　ワーテルローの戦いでフランス側とイギリス側が激しく衝突した戦場の一つ。

何一つ始まらず、歴史への組み込みも、組み込みとしてはまだ始まっていなかった時代をふりかえると、必ず深い憂愁に襲われる。

ユゴーはどうかといえば、とそのひとは言った。結局のところ原典版「マルブルー」をボーマルシェよりも忠実になぞっている。曲全体の動きも、動きを決める細部も忠実になぞっている。たとえば「マングラは説教壇に上り」の一行は、「奥方は城の塔に上り」[*1]の一行を陰鬱な調子に置き換えて、原典版が葬儀の歌以外の何ものでもなかったことを暗示している。ユゴーによる最初の変更点は脚韻に関するもので、反復句に原典版の脚韻を残さないということだった。つまり反復句の脚韻であり、曲全体を支配する「エーヌ（aine）」の脚韻を捨てるということだった。ところが元歌に対するこの不実は見せかけにすぎない。元歌で強い印象を残し、私たちをとらえて放さない要素、つまり支配を成り立たせる要因は断じて反復句でもなければ、反復句で使われる「エーヌ（aine）」の脚韻でもない。「マルブルー」を思い出し、記憶の中によみがえった「マルブルー」を口ずさむとき、しかるべく注意を払えば、強い印象を残し、私たちをとらえて放さず、支配を成り立たせる要因は断じて反復句でも、反復句で使われた脚韻でもないことがわかる。大事なのは歌い出しの一行であり、この行で使われた脚韻だということがわかる。大事なのは惚れ惚れするような、またこう言ってよければ一気呵成に書き上げたような滑り出しと、その滑り出しを一気に加速させる脚韻だということがわかる。「マルブルー公いざ出陣」。この一行にすべてがある。歌のすべてがここにある。曲も、リズムも、それ以外の要素も、すべてが第一詩行に凝集している。見事な歌い出しと言うほかない。音を一部変更すれば「ラ・マルセイエーズ」の第一詩行に似てくるし。私たちがここでまた行き当たったのは、正真正銘の傑作は滑り出しですべてが決まるという、以前にも一度とりあげた問題にほかならない。[*2]

滑り出しがすべてとなれば当然、私たちの脳裏に浮かび、記憶に刻まれ、圧倒的な存在感を主張する詩行は反復句ではなく、順調な滑り出しを見せた第一詩行だということになる（原典版「マルブルー」の反復句は、狩りの角笛のような、擬音語と唇の動きだけで喇叭を真似た反復句であり、意味のある言葉を並べた反復句ではないため、なおのことこの傾向に拍車がかかる）。まさに第一詩行が、歌い出しの一行が、命令を下す詩行となる。また脚韻についても、滑り出しがすべてとなれば当然、私たちの脳裏に浮かび、記憶に刻まれ、圧倒的な存在感を主張しながら支配を確実なものにする要素は反復句の脚韻、つまり「エーヌ（aine）」の脚韻では断じてなく、第一詩行の脚韻、つまり朗々と響く「エール（erre）」の脚韻だということになる。真に支配的な脚韻として私たちの脳裏に浮かび、記憶に刻まれ、圧倒的な存在感を主張するのは「エール（erre）」の脚韻だということになる。そして、まさにこの脚韻をユゴーが選び、反復句それ自体を支配する脚韻として用い、またそうすることで全詩節を、さらには死の舞踏それ自体を全面的に支配する脚韻として用いたのだった。（ついでながら「エール」の脚韻それ自体も、あの陰鬱な葬送曲を支配する脚韻となるよ

＊1 「マルブルー公出陣の歌」第四歌節第一行。
＊2 ペギーは『ヴィクトル＝マリ、ユゴー伯爵』（一九一〇）でユゴーの詩をとりあげ、第一詩行の重要性に言及していた。

う求められ、それがためにどれだけ厳しい命令を受けたかということは、特に説明するまでもないと思う。）物事の決め方としては極端すぎるかもしれないとはいえ、こういうところにこそ天才の仕事ぶりを見ることができる。元歌に対して不実を（見せかけの不実を）働いたのは、ただ元歌の効力を高め、本来目指すべき方向に進むよう、元歌の背中を押してやるためだった。元歌の命令に背いたのも、元歌それ自体を元歌本来の支配下に置くためだった。優れた肖像画家と同様、似姿を描くことに卓越した技量を示すユゴーは、元歌を従来よりも元歌とよく似たものに変え、かつて元歌が見せた姿よりも、はるかに元歌（それ自体）と近似したものに変え、（プラトン一派の言葉遣いに倣うなら）かつて元歌が見せた姿よりも元歌らしい、元歌本来の姿に近づけ、元歌を支配する脚韻と、元歌それ自体のイデアにおいて、さらに深く元歌を掘り下げる。確かに元歌の支配から抜け出したとしても、それは元歌が下す命令を、つまり原典から伝わる字義どおりの命令を回避しただけであって、目指すところはただ一つ、元歌それ自体を元歌本来の支配下に置き直すことだった。ユゴーは元歌を、かつて元歌が見せた姿よりも元歌らしい、元歌本来の姿に作り変えた。歌自体を出来事に変えることによって、元歌をいわば矯正したのだった。「エーヌ」の歌を「エール」の歌に作り変えた。もっとも、そんなことができたのは元歌がすでに「エール」の歌だったからでもある。ユゴーは耳がいいから、私たち一般人に代わって「エール」の歌を正しく聞き取った。ユゴーが聞き取ったのは、本来そうあるべき元歌であり、元歌を装っただけの元歌ではなかった。ユゴーは元歌を、元歌が元歌それ自体を聞くよりも正しく聞き取ることができた。

ユゴーの例からも明らかなように、一つの歌が――それが流行歌だとしても同じことになるけど――有り体に言うなら、ちゃんと聞いてくれる人の耳に届くと、実に面白いことが起きる。「エール」の脚韻は原典版「マルブルー」で支配をおよぼすことがほとんどなかったとはいえ（これは正式に、厳密に、文字どおりの意味で支配をおよぼす機会がなかったという意味で言っているのであって、私たちも確認したとおり、現実にはそれ以外の形で四方八方に支配がおよんでいる）、同じ脚韻が正式に、厳密に、文字どおりの意味で第一詩行だけは確実に支配していた。（原典版「マルブルー」では「エール」以外の脚韻と半諧音が、おおむね「ア」の音で統一される傾向にあった。）それがユゴーの手にかかると、「エール」の脚韻は全面的統治へとその役割を拡大し、一本の長い棒をあてがうようにして十七個の詩節をすべて支配する。というよりもむしろ、長く尾を引く陰鬱な反響となって、統治を確かなものにする十七本の棒と言えばいいかしら、要は全部で十七個ある詩節の第二詩行を補強する。全部で十七回あらわれ、その都度、まるで弔鐘のように鳴り響く反復句を、総計十七回繰り返し、十七回とも一切変化しない反復句を、公正を保つためにあてがった棒のような、水平にまっすぐ伸びた十七個の長い詩行を、六音節詩句に囲まれたなかで支配をおよぼす十七個の九音節詩句を、舞踊を秩序立てる十七の振り子を補強する。

パリが震える、おお苦しい、おお辛い！

唯一他と違うこの詩行が弔鐘となって鳴り渡り、周囲の一切に、あらゆる手段で支配をおよぼす。命令という命令を総動員して支配をおよぼす。その密度によって支配をおよぼす。リズムによって支配をおよぼす。脚韻によって支配をおよぼす。詩節内の位置によって支配をおよぼす。密度によって支配をおよぼす。ここにこそ秘術の秘術たる所以がある。「パリが震える、おお苦しい、おお辛い！」。文の組み立てそのものから、陰鬱で、たぶん他に例を見ない規模の支配が生まれた。でも分析は控えることにしましょう、と歴史であるそのひとは言った。天賦の才から生まれたものは断じて分析してはならないはずだから。子音の「ル（r）」と、特に陰鬱な母音が繰り広げる音のたわむれは分析せずにおきましょう。

リズムによって支配をおよぼす。問題の反復句は一連の六音節詩句を支配する九音節詩句であるにとどまらず、「三拍を二回」、あるいは「二拍を三回」重ねた一連の六音節詩句に支配をおよぼす、「三拍を三回」重ねた九音節詩句でもある。深くえぐられた詩行の分断と、そこから生まれた深い類縁性が、反復句を、反復句の支配下にある他の全詩行に結びつける。つまり三拍子の弔鐘だから、弔鐘と数字の三は詩のいたるところに顔を出す。反復句それ自体が「三拍を三回」重ねている。詩行の分断によって三×三を実現している。だから支配者になれた。そして反復句以外の、六音節からなる全詩行からは、ひたすら服従し、支配されているような印象を受ける。力が劣っているような印象を受ける。同類であるにもかかわらず。権勢に欠け、出来栄えも劣るばかりか、充足感がなく、完成形とは程遠く、行くところまで行っていないような印象を受ける。詩行の切り方は同じであるにもかかわらず。六音節詩句を三つの部分に切り分けようとすれば、それぞれ二音節の塊に切り分けるしかなく、それぞれ三音節の塊に切り分けようとすれば、全体を二つの部分に切り分けるしかないから。三×二か、二×三になるしかないから。ひとり反復句だけが充足感をただよわせ、完成形に達し、文句なしの二乗を実現する。三×三になることができる。それでこそ支配というものの。統率するにしても、率いる部下が同じ一族の成員に限られる場合にこそ、真の支配は成り立つのだから。

脚韻によって支配をおよぼす。なにしろユゴーは、脚韻を選ぶにあたって自分の手を縛ったわけで（脚韻の選択に制約を加えるのは決して難しいことではなかった）、成功の鍵は「辛い《ミゼール》（misère）」の一語と順繰りに韻を踏んでいくのが、「エール（ère）（erre）（aire）」の音で統一した十七個の脚韻だったことにある。なにしろユゴーは、十七詩節分の第一詩行を一つ残らずこの脚韻に合わせて組み立てたわけだし、原典版「マルブルー」の教えを忠実に守り、十七詩節分の第一詩行が十七詩節分の第二詩行、つまり各詩節二行目の反復句を跨いだ先に分身を作り、そこに成り立つ反復によって十七詩節分の第三詩行が生まれたわけだから。こうしてユゴーの詩では最終的に「エール（erre）」（あるいは綴りが違う「エール（ère）」）の脚韻が各詩節一行目の第一詩行を支配する（原典版「マルブルー」で同じことが起こる場所は第一歌節に限られる）。反復句に相当する各詩節の第二詩行も同じ脚韻が支配する。第一詩行を繰り返す各詩節の第三詩行も同じ脚韻が支配する。他の脚韻に譲るのは、順を追って各詩節の第四詩行に顔を出す残余の部分だけ。詰まるところ他の脚韻が団結し、数を頼んで要求しても、譲ってもらえるのは四行につき一行、それも最終行の、詩節から見ても残余でしかない部分に限られることになる。それでも他の脚韻は他の脚韻同士で折り合いをつけ、順繰りに、そして次から次へと連携していく。つまり二つか、三つの脚韻で連携するということだけど、これらの脚韻一つひとつは、同じ詩節に三つある自分以外の脚韻と共通点を一切もたない。なにしろ他に三つある脚韻、すなわち構造上すべての詩節で最初の三行にあらわれ、各詩節で最初の三行を締めくくる脚韻はすべて、いつも同じ「エール」の音で統一してあるのだから。そこで「エール」以外の脚韻は互いに手を差し伸べ、ある詩節の第四詩行と、続く詩節の第四詩行が、ある詩節の末尾と、続く詩節の末尾が呼び交わすように韻を踏むため、そこに一種独特な弔いの花飾りができあがり、脚韻を連ねた紐のようなものが、詩節から詩節へと（最終詩節まで）、全詩節の末尾に沿って走ることになる。しかも各詩節四行目の脚韻はその大半が、つまり十八個中十三個がそれ自体「ア（a）」の脚韻であるか、「ア（a）」の音を含んだ半諧音に呼応するか、そのいずれかである点で、多くの場合、それも大半の（ではないにしても特に印象的な）脚韻を一つの音にそろえた原典版「マルブルー」を踏襲している。そして最終詩節の最終詩行が全体の最終詩行であることは、さすがに動かしようのない事実だから、最後に勝利を収めるのはやはり「オワ（ois）」の脚韻だということになる。

支配にはさらに別の形がある。「エール」の脚韻は、ほかならぬその所在と、詩節内の位置によって支配をおよぼす。そして各詩節の第二詩行も、ほかならぬその所在と、詩節内の位置によって支配をおよぼす。第二詩行が最初から最後まで同じ形を保つのに対し、他の全詩行は変化していくのだから、当然そうなる。他の全詩行が、こう言ってよければ交代を余儀なくされるのだから、当然そうなる。第二詩行は他の全詩行が変転する中にあって固定したまま変わらない。変転という出来事の中で永遠を体現している。

素晴らしい技量としか言いようがない。第四詩行には第四詩行の役割がある。単独で詩節内にとどまるかぎり関係を結ぶべき相手がなく、単独で詩節内にとどまるかぎり連携は生まれないという、まさにその弱点を逆手にとり、単独で詩節内にとどまるかぎり部外者でありつづけるしかないという、まさにその弱点を逆手にとって、自由であり、つながりを欠き、いわば待命状態にある以上、第四詩行同士で連携するのも、第四詩行同士で韻を踏むのも自由だし、他の詩行とは一切かかずらう必要がないから、各詩節の第四詩行が一致協力して、最初から最後まで詩節にからみつき、歌の体裁を整える。というよりもむしろ、最初から最後まで歌にからみつき、これを詩節に切り分ける。だからなおさら自由に詩節から詩節へ、詩節末尾から次の詩節末尾へと進みながら、関係の緊密化を図ることができる。こうして第四詩行は、詩節から詩節へと進むにあたって、それぞれが一歩ずつ、足を踏み出す。この前進という出来事の中で一歩を踏み出す。第四詩行を束ねた花綵《はなづな》は縛めの縄となる。第四詩行の花飾りは縛めの鎖となる。

そして花飾りに囲まれ、鎖につながれた各詩節の第二詩行は（常に同一の第二詩行を繰り返す反復句は）、たわむことも、場所を変えることもありえない、公正を保つための陰鬱な棒となる。密度が不変なら、文の形も不変、さらに所在すら不変である支配の詩行は、一定することにその存在意義がある。第二詩行は同じ詩行を二度押さえつける（つまり、まず第一詩行を押さえつけ、それから第一詩行が第二詩行の先に送り出し、まさに反復があったからこそ第三詩行となった、第一詩行の分身を押さえつける）。あるいは、別の言い方をしたほうがよければ、まず先導役の官吏が一人いて、第二詩行の到来を告げる一方、後ろにも一人、実は先導役と同一人物である官吏がいて、こちらは第二詩行を護衛する、ということになるかしら。それに官吏はどちらも配下の者と見て間違いない（姓が「エール」の音で終わる人殺しの面々）。前後の各一行は第二詩行の脚韻に縛られるわけだから。礼を尽くす二人の悪党に前後を囲まれて、私たちが検討してきた反復句は、私たちに馴染みのある境界神さながらに、揺れ動く詩の中で揺るぎない権力を行使する。

ここまで来たらね、坊やたち、是非とも学んでおくべきことがある、と歴史であるそのひとは言った。なにも天才に学ぼうというのではない。天才に学んで自分の役に立ったことは一度もないのだから。むしろ技法と、方策と、技量の領域で待命し、命じられるがままに動くもの全般から学ぶべきなのよ。天才の命令に従うものから学ぶべきなのよ。あなたも私と同じね、と歴史であるそのひとは言った。あなたも確立したと思っているはずだから。その統治が。——何が統治するのか、ですって？——「エール」の脚韻に決まっているでしょう。脚韻に「エール」の音を使った詩行による統治。三音節の部分を三つ並べたことによる統治。三音節の部分を二乗したことによる統治。あなたは詩全体の流れを追っていく。リズムを追い、韻律を追い、詩のすべてを追っていく。詩節から詩節へと移動する。それを十七回繰り返す。十七個の詩節を巡る。こうしてあなたは決められた踊りを踊る。あなたはユゴーの言葉を鵜呑みにする。不用心だこと。そしてリズムについても、韻律についても、見た目を信じてしまう。あなたがあの陰鬱な弔鐘に揺られて眠りに落ち、動きと固定が同居する偽りの平衡に身をゆだねた、まさにその瞬間、あなたが陰鬱な安寧を受け入れ、あなたにとってその安寧が死の安寧そのものに変わった、まさにその瞬間、突如として手すりの棒が消え、公正を保つ棒であり、正義と安寧の棒でもあったものが、あなたの視野から消える。安寧を支えた手すりそのものが、最後の最後で、いかにもロマン派らしい恐怖の総仕上げをしようかという、その瞬間に、ふっと消えてしまう。信じられないでしょうね。でもそれが現実なのよ。手すりが消える。手すりは（すでに）あなたの視野から消えていた。これまで微動だにしなかった固定の状態が崩れ、解体すると、その部分と部分が入れ代わり、敵対し合う。しかも固定の状態は三つの部分で成り立っていたから、入れ代わるにしても三つの部分が入れ代わり、逆転するにしても三つの部分が逆転する。逆転以前の詩行で、二行目に相当する詩行、要するに逆転以前の第二詩行には二つの構成要素があったと見ることができる。

逆転以前の第二詩行、すなわち揺るぎない反復句は、当然ながら三つの部分から成り立っていた。「パリが震える、おお苦しい、おお辛い！」。ところが詩行を三つの部分に切り分けた、この分断に潜り込む形で、というよりもむしろ、この分断に覆いかぶさる形で、さらに強いもう一つの分断があった。「パリが震える」は当然ながら単独で一つの構成要素になるばかりか、詩行の半分を占めると言っても大きな間違いにはならない。「おお苦しい」と「おお辛い」は一つにまとまって、当然ながら第二の構成要素になるばかりか、残りの半分を占めると言うこともできる。あるいはまた、三つの部分からなる第二詩行を、ひとまず三音節の塊三つに分割したうえで、最初の塊は「パリが震える」で、第二の塊は「おお苦しい」、そして第三の塊は「おお辛い」だということを認めれば、当然ながら最初の三音節が第一の構成要素となり、それでもって前半の「パリが震える」を成り立たせ、第二、第三の三音節が一つにまとまって第二の構成要素となり、それでもって後半の「おお苦しい、おお辛い！」を成り立たせていることも認めるしかない。

そういう事情であればこそ、文章のほうから進んで詩人の深慮を汲みとり（それにしてもユゴーは不遜に思えるほどの運を、いつも味方につけていた）、詩行の中で入れ換えをするとしたら、構成要素それ自体を壊し、構成要素それ自体の中で入れ換えるよう、強く求めてくる。それも詩行そのものを全体として壊し、逆転させ、入れ換えをおこなうだけではない。詩行を構成する要素を前後入れ換えるだけではない。第二段階に移り、二度目の入れ換えをうながし、いまだ詩行の外に出ない、内部の入れ換えをおこなうことで、詩行後半の構成要素に二つ含まれた三音節を前後入れ換えている。詩行の構成要素を手つかずのまま残してもかまわないとしたら、詩行内部の入れ換えをおこなっても、前半の構成要素が、そのまま後半の構成要素になり、後半の構成要素が、やはりそのまま前半の構成要素となるにすぎないとしたら、逆転はまだ半分しか終わっていないことになる。そこで文章が作者に働きかけて、逆転が完成することを求め、詩行の全体だけでなく、詩行後半の構成要素にも介入し、二つある三音節を前後入れ換えるよう強いてくる。そうしないと詩行が字余りになってしまうから。「おお苦しい、おお辛い、パリが震える」[*1]。これを正しい韻律に戻すには、詩行の分解を徹底させ、詩の奥底にまで目を向け、小さな部品についても前後を入れ換える必要がある。詩行の構成要素も分解し、詩行全体が二つの構成要素に分かれたのと同様、こちらもまた小さな二つの部品に分けたうえで、二つある三音節を前後入れ換える必要がある。このように詩行内で最終調整をした結果、前半の構成要素が後半に移り、後半の構成要素が前半に移るだけでなく、先頭の三音節は三番目の位置に移り、二番目は二番目の位置にとどまる、そして三番目は先頭の位置に移ることになった。

　いつ入れ代わったのか、考えてみるといいわ、と歴史であるそのひとは言った。誰も予想だにせず、その可能性が最も低いと思われた、まさにその瞬間、ちょうど時機を見計らったかのように、それは起こった。すべてが終わり、死後の安寧を受け入れようとしたときだった。読んできた詩にも慣れ、すべてが慣例化しかけたときだった。そんなことが起こるとは思いもしなくなったときだった。すべてが終わり、平静にすら感じられる、曰く言いがたい最後の喘ぎ声が漏れたときだった。まさにその瞬間、思いもよらない逆転が起こり、棒のように長い第二詩行は中が入れ代わる。しかも入れ換えにあたって、ひとり自分だけが前後入れ代わるのでも、ひとり自分だけが、それまでと違う脚韻を身にまとうのでも、ひとり自分だけが新たな語末（要は脚韻）、つまり三音節を締めくくる末尾の音を一つ選んで、これを外からでも見える、最終の脚韻にするだけではない。その脚韻で自分を終わらせるだけではない。こうして逆転を起こすとともに、自分と同じ新たな脚韻を与えることで、随伴する二つの詩行、つまり二人の官吏、つまり第一詩行と第三詩行を巻き込むわけだから。要は破壊と、入れ換えと、逆転に当該の詩節全体を、リズムを、自身の所在を、脚韻を、自身が担う期待を、すべて巻き込んでいるわけだから。事前の気持ちが平静であればあるほど、不意を衝かれたときの狼狽は大きくなる、と歴史であるそのひとは言った。例の睡蓮に引きずられ、死による決着を受け入れた人は、その決意が固ければ固いほど、決着それ自体と、死の中で何から何まで入れ代わる変化を目の当たりにして、天と地が入れ代わったような驚きを覚える。私にはわからない、と歴史であるそのひとは言った。リズムと、脚韻と、技法の歴史を端から端まで辿ったとして、他に一つでも例があるものかどうか。一篇の詩が完成する、いわば戴冠の場面を捉えたかに思えたその瞬間、すべてが入れ代わることで、これほど強い衝撃を読者に与えた例が、他に一つでもあるものかどうか、私にはわからない。

われらを全員まとめて聖別する、

＊1　フランス詩法では語尾の無強勢母音「e」が行末にある場合と、後続の単語が母音または無音の「h」で始まる場合に、これを音節として数えない。そのため行末の「辛い（misère）」では「e」が音節にならないのに対し、「おお苦しい、おお辛い、パリが震える（Ô douleur, ô misère, Paris tremble）」では同じ「辛い（misère）」でも語尾の「e」が音節と見なされ、一音節分の字余りとなる。

おお辛い、おお苦しい、パリが震える、
われらを全員まとめて聖別する
ナポレオン三世のなかに！[*1]

日付は「ジャージー島、一八五三年七月」。前後が入れ代わっただけで、どんな人でもあっさり騙されたくらいだから、もちろん植字工も騙された。植字工は、誰もが知ってのとおり、世界中で最も騙しにくい人たちなのに、それでも騙された。私たちが、この詩を読み進め、各詩節の二行目で、いつも同じ詩行に行き当たり、これは安全に配慮した手すりの棒だと思うことに慣れていたのと同様、植字工も（植字工のほうが先だったとは思うけど）、同じ詩行を組み上げることに慣れていた。私たちが、いつも同じ詩行に行き当たることに慣れていたのと同様、植字工も同じ詩行に行き当たることに慣れていた。私たちが、こう言ってよければ、視線を向けたその先で、いつもと同じ詩行に行き当たることに慣れていたのと同様、植字工は手を伸ばしたその先で、指に触れ、あらかじめ活字箱の中で組み上がった、いつもと同じ詩行に行き当たることに慣れていた。後は所定の位置に組み入れるだけでよかった。詩行の指定席が待っていた。詩行もその指定席を待っていた。私たちが、詩節から次の詩節へと歩を進め、最終詩節に辿り着くまでのあいだ、決められたリズムを忠実に刻み、割り当てられた脚韻を忠実に響かせ、文の内容も、文の体裁も忠実に繰り返し、詩節内で二行目と決められた指定席も忠実に守る、要は忠実の権化ともいうべき第二詩行の回帰を待つことに慣れていたのと同様、向こうが先だったとは思うけど、私たちと同じように植字工も、詩節から次の詩節へと歩を進め、最終詩節に辿り着くまでのあいだ、次もまた同じ詩行を組み上げればいいという展望に慣れていた。これでは（死者たちの）世代から、後に続く死者たちの世代へと歩を進めるのと同じだ、と言いたくもなる。いつもと同じ詩行を組み上げればいいという展望にとらわれていたから、結局のところ大半の植字工は、最終詩節でも問題の詩行を、それまでと同じ、前後の入れ換えがない形のままで組み上げてしまう。言ってみれば見落としは必ず見落とされるだろうという展望にとらわれすぎていたから、実際にも誤りを見落として、大半の植字工が最終詩節でも、第二詩行がそれまでと同じ第二詩行となるように活字を組んでしまった。最後には、ゆっくりと時間をかけ、一方的に押しつけられる形で、そんな習慣を身につけてしまった。立派な博士論文になるわよ、と歴史であるそのひとは言った。ヴィクトル・ユゴーの諸版に認められる無数の誤りに加え、異文ではなく、むしろ変動と呼ぶべき現象を調べたら。[*2] 数ある版のなかでも、「聖別」の最終詩節が正しく印刷された『懲罰詩集』の版を見つける以上に難しいことはない。つまり、最終詩節の第二詩行が

おお辛い、おお苦しい、パリが震える、

と印刷され

＊1　ヴィクトル・ユゴー『懲罰詩集』第五部、「聖別」の最終詩節。
＊2　ペギーは一九〇九年六月十六日に博士学位請求副論文の題目登録を済ませている。その題目（「活版印刷術の技術工芸をめぐる調査研究」）は、ペギーが実際にユゴー作品の諸版について調べ始めていたことをうかがわせる。

パリが震える、おお苦しい、おお辛い！

とは印刷されていないのが正しい版だということだけど、これを見つける以上に難しいことはない。

植字工も十七回にわたって

パリが震える、おお苦しい、おお辛い！

と組んできた以上、習慣が第二の天性となって、次もまた同じ詩行を組み、次も変わることなく同じ詩行を組み、十八回目もまた同じように

パリが震える、おお苦しい、おお辛い！

と組んでしまったわけだけど、これでは誰がどう見ても、もはや韻を踏むことすらできない。[*1] そして植字工が誤りに気づかないまま第二詩行を組み上げた以上、校正係も誤りに気づかないまま校正を終え、三校の点検者も誤りに気づかないまま点検を終えるしかなかった。そして読者も誤りに気づかないまま読み、ユゴーは誤りに気づかないまま印税を受け取っていた。そんなことになったのはユゴーが、いつも皆に見捨てられてきた、本当に気の毒な人だったからで、ユゴーを見捨てた人のなかにはユゴー当人も含まれていた。ユゴーを見捨てなかったのはあなた一人だけね、ペギー君。正しい版を見つける以上に難しいことはない、と歴史であるそのひとは言った。「聖別」の最終

詩節が次のように正しく印刷された『懲罰詩集』の版を見つける以上に難しいことはない。

われらを全員まとめて聖別する、
おお辛い、おお苦しい、パリが震える、
われらを全員まとめて聖別する
ナポレオン三世のなかに！

Nous sacre tous ensemble,
Ô misère, ô douleur, Paris tremble,
Nous sacre tous ensemble
Dans Napoléon Trois!

確かにユゴーの作品が、こう言ってよければ作品本来の姿と合致する版を見つけることはできない、とそのひとは言った。ここに一冊、『懲罰詩集』の刊本がある。「唯一の完全版」と表紙で謳っている。エッツェル社から出た旧版。（判型が小さいほう。）「第十三版」と断ってはいるけど、初版とどこも変わらない。[*2] 飽きもせずに古い組み版で増刷を繰り返したのだから当然ね。後のほうの版と最初のほうの版で唯一違う点は、後になるほど組み版が緩んでいくことかしら。それで、このエッ

＊1 「韻を踏むことすらできない」＝「意味をなさない」
＊2 ヴィクトル・ユゴー『懲罰詩集、唯一の完全版』、エッツェル社、第十三版、一八七〇年。

ツェル版では問題の箇所がこうなっている。

　われらを全員まとめて聖別する、
パリが震える、おお苦しい、おお辛い！
　われらを全員まとめて聖別する
ナポレオン三世のなかに！

Nous sacre tous ensemble,
Paris tremble, ô douleur, ô misère!
Nous sacre tous ensemble
Dans Napoléon trois!

「パリ（Paris）」の後にカンマがない。ナポレオン三世の「三（trois）」は語頭が小文字の「t」に変わっている。その一方で「三（trois）」の後に感嘆符が加わり（trois!）、叫びによって当該の詩行と、詩節と、歌全体を締めくくっている。わかったわね。次はルメール版を見ておきましょう。ルメール社から出た小型本。[*1] 丁寧な作りだわ、この版は。問題の箇所は次のような体裁になっている。

　われらを全員まとめて聖別する、
パリよ、震えよ、おお苦しい、おお辛い！

われらを全員まとめて聖別する
ナポレオン三世のなかに。

Nous sacre tous ensemble,
Paris, tremble, ô douleur, ô misère!
Nous sacre tous ensemble
Dans Napoléon trois.

「パリ（Paris）」の後にカンマがある。しかもこのカンマは際立って重要な役割を演じる。カンマを打たない他の全詩節で「パリ（Paris）」が主格に置かれ、「震える（tremble）」が直接法に用いられていたのに対し、ここでは第二詩行にカンマを介在させることで「パリ（Paris）」は呼格に置かれ、「震えよ（tremble）」は命令法に用いられる。すっかり別の意味に変わっている。わかるわね。しかも第四詩行は通常のピリオドで終わり、感嘆符はもうどこにも見当たらない。これは要するに第四詩行も、最終詩節も、歌全体も、すべて直接法を用い、散文と同じ、いわば現状の認知（つまり命題）となって終わりを迎え、もはや叫びを上げ、何かを破裂させるような終わり方ではなくなったことを意味する。すっかり別の調性に変わっている。わかるわね。わかったようなら先に進むわよ。ここにもう一冊、『懲罰詩集』の刊本がある、と歴史であるそのひとは言った。我慢しなさい。リ

＊1　ヴィクトル・ユゴー『作品集』、アルフォンス・ルメール社、第五巻『懲罰詩集』、一八七五年。

ュドレール先生[*1]の我慢強さを見習いなさい。三番目になるわね。三番目と言ったけど、これはリュドレール先生に三度目の登場をお願いしたのではなくて、三つ目の刊本がこれだという意味だから、勘違いしないように。それに今度は、と歴史であるそのひとは言った。今度の版は本物と呼ぶにふさわしい版だから、よく調べるように。私の興味を引く唯一の版。歴史であるこの私が本物と認めた版。つまり歴史に残る版であり、歴史を作った版でもある、他に例を見ない特別な版。他の版は全部、これより前の版も、最初期の版も含めて、すっかり古くなってしまった。英雄的と讃えられた版、つまりブリュッセルで、あるいはガリアの一部だったベルギーのどこかで生まれた有名な版、つまりかの有名な一八五三年版[*2]は、その出版に先立つ英雄的なすべての行為と同様、遠い過去に遡る英雄的なすべての行為と同様、先史時代にまで遡る英雄的なすべての行為と同様、結局のところ今ではもう考古学的遺物にすぎないし、もはやそれ以外ではありえないものになりさがった。結局のところ『懲罰詩集』初版はその意味合いを変え、愛書家向けの版になることを余儀なくされたのだった。希少性と、脆弱と、栄誉を兼ねそなえた版だから、そうなるしかなかった。（第二帝政期には共和国もたいそう考古学的で、たいそう先史時代的で、たいそう英雄的なものに見られたのだった。）一八五三年といえば、事件当日[*3]から数えて翌日も同然だった。「以来、無数に出回った海賊版は最低でも一つの欠点をかかえ、粗雑このうえない誤記によって歪められていた[*4]」。それでもここにようやく、と歴史であるそのひとは言った。本物と呼ぶにふさわしい版があらわれた。第三共和政の礎となった版。私が手元に置いている大判の一冊。そして私から見て初版に相当する一冊。私から見て歴史を作った版であり、私から見て歴史に残る版でもある、他に例を見ない特別な版。秘密裏に生まれた版とはまったく違う。私に言わせれば、これはむしろ公然と出回った一般読者向けの版なのだから。第二帝政期に、共和派の作業所で人々が、こっそりと回し読みした版とはまったく違う。これはむしろ第三共和政が始まった頃に、共和派の作業所で人々が、公然と読めばいいのに、なぜかこっそりと回し読みした版なのだから。それがねえ、第三共和政の始まりはねえ、いいかい、坊や（と言葉を継いだそのひとの話しぶりはすっかり老婆の口調に変わっていた。原因は不明だが、マクマオン[*5]やデュフォール[*6]やデュフィユ[*7]の話をしてくれるときのほうが、シャルルマーニュやホメロスの話をしてくれるときよりも、そのひとの目には老いた自分の姿がくっきりと映るらしいのだ）、第三共和政の始まり、というか、あれね、第三共和政が始まった頃に、世界への顔見せ、というか、あれね、初登場と入場の時期には何があったかというと、忘れないようにしましょうね、いいかい、坊や、絶対に忘れてはいけませんからね、何があったかというと、それは反動

＊1　ギュスターヴ・リュドレール（一八七二―一九五七）は大学人で文芸評論家。ギュスターヴ・ランソン（一四三ページ注＊2を参照）の指導で博士学位論文を完成させた後、フランス各地の高等学校で教鞭を執り、ソルボンヌでも教える。一九二〇年以降はオックスフォード大学でフランス文学を講じた。同年代で、高等師範学校の同窓生であるリュドレールをペギーが「先生」と呼んだのはもちろん皮肉。

＊2　ヴィクトル・ユゴー『懲罰詩集』、ブリュッセル、H・サミュエル社、一八五三年。

＊3　一八五一年十二月二日のクーデター。一年後、ルイ・ボナパルトはナポレオン三世として皇帝に即位する。ユゴーの『懲罰詩集』は、このクーデターに強く反発する詩集として成立した。

＊4　『懲罰詩集、唯一の完全版』（前出）の「出版人緒言」。

＊5　パトリス・ド・マクマオン将軍（一八〇八―一八九三）は王党派の政治家で、一八七三年から一八七九年まで大統領職にあった。

＊6　ジュール＝アルマン・デュフォール（一七九八―一八八一）はティエール大統領（一八九ページ注＊4を参照）時代の法務大臣（在任期間は一八七一―一八七三）。続くマクマオン大統領に重用され、断続的ながら三度にわたって首相を務めた。

的なヴェルサイユ政府軍の介入と、五月二十四日[*1]と、五月十六日[*2]だったのだから（二つの日付を一緒くたにしてはいけないことくらい、私だって承知しているわよ。ミリエ氏関連の連載が最終回を迎えた「手帖」で、私が同じ過ちを見逃したとき、あなたに言われて訂正を出したこともあるくらいだから）[*3]。冴えない時代だったのよ、いいこと、坊や、第三共和政が始まった頃は。（冴えない時代だったからこそ英雄的な時代でありえたとも言える《共和派の立場からすれば》。冴えた時代なら、たぶん英雄的な時代にはならなかった。）それから特に大事なのは共和国らしいところがほとんど見られなかったということね、第三共和政の始まった頃は。始めようにも自分なりの始め方しか知らないから、どうしてもそうなる。さあ、お願いだから、坊や、あなたも友達なら、もう一度私に見せてほしいの、第三共和政の礎となったその版を。ティエール[*4]政権下ではティエールに逆らった。マクマオン政権下ではマクマオンに逆らった。五月四十日に直面したときは、その五月四十日に逆らった（私はそう呼ぶことにしている、とそのひとは言った。五月十六日と五月二十四日を足して一つにしたほうが簡便だから）。もう一度、私に見せてほしいの、その版を。友達ならそれくらい当然でしょう。その見栄えのしない一冊こそ、正真正銘の普及版だから、是非とも手に取ってみたいのよ。平べったくて、表紙に赤い厚紙を使い、背には粗い革を模した赤い布が貼ってある。平べったくて、本文を二段組みにした大判の一冊。ホメロス全集も、アイスキュロス全集も、ピンダロス全集も、シェイクスピア全集も、そしてイエス・キリストにいたっては何度となく登場し、こういう本となって出回ることで、共和国の精神を培ってきた。（ウェルギリウス[*5]や「わが友ユウェナリス」[*6]は何度顔を出したか、本当に数えきれないほどだわ。）——（それにイエス・キリストその人も、父なる〈神〉も、それこそ何度となく顔を出し、私たちに教えてくれた、と歴史であるそのひとは言った。ヴィヨ[*7]のような男には、当然ながら「ある殉教者に」[*8]や、「ラザロ」[*9]や、これから引用する素晴らしい二つの詩節が書けるわけがないということを。ついでながら私は、二つの詩節について、これが純粋な預言の言葉となんら変わらず、文字どおり聖書の荘厳に達していると、声を大にして言っておきたい、と歴史であるそのひとは言った。

＊7（一八七ページ）　ウジェーヌ・デュフイユ（一八四一－一九一一）はルイ・ビュフェ内閣（一八七五－一八七六）の官房長。

＊1　一八七三年五月二十四日は、当時の大統領ティエールが罷免された日。

＊2　一八七七年五月十六日は、王党派の大統領マクマオンが共和派のシモン首相（一八一四－一八九六）を解任した日。第三共和政初期の政治的混乱を象徴する。

＊3　『フーリエ派共和主義者の一族――ミリエ家』の最終回を掲載した「半月手帖」では「良心の問題　一八七一－一八七三」とすべき表題を「五月十六日」と誤記していた。この連載については三七二ページ以下を参照のこと。

＊4　アドルフ・ティエール（一七九七－一八七七）は第三共和政の初代大統領（在任期間は一八七一－一八七三）。普仏戦争直後の混乱した時期に行政府首班として賠償金の支払いとアルザス・ロレーヌ地方の割譲を提案して、プロイセンとの講和を目指す。一八七一年三月十八日、パリ市民が蜂起するとヴェルサイユに逃走、プロイセン軍の協力も得て同年五月二十一日、ヴェルサイユ政府軍をパリに突入させた。多くの市民が犠牲になった同月二十八日までの徹底的弾圧は「血の一週間」と呼ばれる。

＊5　ウェルギリウス（紀元前七〇－同一九）はラテン文学の黄金期を築いた大詩人。代表作に『農耕詩』、『アエネーイス』がある。

＊6　ヴィクトル・ユゴー『懲罰詩集』第六部、「ユウェナリスに」の第一詩行に「学校に戻るとしよう、おお、わが友ユウェナリスよ」とある。因みにユウェナリスは古代ローマ時代の風刺詩人（活動期間は一世紀末－二世紀初頭）。

＊7　ルイ＝フランソワ・ヴィヨ（一八一三－一八八三）はカトリックの論客で、第二帝政と、教皇ピウス九世の『近代主義者の謬説表』（一八六四）を擁護した。

＊8　ヴィクトル・ユゴー『懲罰詩集』第一部、八番目の詩篇。

＊9　同第二部、「民衆に」の第一四詩行。

暴君は海の波に輪をかけて不遜だ。
だが〈神〉が言った——あの者どもに鼻輪をつけて、
　　口には轡を嚙ませてやる。
従おうと、逆らおうと、構わず引きずっていこう、
主も道化も笛吹きも、全員まとめて
　　死者が待つ闇の中へ。

〈神〉が話し終えると、暴君どもが踏む花崗岩の床は
抜け、主も連れも一緒くたになって消えた、
　　羽振りがよかった、そのときの姿で。
北風よ、さあ北風よ、吹き寄せては扉を叩く北風よ、
どうか教えてくれ、風よ、連れ去るのがそなたの役目なら、
　　あの者どもをどこに捨てたのか。[*1]

ある特定の時代に、と歴史であるそのひとは言った。キリスト教徒以外の人間が〈神〉に抗っておこなうのと同じことを、キリスト教徒が〈神〉のためにおこなったとしたら、それだけでも上出来だと思う、とそのひとは言った。でも、ある特定の時代に例の人物［＝ヴィクトル・ユゴー］が時おり〈神〉のためにその天分を役立てたのと同様、キリスト教徒も〈神〉のために天分を役立てたとしたら、これほど素晴らしいことはない、と歴史であるそのひとは言った。）大判で平べったい

この本は、出版物の分野で何かしら断言することが許されるとしたら、ユゴーの全作品で最も誤植が多い、とまでは言えないにしても、特に誤植が多い本の一つに数えられる。これは決して些末的なことではない。はっきり言っておかなければならないのは、とそのひとは言った。数ある刊本のなかで、これが大衆向けの普及版だということ。確かに誤植は多いけど、とそのひとは言った。その点も含めて、私はこの本を愛おしく思っている。私の場合も誤ることを自分なりの方法にしているわけだし。さあ、私の古い知り合いに、もう一度会わせてちょうだい、とそのひとは言った。古い友達だから、是非とも会っておきたいのよ。（感極まったそのひとは、伯爵も言ったように、どことなく平民のように見えた。）（伯爵とはアルマビバ伯爵のことだけど。）さあ、大判で平べったいあの本の、二段に組んで、全体に縦長の長方形になったページを開いてちょうだい。あなたの青春が、全部ここに詰まっているのよ、わかるわね、ペギー君、とそのひとは私に言った。（こんなふうに、歴史であるそのひとは打ち解けた様子で、私の中にある共和主義者の魂に語りかけたのだった。）それに挿絵版画の見事なこと。黒一色の、インクをたっぷり使った版画が、八ページにつき二枚、本文と並ぶ、というよりもむしろ本文に挑むところに勢いを感じる。こちらも縦長の長方形だから、大判で縦長のページにうまく収まるし、この本とは別の版で、『恐ろしい一年』[*2]に添えられた同様の挿絵版画に呼応しているところもいいわね。八ページにつき版画が二枚。なぜそうなったかというと、実はこの本がウジェーヌ・シューの小説や『モンテ＝クリスト伯』と同じように、分冊で逐次刊行された作品だからにほかならない。そして挿絵版画は各分冊の頭に一枚、末尾にも

＊1　ヴィクトル・ユゴー『懲罰詩集』第七部、「光」第四節の第一一－一二詩節。
＊2　『恐ろしい一年』（一八七二）は普仏戦争に取材したヴィクトル・ユゴーの詩集。

う一枚が添えてあった。そして印刷業者の名は、「パリ、ゴティエ＝ヴィラール印刷所」と、各分冊八ページ目に記してあった。いちばん下の右端に記してあった。逐次刊行もようやく終わり、分冊のまま、それこそ何度となく読み返してから、どこの家庭でも分冊を綴じて合本にするようになった。幸せな時代だった、と歴史であるそのひとは言った。できることなら私もまたあの時代に生きられたらと思う（なのに、まさにそれが、この私には禁じられている。永遠に続く歴史の展開が始まって以来、一秒たりとも、私は一つところにとどまることができないし、後戻りすることも許されないのだから）。幸せな時代だった。はっきり言わせてもらうけど、とそのひとは言った。あの頃は人目をはばかる出版物も今とは質が違い、全国の作業場で見習い工の手から手へと渡っていく分冊が「贖罪」や「十二月四日の死者たち……」であり、「最後ノ言葉」や「共和暦二年の兵士たち……」[*1]だった。いい時代だったのよ、坊やたち、と言葉を継いだそのひとの顔に突然、憂愁の影が差した。見習い工の青年たちにとって、こういう詩が「最新刊」であり、こういう詩が「今週の大事件」だったわけだから。あの時代は、青年たちにとってユゴーの詩が連載娯楽小説であり、新聞の雑報欄を読むのと同じように詩が読まれたのだった。そして青年の憤激を招く犯罪は、いつも同じ一つの犯罪に集約され、昨日のことのように思い出す犯罪として、永遠に忘れることのできない犯罪として記憶に刻まれた。それはいつも決まって十二月二日のクーデターだった。挿絵がテオフィル・シュレールの手になるものだということを知る者は誰もいなかった。あなたも知らなかったでしょう、ペギー君、違うかしら。本の扉に記されたシュレールの名に気づく者は誰もいなかった。それなのに挿絵のうち、どの一枚をとってみても、描線の一本にいたるまで、すべては永遠の記憶となって、あなたの目に焼きついている。「自宅でくつろぐ善良なる市民」[*2]もいい。「モンマルトル大通り、一八五一年十二月四日」もいい。頬がふっくらした、紅顔の美少年が両手を左右に広げ、茨をかきわけて進む「穏やかで力強い進歩」もいい。詩篇「贖罪」に対応する「恐ろしい幻は消えた」もいい。「黒い狩人」もいい。木靴をはいた徒刑囚を描く「これが私を縛る鎖だ」もいい。ワグラムの獅子を描いた一枚もいい。国を追われた人々を描いた「鳥たちよ、われらの不幸を国許に伝えてくれ」もいい。ところで、念のため訊いておくけど、とそのひとは言った。あなたは私に「図版一覧」を作らせようと思ってはいないでしょうね。作れと言われれば作ってもいいけど。青年たちが作業場でお金を出し合う幸せな時代だった。しかも買い求めたのはどれも最新の便りで、便りの中身が「皇帝の外套」[*3]や、「ポーリーヌ・ロラン」[*4]のような詩だった。そういう詩を載せた分冊が民衆のあいだに広く出回っていた。そんな時代がこれから先、一度でも訪れるものかどうか。そんな民衆にこれから先、一度でも会えるものかどうか。最新刊は「悪党三人組がバンカル亭顔負けの溜まり場を出て……」[*5]と歌う詩だった。あるいはこんな詩だった。「今日は弔鐘を鳴らせ、ノートルダムの大鐘よ、

＊1　「贖罪」から「共和暦……」までの四つは、いずれも『懲罰詩集』に収められた詩篇。
＊2　「自宅でくつろぐ善良なる市民」以下、「鳥たちよ、われらの不幸を国許に伝えてくれ」までの挿絵八点は、それぞれ『懲罰詩集』第三部「自宅でくつろぐ善良なる市民」、第三部「皇帝は遊び暮らす」、第五部「進歩は、穏やかで力強く……」、第五部「贖罪」、第七部「黒い狩人」、第三部「海辺にて」、第五部「おお、ワグラムの旗よ……」、第六部「徒刑囚を讃える歌」に添えられたもの。
＊3　ヴィクトル・ユゴー『懲罰詩集』第五部。
＊4　同前。
＊5　ヴィクトル・ユゴー『懲罰詩集』第一部、「その夜」第一九詩行。

そして明日は早鐘を」[*1]

あるいは「ローゼル＝タワー」での深い瞑想を、素朴な歌に託して届ける詩だった。「私たちは廃墟を漫ろ歩いた、

ローゼル＝タワーの立つあたり」[*2]

そしてもう一つ、最新刊の例を挙げるなら、それは「永遠者」が口を開く、こんな詩だった。

未来よ、さあ未来よ、ここにきて突然すべては底が抜けた。
青ざめた王たちは去り、海が押し寄せ、波は走る。
聞け、諸国の民よ。天の四方で喇叭が鳴る。
なんと恐ろしく、暗い逃走だろう。軍という軍が
嵐の中を逃げていき、燃え盛る灰と化した。
恐怖の風が立つ――やれ、と一言、永遠者。[*3]

そしてもう一つ、最新刊の例として、同じく「永遠者」が関係した詩を引くなら、これに添えられた、最後から二枚目の挿絵が文句なしに素晴らしい。縦に長い長方形の枠に合わせて、屋根のすぐ下に切妻壁の一部が描き込んである。壁の表面は蔦に覆われ、まるで花輪飾りのよう。屋根の煙突

から煙が昇る。見えないけど、巣もあるらしい。燕が一羽、近くを飛んでいるから。最後に目が行くのは屋根の瓦。そんな光景が峰と峰、というよりもむしろ、切り立った崖と崖にはさまれて、峰へと続く二つの急斜面を背景に展開する。斜面は垂直に近い。そして滑翔する鷲が一羽。挿絵の下には、こんな「キャプション」。

燕よ、答えてくれ、羽音高き鷲よ、
教えてくれ、永遠者も知らない巣はあるのか？[*4]

詩の一節がそのまま「キャプション」に使われた。そんな時代がこれから先、一度でも訪れるものかどうか。あなたは運がよかった、そうよね、ペギー君、と歴史であるそのひとは言った。幕引き寸前だったとはいえ、一応はそういう時代に触れることができたわけだから。あなたも告白録を書くかもしれない。その場合、あなたが証人となって、当時まだ寛大だったフランスと、当然ながら寛大だった共和国の実情を伝えてくれたなら、当時の状況について印象深い回想を残す能力があなたにあって、実際にも優れた回想を残すことができたなら、あなたの告白録も決して無駄にはならない。ここで私たちが指摘したことに加え、他にも無数の利点をもつ分冊は巷にあふれ、それを綴

＊1　ヴィクトル・ユゴー『懲罰詩集』第三部、「皇帝は遊び暮らす」の反復句。
＊2　同第六部、「歌」第一－二詩行。
＊3　同第一部、「ヨーロッパ地図」の最終詩節。
＊4　同第七部、「光」第四節。詩篇全体では第一六五－一六六詩行。

じた合本が広く国内に出回っていた。そんな一冊だから広く出回った。数ある刊本のなかでも、そういう一冊だったからこそ、広く出回った。でも、ここにある一冊はあなたが自分で買ったものではない。そうよね、ペギー君。あなたはまだ（いずれかの版を）、『懲罰詩集』を一冊、自分で買って、手元に置くことのできる年齢に達していなかった。数ある刊本のなかでも、特に広く出回っていたのはこういう本だったけど、ここにある一冊は、あなたが自分で買ったものではない。そうよね、ペギー君。なにしろこれは、いちばん古い友人で、いちばん古くからの師匠でもあるルイ・ボワティエ[*1]が貸してくれた本なのだから。あなたは、そういう時代を経験することができた、そうよね、ペギー君、とそのひとは言った。それが言い過ぎだとしても、誰もがまだ人目をはばかり、『懲罰詩集』を一冊、脇に抱えて帰るとき、半分はまだ本気で人目を避けるのが当たり前だった、あの時代に触れることはできた。まさにその経験が、生涯を通じてあなたを導いてくれるからこそ（また、あなたという人間よりも大事な、あなたの本能を導いてくれるからこそ）（また、あなたという人間よりも大事な、あなたの心を導いてくれるからこそ）、急進主義だろうと、近年また頭をもたげてきた教権拡張主義だろうと、いずれも世俗の世界を支配する専横に、あなたは決して陥ることがない。

ところが大判で平べったく、挿絵も入れて二段に組んだこの版では、つまり判型が大きい普及版では、つまり私たちが大事にしている版では、問題の最終詩節がいつも、増刷を重ねても変わることなく、次のように印刷されていた。

われらを全員まとめて聖別する、
パリよ、震えよ、おお苦しい、おお辛い！
われらを全員まとめて聖別する
ナポレオン三世のなかに。

Nous sacre tous ensemble,
Paris, tremble, ô douleur, ô misère!
Nous sacre tous ensemble
Dans Napoléon Trois.

「パリ（Paris）」の後にカンマを打っている。第四詩行の末尾には通常のピリオドを打っている。興味深いのは「ナポレオン三世」の「三（Trois）」を大文字の「T」で始めていることかしら。でも、この版を調べて特に気になったのは、数ある刊本が、そろいもそろって第二詩行の前半と後半を逆にしないまま放置していることね。今ここで多数決をとり、それで答えを出そうにも、と歴史であるそのひとは言った。誤った異文に賛成票を投じる本しか見当たらない。もしかすると、とそ

＊1 ルイ・ボワティエ（一八四八―一九二二）は、ペギーの出身地オルレアンで車大工から石炭、ワイン等の販売業者に転じ、ペギーの実家と取引があった。社会問題に強い関心を示し、一八八二年にはロワレ県非宗教教育共和派協会オルレアン支部の設立に尽力し、一八九七年からはペギーが主宰するオルレアン社会研究集団にも加わった。「半月手帖」の定期購読者であり、ペギーとは浅からぬ因縁があった人物。

のひとは言った。正しい版は一つもないのかもしれない。それも変な話だけど。誤りは原稿にあったのかもしれない。フランスの文献学者は物忘れがひどくて困るけど、とそのひとは言った。いくら原稿でも、絶対に誤りを犯すことがない、とはさすがに言えないのだから。秘跡と違って。原稿はそれ自体一つの解釈でしかなく、異文の一つであるにすぎない。原稿それ自体は、結局のところ一つの版にすぎない。最初の一冊であることは認めるにしても。最初の版に含まれた一冊であるにすぎない。最初の版であることは認めるにしても。ところが原稿にはそれだけの意味すらない、と歴史であるそのひとは言った。原稿は最初の版に含まれる最初の一冊として、歴史の記録に資するためにあるのだから。フランスの文献学者は、とそのひとは言った。原稿を後生大事にしている（それが私にとってわが子も同然の文献学者であるのは悲しいかぎりだけど）。文献学者には、そうしなければならない理由がある。自分が何をしているのか、ちゃんとわかっている。原稿は、作者の手稿であるかぎり、文献学者が手中に収める最初の版となる。そして最初の版であるばかりか、最初に印刷され、文献学者が手中に収める最初の一冊となる。だから文献学者は、これが源泉だと主張する。（なにせ心の潤いを失った人たちだから、二言目には源泉、源泉、と繰り返す。）つまり原稿は、あらゆる面で最初の版である、と主張し、最初の版に含まれる以上、あらゆる面で最初の一冊である、と強弁する。そこを起点にして数える。そこを起点にして作品の年代を推定する。そこを起点にして天才を枠にはめようとする。わが子ながら困った人たちだこと。自分ならわかるとでも思っているのかしら。紙に印刷され、今回一度きりの、今見るこの形を身にまとい、今ここにある紙の言葉で語りはじめる前に、何度にわたり、そして何通りの言葉で、そして何通りの形を身にまといながら、作品はどれだけの試行錯誤を重ねてきたことか。私たちには、いつになってもその実態が見えてこない。いいこと、今回一度きりの生起を、あなたがたは最初の一回だと言うけれど、その生起は、系列をなす無数の生起と同じで、いわば量産品の一つにすぎないのよ。起源ではなく、源泉点でもなく、無からの創造でもないのよ。今ここにある言葉を、あなたがたは最初の言葉だと言うけれど、これも系列をなす無数の言葉と同じで、いわば量産品の一つにすぎないのよ。今見るこの形を、あなたがたは最初の形だと言うけれど、これも系列をなす無数の形と同じで、いわば量産品の一つにすぎないのよ。でも安心なさい、坊やたち、とそのひとは文献学者の面々に言った。そして何だろうと触覚にゆだねる、その行き過ぎた態度は控えるように。あなたがたが在るものすべてを手中に収めることは絶対にないだろうし、いわゆる「源泉」も、あなたがたの鋭敏な嗅覚には少しも向いていないかもしれないのだから。[*1]

ここまでの話から原稿といえども絶対ではないことがわかった、とそのひとは言った。原稿といえども断じて絶対の始まりになることはできない。だから断じて完全無欠ではないし、断じて完全無欠なものになることもできない。「二個師団だから、二列縦隊を組んでいた」[*2]。原稿であり、自身も一つの版である以上、原稿は必ず誤りを犯す。他の原稿と同じように、他の版と同じように、他の一冊と同じように、目の前の原稿が二つ目の異文を含んでいても不思議はないし、間違った異文を含み、間違った解釈を招いたとしても不思議はない。組み版を担当し、印刷所で活字を組む植字工が、目の前にある原稿とは違う本文を組むこともあるのと同様、字を組み合わせ、独自の筆跡で

＊1　フランス民謡「僕の煙草入れには……」を意識した記述と思われる。民謡には「僕の煙草入れには、いい煙草。［中略］でも、お前の駄目な鼻には向かないよ」とある。
＊2　ヴィクトル・ユゴー『レ・ミゼラブル』（一八六二）第二部第一篇、「ワーテルロー」第九章。

文章を組んでいく作者が、心の目で捉えたのとは違う文章を書くことも十分にありうるのだから。原稿とは、他にも多くの版が日の目を見た後で、新たに加わった一つの版であり、同じ版で他に何冊も刷った後、新たに加わった一冊のことをいう。原稿は世界の始まりではない。

〈それというのも、とそのひとは言った。作者の手が頭と同じように動くのは、ごく稀なことであるからにほかならない。それはつまり、作者が独自の文章を作るべく、常に心を砕いているのに対し、植字工にはそういう気がかりがない、ということでもある。植字工は極端な話、現に自分が組んでいる本文のことだけを考えればいい。ところが作者は、その人が作者として本物なら、絶え間なく文章が湧き出してくる世界に生きている。一つの文章は、別の文章の邪魔をする。待たされた文章は、今まさに生まれ出ようとしている文章を急き立てる。待たされた文章は一つとは限らず、すべての文章が、生まれ出る一つきりの文章を急き立て、圧力をかける。そして今まさに生まれ出たばかりの文章であろうと、すでに生まれ出た文章の、いずれか一つであろうと、思いがけず想起の世界に引き込まれるようなことになれば、文章相互のあいだに混乱が生じてもおかしくない。作者の名に恥じない作者は絶え間ない湧出の世界に生きている。湧き出たものが集まって、巨大な塊になる《しかもその中身は想念だけとは限らない》。天地にも等しい広大な領域がいくつも押しかけて、ペン先の一点を通り抜け、外の世界に生まれ出ようと、常に機会をうかがっている。無辺の海原が、小さな一つの点から流れ出ることを強いられ、その機会をうかがっている。ところが一度に通り抜けることができるのは、小さな点と同じ厚みと、同じ幅しかもたない分量に限られる。だから波同士で先頭を争ったからといって驚くにはあたらない。無数の亡霊が押しかけ、亡霊の巨大な塊になって、墓石の縁に流れた血をすするべく、機会をうかがっている。ところが血をすすりたければ、一人ずつ、前の者が終わってから進み出るしかない。だから亡霊どもが先頭を争ったからといって驚くにはあたらない。[*1]

亡霊どもは全員が、この小さな点を通り抜けようとする。この点こそ、彼らが現実と交わるための挿入点なのだから、他にどうすることもできない。私たちも、読書をすれば、それをはっきりと感じることができる、と歴史であるそのひとは言った。私たち読者が、手は頭に待たされている、ペンも思索に待たされているという印象を受けると、文章は突如として読むに堪えない文章に変わる。だから、ペンが止まったという印象を受ける文章は好ましくない。次から次へと紙が繰り出される。紙のほうがペンを待っている。紙がペンを求めている。そんな印象を受ける文章でなければならない。紙がペンを呼んでいる。そんな印象を受けるようでなければならない。ペンが止まり、紙から離れたという印象を受けるようであってはならない。）

「二個師団だから、二列縦隊を組んでいた」。どうして認めずにいられるかしら。重装備の二個師団を、ここに持ってきた、大判で平べったい版の体裁に。そして物質的な印象を、どうして受けずにいることができるかしら（そういえば物質的な印象を受けるのはユゴーの作品に関するかぎり至

＊1　この段落は『オデュッセイア』第十一歌を下敷きにしている。概要は以下のとおり――智将オデュッセウスは女神キルケの指示を受け、予言者テイレシアスと対面すべく冥府に降る。オデュッセウスが生贄の獣を屠ると、流れる血に誘われて亡者どもが集まってきた。オデュッセウスは抜き身の剣で彼らを制しながら、キルケの島で死んだ部下のエルペノル、テイレシアス、今は亡き実母の順に対面したが、結局それ以外の亡霊からも話を聞くことになったので、混乱を避けるために話を聞くのは一度に一人と決め、亡霊たちにその順番を守らせたのだった。

極当然なことだった)。二列縦隊が、見開き二ページの広野に、平坦で、大きく広がる二ページ分の平面に、きちんと配置されている。二列縦隊は、本を開くことで倍の展望が開け、広さも倍になった平たい平原に、観兵式と戦争を、閲兵式と戦闘を目前に控えて整列している。その姿に、重量感があって、長方形の形状を呈する二段組みが重なるという印象を、どうして受けずにいることができるかしら。そう思った先から縦列が揺れ、兵士たちは行軍を開始する。どうして目をつぶり、認めずにいることができるかしら。多くの詩行に共通する十二音節詩句に、何列目であろうと共通の、寸分の狂いもなく整列し、完璧な規律を身につけた兵士の横列を。そして歩兵隊一般に特徴的な、何列目であろうと共通の縦列を。どうして認めずにいることができるかしら。軍隊の精神が、軍隊と同じ意図が、軍隊による創意が、詩人の精神に宿ったことを。これもまた優れた軍隊の形ではあるのだから。秩序とは隊形のことにほかならない。どうしてここに、軍隊式の隊形を迎え入れてならないことがあるかしら。軍隊の秩序を迎え入れてならないはずはない。追認するのでも、同時に認めるのでもいい。ここにあるのはナポレオン麾下の軍隊と同じものではなかったかしら。つまり、軍人に統率された最強の軍隊が、詩人の率いる世界最強の軍隊とともに行進しているのではないかしら。秩序立ったところが同じなら隊形も同じで、これを戦闘隊形と呼ぶのは謂れのないことではないのだから。こちらにも、向こうにも共通した、歩兵の正規軍がある。こちらの歩兵隊は十二音節詩句。あらゆる戦闘で主力となるだけではない。私たちとしてはここで、歩兵こそ、あらゆる軍隊の基本だということを確認しておきたい。そして十二音節詩句の歩兵隊、つまりユゴー直属の戦列歩兵隊では、詩節が陣形に相当する。しかもそれが申し分なく整っている。集合の陣形なら、行軍の態勢が整っている。散開の陣形に移れば、命を捨てる覚悟ができている。集合の陣形は生きた核であるとともに（核になる方陣であるとともに）、旋風の出所となる回転運動の核にも相当する。そんな核の部分が展開すれば、砕け散る波のような、散開の陣形に変わる。それに部隊同士の間隔もまた、いかにも優れた軍隊らしく、申し分なく一定に保たれていて、この点は戦場に展開した部隊と、なんら変わるところがない。充足の秩序だけが唯一機能する隊形ではないからこそ、間隔を空ける必要がある。充足の秩序と相補う形で、空白の秩序も確保しなければならない。もっと正確に言うなら、相補う二つの秩序があるわけではない。秩序は一つしかなく、それが同時に充足の秩序と空白の秩序を兼ねていて、この点はあらゆる構造物の特性となんら変わるところがない。それに動く構造物でないとしたら、詩の軍隊はいったい何だというのかしら。申し分なく幾何学的であると同時に、申し分ない有機体でもあり、よく練られた計画のように適合し、地図のように読むことができ、人間と同じ命をもつ世界最強の構造物。それが詩の軍隊なのだから。そして十二音節詩句以外の詩行は専門に特化した部隊を形成する。そこにはドルーオ将軍[*1]の姿があるし、「土埃にまみれた有蓋車[*2]」も並んでいる。そして詩篇「贖罪」からは重砲を撃つ轟音が聞こえる。

（こういう詩を書くには、とそのひとは言った。頭に命じられるがまま、いくらでも手が動き、思考に命じられるがまま、いくらでもペンが走るようでなければならない。乗りつぶされる馬のよう

＊1　アントワーヌ・ドルーオ（一七七四―一八四七）は近衛砲兵隊を率いてワグラムの戦いに参加、フランス側の勝利に貢献した。ワーテルローの戦いでも近衛隊を指揮したが、玉砕はせず、ナポレオンとともに戦場を離脱。その後は退役した近衛兵の待遇改善に尽力した。ナポレオン軍の賢人と呼ばれる。

＊2　ヴィクトル・ユゴー『懲罰詩集』第五部、「贖罪」第二節第六八詩行。

に。）

話は元に戻るけど、とそのひとは言った。正しい版は一つもないと決まったわけではないのよ。私はこの目で一冊見た、とそのひとは言った。でも正直なところを言うなら、その版を見つけるにはソルボンヌの、私が使い慣れた、あの古めかしい図書館まで足を運ぶしかなかった。ソルボンヌは歴史である私の牙城だと言った人がいるけど、確かにそのとおりね。私は使い慣れた古めかしい図書館に行き、もう一度あの階段を上った。これで一安心ね、そうでしょう、坊やたち。正しい版が一つはあったのだから。それを私がこの目で見たのだから。エッツェルとカンタンが合同で出した、八つ折り判の大型本[*1]では本文が正しくて、問題の詩行もちゃんと前半と後半が逆になっている。

それに原稿でも本文は正しかったはずよ（と私のほうを見ながらそのひとは言った）。ちょうどここに一冊、あなたの友達で、いつも何かと相談に乗ってくれるあの人[*2]から直接借りてきた小型本があるけど、ポケットに入るほど小さなこの本は、最も古い版の一つと見て間違いないと思う。あなたならわかるわね、とそのひとは私に言った。どうしてこれほど小さな判型にしたのか。ポケットに入れることだけが目的ではなかった。皇帝の胸像に忍ばせてフランス国内に持ち込むことが、もはや慣例になっていたという、別の理由もあった。小型本の題は『懲罰《シャティマン》［*Châtiments*］』で、定冠詞をつけた『懲罰詩集《レ・シャティマン》［*Les Châtiments*］』とは違う。『ヴィクトル・ユゴーの懲罰［*Châtiments par Victor Hugo*］』。発行年は抜けているけど[*3]、実はこれが初版であることに間違いはない。ユゴーも序文に書いている。「以前ブリュッセルで公刊した本書の削除版では、本文に先立つ以下の文があった……（以下ブリュッセル版の序文が続く）。読者諸賢がここに読まれた一文は、損なわれた本の序文であり、完全版の刊行を約束するものであった。その約束を、今日ここに果たす。V・H」。この版では印刷業者の名も抜けている。いい時代だったということね。それでも「発行地」は「ジュネーヴとニューヨーク」にしてあるから、どうしてもここに珍妙な、良質の滑稽を見たくなる。というよりもむしろ、地理にかこつけた一種の賭けを、あるいは壮大な挑発を見たくなる。「ジュネーヴとニューヨーク」は新旧二つの大陸を代表しているのだから。ユゴーに追従する共和国は、思うにこの二つだけになっていた。そのジュネーヴとニューヨークが申し分のない本文を届けてくれた。「聖別」の場所は、一八一ページ。

　　われらを全員まとめて聖別する、
おお辛い、おお苦しい、パリが震える！
　　われらを全員まとめて聖別する
ナポレオン三世のなかに！

＊1　J・エッツェル、A・カンタン版『ヴィクトル・ユゴー全集』第四巻『懲罰詩集』、一八八二年。
＊2　シャルル・リュカ・ド・ペロユアン（一八七八－一九五二）のこと。高校時代からペギーと親しく、一九一一年には充実した『ペギー選集（一九〇〇－一九一〇）』を編んでいる。
＊3　『懲罰詩集』の初版は一八五三年刊。サイズが極端に小さい点と、虚偽の発行地を記した点はペギーの記述どおりだが、フランス国立図書館所蔵本を見るかぎり、表紙には大きく「一八五三年」と印刷されている。ペギーが目にした一冊では「発行年は抜けている」とのことだが、そうなったのは発売当初の仮綴じ本を製本する際に、なんらかの理由で（表紙が汚れていた、依頼主が表紙を捨てるよう指示した、等々）、製本職人が表紙を廃棄したからだと思われる。

Nous sacre tous ensemble,
Ô misère, ô douleur, Paris tremble!
Nous sacre tous ensemble
Dans Napoléon trois!

博士論文を全部終えても、と歴史であるそのひとは言った。時間はまだたっぷりあるし、そろそろ私のことを考えてくれていい頃合いではないかしら。副論文でとりあげるのは、こんな言い方が許されるとしたら、ユゴー作品における私。というか、この題目だと副論文には大きすぎるから、どうしても学術的な匂いが希薄になるだろうから、副論文の題目は次のようにするしかないでしょうね（題目は題名を兼ねるわけだし）。「副論文――ヴィクトル・ユゴー作『懲罰詩集』でクリオに与えられた地位の復元への寄与」。どうしようもなく語呂が悪いわね。博士論文の題目はこうでないといけない。単語同士が韻を踏んでいるところもあるし。[*1] ここに私のことを記録した分類カードを持ってきたのよ、ペギー君。用意万端を整えておいた。ずいぶん前から、私の時代が来るのを待っていたから。ずいぶん前から、私の番が回ってくるのを待っていたから。私たちムーサはいつも他人の世話ばかりしているから、私たちが自分で自分の世話をするという欲求にとらわれても、そのことに気づいてくれる人は誰もいない。私たちの心を蝕む焦燥や、そろそろ自分で自分の世話をしたいという、私たちが抱く、（私たちをとらえて放さない唯一の）欲求に気づいてくれる者は誰もいない。私は相手が誰だろうと、カードにたくさんの記録を残してきた。だから私のように哀れな女が、自分のことでカード三枚か、四枚程度の記録を残したとしても、それくらいは大目に見てもらえるのではないかと思うのよ。他人の世話をすることが仕事になった者なら、自分で自分の世話をする誘惑に駆られることは絶対にないと思われるのは困りものね。ここに私のことを記録したカードを持ってきたのよ、ペギー君。貸してあげるから副論文を書くのに使いなさい。博士論文を書くためにカードを貸し借りしたからといって、それは特に珍しいことではないのだから。

一枚目。第一部。七番目の詩。あら、これは私について抜き書きしたカードではなかった。『懲罰詩集』の聖書的な記述を抜き書きしたカードだった。初めてではないけど。間違って別のカードを引いたのは。

——そなたらが鷲の舞う山に居を定めようとも、
そこから追い払ってくれよう、と主の一言[*2]！

「主」と書いてあるけど、「永遠者」と言い換えても同じね。さて、次は私について抜き書きした

＊1　「ヴィクトル・ユゴー作『懲罰詩集』でクリオに……（Contribution à la reconstitution de la situation faite à Clio dans *Les Châtiments* de Victor Hugo）」では「Contribu**tion**」と「reconstitu**tion**」と「situa**tion**」の語尾が共通するので、脚韻に似た効果を上げていると言えなくもない。

＊2　ヴィクトル・ユゴー『懲罰詩集』第一部、「神ノサラナル栄光ノタメニ」第六五－六六詩行。

カードをお目にかけるわ。あら、これも違う。カリオペに先を越された。あの子ときたら、何がどうなっているのかしら。現代の世界で長子権が廃れたことは、これで明らかになったけど。

詩人はもはや夢見て祈る精神ではない。——
その手にコンシエルジュリ[1]の大きな鍵を握っている。
悪党どもが文書課に入り、壁面の釘に縛めの鎖をかけると、
王族については無頼漢同然にその隠しを、
　皇帝については衣服の肩を検める。[2]

回りくどくて全然なってない（とそのひとは言った）。
　マクベスは詐欺師で、カエサルはいかさま師。
徒刑囚どもをとらえておくのはそなただ、おお、翼の生えたわが詩節よ[3]！……

——見かけ倒しとはこのことね、とそのひとは言った。修辞の他に何もない。これを書いたのが、同じ詩集の別の箇所、それも目と鼻の先で、あれほどの成功作をものしたのと同じ人間だとは、にわかには信じがたい。あれほど深く、躍動感のある作品をものした人なのに。燃え上がるような作品をものした人なのに。一気呵成に書き上げた人なのに。終始一貫した作品だったのに。何が、どうなっているのかしら。でもしかたない。読みかけた以上、詩節の最後まで見ておかないと。妹の

カリオペがまだ出てきていないし。

徒刑囚どもをとらえておくのはそなたらだ、おお、翼の生えたわが詩節よ！……
星の冠をかぶったカリオペたちが
収監者名簿を管理する。[*4]

Vous gardez des forçats, ô mes strophes ailées!...
Les Calliopes étoilées
Tiennent des registres d'écrou.

悪い兆候だわ、とそのひとは言った。ユゴーが私たちムーサを複数形にするのは。「カリオペたち（Les Calliopes）」と書いてしまうのは。クリオたち（Les Clios）と書かれたらどうしよう。私は複数形にされたくない。そもそもカリオペは、いちばん若くて、九人姉妹の末子で、いちばん年下なのよ。私たち一家の灰かぶり《シンデレラ》姫なのよ。

年下から始めるのはよくない。

＊1　フランス革命期の牢獄。王妃マリ＝アントワネットがここに収監された。
＊2　ヴィクトル・ユゴー『懲罰詩集』第一部、「やれやれ、奴らがいくらでも嘘をつくことくらい、私にもわかっている」第一〇－一四詩行。
＊3　同、第一五－一六詩行。
＊4　同、第一六－一八詩行。

誰にとっても、ムーサ以外の者から見ても、悪い兆候だわ。単数しかありえない人名を複数形で書かれてしまうのは。ほら、チュレンヌ[*1]たち、コンデ[*2]たち、と書くことがあるでしょう。ダンテたちに、アイスキュロスたち。ソクラテスたちに、プラトンたち。ユゴーたち、そしてクリオたち。癇が昂るとそうなる。ヴォルテールたち、ルソーたち、と書いてしまう。そんな書き方をするのは感興がまったく湧いてこない日と決まっている。

　順調に事が運ぶときは単数形で十分なのだから。

　悪い兆候なら他にもある、とそのひとは言った。誰にとっても、ユゴーだろうと、ユゴー以外の者だろうと、「星の冠をかぶったカリオペたち」と書いてしまうのは悪い兆候以外の何ものでもない。「星の冠をかぶった」。癇が昂ると、こんなふうに書いてしまうのね。「星の冠をかぶった」と書くのも、全然調子が出ない日と決まっている。「星の冠をかぶった」ムーサはウラニアだった。下から二番目の、あの子なら、確かに星の冠をかぶっていた。両親から天文を任されたのだから当然よね。対するカリオペは私と同じで、星の冠をかぶったことがない。（とそのひとは言った。）「星の冠をかぶった（étoilées）」という表現がただ単に「翼の生えた（ailées）」と韻を踏むだけでなく、「翼の生えた」の直後に感嘆符とピリオド三つ分の中断符が続くときは、特に疑ってかかる必要がある。「おお、翼の生えたわが詩節よ！……（ô mes strophes ailées!...）」。全然なってない。調子が出る日は、ユゴーも自分の詩節に語りかける必要を感じない。自分の詩節に呼びかける必要を感じない。調子が出る日は、ユゴーにも呼びかけるべき相手は誰なのか、ちゃんとわかっている。

——そろそろ見つかってもいい頃合いかしら、とそのひとは言った。私について抜き書きしたカードが。——ここに、シンデルハンネス、と書いてある。これもきっと人殺しの一人ね。

シンデルハンネス皇帝がこれから聖別を受けようかというそのときに[*3]どのカードを見ても人殺しのことばかり。『懲罰詩集』で固有名詞が何を指すのかわからないとき（しかもこの傾向は往々にしてユゴーの作品全般に認められる）、そこにあるのは人殺しの名前だと思ってまず間違いない。特に好んで人殺しをとりあげる偏った態度も、ユゴーの並外れた純真に由来する。並外れた無知に由来する。善を知らず、たぶんそれ以上に悪を知らなかった人間。このことは、他にいくらでもある証言や証拠の後を受けて、対照法《アンチテーズ》を好むユゴーの癖を明らかにする一つの証言や、一つの証拠にとどまるものではない。もちろんユゴーも、善に対置し、善に対する反定立《アンチテーズ》に仕立て上げるために、悪を必要とした。対照法を好み、病的なまでにこれを求める精神の癖が、ここでもユゴーを駆り立てている。とはいえ、いったんは悪の領域に足を踏み入れたとしても（それでいいのよ、とそのひとは言った。ユゴーも悪を経験したことにしておきましょう）、あれほどの不手際がなく、あの無知と、あの粗雑さに突き上げられることも、あそこまで根拠を欠くことも

＊1　チュレンヌ子爵アンリ・ド・ラ・トゥール・ドーヴェルニュ（一六一一―一六七五）はフランスの軍人。一六二五年、オランダ独立戦争に参加したのを皮切りに数々の武勲を立てる。フロンドの乱に際してはコンデ公とともに反乱軍に加わるが、やがて宮廷側に立ち、最後はコンデ公を屈服させた。

＊2　コンデ公ルイ二世（一六二一―一六八六）はフランスの軍人。十九歳で三十年戦争に参加、数々の武勲を立てた。フロンドの乱では一貫して反乱軍の側に身を置いた。チュレンヌとともに十七世紀フランスを代表する将軍の一人。

＊3　ヴィクトル・ユゴー『懲罰詩集』第一部、「ヨーロッパ地図」第五二詩行。シンデルハンネスは一八〇三年にマインツで処刑された盗賊の首領。

なく、あの粗雑きわまる無知と、あの粗雑きわまる純真がなければ、ユゴーといえども一足飛びに、あそこまで極端な手段に訴える必要はなかったのではないかしら。あなたや私が罪による荒廃や、誘惑の深い淵を（そのひとは急に態度を改めてキリスト教の語彙を使いはじめた）、思い描こうとするとき（いいえ、思い出そうとする、と言ったほうが正しいわね、残念ながら）、いきなり人殺しの面々や断頭台のことを考える必要はどこにもない。ユゴーは違った。ユゴーには最低でも徒刑囚の一団が必要で、苦役船の囚人や、その漕座を欠くことはできなかった。せめて断頭台だけは玉座に対置しなければならなかった。（実を言うと歴史であるこの私も、とそのひとは言った。たまにロマン主義者としてふるまうことがあって、何度かこの二つを対決させたことがある。）（断頭台と玉座を対決させたことがある。）私は何にでもなれた、とそのひとは言った。何でもしたし、何にでもかかわってきた。そんな私だからロマン主義者にもなった。ロマン主義者として人に混じり、ロマン主義者として運動の渦中に身を置いた。そしてロマン主義を実践し、ロマン主義的な対照法を駆使した。何度かあったわね、そんなことが。[*1]）

　何であれ、私がしてこなかったようなことは一つもない、とそのひとは言った。最低最悪の仕事にも手を染めた。最低最悪の愚行を演じた。美的感覚の全面的欠如という最低最悪の罪にも問われた。何度かあったわね、そんなことが。なかでも特に情けないのが、自分から進んで、たまにロマン主義者としてふるまってしまったことね。何がどう狂って、ムーサ九姉妹の長子である私が、記憶の女神ムネモシュネを母にもち、当然ながらアポロンの親戚でもあるこの私が、あんなことをしてしまったのかしら。どれだけ堕落して、何をどう嗜好したら、あのような悪癖に染まるものかしら。あなたも友達なら、この話をしつこく蒸し返すことだけは勘弁してくださらないと。それでも最後に一つ、残念だけど確実に言えることがあって、それは私も何度か対照法を使ってしまったということなの。この私も断頭台を玉座のすぐ隣に置いたことが何度かあるのよ。それに、自慢するつもりはないけど、私が使った対照法はヴィクトル・ユゴー先生の対照法と比べても、決して出来栄えに劣るものではなかったのだから困ったものね。

続けて分類カードをめくるうちに、そのひとはまた当然のように「聖別」の儀式を引き当てた。一冊の本を、このページと決めて開けば、以後もその本を開くたびに決まって同じページが出るものだが、その点は分類カードも同じであるらしい。――この「聖別」で特に感心させられることは、とそのひとは言った。ヴィクトル・ユゴーの手になる「聖別」こそ、ナポレオンの二代目か、三代目に当たる男が、あの平べったい頭に授かった、後にも先にも唯一の聖別であるという、まさにその点にある。結局のところ、とそのひとは言った。私が覚えているかぎりでは、二代目皇帝か、三代目皇帝に当たるあの男が（第二帝政が第三のナポレオンを生んだことを思えば、二代目と三代目に違いはない）、聖別を受けようとしたり、受けるだけの勇気を示したり、受ける危険を冒したりしたことは一度もないのだから。歴代フランス国王のために、ランスで古式ゆかしく執りおこなわれた聖別式だろうと、ナポレオンたちがパリで始めた、新時代の聖別式だろうと、これを試みたこともなければ、試みようとしたこともないのだから。要するにナポレオン一世と違って、正当王朝主義者ではなかったということね。取り巻きは多かった。それでも古くからの、気心が知れた側近であり、それでこそ側近と呼べるような者は筋金入りの反教権主義者で、反カトリックと、反キリ

＊1　この丸括弧は括るだけで、どこにも始まりがない。

スト教に凝り固まった旧来型の陰謀家ばかりだった。当人も筋金入りの反教権主義者で、反カトリックと、反キリスト教に凝り固まった頑固者だった。要は旧来型の陰謀家であり、旧来型の自由思想家であり、旧来型の「カルボナリ党員」だった。その意味で言えば旧来型の自由主義者でもあった。当時の人が自由主義者という言葉に込めた意味で自由主義者だった。つまり旧来型のイタリア的自由主義者とでも呼べるような人間だった。要するにコンブ主義者[*1]だったということよ。物事を見る目がないばかりか、とそのひとは言った。鈍物に生まれついた私に輪をかけて鈍い人間なら話は別だけど、フランスの急進主義が一貫して独裁を強く志向してきたことは、誰の目にも明らかだから。それでも結局のところ、ユゴーの作品にしかないのよ。「マスタイ」[*2]がナポレオン三世に聖別を授けた場面は。

また聖書か、とそのひとは言った。それから福音書。それから〈神〉。

今日あなたの信徒を闇夜に導くのは、
牧者ではなく、屠殺屋なのです、主よ[*3]!

そろそろ私のことを考えてもいい頃ね、とそのひとは言った。「私のことを考えるのに自分がありすぎるということはない」[*4]。私はどこで呼び止められても必ず相手の話を聞くことにしている。誰に呼び止められても必ずその人の話を聞くことにしている。しかも昔からずっとそうしてきた。その結果、私は相手が誰であろうと必ずその人の歴史を語ってあげたのに、ふと思い立って私の歴史を語ってくれる人は誰もいないことがわかった。それはともかくとして、ほら、やっと私のカードが出た。第六部、五番目の詩。「眩惑」の十九行目。私のことをとりあげてはいるけど、口調が少しばかり――どう言えばいいかしら――私に言わせれば少しばかり軽薄だと思う。でも一応は脚韻の位置に置いてもらったから、それだけでも名誉なことだし、韻を踏む相手に選ばれたのが、ありふれた単語ではないのだから、文句は言えないわね。

今の時代を眺めやる。私にもその権利はあると思うのだ。
苦しむことが私の宿命なら、笑うことは私への報いだ。
私には知る由もない、何をどうすれば、あの哀れなクリオは
切り抜けられるのだろうか、この錯綜した時代の混迷《アンブログリオ》*5を。

とても自慢する気になれない、とそのひとは言った。この引用を。一瞬とはいえ、削除しようかと思った。馴れ馴れしくて、少し気に障るところがあるのは明らかだから。「あの哀れなクリオ」

*1 「コンブ主義」とは急進共和派の政治家エミール・コンブ（一八三五－一九二一）が唱えた反教権主義的思想のことをいう。二七三ページ注*1を参照のこと。
*2 マスタイは教皇ピウス九世の俗名。「聖別」では「教皇聖下」とだけ呼ばれ、続く詩篇「歌」の第六詩行に実名で登場する。
*3 ヴィクトル・ユゴー『懲罰詩集』第一部、「ヨーロッパ地図」第二九－三〇詩行。
*4 ウジェーヌ・ラビッシュとエドゥアール・マルタンによる喜劇『自分』（一八六四年初演）第一幕第八場の台詞から。原文は「自分のことを考えるのに自分がありすぎるということはない」。
*5 ヴィクトル・ユゴー『懲罰詩集』第六部、「眩惑」第一七－二〇詩行。

あなたも気を悪くした。そうよね、ペギー君、ポレマルコスを名乗る同輩[*1]から「あの哀れなペギー」と言われたときは。人にはそれぞれ誇りというものがある。それでも私はこの引用を残すことにした。何であろうと公表することに決め、この原則に長く親しむうちに私も理解したのよ。悪口を言われたら言われるままにしておく、それどころか悪口を言われるように自分から働きかけるほうが、悪口を一切許さなかったり、相手が何一つ言えないように仕向けたりするよりも、理に適った態度だということが。それから、私にも一種の職業的良心があって(自分の長所も素直に認めるべきだから、つい言ってしまったけど)、それなりの誇りと、それなりの誠意も持ちあわせているから(自慢話みたいで恥ずかしいけど)、私はこれまでずっと、気がついたことは可能なかぎりカードに書きとめてきたし、いったんカードに書いたら、その内容を削除したことは一度もない。だから自分だけを他の人と別扱いにする道理があるとは思えないのよ。私について抜き書きした二枚目のカードも、とそのひとは言った。決して満足のいくものではない。第七部、二番目の詩。「後退」の第四節、十九行目。私の名前はいつも決まって十九行目に出てくる。一行後でも、一行前でもない。ここにはきっと社会学の法則がある。尊敬すべきデュルケーム先生[*2]のお耳に入れておかないと。先生がお作りになった社会学の法則は、すべて耳学問の成果だから。私の名前がいつも決まって詩の十九行目に出てくるのは偶然だと言われても、そんなことを信じられるはずがない。該当するどの詩でも同じだから。巡り合わせもここまで来たら怪しく見える。これが偶然であるはずはない。本物の学者から見れば偶然は存在しないのだから。私は大の親友でもある先生に気に入ってもらえなかった。(大の親友とはユゴーのことよ、とそのひとは言った。尊敬すべきデュルケーム先生ではなくて。)ユゴーが私のことをとりあげ、名前も呼んでくれる箇所は、出色の出来とはとても言えない作品の中と決まっている。今回、私が登場する場面は、あろうことかバルビエ[*3]風のイアンブだし。

してみると壮大な冒険は始まる前に頓挫したのか。
　ハンニバルは毒薬を仰いだ。
ヨーロッパ全土が敬服し、最大級の罵声を
　この最大級の流産に混ぜ合わせる。
してみると甥は裏口からそそくさと退散するのか。
　してみると剣をふるい、一刀両断にするあの武人が、
仮面のような顔に口髭、割けんばかりに口を開いては
　法螺を吹きまくったあの男が、
朝には必ず従僕に軍服の着付けを命じ、
　いざ戦地におもむくはずだったあの暴君が、

＊1　ユベール・ブルジャン（一八七四－一九五五）。高等師範学校の同窓生。一九一二年当時はルイ＝ル＝グラン高等学校の教員だった。因みにポレマルコスはプラトン『国家』の冒頭に登場する人物。正義をめぐってソクラテスと語り合う。

＊2　エミール・デュルケーム（一八五八－一九一七）はフランスの社会学者。実証主義哲学者オーギュスト・コント（一七九八－一八五七）が創始した社会学を独自の学問として確立した。代表作に『自殺論』（一八九七）、『宗教生活の原初形態』（一九一二）がある。

＊3　オーギュスト・バルビエ（一八〇五－一八八二）は通俗的な雄弁で知られる詩人。その代表作が詩集『イアンブ』。

飾り紐をつけ、尊大な羽根飾りで体裁をとりつくろい、
　狭い額から人の目をそらしたあの食人鬼が、
何事にも動じぬ剛毅の者かと思われ、
　凱歌がこだまする
ティクトヌ通りで側溝の血を全身になすりつけ、
　イエナの黙劇を演じたあの殺人鬼が、
〈神〉の思し召しでイエズス会士の総帥となったあの勇士が、
　赦されし者を自称したあの勝者が、
クリオに差し出すのは茹でた馬鈴薯さながらに潰れた鼻と、
　大型硬貨さながらに潰れた片方の目。[*1]

この詩はどの行もよく出来ている。そう言えなくもない、とそのひとは言った。でも組み立てと、特に韻の踏み方を見ると、これはむしろ賭けに近い。しかもその賭けを完璧に掌握している。また、長さの違う詩行を、部分的に重ねながら並べたあたりも、やはり賭けに近い。ユゴーはここでも私を、ずいぶんと卑俗な場面に登場させた。ついでながら、今の引用に続く箇所は、ひとたび風刺のジャンルを認めれば、滑稽の面で稀に見る傑作だということがわかる。

そしてわが軍は、なんたる屈辱！　騙され、連座して、
　沈鬱な、罰せられし者の面を伏せる、

そして見るのだ、非難の口笛を浴びて舞台裏に逃げ込む
　フランコニ[*2]の盾持ちを！
革の鞭で滅多打ちにされるあの大根役者は
　犯罪だけが唯一の取り柄。
聖バルテルミーの虐殺が、あの不埒な男にはお似合いだ、
　アブキールの戦いやフリートラントの戦いよりも。
愚昧なコサック騎兵が、あの尊大な男から剝ぎ取る、
　肋骨のような飾り紐がついた乗馬服を。
ロシアの驢馬は青臭いボナパルトを若草に見立て、これを食い尽くした。
　吹き鳴らせ、喇叭手よ！　打ち鳴らせ、鼓手よ！
大法螺吹きが、バジール[*3]のように熱を出す。
　下痢がアグラマン大王[*4]を捩じ伏せる。
狼の頭蓋にウサギの耳が
　そろりと立った惨めな姿。
腕自慢が震えながら穴倉で縮こまる。

＊1　ヴィクトル・ユゴー『懲罰詩集』第七部、「後退」第八九－一〇八詩行。
＊2　ヴィクトル・フランコニ（一八一〇－一八九七）は馬術の達人。ナポレオン三世に仕える調教師でもあった。
＊3　ボーマルシェ『セビーリャの理髪師』に登場するオルガン奏者。
＊4　ルドヴィーコ・アリオスト『狂えるオルランド』（一五一六）の登場人物。

大振りの刀は恐怖のあまり輝こうにも輝けない。
華やかな軍楽は口ごもり、息絶える。艦隊が戻る、
港に、そして鷲が戻る先はなんと鶏小屋！[*1]

リズムの何たるかがわからなくて、とそのひとは言った。一つの文に隠された構造も、一つの詩行に隠された結構や骨組みもわからない人なら話は別だけど、弱まり、消えていくこの見事な「幕切れ」の背後に、エヴィラドヌスの歌を締めくくる「幕切れ」とまったく同じリズムと、構造と、結構と、秘められた骨組みがあることは、誰の目にも明らかだと思う。私たちはここに一つの見事な事例を認める、とそのひとは言った（そのひとは、多方面の歴史に加え、諸国の文学史にも通じているので、ついこんな話を始めたのだ）。私たちはここに、ユゴー自身によるユゴーのパロディという、おそらく類例のない特別な事例を認める。（もっとも、私の頭にある「パロディ」は、とそのひとは言った。決して何かを揶揄することではなく、決して皮肉や、嘲弄として理解すべきものではない。私の頭にあって、私がパロディとはこういうものだと認めるのは、とそのひとは言った。申し分のない独自性をもち、数あるジャンルに含まれた、文学の一ジャンルとしてのパロディなのだから。）（パロディとはつまり、同じ文章の一節に、別の次元で二度目の演奏をさせることであり、その舞台となる新たな次元は滑稽であるか、珍妙であることが望ましい。）私たちはここに、ユゴーの見事な一節を、同じユゴーの見事な一節によってパロディ化するという、おそらく類例のない特別な事例を認める。抒情的で、さらに厳密に言うなら哀歌調の一節を、滑稽な、あるいは間もなく滑稽に変わる一節によってパロディ化している。惚れ惚れするほどの出来栄えを示す幕切れ

を、別のジャンルで惚れ惚れするほどの出来栄えを示す、もう一つの幕切れによってパロディ化している。同じ幕切れを二度にわたって演奏している。一度は哀歌の次元で、そしてもう一度は滑稽の次元で。

歌の調べはまだしばらく尾を引いた、
澄んだ月明りに青く染まった木々の下で。
次いで震え、次いで途絶え、歌っていた声は
小鳥が舞い下りるように消えた。あたり一面の静寂。[*2]

これは歌の終わりではない、とそのひとは言った。歌が終わり、その後で訪れた終わりなのだから。これは歌の幕切れではない。歌そのものは直前の最終歌節で幕切れを迎えたのだから。歌の幕切れを伝える「物語」の幕切れ。歌が幕切れを迎えた「その後で」訪れる幕切れ。そしてここに、もう一つの幕切れがある。こちらも幕切れを伝える「物語」の幕切れになっている。

腕自慢が震えながら穴倉で縮こまる。
　大振りの刀は恐怖のあまり輝こうにも輝けない。
華やかな軍楽は口ごもり、息絶える。艦隊が戻る、

＊1　ヴィクトル・ユゴー『懲罰詩集』第七部、「後退」第一〇九－一一二八詩行。
＊2　同『諸世紀の伝説』、「エヴィラドヌス」第十一節「かすかな音楽」の最終詩節。

港に、そして鷺が戻る先はなんと鶏小屋！

わからない人に言わせれば、とそのひとは言った。ここに並べた二つの幕切れほど、互いに異質なものは、一つとして見当たらない。わからない人は、当座の演奏を成り立たせる音域の他は何一つ理解できない。絶対に（その音域で）演奏されたものが理解できない。話題に上ったことも、まず理解できない。語られた内容は何一つ理解できない。内なる所作も、リズムも、技法も、韻律も、結構も、骨組みも、骨と骨の節目も、どれ一つ理解できない。わからない人には内なる類似が、まったく理解できない。わからない人にはわからない。絶対に理解できない。疑ってみようともしない。喜劇はその根底において、どれだけ悲劇に類似しているかということも、悲劇とまったく同じ構造と、同じ骨格と、同じ組織をもつということも、喜劇と悲劇は強く一つに結ばれた、同じ一つの存在であるということも、まったく理解できない。モリエールが徹底してコルネイユやラシーヌと同じ内容を語っていることも理解できない。今の例で、ユゴーが徹底してユゴーと同じ内容を語っていることも理解できない。ところが逆に、わかる人に言わせれば、並行し、連関し合う二つの組成を、それぞれ異なる次元で描き、その可能性を追究する表現以上に、多くのことを学べる実例は他に一つもない。そして次元相互が異なっていればいるほど、あるいは、今の例で哀歌調と滑稽が隔たっていたように、相互の隔たりが大きくなればなるほど、並行関係は純粋な形であらわれる。

並行関係は正確で恒常的なものになる。

一つの例から学べることも多くなる。

次元相互の異質性、あるいは隔たりが、いわば裸のまま、構想の面で純粋な並行関係を見せてくれる。

一方がユゴー。そしてもう一方もユゴー。それに両方が同じユゴーであるとも言える。なにしろ両方とも同じ組成を示すユゴーの詩句なのだから。そのうえユゴーは多方面の才能に恵まれ、自分が望んだことはすべて実現させた人だから、今の例と同じイアンブの約束事に従いながら、次に示す第五節を書き上げた。同じ詩的感興に従うこの一節が、ユゴーをはるかに超えたものだとは言えないかもしれないけど、それでも本当はユゴーを超えたものだと言いたくて、私はうずうずしている。なぜなら、本当に否定しようのないものがあるとしたら、これこそまさに否定しようのない事実なのだから。内なる記憶をすべて失い、抑揚や響きに対する理解力を完全に失ったのでもないかぎり、自身の詩的感興に従いながら、ユゴーがモリエールと同じ詩的感興にまで辿り着いたということ、モリエールと同じ詩的感興に行き当たり、そこまで足を延ばしたということ、これまでと同じイアンブの中に、これまでと同じ詩的感興に従って到来したのは、直截簡明に『アンフィトリオン』[*1]の最良の部分だったということ、もっとも、『アンフィトリオン』に比べると、どうやら少しだけ抒情性に勝るようだが、それすら疑いたくなるほど両者は似ている、どうやら滑稽の面でも少しだけ勝るようだが、それすら疑いたくなるほど両者は似ているということを、どうして否定できるかしら。

五

そして空威張りしかできない寵臣どもが肩章を光らせながら

ルーヴル宮でもその他の城でも
忠言する。「フランスも人民も家族もろとも食ってやりましょう。
陛下、どのみち砲弾は容赦してくれませぬ」
するとフォレが大音声で「陛下、くれぐれもご用心を」
レベルが続けて「何たること、これは一大事！
動いてはなりませぬ。ツァーリが近衛部隊に演習を命じました。
火遊びは禁物ですぞ」
それを受けてエスピナス。「皇帝陛下、寝室でご養生を。
カルムイクから来た兵は侮れませぬ」
「思い出されるがよい」、とルロワ。「十二月の栄冠を。
陛下、足だけは暖かくなさってくだされ」
そして最後はマニャン。[*1]「飲みましょう、女を抱きましょう、陛下！
夢はすべて潰えました」
そして暗い平原から聞こえる、ああ苦しい、高笑いの主は
ワーテルローの黒い獅子[*2]！

それにこの技量は圧倒的としか言いようがない、とそのひとは言った。突如としてモリエールからユゴーに戻り、『アンフィトリオン』から『懲罰詩集』へ、滑稽から哀歌調へ、抒情へ、叙事詩の勇壮へ、政治問題へ、抒情味あふれる哀歌調へと遡り、この遡行によって幕を閉じるのは並大抵

のことではないのだから。――他にはもうカードが見当たらない、とそのひとが言ったのは一呼吸置いた後だった。見落としがあるかもしれないけど。『懲罰詩集』の中で「探しものをする」くらい難しいことはないし、これはユゴーの作品全般に当てはまることでもある。だから探すより、読むだけにしたほうがいいのかもしれない。『懲罰詩集』について「カードに抜き書きする」くらい難しいことはないし、これはユゴーの作品全般に当てはまることでもある。抜き書きはやめて、読むだけにしたほうが効率的かもしれない。うじゃうじゃと湧いてくる固有名詞の異常繁殖には唖然とさせられる。語頭の大文字が大挙して押し寄せ、ぱちぱちと爆ぜるので、見ている側は目が回る、と言えばわかってもらえるかしら。固有名詞が最も多い作品は、たぶん『懲罰詩集』にとどめを刺す。そうではないとしたら、『諸世紀の伝説』に収められた詩篇の一部が、固有名詞の比率で勝る

＊1（二二三ページ）　モリエールの神話喜劇、三幕韻文。一六六八年初演。アンフィトリオンは古代ギリシア、テバイの将軍。その妻アルクメーヌに恋慕したジュピテル（ギリシア神話のゼウスに同じ）はアンフィトリオンの出征中に、アンフィトリオンの姿に化けてアルクメーヌと情を通じる。そこに本物のアンフィトリオンが戻るも、偽アンフィトリオンは自分とまったく同じ外見をしているため、当然ながら大混乱となる。加えてジュピテルの使いメルキュールがアンフィトリオンの従者ソジーに化けていたので、こちらも本人と偽者の区別がつかない。結局、ジュピテルが正体を明かして天に帰ったため、アンフィトリオン一家は平和を取り戻すのだが、すでにアルクメーヌはジュピテルの子を宿していた。やがて誕生するその子が英雄ヘラクレスである。不義を働いたジュピテルが罰せられることなく天に戻るという設定により、作者モリエールは時の国王ルイ十四世を風刺したとも言われるが、『アンフィトリオン』のジュピテルは、クーデターによって権力の座を確かなものにしたナポレオン三世とも重なるだろう。

＊1　この一節に登場する人物は全員ナポレオン三世の協力者であり、なかでもベルナール＝ピエール・マニャン（一七九一－一八六五）は一八五一年十二月二日のクーデターを主導したことで、シャルル＝マリ＝エスプリ・エスピナス（一八一五－一八五九）は抵抗するパリ市民を厳しく弾圧したことで知られる。

＊2　ヴィクトル・ユゴー『懲罰詩集』第七部、「後退」第一二九－一四四詩行。

可能性はある。ここはひとつ、『ヴィクトル・ユゴー作品の全人名事典』を編んでもらいたいわね。決して楽な仕事ではないだろうけど。

全部合わせてもカードが二枚とは、さすがに物足りない、とそのひとは言った。これだけでは副論文にもならない。それが不満で、もっと手堅い成果を上げたければ、ユゴーが私を名指し、クリオという固有名詞で呼びながら私を登場させた箇所だけを拾うのではなく、探しものの範囲を（そして採録の対象を）、ごく一般的な普通名詞で私を名指し、「歴史」の名で呼びながら私を登場させた箇所全部にも広げるしかない。詰まるところ歴史とは、私のことなのだから。ユゴーが私を呼び出し、作品中に登場させるときは、私を「クリオ」と呼ぶよりも、「歴史」と呼ぶことのほうがはるかに多い。そうすることで世間一般の慣習に合わせている。シャルトルの高等学校に「歴史学の正教授」として奉職している、と胸を張れるほうが、カルヌティ族の町[*1]で「クリオのおっぱいを飲んでいる」と白状するよりも立派に聞こえる。まっとうな人間に見てもらえる。人目につかない。私を「クリオ」と呼ぶよりも、「歴史」と呼んだほうが百倍も道理に適っている。あなたも常日頃から同じことをしている。この本でも、表題と副題でクリオと歴史を使い分けている。人は「歴史のムーサ」に代えて「歴史」と言う。単なる言葉の綾かもしれないけど。でも、そんなことが罷り通るなら、頭文字「h」に分類され、「歴史（histoire）」を項目に立てたカードを全部、私のカードに数えてもらい、私もそれを自分のカードに数えたとしても、それはそれで百倍も道理に適ったことではないかしら。『懲罰詩集』には歴史に触れた箇所が多い。ユゴーは常に、いたるところで歴史に呼びかけた。ユゴーが大物たりえた理由の一端はここにある。それでも『懲罰詩集』のときほどユゴーが歴史に呼びかけたことは一度もない。一つの党派が暴力の犠牲になったとき、特にその暴力が政治的なものだったとしたら、下から起これば蜂起の名で呼ばれ、数あるなかで最も神聖な義務となる一方、上から起こればクーデターの名で呼ばれ、数あるなかで最も忌わしい権力の濫用となる、その暴力を経験した二つの党派のうち力で劣るほう、つまり市街戦に敗れた側は、とかく歴史の審判を仰ぎたがる。人間にはそういう癖がついてしまった。勝者から見れば、一般的に言って、私はさほど重要ではない。勝者は選挙も、政権承認の国民投票も、権力も、すべて掌握している。それだけの手間をかけた承認だから重大な意味があると思っている。ところが敗者の目から見ると、この私が俄然、過剰なまでの重要性を帯びてくる。だから敗者は歴史の審判を仰ぐ。敗者、というよりもむしろ、敗れた側の生き残り。同じ敗者でも分別があり、思慮深く、また慎重にふるまったので、二十五フランをめぐる口論の末にバリケード上で惨殺された者[*2]と違い、時期尚早な死を免れた人たち。だから当然、生き残った敗者だけが歴史の審判を仰ぐことになる。歴史の審判を仰いだところで、危険はどこにもない。なにしろ私が下したなかで最も正式なものだと言われ、私が下したことに疑いの余地はないと言われる判決に、私はこれまで一度たりと異議を唱えたことがないのだから。違うかしら。何を言わされても、歴史であるこの私が、それは虚偽だと申し立てることはない。私はヴァルデック＝ルソー[*3]と同じで、絶対に否認することがない。だから敗者は好き

＊1　カルヌティ族は、紀元前一世紀にユリウス・カエサルがガリアに遠征した頃、ボース台地に暮らしていたケルト人の部族。ボース地方の中心都市シャルトルの名は、この「カルヌティ」に由来する。

＊2　立法議会議員アルフォンス・ボーダン（一八一一－一八五一）は、代議士のために自分が死ぬ気にはなれない、代議士は一日あたり二十五フランの手当をもらっているではないか、と一人の労働者に揶揄された。「二十五フランのために死ぬところを見せてやる」と吐き捨てたボーダンは、フォブール＝サンタントワーヌのバリケードに上り、銃撃を受けて死亡した。時に一八五一年十二月三日。

勝手ができる。
だから私は思ってもいないことを言わされる。戦いに敗れた者は誰であれ、歴史の法廷に訴え、歴史の審判を仰ぐ。これもまた非宗教化の一つにはちがいない。時代が違えば、さまざまな民族や、さまざまな人間が〈神〉の審判を仰いで当然だったし、古代人ですら、ときとしてゼウスの裁きを仰ぐことがあった。ところが今では誰もが歴史の審判を仰ぐようになった。それが現代の提訴だから。それが現代の審判だから。提訴してくるのは全員が大切な友人だから、哀れでならない。哀れな法廷に、哀れな審判。向こうは私のことを裁判官だと思っているようだけど、私は（しがない）小役人にすぎない。向こうは私のことを〈神〉にも等しい裁き手だと思っているようだけど、私は記録係の女性職員にすぎない。

敗れた人たちは、歴史の審判を仰ぎ、歴史の法廷に訴えるとき、私が思ったのとは少し違うことを言おうとしているのかもしれない。敗れた人たちの言葉には、こちらが思うよりも明確な意味があって、自分は後世の審判を仰ぎ、後世の法廷に訴えているのだ、と言いたいのかもしれない。ここでもまた正当化の手続きを子に任せているわけで、十年ほど前、私たちが子を介した呪いと非難、あるいは遡及する呪いと名づけた事象[*1]があるけど、あれを埋め合わせる必然的な代償であり、補完となるものが、ここにはある。要するに父親の側が息子の審判を仰ぐということで、父親はただ一つ、息子の法廷に出頭し、自分で自分を喚問することだけを望んでいる。どうしてこれを否定することができるかしら、とそのひとは言った。正直に言わせてもらうなら、私はここに厳粛そのもので、とても深く、とても敬虔な考え方があることを、とても貧しく、とても謙虚な考え方が、あまりにも哀れで、あまりにも感動的な考え方があることを、認めるしかないと思っている。今日という、あまりにも貧しい一日が、明日という、同じく貧しい一日に訴える。今日という日を含む、あまりにも悲惨な一年が、今回かぎりの一年が、今現在の、あまりにも虚弱な一年が、明日という日を含む、同じく悲惨な一年に訴える。現在の悲惨が未来の悲惨に訴える。そして現在の虚弱が未来の虚弱に訴える。そして現在の謙遜が未来の謙遜に訴える。そして現在の人間的特性が未来の人間的特性に訴える。この考え方を、どうして否定することができるかしら。

これもやはり希望[*2]がまだ若い徳であるからこその神秘だと思う。そうよね、ペギー君、とそのひとは言った。それに、これが神秘として特に感動的で、特に素晴らしいものの一つであることに間違いはない。悲惨な境遇の人に発して、同じく悲惨な境遇にある別の人へと向かう愛[*3]ほど、悲惨な境遇の人から、同じく悲惨な境遇にある別の人に向けて働く愛ほど、悲惨な境遇の人から、同じく悲惨な境遇にある別の人へと伝わる愛ほど、悲惨な境遇の人に発し、同じく悲惨な境遇にある別の人を見守り、その頭上を舞い、傍に下りてくる愛ほど素晴らしい愛は他にないということが真実であるとして、私が思うところを言わせてもらうなら、それと同様、とそのひとは言った。私が思うところを言わせてもらうなら、それと並んで、不幸な人々が、同じく不幸な別の人々に是が非でも託そうとする希望ほど感動的で、厳粛で、美しい希望はなく、これほど素晴らしく、これほど敬虔

＊3（二二七ページ）ピエール・ヴァルデック゠ルソー（一八四六－一九〇四）は穏健共和派として知られる。一八八九年に「共和政防衛内閣」を組織し、ドレフュス事件の収束に努めた。

＊1 ペギーは『現代の世界で知識人党に与えられた地位』（一九〇六年十二月、「半月手帖」第八巻第五号）でこの問題を論じている。

＊2 対神徳の一つ。対神徳については二五一ページ注＊1を参照のこと。

＊3 同前。

な希望はどこにもない。この信頼を、一種独特なこの信用を、この希望を、不幸な人々は前の世代から後の世代へと託す。一種独特なこの繰り越しと、信用と、信頼と、希望。つまり信用を繰り越し、信頼を繰り越し、希望を繰り越すこと。要は純情であるということ。とはいえ純情だからこその無垢が、ここにはある。不幸な人々は、自分に劣らず不幸な他人の裁きを常に仰ぎ、自分に劣らず不幸な他人を常に信用し、自分に劣らず不幸な他人を常に信頼し、自分に劣らず不幸な他人を常に頼って、自己の正当化と、自己の是認と、自己の賛美、つまり自己の赦免を求めるものだけど、これには不幸な他人が、つまり不幸の第二世代に当たる人々が自分の息子として生を享ける、そして不幸の第二世代は時間の中で自分より後に到来し、後続の世代を形成することで、後世、すなわち後ノ人々になるという、たったそれだけの理由しかない。是が非でも裁かれ、賛美され、是認され、赦免されたい、その際の裁き手は、裁かれる自分以上の存在にはなれない人々、自分と同じ本性と、同じ限界と、同じ弱さと、同じ管轄能力の欠如を有する人間であってほしいという、前代未聞の幼稚な願望には、呼びかける相手が自分の息子として生を享け、新参者であり、後継者にも、相続人にもなるという、たったそれだけの理由しかない。純情の完成形。これほどまでの幼稚。完全な悪循環とすら言える。完全な直線となって無際限に伸びる、一種独特な悪循環を、限度ぎりぎりまで拡大解釈して、悪循環の名で呼ぶことが今でも許されるとしたら。そのような線は時間の線そのもの、というよりもむしろ、この呼び名を使うことが今でも許されるとしたら、「持続」の線そのものに相当する。大量の時間を注《そそ》ぎ込み（そうすれば道は開けるかもしれないと思って）、過ぎゆく時間から永遠を作り出すことを欲し、希望し、企図する者の狂乱。そしてまた一介の書記を裁きの〈神〉と取り違え、行為の記録を行為そのものと取り違える者の狂乱。公証人を父なる

〈神〉や、遺産を残す被相続者と取り違える者の狂乱。要するにこれは、ギリシア語本来の意味で「マニア［＝狂気］」に、ラテン語本来の意味で「激烈［＝狂気］」に相当する性向でもあるわけで、大量の時間を注ぎ込めば、そして必滅の第二世代から声をかけられ、裁きを下す必滅が、必滅としては新参者であり、過ぎゆく時間としても、かりそめの時間としても新しく、必滅として後に続き、必滅としても、また過ぎゆく時間としても、かりそめの時間としても、後の世のものでありさえすれば、道は開けるかもしれないと思い、過ぎゆく時間と、かりそめの時間によって永遠を、そして必滅によって不滅を作り出そうという二様の狂信がそこにはある。これほどの一貫性をもって（十分な報いを受けることがない点で一貫した一貫性をもって）、また何事にも屈しない粘り強さをもって、父親が息子に裁かれ、息子の法廷に出頭しようとする姿は異様の一言に尽きる。まさに例外的な粘り強さを発揮し、前方に際限なく連なる、自分に劣らず不安定な人間の列を、是が非でも支えにしようとする不安定な人間の姿は異様の一言に尽きる。あるいはまた、逆向きに数えたほうがよければ、後方に連なる人間の列を、是が非でも支えにしようとする不安定な人間の姿は異様の一言に尽きる。無際限が転じて無限になる。そんなことが一度でもあったと思っているのかしら。他の旅人を際限なく支えにする旅人の列。その一貫性と安定と永遠には、トランプを積み木のように組み上げてはまた崩す、子供の遊びに通じるところがある。それともドミノ倒しに似ていると言うべきかしら。あれほど狡猾でありながら、純情そのもの。あれほど慢心していながら、心根は謙虚そのもの。それこそ呆れるほどの純情と、この際だから言っておくけど、呆れるほどの慢心を同居させているのが、人間というものなのね、とそのひとは言った。あれほど傲慢でありながら、あれほど弱い。あれほど先を行っていながら、あれほど遅れている。あまりにも悲惨な、誰の目にも明らかなほど悲惨な運命にとらわれた人間は、支えを求めるにしても、自分より頑健とは言いがたい者に頼るしかない。頼る相手は別の自分なのだから。あまりにも明白で言語道断な虚弱。慢心する一方で、度を超した、呆れるほど不器用なふるまい。何をしても失敗してばかりの、はなはだしい不手際。だからこそ、とそのひとは言った。本気で人間のことを恨む者は出てこない。

さもなければ人間が〈神〉の御前で救われることはない。気の毒な生き物だこと。人間は万策尽きて後世の審判を仰ぐことになるわけで、後世とはつまり別の自分、つまり私が思うに、自分に代わる翌週の当直でしかない。

そんなわけで、不幸な人々は、自身の行動に少し違った呼び名を与える。自分は歴史に呼びかけ、歴史の審判を仰ぎ、歴史の法廷に訴えているのだ。そう主張する。気の毒な生き物だこと。万策尽きて私に呼びかけるだなんて。裁きの〈神〉が恐ろしいから書記さんのほうに向き直り、ささやかな無罪放免を認めてもらおうとする不幸な人々が見えるかしら。——書記さん、その記録簿には、私が正しかった、とだけ書いてください。——あるいは、こんな注文をつける。書記さん、権利と、名誉と、正義は私たちの側にあった、と書き込んでくださいよ。——あるいはまた、直截簡明に依頼する。書記さん、ヴィクトル・ユゴーは私だ、と書きなさい。ここにもまた印紙を貼った書類や、評価や、注記を加え、査定し、番号をふり、表紙をつけ、作成者が署名し、司法官が確認の署名をした文書に対する、宗教にも等しい尊崇が顔を覗かせている。そのうえ宗教的尊崇それ自体も記録の対象になる。ここにもまた記載をめぐる迷信と、畏敬の念が顔を覗かせている。記載から行為が生まれるのだから、記載は行為そのものだという思い込み。記載だけで行為は十分だという思い込み。記載から操作が生まれるのだから、記載は操作そのものだという思い込み。

ここには文字どおり書類教と呼ぶべき書類への過信がある。覚えているわね、ペギー君、あなたがまだ子供だった頃、農家の人たちが「誰某は書類にした……誰某は倅の勘当を書類にした」と噂し合うとき、どんな口調だったか。

寄り道をしている場合ではなかった。ユゴーの話なのだから、とそのひとは言った。エッツェルの話なのだから。『懲罰詩集』の関係者にはユゴー（Hugo）の他にもう一人、名字に大文字の「H」を含む人物がいるわけで、そのエッツェル（Hetzel）が巻頭の「出版人緒言」で、早くも私に呼びかけている。「初めて読む者も、改めて読み直す者も」とエッツェルは書いている。「わが国にようやく吹き込んだ真実尊重の精神に照らせば、ヴィクトル・ユゴーによる本作を今だからこそ新鮮に感じるであろう。（真実尊重の精神、と書いているけど、これこそフランス第三共和政創設の精神にほかならない。）本作を暗唱した読者諸賢の目にも新鮮なものと映るであろう。後の世に向けて、早くも帝政時代には、歴史に先駆ける詩の裁きがあったことを示すであろう[*1]」

「真実尊重の精神」「後の世」「先駆ける裁き」「詩の裁き」「歴史」——これ以上うまい言い方はできない。私ではエッツェルに、これ以上うまい言い方をさせることができない。うまく一つにまと

＊1『懲罰詩集、唯一の完全版』（前出）の「出版人緒言」。

まっている。若干の混乱が見られるからこそ、歴史と後世に対する、歴史と後世の、二重の裁きに対する、やはり二重の呼びかけを、うまく一つにまとめることができた。——幸いなことに、とそのひとは言った。あなたと私で少しはこの混乱を解きほぐし、少しはわかりやすくなるように、混乱の元となる二重体を分解して二つの単純体に変えておいた。分析というものは空虚な言葉ではない、とそのひとは言った。(その口ぶりからは少しばかり自惚れが感じられた。)分析もたまには多少の成果を上げる。(ソルボンヌに出入りし、というよりもむしろ、数人の悪い仲間と交際した経験から、そのひとは若干の虚栄心と、成果第一主義というよりもむしろ、多少の成果なら必ず肯定する《そして世間にそれを伝える》という妙な癖を身につけたのだった。)ほら、あれよ、とそのひとは私に言った。あなたと私とで分析し、一緒に違いを認め、「庶民」と「平民」のあいだに区別を設けただけで、早くも上々の成果が得られなかったかしら。成果は倍になっていたでしょうね。分析を倍にしていれば。いいえ、間違えた。正確を期するなら、三倍にして、三通りの分析をおこない、三通りの違いを設け、三通りの区別を認めて、「庶民」と、「平民」と、「貧民」を分けていたら、と言うべきね。要するに私たちが新たに三度目の分析を加え、三つ目の違いを認め、三つ目の区分を設けたうえで、これを他の二つに、つまり元からあった最初の二つに追加していれば、「貧困」に喘ぐ人々という第三項を新たに導入していれば、さらなる成果が上がったのではないかと思うのよ。というよりもむしろ、最初からあった二項が一つにまとまって一つの関係、つまり最初の結合をもたらし、それを素材にして最初の分析はおこなわれた。新たに導入した第三項は、先行する二項のいずれとも混合することなく、新たに二通りの関係を、つまり二通りの結合を新たにもたらし、それを素材に、というよりもむしろ、それを新たな二通りの素材として、新たに二通りの分析がおこなわれた。なにしろ三項のうち、どれ一つとして他の二項と混合することはなく、他の二項と一致することも、二項のうちいずれかと一致することもないから、ここに私たちは三通りの分析を試み、aをbから、aをcから、そしてbをcから、それぞれ分離させなければならない。庶民の「庶民性」は平民の「平民性」ではないし、そのいずれでもないものが貧民の「貧困」に合致するわけでもない。「庶民」は「平民」と混合することがないし、そのいずれでもないものが「貧民」と混合することもない。庶民の「庶民性」が平民の「平民性」と一致することはないし、そのいずれでもないものが貧民の「貧困」と一致することもない。便利なものね、とそのひとは言った。形式論理学の分析は。アリストテレスにもいいところはあった。一種の数学であり、幾何学に近い形式論理学では複数の円を扱う。程度の差はあるにしても、円と円は必ず中心がずれているので、ある程度は重なったとしても、一致することは絶対にありえず、従って混合を起こすことも絶対にない。それを目の当りにしたからこそ精神は、他に例を見ない明晰と、完全な判明を手に入れることができた。見覚えがあるでしょう。それぞれが独立し、輪郭は明瞭なうえ、境目も完璧に定まった、その気になればいくらでも紙に描くことができる複数の円なら、あなたも見たことがあるはずよ。「庶民性」が一つの円を描き、「平民性」は一つ別の円を、そして「貧困」はまた一つ別の円を描く。それがわかれば後は三つある独立した円同士の交わりと、重なりを、その部分的一致を、部分的不一致を、そして部分から全体まで程度差がある離隔を、最大限詳細に調べるだけでよかった。とにかく便利だった、とそのひとは言った。すでに完成した方法をそのまま使えばよかったし、結局のところこの思考法が、多くの場合に、混合型の思考法と比べて、正確さの点で著しく劣ることはなかった。

同じように私たちもここで、とそのひとは言った。一切の混同を避け、分析をおこない、後世と歴史を区別することによって多少なりとも有利な立場に立つことになった。それは断じてエッツェルにできることではなかった。『懲罰詩集』は」とエッツェルは書いている。「……永遠の名作の一つとして残るであろう[*1]」

――私が無理やり言わせたわけではない、とそのひとは言った。「永遠の名作の一つとして」と書くエッツェルが言わんとしたのは、単に一つの文学作品が文学的に永遠であるということではなかった。文学作品としての永遠が（作品の眼前に）開けるばかりか、文学的永遠そのものがそこにはあって、当の作品は文学的永遠を約束され、人間の（文学的）記憶の中で永遠に生きる、ということだけではなかった。もちろんエッツェルには他に言いたいことがあった（文章がかなり混乱しているけど、その原因はエッツェルがユゴーのような書き方をしたことにある。とにかくエッツェルの身にもなってごらんなさい。仮にも出版人である以上、自分が手がけた著者より下手な文章を書くわけにはいかないし、それにも増して内容に劣る文章は絶対に書いてはならない。特にエッツェルの場合は、字母「H」を男性名詞と解するか、女性名詞と解するか、それはともかくとして、名字にユゴーと同じ「H」を一つ含んだ「もう一人のH」である以上、最低でもヴィクトル・ユゴーのような書き方をしないわけにはいかなかった。それにエッツェルは、ユゴーに負けず劣らず筋金入りの共和主義者だった。違うかしら。「特赦が決まるまで、実に八年のあいだ、詩人と流謫の暮らしを共にした朋輩であり、詩人と同じ亡命者であった[*2]」人だから）。とにかくエッツェルには他に思うところがあって、（「永遠の名作の一つ」と書いたのも）永遠の証人が永遠の訴訟に加わり、永遠の判決が下されるよう働きかける、と言いたかったにちがいないのよ。そしてここにも顔を覗かせているのが、歴史であるこの私に控訴するという発想にほかならない。判決を不服として歴史であるこの私、つまり後世と一体になった私に提訴するという発想にほかならない。事実と、現実と、日付がはっきりした出来事を扱う第一審で敗訴したら、次は是が非でも第二審で勝訴をつかみとろうという発想にほかならない。その場合の第二審は、歴史の審級と後世の審級を一つに合わせた事実上の最終審級たりえている。日付もない。そして控訴する者の考えではそれ自体で一種の永遠になる、あるいはそれ自体が永遠を作り出す審級がそこにはある。気の毒な子供たちだこと。第二審が、二度目の第一審と違ったものになるとでも思っているのかしら。ローマ賞[*3]に第一次席と第二次席があるのと同じことだというのに。実際には同じ性質をもち、こう言ってよければ等級も同じ二つ目の審級にすぎないというのに。もう一つの同じ審級だというのに。何をどう望んでも、すべてが同じ領域にあるわけだから、手に入るものは今も、これから先も出来事の他になく、手に入るものは今も、これから先も物質の他になく、手に入るものは今も、これから先も記憶の他になく、手に入るものは今も、これから先も自分と同じ人間の他にないというのに、それ以外の何かを手にすることができるとでも思っているのかしら。

＊1『懲罰詩集、唯一の完全版』（前出）の「出版人緒言」。
＊2 同前。
＊3 ローマ賞は芸術専攻の学生を対象とした給費留学制度。一六六三年に始まり、一九六八年に廃止された。その名のとおり、合格者はローマのメディチ荘を拠点にしてイタリア芸術を学んだ。主な受賞者に画家アングル（一七八〇－一八六七）、作曲家ベルリオーズ（一八〇三－一八六九）、パリ・オペラ座を設計した建築家シャルル・ガルニエ（一八二五－一八九八）がいる。

それもこれも後世が、とにもかくにも務めを果たすからで、務めの実体は、上級審である後世に控訴した者が、仕切り直しの訴訟で後世に下してもらいたいと思っている判決に相当する。私たちが確認するのは少し先になりそうね、とそのひとは言った。後世がどのように務めを果たし、務めを果たすにあたって、どのような仕組みが働くのかということは。一時に全部話すのは無理だから、この問題は後回しにしましょう。それにしても不思議ね。ほかでもない、後世という上級審への控訴を始めてから今にいたるまで、人々は一度も検討しなかったし、一度として考えてみようとしなかった。後世とは何かということを。後世は自分と同じだということを。後世とは未来の自分だということを。簡単明瞭なことなのに考えようともしなかった。そう、人々は裁判官を求め、その裁判官に後世を抜擢する。いつの時代にも誰かに特別な権限を付与せずにはいられない。後世には他に大事な仕事があるというのに。つまり後世にも後世なりの仕事があるというのに。そんなことになったのも時間にかかわる現象、つまり時間の領域に属する一つの現象が生じたからだけど、その現象に人々は注意を向けようとしない（もっとも、注意を向けたくない理由なら当人にもよくわかっている）。これは時間の遠近法が関係した現象で、控訴の仕組みをすべて支配する。なにしろこの現象は控訴それ自体の根底に潜んだ想起の仕組みをすべて支配するわけだから。控訴の背後には必ず想起の仕組みが隠されているわけだから。

説明するわ、とそのひとは言った。管轄の問題は脇によけておきましょう。この点については、あなたと私で十分な意見の一致を見たわけだから。これから先の時代と今の時代を、後世と今の人間を、後続の世代と現下の世代を、今後の世代と現在の世代を一つにつなぐ明らかな等質性は脇によけておきましょう。その内情については、あなたと私で十分な意見の一致を見たわけだから。つまり、すぐに底が割れる秘密について二人とも同じ考えだったわけだから。時間のすべて、というか、別の言葉を使わせていただくなら持続のすべてにおよぶ、明らかに人間が望んだ等質性は脇によけておきましょう。今後の時代を今の時代と一つにつなぐ等質性ならすでに検討した。今後の人間を今の人間と一つにつなぐ等質性もすでに検討した。今後の人民を今の人民と一つにつなぐ等質性も検討した。ところが、そうしたことをすべて受け入れ、すべて了解したとしても、忘れ物が出てきたように、時間にかかわる光学的な効果が、きわめて特異な遠近法の効果が残っていた。説明するわ。

現下の世代が後世に呼びかけ、今後の諸世紀に控訴する場合、上級審に当たる諸世紀は現下の世紀に劣らず惰弱で、負けず劣らず不安定なうえ、負けず劣らず人間臭く、負けず劣らず一過的で、負けず劣らず必滅であり、現下の世紀に劣らず管轄能力を欠いている。上級審が常に別の自分でしかないことは明白だから、この点は了解済みだし、まさにこのことを私たちも了解したのだった。ところが、それでもまた一つ、忘れ物が出てきたように、一つの独特な効果が生まれ、光学にかかわり、こう言ってよければ時間の算術にかかわる、きわめて特異な効果として作用する。説明するわ。

現下の世紀が、ユゴーが、現下の世代が後世に、すなわち今後の諸世紀に、今後生まれる幾世代もの人間に呼びかけ、控訴する場合、控訴する側は将来世代に管轄能力があると信じ、自分で自分にそう信じ込ませるだけではない。将来世代は手が空いていると信じ、自分で自分にそう信じ込ませるだけではない。暇があるから、すぐにでも取り合ってくれると信じ、自分で自分にそう信じ込ませるだけではない。こう言ってよければ将来世代が当直を務めているから、すぐにでも取り合ってくれると信じ、自分で自分にそう信じ込ませるだけではない。こう言ってよければ将来世代が当番だから、すぐにでも取り合ってくれると信じ、自分で自分にそう信じ込ませるだけではない。それ以外にも信じ（遠近法に従い、算術的に考えれば当然そうなる）、自分で自分に信じ込ませようとしていることがある。後世を思い描くとき、将来世代が自分の思いどおりに動くと考えただけでは不足で、その将来世代は無際限に数を増し、無際限に将来世代でありつづけ、無際限に展開しては将来に向けて、前へ前へと進んでいくものでなければならない。そのうえ現下の世代は、将来世代が無際限に、従ってまた最終的に、最終の審判を仕切る支配者になることを望んでいる。どこまで上ってもきりのない梯子のように、無際限の未来へと伸びていく以上、将来世代は最終の時間と、審判と、最終の判決を手中に収めた、いかにも支配者然とした姿であらわれてほしいという願望を現下の世界が抱くから、当然そうなる。

つまり将来世代とは、最終の時間となり、最終決着をつけるだろう特別な時間を手中に収めた支配者だと考えているわけだけど、最終段階は決して到来することがなく、最終の時間も、最終決着も絶えず遠くへ押しやられ、いつまでも来るべきものでありつづけるという意味に解釈するなら、これはこれで正しい考え方ではある。

従ってまた、来るべきものである以上、いつもこちらの思いどおりに動き、いつも持ち駒として手元に置くことができる。来るべき時間にはいつも、こう言ってよければ暇があるということにもなる。

人間はいつも、手に入らなかったもの自体が、そのものを手に入れる理由になると信じて疑わないから、そういうことになる。

自分はまだ一度もそれを手に入れていない、一度たりとも手中に収めたことがない、と人間は主張する。


否定のしようがない、とそのひとは言った。異議を唱える人はどこにもいないと思うのよ。どれもこれも粗悪な偽造品だということに。おそらくは奇抜な模造品ばかりだということに。認めない人がいるとは思えないのよ。あのような、永遠を偽った無際限の永続に、無際限をめぐる、あれほど粗雑な考え方に、永遠を作り出そうと試み、それが不首尾に終わった者の惨めな挫折を。認めない人がいるとは思えないのよ。最終の審判を自称していながら、絶えず遠のき、最後は姿をくらますあの審判に、最後の審判を招来しようと試み、それが不首尾に終わるという、惨めで、結局は時間に縛られた一時的な挫折を認めない人がいるとは思えないのよ。とはいえ私が気にしているのはこの手の悲惨ではない、とそのひとは言った。あなたと私が二人とも気づいているわけだから、私としてもここで指摘しておきたいのは、今説明したのと同じ領域で、つまり時間の領域で、だから当然ながら一時的なものばかりの領域で光学的な錯視が引き起こす、きわめて特異な逆転の仕組みなのだから。

光学的な錯視よりもむしろ、遠近法の錯覚と言ったほうが正しいかしら。私にはこれでも自分の言いたいことがわかっている。

こちらの思いどおりになるとか、すぐにでも取り合ってくれるとか、管轄能力の有無といった問題は放っておきましょう。エッツェルが、現下の世代が、歴史に呼びかけ、つまり正確に言えば後世に呼びかけ、控訴する場合、その世代は自分に唯一の控訴当事者を見て、自分だけが控訴当事者でありたいと願う。そして眼前に、幾世代もの裁き手と、幾世代もの裁判官が無際限に連なった未来の光景を見る。自分以外の世代が無際限に連なり、今後の世代が無際限に連なった光景を前に、一つだけ違う世代を自分に見る。無数の視線にさらされた自分を見る。すでに無数でありながら、次から次へとあらわれては無際限に数を増していく後世がこちらに注ぐ、無際限に数を増していく視線にさらされた自分を見る。

現下の世代は思う。順次到来する今後の世代にはなすべきことが一つしかない（こちらの思いどおりになるとか、すぐにでも取り合ってくれるとか、管轄能力の有無といった問題は脇によけておいたとしても）、それは現下の世代であり、控訴当事者の世代である自分に目を向け、子細に検討することだ。裁きを下すことだ。順に進み出て、こちらに目を向け、子細に検討し、裁きを下すという目標を達成することだ。今後の世代にはなすべきことが一つしかない、それは順に目を見開き、検討し、裁きを下して、無際限に増加する視線と、検討と、裁きの束に、その視線と、その検討と、その裁きを付け加えることだ。現下の世代はそう信じ、またそう信じたいと願う。

極言すると、控訴する世代の考えでは、裁き手となる各世代を想定して目標の達成と名づけた行為も、実は控訴当事者の世代である自分に会うという、たったそれだけのことでしかない。会えないまでも、せめて目を向けてほしいと思っている。それだけのことでしかない。

だから現下の世代は、無数の世代が生まれ、無際限に数を増加させていくなかで、それら世代の視線を浴び、それら世代から子細に検討され、それら世代の裁きを受ける自分を見ているわけだし、またそのような自分を見たいと願う。一つの世紀から次の世紀へと進み、一つの世代から次の世代に移ることで無際限に数が増えるすべての将来世代を振り向かせたいと思っている。

キリスト教徒は逆の方向から自分を見ている、とそのひとは言った。むしろ過去に目を向け、いくら数が多くても無数とまでは言えない先行諸世代の視線に（最低でもイエスに始まる諸世代の視線に）自分をさらし、そこに映った自分を見ている。（つまりイエスを起点に数えた幾世代もの人間の視線に自分をさらし、そこに映った自分を見る。）キリスト教徒は先行する無数の聖人と、無数の守護者がこちらに向けた視線を浴び、子細に検討されたうえで、裁かれるというよりも、聖人や守護者の庇護を受ける。というよりもむしろ、さらに正確に言うなら、過去と、現在と、未来に映して自分を見ている。正真正銘の、確かな永遠の中で自分を見るから、当然そうなる。キリスト教徒が自分に目を向ける場合、とそのひとは言った。キリスト教徒は、こう言ってよければ過去の聖人が全員集まり、現在の聖人も全員、そして未来の、今後到来する聖人も全員が集うなかで、それら聖人の視線を浴び、それら聖人から子細に検討され、それら聖人の庇護下に置かれた自分を見ている。これこそまさに聖徒の交わり[*1]と名づけられたものの実像でもあるわけだし。でも今はまだこの話をする時期ではない、とそのひとは言った。今日のところ私も、あなたの中にあるキリスト教徒の魂について、とやかく言うつもりはないのよ。聖徒の交わりは一つの永遠に発する。確かな永遠から生まれる。生まれた後でいくつもの時代に配分されることはある。とりわけ一つ（あるいは複数）の過去と、一つきりの現在と、一つ（あるいは複数）の未来それぞれに、またそれぞれを隔てる境目に配分される。聖徒の交わりであればそうすることができるし、そうしたからといって罰を受けることもない。配分されたからといって永遠と現実の双方で一つに通じ合うことに変わりはない。また、ある意味からすると可能性の次元でも、現実の次元でも分割不可能であることに変わりはない。

でもこの話はやめておきましょう、とそのひとは言った。今はまだその時期ではないから。今日のところ私は、あなたの中にあるキリスト教徒の魂と話をしているわけではないし。私の話し相手は、あなたの中にある異教徒の魂。そうあってほしいと思っている。私の話し相手は、あなたの中にある現代人の魂。私には他にどうすることもできない。現代人は光の束、つまり視線の束と、検討の束と、裁きの束を見たがる。現代人がその切っ先と、切っ先が刺さる的を兼ねているため、無際限に拡大する底面に発した束は現代人を目掛け、現代人を射貫くように見える。

仰々しいわね。買いかぶりもはなはだしい。一般に光の束というものが、無際限に拡大する底面に発した後、一つの中心を射貫くように、幾何学で言う始点のような一点に向けて、見事なまでの収斂を見せることは絶対にない。物理的に見ても、幾何学的に考えても、一般に光の束というものは一つの始点に発して、好きなだけ、それこそ無際限に拡大する、さまざまな表面や、さまざまな区域を箒で掃くように照らし出す。あるいは筆を走らせるように照らす。一つの世代が直前の世代を射貫くように、直前の世代に投げかける視線と同じ、こう言ってよければ時間的な光の束も、光の束一般と違った働きをするわけではない。控訴する世代は、ひとり自分だけが切っ先であるかのように自分を見ている。後に続くすべての世代は広大な底面として、無際限に拡大する底面として、控訴する世代の目に映じる。控訴当事者の世代から見れば、視線は自分に向けて、この広大な底面から注がれる。ところが実際にはまるで正反対のことが起きている。

逆向きどころか、上下が逆転しているとすら言わなければならない。

現実には正反対のことが起きる。現下の世代、つまり控訴当事者の世代は、ひとり自分だけが戦線で銃火にさらされた人間であるかのように自分を見ている。ひとり自分だけが、無際限に連なり、無際限に増加する今後の世代から無数の視線を注がれ、子細に検討され、裁きを受ける世代であるかのように自分を見ている。現実には正反対のことが起きる。実際は裁きを下す世代の、今後到来する世代の一つひとつが単独で、過去に生まれたすべての世代と向き合い、これと対峙するわけだから。一人の人間が無際限に拡大する戦線で銃火の標的にされた姿を思い描くべきではない。人間は次から次へと生まれ、その誰もが無際限に伸びる照準線に沿って、無数の標的を精根尽きるまで撃ちつづけるわけだから。光の束が逆方向を向き、上下逆転した円錐となって、いつも同じ底面に発した後（ただしその底面はいつも無際限に拡大しつづけることを忘れてはならない）、いつも同じ一点を照らし、いつも同じ一点に注がれるから、その一点は無際限に明るさを増していく、そして明るさを増したこの一点こそ、ほかならぬ控訴当事者の世代なのだ、などと絶対に考えてはなら

＊1（二四三ページ）キリスト者の霊的一致と交わりを「communio sanctorum（聖徒の交わり、あるいは諸聖人の通功）」と呼ぶ。地上の信徒と、天国および煉獄の霊魂が愛を通じて交流するという考え方。

ない。それどころか、ここにはまったく異質な記憶の働きがある。正反対で、逆向きの働きであるにとどまらず、上下逆転型とも呼ぶべき時間の働きがある。完全に正反対で、逆向きであるばかりか、上下逆転型ともいうべき光学の仕組みが働いている。そこから生まれるのは向きが正しく、もはや逆方向を向くことのない光の束であり、正しい方向を向き、もはや逆方向を向くことのない光の円錐であるわけだから。それは頂点から注ぐ光が底面に向けて投射される光の円錐であって、もはや動き、遠ざかる底面から注ぐ光が頂点を目掛け、頂点を射貫くように収斂する光の円錐ではない。将来世代の一つひとつが順に裁き手となり、一回限りの視線を、一つしかない光の束を、絶えず拡大していく底面に投げかける。控訴当事者は決して単独ではなく、裁く側が無際限に数を増すわけでもない。裁き手が次から次へとあらわれ、それぞれ単独で事に臨む一方、控訴当事者は無際限に数を増していくわけだから。控訴当事者が常に同一であるわけではなく、裁き手が無際限に増加するわけでもない。裁き手が無際限の変容をこうむる一方、控訴当事者は無際限に増加するわけだから。拡大を続ける海原のような視線が、岸辺の、いつも同じ一点を照らし、照らす光が絶えず明るさを増していくことは絶対になく、常に同じ速度を保ち、常に同じ方向を向いたまま無際限に動きつづける点のような視線が、無際限に広がる岸辺全体を、かすかに照らしている。だから現下の世代、つまり控訴当事者の世代は、自分しか見ようとせず、自分だけを見てもらいたいと願っているけれど、この世代も死を迎えるとすぐに、地に臥し、消え去っただけで早くも、控訴する世代の威信にかけて、自分より前に控訴したすべての世代と競合の関係に入る。ところが控訴を受ける側は、次から次へとあらわれ、順に裁き手を務める一つの世代に限られる。裁き手となる世代は一度に一つだけと決まっている。取り合ってくれる世代はいつになっても一度に一つだけなのだから、当然そうなる。そして一つだけに限られた世代は決して同一の世代ではない。それだけでなく、近いうちに、早ければ明日にでも、事態が急転する。現下の世代は、死を迎えたその日から、消え去ったすべての世代と、地に臥したすべての世代と、かつて控訴する側に回ったすべての世代と競合の関係に入る。死滅したすべての世代と競合する。でもそれだけではない。現下の世代は近いうちに、早ければ明日にでも、控訴する世代の威信にかけて、今後も続々と登場する新世代の控訴当時者、つまり絶えず新たに生まれては、次々に控訴当時者となる数多くの新世代とも競合しはじめるわけで、新世代とはすなわち、到来する前は裁き手になると思われていたにもかかわらず、早ければ明日にでも死滅した世代の仲間入りを果たすしかない、ただそれだけの将来世代に相当する。つまり新世代もまた控訴当時者の世代になるということ。時間の中に長々と尾を引く訴追。絶えざる失望と、恒常的な不安定に彩られた訴追。そして不思議な裁き。歴史による裁き、後世による裁き。そして不思議な裁判官と不思議な法廷。そこには次から次へと法服姿の判事が押しかけ、すべての被告人を追い回し、自分も被告人の列に加えてもらおうと、なりふりかまわず立ち回る。なんとも不思議な裁判官。そして不思議な法廷。そこにいるのは、もはやブリドワゾン[*1]ですらない。裁判官席にいた者が法廷に集まった人々を追い回す。裁判官席にいた者が被告人席にいる者を追い回す。裁判官は逃げの一手を打った。裁く側が法服の裾をたくしあげ、仕切り棒を飛び越えると、自分も被告人として、死者として認めてもらおうと、なりふりかまわず立ち回る。

そのような不具性が認められる。それ自体は空疎でありながら、事の本質にかかわり、機軸を蝕

＊1　ブリドワゾンは『フィガロの結婚』第三幕第十二場以降に登場する無能で滑稽な判事。

み、すべての中心に食い込んだ不具性。不具性の所在を示す指標は、次から次へと押しかけて裁き手を務める各世代の質だけではない。各世代に固有の、個人的で、こう言ってよければ記名的な価値の大小だけでも、価値が欠如した場合の程度差だけでもなく、また価値、あるいは価値の欠如を捉えるための属と、種と、類と、質だけに限られるわけでもない。それぞれに異なる世代の（個別的な）同一性、つまり各世代の実像だけではない。すべての世代に共通する同一性、つまり世代と世代の相互的同一性、すなわち世代同士の同一性だけではない。各世代が享受する余暇、あるいは余暇の欠如だけではないし、こちらの思いどおりになる、あるいはいつでも取り合ってくれる、その姿勢だけに限られるわけでもない。深刻な不具性に冒されたのは想起の仕組みそれ自体であり、想起には控訴を機能させる可能性そのものが結びついているので、事態はさらに深刻の度を増す。

控訴《アペル》といえば喚起《ラペル》も同然だから、いたるところで常に記憶の働きが認められる。

然ルニ今。ニュン・デ。そして今。これではっきりした。今後の世代、こう言ってよければ次から次へと生まれ、さんざん引き回された世代、オーヴェルニュ地方が無数にあったとして、そこを巡回する、「グラン・ジュール」[*1]さながらの、こう言ってよければ移動性の世代、裁き手の世代と裁判官の世代、要するに一つの点のような視線に切り詰められた世代が、いったいどうしてあなたがた現代人を裁き、あなたがた現代人に仕える裁判官になってくれるかしら。その世代に多少とも気概があれば、自分も控訴当事者になることだけを考えるに決まっている。つまり自分も一つくらい重大事件を起こして、歴史の審判にゆだねようと思い立ち、そのことばかり考えている。そして気概がなければ（またそれがために判断力を欠き、その結果さらに管轄能力も欠くとしたら）、重大事件を起こすことも、その事件を歴史の審判にゆだねることもできないとしたら、どうなるかしら。それだけの勇気すらなかったとしたら、そのときは後の世代にも時間のゆとりが生まれ、みずから進んで、そしてあなたがた現代人に請われる形で、あなたがたを相手どる裁き手にも、あなたがたに仕える裁判官にもなってくれる。これこそまさに、あなたがた現代人が追い回し、自身の運命をその手に託した裁き手と、裁判官の実像にほかならない。

あるいはむしろ、さらに蓋然性が高いと思われるのは、今後到来する各世代が別々に分かれ、四散して塵も同然になるということかしら。すべての世代が一枚岩になることは絶対にありえないし、（本当は一般人が考えるよりも、ずっと一枚岩に近いのだけれど）、気概のある人間なら、あなたがたを相手どる裁き手にも、あなたがたに仕える裁判官にもなろうとはせず、あなたがたの手を逃れるに決まっているから、覇気のない者だけがあなたがたの手元に残ることになる。そして気概のある人間は自分もなんらかの記載をおこない、歴史の審判に任せてもいい大事件を、みずからの手で招来するだけで手一杯になっている。

＊1　十七世紀、フランスの地方都市で判決の公平性が疑われた際に、高等法院から派遣された国王親任官が上級審の特別法廷を開くことがあった。この出張法廷が「グラン・ジュール」と呼ばれ、一六六五年にオーヴェルニュ地方でおこなわれたグラン・ジュールが特に有名。

悲惨よね、現代人であるということは、とそのひとは言った。現代人の不具性は十分すぎるほど深刻なものになっている。現代人の不具性は十分すぎるほど完璧なものたりえている。十分すぎるほど多くの方面に原因をもつ。十分すぎるほど大勢の人間が手を加えてきた。十分すぎるほど強く有機体の特性を示す。つまり記憶の作用を受け、想起の中に引き込まれるにつれて、有機的な仕組みが示す配置そのものにつながり、これと結びつく。十分すぎるほど明瞭なのは、厄介者の現代人が聖徒の交わりを世俗化させようとしたこと、そして悲惨このうえない歴史的連帯を作り上げてしまったことね。最後の審判を世俗化させようとして、悲惨このうえない歴史の審判を作り上げてしまったこと。そして裁きの〈神〉を世俗化させようとして、私を、哀れなこの私を利用したこと。私は被造物のなかで最も滅びやすく、最も貧しく、滅亡の女王とも呼ぶべき存在だというのに。ところがこの件を嗅ぎつけるとすぐに、それもこの一件に限って、篤信家の面々が声を上げ、それは冒瀆だ、言語道断だ、〈神〉をも恐れぬ不敬だ、下劣な茶番だ、とわめきたてる。でも私に言わせれば、三つの対神徳[*1]はまばゆいばかりの輝きに満ちているから、これを転用した場合も、徳の光が透けて見えるに決まっている。対神徳はどれも滋養に満ちているから、これを転用した場合も、滋味豊かな心の糧が滲み出すに決まっている。対神徳はどれも純粋そのものだから、これを転用した場合も、三者三様の純粋が消えることは絶対にない。そして三つながらに善そのものだから、これを転用した場合も、はっきりと善性があらわれて効力を発揮するに決まっている。水を引いた先が運河だったとしても、その水から源泉に思いを馳せ、源泉の面影を認めることができるのと同じように。私にはどうでもいい、と言葉を継いだそのひとの口調からは若干の怒りが感じられた。私にはどうでもいいのよ、対神徳の転用が世俗化を招いたとしても。〈神〉も、世俗化したとはいえ対神徳が一つでも残れば、対神徳がまったくないよりは望ましい事態だと思っているだろうし。確かに現代人という不逞の輩は、自分の身から、自分の社会から、自分の家族から、自分という存在そのものからキリスト教的実体の一切を削ぎ落とそうとした。私はたぶん、そのことをよく知っている、とそのひとは言った。誰かが知っているとしたら、それは私に決まっている。でも私が知っていることはまだ他にある、とそのひとは言った。恩寵は油断のならない相手だということ、恩寵は狡猾で、思わぬ隙を突いてくるということも、私にはわかっている。それにまた、恩寵は女のようにしつこく、女のように強情で、女のように辛抱強いこともわかっている。玄関から追い出せば、窓から戻ってくる。手に入れたい人間を、〈神〉は必ず手に入れる。手に入れたい民族を、〈神〉は必ず手に入れる。手に入れたい人間集団を、〈神〉は必ず手に入れる。イエスが手に入れたかった人類を、〈神〉の恩寵はイエスに与えた。恩寵がまっすぐ来ないとしたら、それは斜めの方向から来るということ。右側に来ないとしたら、それは左側に来るということ。一直線に来ないとしたら、それは曲線を描きながら来るということだし、曲線を描きながら来るのでないとしたら、それは破線となって来るということ。恩寵は疑ってかからなければならない、と歴史であるそのひとは言った。一つの存在物を手に入れようと思えば、必ずそれを手に入れる。一つの被造物を手に入れようと思えば、必ずそれを手に入れる。通る道も私たちと同じではない。自分が通りたい道を通る。自分が通ったのと同じ道を通ることもない。同じ道を二度通ることは絶対にない。恩寵はきっと自由

＊1 〈神〉を直接の対象とする徳を、キリスト教では「対神徳」と呼び、信仰、希望、愛の三つがこれに相当する。

なのね、と歴史であるそのひとは言った。自身があらゆる自由の源泉だから。上から来ないとしたら、それは下から来るということ。そして中心から来ないとしたら、それは周辺から来るということ。そして恩寵という源泉に発した自由な水が、ほとばしる泉のように、泉からほとばしる清水のようにふるまう気配すら感じさせないとしたら、その場合の恩寵は、その気になりさえすれば、ロワール川の土手下から知らぬ間に滲み出す水と同じふるまいを見せることもできる。だから当然、漏れ出たその水を、歴史であり、地理でもある私が見れば、その正体はすぐにわかるというのに、それでも私は見て見ぬふりをしなければならないのかしら。対神徳が姿を変えて目の前まで来たとき、世俗化の変装に身を包んではいても、それは確かに対神徳だと知りながら、見て見ぬふりをしなければならないのかしら。皆は見て見ぬふりをしてもかまわない。皆はそれでいいけど、私だけは違う。確かに現代の世界は、キリスト教的なものを締め出し、わが身からキリスト教的実体の一切を、極小の粒子も、痕跡の一つも残らなくなるまで削ぎ落とすために、打てる手はすべて打ってきた。だからといって、打ち負かすことも、沈めることも、押さえつけることもできないキリスト教的なものが、下のほうから再び湧き出し、周囲から再び湧き出し、四方八方から再び湧き出す光景を目の当たりにしたとき、不具性に冒された私にはキリスト教的なものが戻ってくる経路を事前に計算することができなかったからという、たったそれだけの理由で、この私が見て見ぬふりをしていいものかしら。見て見ぬふりをすれば、経路を事前に計算しなかった責任を転嫁して、キリスト教的なものを罰することになるかもしれないというのに。永遠に涸れることのない水が音もなく滲み出し、再び泉となってあらわれたとき、恥ずかしいことに泉を語る資格すらもたないこの私が、そんなところに顔を出し、無駄水になるとは恥ずべき愚行ではないかと泉を責め、その由を広く世に知らしめていいものかしら。そして私は喜ぶべきなのかしら。というよりも私には喜ぶ権利があって、喜ぶ自由が認められているのかしら。それとも私は、情けない篤信家数名の意を迎えるために、私には予測もつかない経路を辿って〈神〉が帰ってきたことを、深く悲しむべきなのかしら。確かに現代の世界は私を惨めな偶像に祭り上げた。だからといって私が、私に向けられた空疎な礼拝の言葉を、本来あるべき場所に戻さないとはかぎらないし、正しい宛先に転送しないともかぎらない。祈りの言葉には、宛名が間違っていたとして、それでもなお正しい宛先に届くものがきっとあるはずだから。そして心の動きには、宛先を間違えたとしても、際立って迅速な輸送網が張りめぐらされているおかげで、届くべきところに直接届くものが、きっとあるだろうし。私に向けられた愚劣な礼拝の言葉を、私が後生大事にする保証はない。私の裁きを期待する奇怪な祈願の言葉や、控訴の請求を、私が後生大事にする保証はどこにもない。恩寵は疑ってかからなければならない。わかるわね、坊や。私のことも疑ってかからなければならない。私なら、誰かが最初に転用したものを、いつまた転用しても不思議はないのだから。恩寵というものはね、いいこと、こちらがしようとは思わないことをさせるし、出発に際して踏み出したのとは違う側の足で到着地点を踏ませることもある。今日の私がそうだった。わかるわね、坊や。私はなにもあなたに恩寵の話を聞かせようと思ったわけではないし、八月十五日の木曜、[*1] 聖母被昇天の祝日に当たる今日（話し込むうちに、気がついてみれば聖母被昇天の祝日まで来ていた）、あなたに恩寵の話をするために、ボーマルシェとユゴーから出発し、この二人にエッツェルも加えて、後先の考えもなく長い道のりを歩いてき

＊1　一九一二年八月十五日。

たわけでもない。ところが恩寵は、昔気質の御婦人方に言わせると「狡猾」だから、これに導かれているかぎり、始めた行程を、人が終えることはなく、始めなかった行程を、人は終えることになる。だからといって変に気を回し、情けない篤信家数名の意を迎えるのは安易すぎるのではないかしら、とそのひとは言った。つまり〈神〉は、こちらもおそらくは情けない篤信家数名の意を迎えるために、一つの民族を、それも他と違う特別な民族を見捨て、まるまる一つの世界を見捨て、手ずから創りたもうた被造物が生きる、まるまる一つの世紀を見捨てることになるだろう。なぜなら被造物が、なぜなら世界が、なぜなら当の民族が、秘跡の作法を少しも守らない罪人《つみびと》の状態にあるからだ。（しかも見捨てられるのは、他と違う特別な守護者に守られた民族である。）そんなふうに考えるのは安易すぎる。〈神〉が人間を罪人のまま見捨てると、いつ、どこで決まったのかしら。むしろ〈神〉は人間を叱咤激励する。（罪人の状態にある人間を〈神〉は決して見捨てないと言ったほうが真実に近いかもしれない。）〈神〉に見込まれた民族は歩みはじめたわけでもない道を辿り終えることになる。〈神〉に見込まれた世紀と、世界と、民族は、出発したときとは別の行程を経て旅路の果てに辿り着く。また、旅の副産物と言うべきか、その道を辿るうちに多くの人間が秘跡の作法を再び身につけ、これを守ることにもなる。そして私の身にも変化が起こり、とそのひとは言った。このとおりバラムの驢馬[*1]と同じにされてしまった。とはいえ私は予言するために生まれたわけではない。私の仕事は、私に課せられた務めは後から語ることだし、そのためにこそ私はいるわけだから、私が予め語ることは何もない。確かに現代の世界は、わが身からキリスト教的なものを跡形もなく削ぎ落とすために、打てる手はすべて打ってきた。それでも繰り越されたものはある。そして永遠の気遣いがある。あなたと私とで検討した、あれほどまでの無知は、それだけでもう純真の始まりだし、あれほどの不器用と、あれほどの不手際は、あまりにも愚劣だとはいえ、それでも一つの形而上学と、あまりにも稀で、大いに賞賛されるべき管轄能力の欠如に相当する。〈神〉が一つの世紀をここまで愚直なものに変えたからには、報いを受けずに済むはずはない。きっと何かが隠れている。恩寵が何かしら策を弄しているにちがいない。それに、あなたと私とで検討した例の不具性も、単に一つの弱さや、こう言ってよければ凡庸の愚かさにとどまるものではなく、一つの苦しみと、深く、事の本質にかかわる不具性と、心の奥底に潜む不具性と、機軸を蝕み、中心的で、有機的な機構の中核に食い込んだ不具性を兼ねていることに注意をはらう必要がある。わかるわね、坊や、それこそまさに被造物の運命であり、それこそまさに人間の本性であり、それこそまさに根底的なところでキリスト教的なものを求める偏愛でもあるわけだから、キリスト教的なものが回帰するときは必ずこの道を通る。それに、もう何度か言ったとおり、今日のところ私は、あなたの中にあるキリスト教徒の魂について、とやかく言うつもりはない。あれほど長く苦しみ、しかもその苦しみが深いものであれば、それだけでもう対神徳は始まる。苦しみこそまさに、第一の徳［信仰］を、まだ若い第二の徳［希望］を、そして第三の徳［愛］を待ち望む者の素地なのだから。あれきっと〈神〉も、徳を語る者より、徳を実践する者のほうが好ましいと思っているだろうし。あれ

＊1　旧約聖書「民数記」二二・二二―三五。エジプトから来たイスラエルの民に呪いをかけるよう、モアブの王バラクから依頼されたバラムは、ヤハウェの声を聞いて一度は断るが、再び訪れたヤハウェに、自分の命じることだけを果たせと言われ、翌日モアブの高官たちとともに出立する。道中、乗っていた驢馬がヤハウェの使いを見て三度も道を逸れ、三度ともバラムに杖で打たれると、急に人間の言葉を話してバラムを論難する。驢馬の言葉を聞いて間もなく、ヤハウェによって目を開かれたバラムは、目の前に抜き身の剣をもつヤハウェの使いを見て、その言葉を聞き、ついに自身の誤ちを悟ったのだった。

ほどまでの不具性を見せられると、それだけでもう怒る気が失せてしまう。あれだけ苦しめば、その人には赤子も同然の純真が宿る。苦しみが表に出ていたら、いいこと、それはキリスト教的なものが戻ってきたことの証しなのよ。あそこまで苦しみ、しかもその苦しみが深いものであれば、当然そうなる。深い苦しみが表に出ていたら、それはキリスト教的なものが近くまで来ていることの証しにほかならない。ある種の隣接性と、ある種の親和性と、物事の根底にまでおよぶ、ある種の関連性が苦しみとキリスト教的なものをつなぎ、苦しみからキリスト教的なものへの道筋をつける。言ってみれば抵当の品でも、それを抵当に入れる行為でもあり、保証金でも、それを支払う行為でもあるような、要は「身代わり」に立つという発想がここにはあって、苦しみこそまさに、キリスト教的なものに預けた秘密の人質にほかならない。

苦しみを和らげてくれる者はない。
子も、兄も、妹も、この期に及べば
身代わりに立ってくれようはずがない。[*1]

人間の悲惨、というよりもむしろ人間の苦しみ、またとりわけある種特別な苦しみと、ほかでもないこの苦しみに惹かれ、数あるなかでも特にこの苦しみを求める一種特別な偏愛は、まさにキリスト教的なものを特徴づける印であり、キリスト教的なものの配置を定める要因でもある。特別な苦しみが、特別な苦しみを求める一種特別な偏愛が、特別な苦しみを特徴づける特別な度合い、というよりもむしろ特別な苦しみを特徴づける特別な調子が世界史の表舞台にあらわれたら、それはキリスト教的なものが回帰したことの証しにほかならない。そして現代人が私に目をつけ、歴史であるこの私を担いで、現代の世界を仕切る支配者にしたのも、現代的体制の中心に据えたのも、現代的錯乱の女王に祭り上げたのも、結局はすべて正しかった。まさにそうすることにより、不思議な反転が起こって、気がついてみると私は現代人の悲惨、それも最大級の悲惨を一手に管理する支配者として、現代人の不具性に寄り添う看護人として、現代人の苦しみ、それも最大級の苦しみを慈しむ女王として、取り返しのつかない現代人の反転を見届ける女帝として務めを果たしていたわけだから。

新しい、それでいて昔と何も変わらないキリスト教的なものが回帰する前兆になったわけだから。気の毒な人たちだこと。私を中心に据えるという判断は正しかった。実際問題として中心にいるのはこの私だから。現代人を苛む苦しみの中心にいるのはこの私だから。現代人を特徴づける不具性の中心にいて、その場を仕切るのがこの私だから。それにしても、あれほどの苦しみに苛まれる現代人を、あえて断罪するような人がいるかしら。(現代人は現代人でキリスト教的なものの中心に身を置いている。)また、あれほどの不具性を目の当たりにしてもなお、裁きの〈神〉より先に、あえて現代人を裁くような人がいるかしら。ナンヂラ人ヲ審クナ。[*2](現代人を裁いても事態は悪化する一方だから、それはまさに最悪の裁きとなる。)歴史には影響力はあっても、実際の権限がない。極度の無知は、それだけでもう純真の始まりに相当する。極度の悲惨は、それだけでもうキリスト教的なものが戻ったことを告げている。極度の苦しみは徳の始まりに等しい。きっと〈神〉も、

＊1　フランソワ・ヴィヨン『遺言詩集』八行詩四〇番第六－八詩行。
＊2　新約聖書「マタイ伝福音書」七・一。

徳を語る人間より、徳に耐える人間のほうが好ましいと思っているだろうし。それに、ここまで完璧で、公衆の面前にさらされたのも同然の不具性と、これほど根深く、これほど有機体に近く、要はここまで明け透けな弱さと、これほど目につく悲惨と、ここまで完成の域に達した苦しみほど、キリスト教徒の心を動かすものはたぶん他にないし、これだけ〈神〉の怒りを和らげるものもない。一つの徳に耐える者は、同じ徳を実践する者よりも、たぶん器が大きい。徳を実践する者は、ただ徳を実践するだけで、徳の実践以外に何もできないから。ところが徳に耐える者は、たぶん器の大きさで勝り、徳への忍従に勝ることができる。（見てのとおりそのひとは、徳に触れ、徳を語ることでキリスト教徒と同じ考え方を身につけ、キリスト教の精神に照らしてみても、おそらくは最も深く、キリスト教の独自性が最も色濃く反映した議論を展開しはじめた。）徳を実践する者は、とそのひとは言った。徳を実践するために、自分で自分を指名する。ところが徳に耐える者は、おそらく思ってもみなかった方面から指名を受ける。それに、徳を実践する者は徳の父親であり、徳の作り手であるにすぎない。ところが徳に耐える者は徳の息子であり、徳の手になる作品にほかならない。見てごらん、とそのひとは言った。そこに一人、四十歳の男がいる。私たちの顔見知りかもしれない。そうよね、ペギー君。あの四十男のことは私たちも知っている。私たちはこれからあの男と顔見知りになるかもしれない。私たちはこれから男の噂を耳にすることになるかもしれない。四十歳に手が届いた。だから男は知っている。どんな教育を受けても得られない知恵。どんな方法をもってしても、時期尚早に開示することはできない秘密。どんな科目を学んでも手に入らず、そもそも手に入れようのない知識。どんな学校も分かち与えることができない教え。それを男は知っている。四十歳に手が届いた男は、このうえなく自然に、実情に合った言い方をするなら、秘密の伝授に与った。それは世界中で最大多数の人間に知れ渡っていながら、このうえなく厳重に守られてきた秘密だった。男はまず、自分が誰であるのか知っている。これは便利なことにちがいない。人生行路できっと役に立つ。男はペギーという人間が何であるのか知っている。早くもそれを知るようになり、最初にそのあらましがわかり、最初の手がかりをつかんだのは三十三歳を、三十五歳を、三十七歳を迎えようかという頃だった。男は特筆に値することを知っている。それはペギーが十歳から十二歳くらいの少年だということで、ロワール川の堤を散策するその姿に、男は長年親しんできた。男は他にも知っている。それはペギーが血気盛んで、表情は暗く、不器用を絵に描いたような十八歳から二十歳くらいの青年だということで、青年がパリに上った直後の数年間、男は青年の顔見知りだった。男は他にもまた、その直後に一つの時代が始まったことを知っている。それは、思いもよらない呼び名がどれほどの嫌悪感をもって迎えられたとしても、ある意味からすると特別な仮面と、芝居がかった特別な歪曲と言う以外に、ほとんど名づけようのない時代で、その中心にはペルソナ、すなわち舞台用の仮面がある。加えて男は、ソルボンヌと、高等師範学校と、政党がペギーから青春を奪ったとしても、その心までは奪えなかったことを知っている。ペギーの青春を食らい尽くしたとしても、心までは食らい尽くせなかったことを知っている。男はさらに別のことも知っている。時代と時代のあいだに挿入された異物のようなこの期間は一顧の価値もなく、存在しないも同然だということも、それが無理やり挿入された、仮面の時代にすぎなかったことも知っているし、仮面の時代は終わり、二度と戻ってこないこともわかっている。また幸いにして先に死が訪れることも知っている。なにしろ男は知っている。ここ数年来、齢を重ね、三十三歳に、続いて三十五歳に、それから三十七歳に達し、二年に一度の割で節目の年齢を超えた経験から、自分は今ある自分と再会し、今ある自分でいられる状態にまた戻ったこと、そして今ある自分とは種別的に見てごく一般的な良きフランス人であり、〈神〉に対しては種別的に見てごく平均的な信徒であり、ごく平均的な罪人《つみびと》であるということ。それを男は知っている。それでも結局、ここで特筆すべきなのは、自分が知っているという事実を、当の男が知っていることにほかならない。なにしろ男は、あらゆる被造物にかかわる重大な秘密を知っている。全世界に広く知れ渡っていながら、これまで一度も漏れたことのない秘密を知っている。数あるなかでも特に重要で、国家機密にも匹敵する秘密を知っている。次から次へと、一人が別の一人に、中途半端に声をひそめ、延々と打ち明け話を続けていたからか、告解の秘密を守りながらも、気のおもむくまま、思い思いの道筋を辿るうちに全世界が知るところとなった公然の秘密であるにもかかわらず、このうえなく厳重な機密保持の対象となってきた秘密を、男は知っている。このうえなく厳重に蓋をした秘密の壺。誰も書いたことのない秘密。公衆の面前で暴露され、全世界に知れ渡っていながら、四十歳の人間に始まり、三十七歳を飛び越え、続いて三十五歳を飛び越え、それから三十三歳を飛び越えて、それ以下の年齢層まで下りてきたことが、これまで一度もなかった秘密。それを男は知っている。しかも男は自分が知っているということを知っている。男は自分たちが幸せでないことを知っている。人間が誕生してから現在にいたるまで誰一人、幸せだったためしがないことを知っている。しかも知るにいたったそのことを深く肝に銘じ、大切な知恵として心の奥深くにしっかりと刻んでいるだけに、おそらくこれこそ唯一の、いいえ、間違いなく唯一の信条であり、男が大切に守り、そこに引き込まれたことを名誉に感じる唯一の知恵であり、いかなる知力も、いかなる仮面も、いかなる馴れ合いも介在することのない、まさに唯一の知恵でもある。直截簡明に言えば、いかなる同意も、いかなる承諾も、いかなる善意も、そこにはない。いかなる心遣いもない。いかなる善性もない。それがわかっていながら、あの無節操はどうしたことかしら。とても同じ男だとは思えない。男にはもちろん十四歳の息子がいる。[*1] そして男が考えることは一つしかない。息子には幸せになってほしいと思っている。息子が幸せになれば、それこそ人類史上初の快挙だとは考えもしない。人目に立つとは考えもしない。何一つ考えようとしない。深遠な思索にふけっている証拠ね。男が知識人であろうと、なかろうと、関係ない。哲学者であろうと、なかろうと、関係ない。食傷していようと、いなかろうと、関係ない。（苦痛に食傷するのは最低最悪の遊蕩にはちがいないけど。）男は動物と同じことを考える。思索としてそれが最高だから。それ以外の思索はありえないから。男が考えることは一つしかない。しかも動物と同じことを考えている。息子には幸せになってほしいと思っている。男が考えることはただ一つ、息子には幸せになってほしいという、ただそれだけの願いに尽きる。そこで男の頭にもう一つの考えが浮かぶ。男の関心事はただ一つ、自分のことを息子が（子供なりに早くも）どう思っているかという一点に尽きる。それが固定観念にも、妄想にもなっている。つまり包囲され、封鎖されたあげく、いかにも小心者らしい、心身を苛む一種特別な偏執が生まれる。男が気がかりに思うことは一つしかない。息子が、窺い知ることのできない心の奥底で、父親である自分に下す裁きだけが気になる。未来を読むにしても息子の目しか覗こうとしない。男は目の奥を探る。これまで一度も成功しなかったことや、これまで一度も起こらなかったことが、今度こそ実現すると、男は確信する。実現するだけでなく、言ってみれば自然に、また十全に実現

＊1　『クリオ』の執筆時期と重なる一九一二年に、ペギーの長男マルセルは十四歳になった。

すると思っている。一種の自然法則が働いた結果、必ずそうなると思っている。でも私に言わせれば、と歴史であるそのひとは言った。四十男が見せてくれた、いつまでも繰り返し、永遠に続き、永遠に再生を繰り返す無節操ほど心を打つものは他に一つもない。これほど美しいものは他に一つもない。〈神〉の御前に出たとき、これほど怒りを和らげてくれるものは他に一つもない。ここにこそ、あなたがたキリスト教徒に共通の、まだ若い徳である希望の奇跡はある。でも、と言葉を継いだそのひとは、急に言いよどんだ。これで私たちも、あなたが永遠を見据えて切り拓いた地上に戻るしかなくなった。

「『懲罰詩集』は」とエッツェルは書いていた。「後世の人々が見ている前で、見る力を奪われた人民の弱さを許すよう訴え、ついにはそれを贖う永遠の名作の一つとして残るであろう。『明かりはどこかに灯っていたのだ。いかなる嵐にも消すことのできなかった一本の松明が、どこかで燃えていたのだ』と子供たちの世代は心に思うであろう。『してみると何もかも失われたわけではなかったのだ。なにしろ極限的な屈従のなかにあって、これほど力強い声が語っていたのだから』」[*1]

エッツェルの巻頭緒言はもちろん散文だけど、と歴史であるそのひとは言った。ここに伝えたいことをめぐる、内容面の実直と、誠意に近い何かが（従ってまた、あと少しで名文になる優れた文体が）あることは確かで、対応するユゴーの韻文、つまりユゴーが同じ内容を韻文で表現した詩に、同様の美点を見出すのは、なかなかどうして難しいのではないかと思う。エッツェルの思想がいくら浅薄だったとしても（常に浅薄な思想を語った点ではヴィクトル・ユゴーも似たり寄ったりだし）、こう言ってよければ、素材それ自体に導かれ、現実の掟に縛られるわけだから、エッツェルが言うべきことを言ったのは決して偶然ではない。「子供たち」[*2]と言ったのは決して偶然ではない。それに「世代」[*3]という言葉を使い、「新しい世代」[*4]と言ったのも決して偶然ではない。それに『懲罰詩集』に関連して「教育」[*5]という言葉を使ったのも偶然ではない。それに人民に関連して「子供たち」[*6]という言葉を使ったのも偶然ではない。――「本書の出版人は」とエッツェルは書いた。「特赦が決まるまで、実に八年のあいだ」[*7]（[*8]「特赦が決まるまで」と書いたのは、と歴史であるそのひとは言った。そう書いたのは、私が思うに、特赦が決まるまでの期間に限りと言いたかったわけで、またそうであればこそエッツェルは、一足飛びに巻頭から巻末へと移って、あらかじめ「最後ノ言葉」に影響されたのではないかしら。

知りたいとは思わず、確かめてみる気にもなれない
信念を貫くかに思われた者が屈服したか否か
踏みとどまるべき者が幾人も去ろうが、去るまいが。[*9]

＊1 『懲罰詩集、唯一の完全版』（前出）の「出版人緒言」。
＊2－7 同前。
＊8 この丸括弧は閉じられないままになる。
＊9 ヴィクトル・ユゴー『懲罰詩集』第七部、「最後ノ言葉」第五八－六〇詩行。

もっともこれが初めてではないはずよ、とそのひとは言った。出版人が自分で手がけた作品に影響されたのは。その程度のことも許されないとしたら出版の仕事に耐えられる人はいなくなるだろうから。出版もまださほど実入りのいい仕事ではなかったわけだし。——「……特赦が決まるまで」とエッツェルは書いている（きっと自分が手がけたなかで特に立派な作品の一つに影響されたのね）。「実に八年のあいだ、詩人と流謫の暮らしを共にした朋輩であり、詩人と同じ亡命者であった。

フランスに戻ってこのかた、筆者は新しい世代に向けた教育書の出版に身命を捧げてきた。それこそ最も急を要する事業だと考えたからである。事業を拡大し、流謫から生まれた作品を再版しても、進むべき道を踏み外すことにはならないであろう。

『懲罰詩集』は、タキトゥスの『年代記』や、ユウェナリスの『風刺詩』と同様、諸国の人民に向けた教育書である。——人民とはすなわち、大いなる努力がなければ成熟することのない子供たちである。真摯で、誠実な人間であれば、この告白にたじろぐことはないものと思う」[*1]

これはエッツェルの語り口。次がユゴーの語り口。

（まずは散文家ユゴー。）

「著者まえがき——初版——一八五三年。

以前にブリュッセルで公刊した本書の削除版では、本文に先立つ以下の文があった。

偽証は犯罪である。
奸計は犯罪である。
独断的な監禁は犯罪である。
公僕の買収は犯罪である。
裁判官の買収は犯罪である。
窃盗は犯罪である。
殺人は犯罪である。

(大事なことはこの先に書いてある、とそのひとは言った。読めばわかるわ。)

後世の人々を特に苦しめ、愕然とさせるのは、

(これなら十分に、とそのひとは言った。私たちが話し合ってきたことを例証してくれるのではないかしら。)

＊1『懲罰詩集、唯一の完全版』(前出)の「出版人緒言」。

後世の人々を特に苦しめ、愕然とさせるのは、ヨーロッパ全土が消沈した時代のさなか、憲法を護持し、実直と自由にとって侵しがたい最後の避難所と目された気高い国々において、繰り返し言っておこう、後世の人々を苦しめ、愕然とさせるのは、そのような国々においてすら、人間のあらゆる法が、〈神〉のあらゆる法と一致して、あらゆる時代に犯罪と呼んできたものを庇うために、新たな法が定められたという厳然たる事実であろう。

誠意ある全世界の人々が、悪を庇うそれらの法に抗議する[1]」

[2]（これでわかったでしょう、とそのひとは言った。「〈神〉のあらゆる法と一致して」とか、「誠意ある全世界の人々」といった言いぐさは、これまで私が説明してきた、いわば同等化の試みを、確実に例証しているのではないかしら。せめて宗教色だけは取り除き、せめて一つの同意を裁きに置き換えようとする者の欲求が、欠如の意識が、苦悩が認められるのではないかしら。せめて全世界的なものを、それなりに普遍的なものを、永遠なるものに置き換えようという挽回の試みが、ここには十分認められるのではないかしら。

どう言えばいいかしら、とそのひとは言った。後の世代に呼びかけた人々が何を求めているかといえば、詰まるところそれは訴訟ではないかと思うのよ。三百代言に、口頭弁論という、この下劣、そして訴訟記録の山には、埃が積もり、それを厚紙の箱に詰め、報告書も加えて、歴史を作ろうとしている。他にもまだあったかしら。そうね、無罪放免という、この虚妄、判決という、この欺瞞、弁明という、この惰弱、賛美という、この騒々しい喇叭の音、最高の栄誉という、忘却をもたらすこの灰。

　また、これら一切について断を下すために（「法廷は判決を下すのであって人助けをするのではない」[*3]）、賑やかに喇叭を吹き鳴らすために、忘却の灰を払い落とすために誰かを訪ねるとしたら、それはほかでもない、後世の人々にあって三百代言を披露する以外に能のない者と決まっている。つまり法曹。裁判所の「待合室」に屯する職業集団。法律屋。公証人。ところが、私は誰も傷つけるつもりはないのだから、これは額面どおりに受け取ってくれていいけど、国民の生活がすべて裁判所に集中することは断じてありえない。

　これだけ正道を逸れた行動だから、その結果は何ほどもしないうちに明らかになった。裁判所に軸足を移し、法律関係者を代理に立てた結果、すべてが否応なく訴訟の様相を呈するようになった。すべてが三百代言のように見えてきた。すべては係争の意味に解釈されるようになった。しかもその意味が法律上の意味とまったく違う。ところが、私は誰も傷つけるつもりはないのだから、これは額面どおりに受け取ってくれていいけど、国民の生活がすべて破棄院で営まれることは断じてありえない。

　判決を下すこと。また、それにも増して判決を破棄すること。（判決を破棄すれば二度にわたって判決が下され、二回分の判決を手に入れ、二度にわたって係争に持ち込み、二度にわたって法律

＊1『懲罰詩集、唯一の完全版』（前出）の「著者まえがき」。
＊2 この丸括弧は閉じられないままになる。
＊3 王政復古期のヴィレール内閣（一八二一－一八二七）と敵対した政治家ナルシス＝アシール・サルヴァンディ伯爵（一七九五－一八五六）の言葉。

に訴えたように見てもらえるから。）（二倍も優れているように見てもらえるから。）それこそが理想であり、人々は総力を挙げてその実現に努める。このような傾向は、とそのひとは言った。ドレフュス事件で完成の域に達することを運命づけられていた。ドレフュス事件がもたらした成果の一つと捉えることもできる、とそのひとは言った。あの事件にも間違いなく利点はあった、とそのひとは言った。事件がもたらした結果をいつ汲み尽くしたのか、決して誰にもわからないのは、なにかと好都合だから。私はドレフュス事件がどうしても好きになれない。これ以上言わなくても、あなたならわかってくれるわね。だから私は、ドレフュス事件を歴史に残さないことに決めたのだった。ところがあなたは、どんな手を使ったのか知らないけど、私に多少の圧力をかけた。実際は事件を語っただけなのに、あなたの話し方が巧みだったのか、私には何がどうなっているのかわからないうちに、ドレフュス事件は隠然たる力を発揮して歴史に食い込んでいた。だから言うわけだけど、ドレフュス事件から得られる一つの結論、あるいは一つの帰結は、次のようなことでもあったと思うのよ。つまり万人の頭に去来し、現代の世界を捉えた、すべては必ず破棄院の判決によって、また破棄院の判決となって終わりを迎えるという発想に、ドレフュス事件が確証を与えてしまった。実際に一度、全人民の生活を中断した厳かな沈黙が支配するなか、人々が再審と、再審にともなう審理と、再審の判決に聞き耳を立てたことは紛れもない事実だから（それに今だから言えることだけど、全人民の生活だけでなく、一般世論の動向も再審に支配されていたから）、すべては必ず再審によって終わるはずだ、つまり再審こそ、すべてに打ち勝つ最終手段なのだ、という発想に、人々が確証を与え、確証を与えた当人がこの発想にすっかり魅了されてしまった。以来、目にする職は再審請求の調査官と、報告評定官だけになった。それ以外の職種は忘れられ、パン屋も、肉屋も、石工もいなくなった。内装職人すら見かけなくなった。

『懲罰詩集』を端から端まで引用するしかなさそうね、とそのひとは言った。未来と、後世に、作者が訴えている箇所を全部カードに書き出そうと思うなら。でも今は作者が名指しで「歴史」を登場させた箇所だけにとどめておきましょう。そうでもしないと博士論文が厚くなりすぎて、こう言ってよければ副論文の体裁を損なうことになるから。それからもう一つ、カードの記載は該当箇所をそのまま写し、対象を名詞に限ったものでなければならない。

（長く待たせはしないから安心して、とそのひとは言った。早くも二ページ目の、第一部に先立つ序詩「夜」第三節の十七、十八、十九、二十行目。また十九行目に行き当たった。賭けでもしているみたいね。）（違うわ、これが法則だということを忘れるところだった。）

分け合うことになるだろう、伯父と私で、歴史を。
　頭脳明晰は
もちろん私のほうだ。伯父には戦勝の軍楽をくれてやり、
　私は巨万の富を手にする。[*1]

＊1　ヴィクトル・ユゴー『懲罰詩集』、序詩「夜」の第三節、詩篇全体では第一〇五－一〇八詩行。

同じ詩の、同ジ箇所。二十五、二十六、二十七、二十八行目。つまり今引いた一節の、ほとんどすぐ後。

　私は伯父にしがみつく。主はこの私だ。
　　私は運命の定めにより
　伯父の肩に乗って歴史の水面に顔を出す、あるいはむしろ、
　　踏み台になった伯父を丸呑みにする。[*1]

次は同じ詩の、第五節、とそのひとは言った。これまでと次元が違う。第五節は文句なしに素晴らしい。喪の悲しみと埋葬の情景がありありと目に浮かぶ、これほど見事な描写に出会うことはまずないと思うし、古典古代の作家でも、なかなかこうはいかないのではないかしら。古代と同じ風格がある。誇張ではなく、アイスキュロスと同じ憐れみの情を感じる。宗教心がある。死者の尊重と死者への崇敬もある。嘆き、踊る哀悼歌。アテネを襲ったペスト[*2]に感じられるのと同じ切迫感。あるいはアテネのペスト以上かもしれない。しかも一気に書き上げたような勢いがある。それなのに。この陰鬱な、埋葬の描写に、そこにあらわれた死者の描写に、あの崇敬の念に、古代の葬儀を思わせる葬列と亡骸の提示に、いざ総仕上げの冠をかぶせようかというとき、こうして築かれた死者の殿堂に、いざ仕上げの要石を取りつけようかというとき、要するに、最もふさわしい言葉を使うなら、最後の一手を引き《ポルテ》受ける段におよんだとき、あの人はちゃんと気づいたのだった。歴史で

あるこの私も、今度ばかりは最後の一手を引き受ける《ポルテ》には力が足りないということに。私では文字どおり力不足だということに。唯一、誤ることのない、文学者の隠れた本能が、今度ばかりは私以外の者を探してくるよう、あの人に警告したのだった。最後の一手を「引き受ける《ポルテ》」と私が言うときは、「引き受ける《ポルテ》」という動詞に、打撃を「加える《ポルテ》」の意味ではなく、むしろ荷物の重さに耐える《ポルテ》と表現する場合と同じ、打撃に「持ちこたえる」の意味を込めている。要石が円天井の全重量に耐えるのと同じように。その意味で、あの人は状況を正しく理解し、ちゃんと気づいたのだった。私では最後の一手に耐えられないということに。先行する歴史の数々が、親しく接した数々の歴史が、先行し、先を予告するものすべてが、予告された数々の歴史が、ただ単に肉感的すぎる（そして現実感が強すぎる）だけでなく、永遠の色合いも濃すぎる（そして現実感が強すぎる）ということに。また予告された歴史の数々が私以外の誰かを求め、私以外の誰かを必要としているということに。私以外の誰かを予告していたということに。文学者の隠れた本能が、まさしく天才の隠れた本能が、今度ばかりは歴史である私では力量不足だと、あの人に警告した。先行する詩行で、目を覆いたくなるほどの大量殺戮がおこなわれた後だった。古代の詩が乗り移ったような十二音節詩句で、それこそ無数の死者を偲び、追悼した後だった。無数の死体を地面に寝かせ、無数の死骸を土に埋めた後だった。無数の死者を悼んだ後だった。無数の市民を犠牲にし、殺害した罪を、染み一つない純白の屍衣で包み隠した後だった。無数の墓穴に大量の土を流し込んだ後だった。多量の血が流れ、まだ乾いていなかった。無数の犠牲者と無数の殉教者が、端正このうえない十二音節詩句の墓所に

＊1　ヴィクトル・ユゴー『懲罰詩集』、序詩「夜」の第三節、詩篇全体では第一一三－一一六詩行。
＊2　トゥキディデス『戦史』で語られた紀元前四二九年のペスト。

葬られた後だった。以後の世界を予告する、これらすべての事どもが、片側に迫り出し、不安定な予告の数々が、そこに待ち構えていた。私では高さを増していく円天井の重量に持ちこたえるには力量不足だった。最後の一手に耐えるには力量不足だった。それがわかったとき、例によって平然と、恥ずかしげもなく、かつて全世界で見られたなかでも最大の厚顔ぶりを発揮して、あの人は一瞬たりともためらうことなく、尻込みすることも一切なく、適切な言葉を使うなら、審判そのものに、真実の、現実の、本来の審判に訴えたのだった。審判だけが唯一、文学的に十分な質をともない、規模と強度が、銃器にたとえるならその口径が、大砲にたとえるならその規格が、また二つのうちいずれの場合にもその直径が、最後の一手に耐えるだけの大きさを備えていた。ところが審判に訴えたその先から、しかも訴えるのと同時に、しかも訴えるのと一緒に、あの人はコンブ[*1]のことを思い浮かべ、ペルタン[*2]のことを思い浮かべ、急進社会主義者の面々を思い浮かべていた。審判を信じていると思われるのは困りものだ。支持者が何と言うだろうか。そこであの人は、こう言ってよければ公民として卑劣な手段に訴え、後に卑劣の権化ともいうべきジョレス氏[*3]が登場しなかったら、かつて全世界で見られたなかでも最悪のものと言われただろう、あの卑劣漢ぶりを発揮して(そういえば、あの人の卑劣はジョレス氏の卑劣に不思議なくらいよく似ているけど、それはたぶん扇動家が総じて卑劣漢だからで、卑劣こそ大衆受けするための秘訣であり、広い支持を集めた者に共通の秘策だということにすぎないのかもしれない)、ほかならぬその卑劣漢ぶりを発揮し、審判に触れた箇所を慌てて条件法に切り換え、言葉の綾に作り変えて、「まるで審判のようだ」と述べるにとどめている。関係者全員がそれで納得する。総仕上げの冠を求めていた作品、つまり順調に高さを増していった詩には、名詩にふさわしい要石が取りつけられるだろうし、その要石は詩の本体に勝るとも劣らない風格をただよわせることになる。その一方で急進社会主義者の面々が不安に駆られる恐れは露ほどもない。ともあれ作品は望みどおりの風格をただよわせ、絶対に必要な風格が、避けようもなく備わってくる風格が、それ相応の風格が、そこに生まれる。自分の中にある詩人を満足させるために講じた措置ね。ところがその一方で、せっかくの風格が条件法で言い換えられ、言葉の綾になりさがる。こちらは自分の中にある政治家を満足させるために講じた措置。何度同じことを言っても、まだ言い足りないから言っておくけど、あれほど桁外れの天才が、これほど情けない性格の持ち主に宿った例は、かつて一度も見られなかった。あれほどの大詩人が、これほど情けない政治屋と同衾した例は、かつて一度も見られなかった。

そして、身内を亡くした家に涙が流れる一方、
つれない北風は柩もない死者たちの顔に吹きつけ、
冷たい影が満たしていった、陰気な壁に囲まれた墓地を。[*4]

＊1　エミール・コンブは急進共和派の政治家。ヴァルデック＝ルソーの後を受けて首相に就任すると、修道会から出された許可申請の組織的却下、修道会による初等教育の禁止など、反教権主義政策を推進して政教分離の徹底を目指す一方、教皇庁とのあいだでナポレオン一世が結んだコンコルダート（宗教協約）を受け継ぎ、教会が国家に従う政教関係を是認した。
＊2　カミーユ・ペルタン（一八四六－一九一五）は政治家、ジャーナリスト。一九〇二年から一九〇五年までコンブ内閣で海軍大臣を務めた。
＊3　ジャン・ジョレス（一八五九－一九一四）は高名な政治家。穏健共和主義から出発し、やがて社会主義に転向した。雄弁家として大衆からの圧倒的な人気を誇った。
＊4　ヴィクトル・ユゴー『懲罰詩集』、序詩「夜」の第五節、詩篇全体では第二一五－二一七詩行。

（ユゴーの韻文として最良のものとは言えない、とそのひとは言った。よく出来た韻文とすら言えない。最後に逆転が起こる韻文というよりも、むしろ取り換えがきく韻文だから。入れ換えや、差し込みを許すから。動詞や、形容詞や、実詞の別もなく、部分と部分が問題なく入れ代わる韻文だから。付加形容詞と属詞の別もない韻文だから。これこそまさに不出来としか呼びようのない韻文の見本ね。ところが続きの部分では様相が一変する。）

冷たい影が満たしていった、陰気な壁に囲まれた墓地を。
聞こえるか、死者の諸君、暗闇の中で諸君は〈神〉に何を話したのか。
地面から首を突き出して天を仰ぐ、
この謎めいた死者たちを見ると、ある思いを禁じることができないのだ。
糸杉も戦《おのの》くこの墓地では※1……

（「糸杉も戦くこの墓地では……」
これは間違いなく、とそのひとは言った。私たちが検討してきた、例の詩節を予告する最初の異文であり、あの詩節に先駆けて成立した異文だと思う。

悍《おぞ》ましいあの墓地で、
パリが震える、おお苦しい、おお辛い！

悍ましいあの墓地で
戦く睡蓮。

また、引用を二つ並べると改めて気づかされることがある。つまり作者は、どの作品でも変わることなく、長い期間にわたって、長い時間をかけながら、いつも同じ詩的感興を追いつづけたばかりか、胸の奥に秘めた、常に一定した想念とともに生き、二十回だろうと、百回だろうと、一つの効果を、一つの語を、一つの文彩を、一つの着想そのものを、一つの動きを、一つの抑揚を、一つのうねりを、それこそ何度でも「試してみる」手間を厭わなかった。そうすることでようやく成果を上げ、成功を収め、目的を達したのだった。手に入れたのだった。ようやく自分のものにすることができたのだった。特段に優れた形式を、まばゆいばかりの文彩を、最終的な、これにとどめを刺す成功を、あれだけの成果を、唯一絶対ともいうべき模範例を、あの完璧な模範例を、数ある詩的感興の一つひとつについて、他にも試みられたあらゆる刻印の記憶を乗り越え、最後に一つだけ残ったあの刻印を。)

糸杉も戦くこの墓地では、
鳴り渡る審判の喇叭を聞いて、
無惨にも殺された人々が突如として目覚めるのではないか。

＊1　ヴィクトル・ユゴー『懲罰詩集』、序詩「夜」の第五節、詩篇全体では第二一七－二二一詩行。

その目に映るのは、ボナパルトよ、天空の門まで
引き立てられ、〈神〉の御前に控えた、醜くも不実なおまえの魂ではないのか。
そして、自分も証言するためにこそ、死者たちは墓穴から出てきたのではないか。
モンマルトル！　壁に囲まれた運命の墓所。薄暗い夕暮れになれば、
道行く人は今でもこの壁を避ける。[*1]

同じように考えるなら、とそのひとは言った。ここに言葉の綾があることは認めておかなければならない。でもそれ以上に、言葉の綾とは別の要素があることを認め、もはや未来に「訴える」のではなく、過去に向けて同様の訴えを起こし、未来と対をなす過去の崇高に向けたこの呼びかけによって、一つの入れ換えが起きていることを認めなければならない。（呼びかける相手が犯罪だとしても、そこに過去の崇高を感じる場合は、特に注意が必要だと思う。）同じ詩の第六節、十四行目以下――（つまり、また十九行目に行き当たることになる）――「おお、神殿の柱よ」で始まり、これに続く次の一節。

パトモス島で口を開け、聖ヨハネの目に映った深淵よ、
ネロを目にした空よ、セイヤヌスを見た太陽よ、
その昔、ティベリウスをカプリ島へと導き、
黄金のガレー船に波を切らせた風よ、
東の空から、そして北の空から吹く風の吐息よ、

教えてくれ、人殺しは大根役者を上回るや否や。[*2]

次も同じ詩。（またずいぶんと得るものが多い詩だこと、とそのひとは言った。）第八節の一行目以下。

どれもこれも人がその目で見たことだ。それを歴史は語り、
語り終えると、たまらず涙する、恥辱に顔を赤らめて。
大いなる国民が再び目覚めるとき、
贖罪の刻限を迎えるそのとき、
血塗られた日々を招いた剣よ、頼む、闇の外には出ないでくれ。
違う。違うのだ。ありえない、暗い一つの魂に加えてさらに[*3]……

ここから先も言葉が次から次へと溢れ出す。ヴィクトル・ユゴーが嫌いなら、好きなだけ批判すればいい、とそのひとは言った。それでもユゴーはガスで動く非力な発動機だと決めつけることは絶対にできない。同じ詩の、同ジ箇所、二十八行目、第一段の末尾に相当する部分。登場するのは私ではないけど、私の後を受けて、また未来が戻ってくる。

＊1 ヴィクトル・ユゴー『懲罰詩集』、序詩「夜」の第五節、詩篇全体では第二二一‐二二八詩行。
＊2 同、序詩「夜」の第六節、詩篇全体では第二四三‐二四八詩行。
＊3 同、序詩「夜」の第八節、詩篇全体では第三一五‐三二〇詩行。

奴らが来た。生き恥をさらす、あの男を、
山賊も同然の、あの男を聖別式の香油で洗ってやるとは！
奴らが来た。喪の悲しみと殺戮を、
殺しを、屍衣を、刃を、流血を、劫火をもたらした。
未来の面前に不幸の種を蒔いたのだ、大いなる〈神〉よ！[*1]

次も同じ詩。同じく第八節。第三段で、九十三年[*2]に呼びかけた部分の十一行目。

ヨーロッパ全土を打ち負かし、その手にとらえた
すべての王を、ひとまとめに握りつぶしたそなた、
今の時代が来る元となった時代を閉じるために生まれ、
恐怖によって自由を救ったそなた、
必然、という暗い名をもつそなたは、
竈《かまど》の炎のように、そなたが光り輝く歴史の中で、
永久に孤立してあれ、巨人にも見紛う九十三年よ！
そなたほどの大事は、そなたの後には二度とない。[*3]

（[*4]「そなたが光り輝く歴史の中で」とは、いくらなんでも寂しいわね、とそのひとは言った。カー

ド一枚分の資料にはなるけど。でも、これだと私が「人格化」されたとは、とても言えない。

そのひとは口をつぐんだ。続けたものかどうか迷っていた。疲れた様子で両手をだらりと下げた。私も思ったままを言わせてもらうなら、そのひとは明らかに気落ちしていたし、それどころか（包み隠さず言っておこう）、すっかり興醒めしたように見えたのである。私は一瞬、人格化の不在、あるいはその欠如に、そのひとが傷ついたのではないかと恐れた。「歴史の中で」――「中で」はないだろう――この「中で」は私から見ても少しばかり度を超していた。「そなたが光り輝く歴史の中で」とは、なるほど言いえて妙かもしれない。見方によっては。しかし同時に、いささか乱暴なうえ、もしかすると本当に礼を失した物言いかもしれない。だから一瞬、そのひとが気分を害したのではないかと思ったのである。勇気をふるい、礼を尽くして、そのひとに私の思ったことを訊いてみた。ソノヒトハ口ヲ閉ザシ沈黙シツヅケタ。ずっと押し黙ったままでいた。

――それだけじゃないのよ、とそのひとはようやく口を開いた。問題の詩行には、最初から正真正銘、紛れもない不作法を感じる。それは確かよ。「そなたが光り輝く歴史の中で」とまで言われ

＊1　ヴィクトル・ユゴー『懲罰詩集』、序詩「夜」の第八節、詩篇全体では第三三八－三四二詩行。
＊2　一七九三年は一月のルイ十六世処刑に始まり、王妃マリ＝アントワネットや、ジロンド派を中心とする反政府勢力の市民が次々と斬首刑に処せられ、恐怖政治が国民を震え上がらせた年。
＊3　ヴィクトル・ユゴー『懲罰詩集』、序詩「夜」の第八節、詩篇全体では第三六二－三六九詩行。
＊4　この丸括弧は閉じられないままになる。

たら、私が照明器具にでもなったように見えるし。でもね、その程度のことなら、とそのひとは言った。その程度のことなら、まだ大目に見てもいい。残念ながら私はこの種の非礼に慣れてしまったから。ペリクレス[*1]の時代を最後に、敬意というものはどんどん消えていった。でも、私が話をやめたのは、今の詩で語られた歴史もまた、他のあらゆる歴史と同様、もうすぐ終わりを迎えることが私にはよくわかっているからなのよ。

――何をおっしゃる、と返した私に他意はなかった。その歴史は始まったばかりではありませんか。

口を滑らせてすぐに私はいたく後悔した。「始まった」と聞いて、さらに深くなった額の皺が以前にも増して痛々しい。私の不用意な一言が、そのひとを悲しみの淵に突き落としたのだ。

「始まったばかり」ですって、とそのひとはようやく口を開いた。あなたの言うとおりよ。図星を突くなんて、困った坊やだこと。[*2]（私はそのひとにとって最も痛いところを正確に突いてしまったことに気づいたが、かといって相手の傷をえぐることなく、後悔の気持ちを伝えるのは至難の業だ。そのひとは同情を集め、気遣ってもらうという、たったそれだけのことで深く傷つくところまで追い詰められていたのだ。私はどういう態度をとるべきか見当もつかなかった。

――あなたの言うとおりよ、それがどういうことか、あなたにもわかるでしょう、とそのひとは言った。分類カードという方式をとるかぎり、私が語る歴史はすべて、いつになっても始まったばかりの歴史でしかない。

事典で調べればわかる、とそのひとが言った。恥ずかしがることはないのよ。いいから、さあ、『ラルース小百科』を開いてごらんなさい。ちゃんと説明してあるから。エウテルペは数えきれないほどたくさんの歌を完成させることができた。タレイアは喜劇を、そしてメルポメネは悲劇を、いつでも好きなときに完成させることができる。テルプシコラがメヌエットを、エラトが悲歌を完成させるのを、誰も邪魔することはできない。ポリュヒュムニアは讃歌。カリオペは（ほら、星の冠をかぶったあのカリオペ）、演説や叙事詩。私を入れて二人だけが、とそのひとは言った。いつになっても、なしとげることができない。一人はウラニアで、やりとげることができないのは天上の「歴史」を語るからだし、クリオであるこの私は地上の「歴史」を語るから、なしとげることができない。

この、「歴史」という言葉に最近の業界人が与えた意味と、同じ業界人の、分類カードに記録していく方法と方式がある以上、なしとげるなど望むべくもないし、完成させることも望みようがないばかりか、私たち二人、つまりウラニアと私は始めることすらできない。何をどうしようと始めることができない。ウラニアは宇宙の歴史を語っているかぎり、決して始められないし、私は人間の歴史を語るから、何をどうしても始めることができない。

あなたの言うとおりよ、坊や。人間の歴史は始まったばかりの歴史なのだから。そうよ、私が語る歴史は、どれもこれも始まったばかり。私が語る歴史は、歴史としてどれも同じだから。私が語るどの歴史も、私の身の上を語る歴史も、全部始まったばかりで、始める以外のことは絶対にできない。

＊1　ペリクレス（紀元前四九五頃－同四二九）は古代ギリシア、アテネの政治家。民主政を完成させ、都市国家アテネに未曾有の繁栄をもたらした。パルテノン神殿をはじめ数々の神殿の建造を進め、悲劇詩人ソポクレスを支援するなど、文化事業の充実にも努めた。

＊2　この丸括弧は閉じられないままになる。

ない。しかも、現代の世界に知識人党が出現して以来、ずっと同じ状況が続いている。現代の世界で統治者の地位と、支配者の地位を知識人党に与えて以来、ずっと同じ状況が続いている。

　こうして生まれた体制では、在るものは在る、とそのひとは言った。起こることは起こる。ところが私は完成させることが絶対にできない。在るものの歴史を語ることが絶対にできない。出来事を追って走ることが絶対にできない。出来事は出来事なりに推移する。ありふれた比喩を今でも使うことが許されるなら、出来事は川のように流れていくのに、私はじっと釣り糸を垂れたままでいる、と言えばいいかしら。起こることは起こりつづける。それなのに私は時流に明るいとは言いがたい自分でありつづけている。まだしもウラニアなら、先回りして宇宙の出来事を捉え、星辰を巻き込んだ出来事や、天の出来事と向き合うことができるけど、それは恒常性を示す宇宙と、従順な星辰と、反復を起こす天を相手にしているから。対する私に与えられたのは人間だった。しかもそれは恒常性を示す人間ですらなかった。

　従順な態度を示す人間でもなかった。ある意味からすると反復を起こす人間ではあった。

　幸運に恵まれた人間だった。

　すると私の正体は、分類カードを用意し、自動車を追って走る女、といったところかしら。

　私は摂政と総督を兼ねる者になることを求められた（「天の女王、地上の摂政[*1]」）。私の手に、この弱々しい両の手に、現世の統治だけでなく、時間の全面的支配だけでもなく、霊的なものそれ自体の統治をゆだね、さらには霊的なものの統治と、現世には属さないものへの支配を一つに合わせ、そこに永遠なるものがもつ威信のすべてを加えたうえで、全部まとめて私にゆだねようとする動きもあった。私のもとを訪れ、ずばり救済の秘密を聞き出そうとした者もいる。それも都市の統治だけでなく、人心の統治について説明を求められたばかりか、こんな言い方が許されるなら、それと時間を同じくして、私は思ってもみなかった新制度のもとに下ることを求められ、思ってもみなかった装置を取りつけられ、思ってもみなかった方法を与えられたあげく、これはあなたに対する挑発として、また自分に向けた挑発として言っておくけど、問題の核心が見えない八方ふさがりの状況に置かれてしまった。事の本質に一切触れられない、というわけではないし、並外れたもの、霊的なもの、滋養に富むもの、永遠なるものにまったく手が届かない、というわけでもなく（確かにそれも大問題だけど）、ただ私は自分に向けた挑発として、自分には始まりを完成させることなどできるはずもない、世界一単純な歴史の始まりに辿り着くこともできない、と認めるしかない。すぐそこにあり、平凡そのもので、どこにでも転がっているような、どこまでも普通で、最も強く時間に縛られた、要は文芸に最も近い歴史。このうえなく月並みな歴史。そんな歴史の始まりに辿り着くこともできない。あなたと私の目の前で一つの装置が組み立てられ、私たちの行く手をふさいだ、とそのひとは言った。そして私たちはある特別な体制のもとで生きることになった。そこでは何でもすることができる代わりに、一つ例外があって、何でもできるという事実の歴史だけは語ることができないし、何でも完成させることができる代わりに、一つ例外があって、完成にいたるまでの歴史だけは語ることができない。ユゴーは『懲罰詩集』を完成させることができた。対する私が『懲罰詩集』の歴史を完成させることは絶対にありえない。私たちにとって、それが運命の定めだから。イエス・キリストは世界を救うことができた。対する私がイエス・キリストの歴史を完成

＊1　フランソワ・ヴィヨン『遺言詩集』、「聖母祈禱のバラッド」第一詩行。

させることは絶対にありえない。

　あなたもその目に焼きつけたはずよ、とそのひとは言った。何かと面倒の多い、あの『懲罰詩集』を読む私たちの身に起こったことは。さんざん苦労して私たちはようやく第一部の入り口に辿り着いたのだった。ユゴーは『懲罰詩集』に収めた「全部《レ》」の詩篇を書き終えることができたのに（いい機会だから、全部で四十八あるノエル・パルフェ宛書簡のうちの一通でユゴーが語った内容を、そのまま借りることにしましょう。「冠詞の『レ』はただの飾りではない。私は冠詞をつけずに『懲罰詩集《シャティマン》』と言い、冠詞をつけて『静観詩集《レ・コンタンプラシオン》』と言っているのだ」）、この私が『懲罰詩集』について、また作者ユゴーについて書き終えることはない。私が『懲罰詩集』の歴史を完成させることは絶対にないし、ユゴー個人の歴史も完成にはいたらない。それどころか『懲罰詩集』と、ユゴーの全作品にあらわれた歴史という語の歴史すら完成させることができない。テルプシコラは踊る際のステップを完成させることができる。対するこの私は、お呼びがかかったとしても、完成したステップの歴史を完成させることは絶対にできないし、ましてや考案者であるテルプシコラの歴史を完成させられるはずもない。四平方ピエの画布だけで、レンブラントが誰も陵駕できない傑作『エマオの晩餐』[*1]を完成させるには十分だった。四帖分の紙だけで、コルネイユが悲劇『ポリュークト』を完成させるには十分だった。（二本の木材を十字に組み合わせるだけで、イエスが世界を救うには十分だった。）対するこの私は、『エマオの晩餐』と作者レンブラントを、コルネイユと『ポリュークト』を語るとしたら（私にはもうイエスを語る勇気がない）、それこそ大量の巻紙が必要になるだろうし、結果的に私一人で世界中の森林資源を使い切ってしまうにちがいない。そして地球上の森という森を丸裸にするにちがいない。そしてセルロースを枯渇させるにちがいない。

こうして私は袋小路に迷い込んだ、とそのひとは言った。細部まで汲み尽くそうという、あの人たちの方針に従った以上、こうなって当然だった。『懲罰詩集』を読む私たちの身に起こったことを思い出してごらんなさい。あれはまだ序の口だった。あのとき選んだ素材と同じくらい単純で、範囲があそこまで狭く、あれほど文学寄りであるうえ、あそこまで本の世界だけに限定され、こう言ってよければ範囲をあれほど大雑把に限られ、多少とも複雑な人生とはおよそ無縁で、多少とも流動性を示す現実からあれほど遠い「題目」が他に一つでもあるかしら。「ヴィクトル・ユゴー作『懲罰詩集』におけるクリオへの言及をすべて究明し、しかる後に歴史への言及および控訴をすべて究明すること」という設問と同じくらい誰にとっても平易で、あそこまで便利なうえ、理解しやすいという点で、誰にとってもあれほど明快な素材が他に一つでもあるかしら。それなのに早くも日が落ちかけていた。そうだったわよね、坊や、私たちがやっとの思いで第一部の入り口に辿り着いたばかりだというのに、早くも日は落ちようとしていた。いつだって日は落ちる。それなのに私たちは、いつだって第一部の入り口に辿り着いたばかりで、そこから先に進めない。どんな本を開いても、どんな作品に接しても、どんな生を覗いても、私はいつも決まって第一部の厳かな横棒を見てしまう。特大の大文字で印刷した「第一部」の見出しが、いわば巻頭の横木となり、手すりとなって目に飛び込んでくるわけだけど、いずれ自分がその手すりに寄りかかる日は来るのかどうか、私には絶対にわからない。第一部、それは命の夕暮れを迎えた私の足がかろうじて近寄ることので

＊1『エマオの晩餐』（仏語題を直訳すれば『エマオの巡礼者たち』）と呼ばれるレンブラントの油彩画はフランス国内に二枚あるが、画面サイズから判断するとペギーが念頭に置いているのはルーヴル美術館所蔵の中期作品だと思われる。

きる厳かな門。第一部の始まりで一人の王が一つの治世を完成させることはできても、完成した治世の歴史を他人が完成させることは絶対にありえない。革命を起こすことはできても、革命の歴史を完成させることは絶対にありえない。控えめな副論文に向けて私たちが選んだ題目と同じくらい平易で、同じくらい身近にあって、事前の準備も同じくらい整ったものが他にあるかしら。あの題目以上に、最初から離散的で、正確かつ不自然なまでにくっきりと境界が定まって、切り分け、削られて、最初から小さな断片に整えられていた素材が他にあるかしら。完成した小さな断片があって、後はそれを一箇所に集めるだけでよかった。文書があって、しかも文書として明瞭そのものだったから、後はそれを全部まとめて結わえればよかったし、結わえた文書は藁束でもなければ、小枝の束でもなく、すぐに使える薪のような束になった（私たちが手を触れただけで、文書はたちまち枯れ木に変わってしまうから）。そのうえこれらの文書には、二重の平易と、同じく二重の利便性があって、言葉の字面をなぞるだけで文書は識別できる。つまり文書の意味を究明するための基準は一つの語であり、その語が文中にあるのか、それともないのかによって判断すればよかった。そして実際に基準となったのが、「クリオ」および「歴史」という二重の語だった。扱う対象が文書ではなく、一つの運動そのものであり、一個の理念であり、現実の一部であり、生の一部であるとしたら、どれだけ大変だったことか（とは言ってみたものの、あなたも知ってのとおり、こういった大仰な言葉を連発するのは私の好みに合わない）。というか、もっと単純に考えて、扱う対象が文書であることに変わりはないけれども、文書の意味を究明するための基準が一つの語ではなく、たとえば一個の理念、あるいは一つの意図や、一つの運動だったとしたらどうかしら。一つの慣習だったら？　あるいは一つの血縁関係だったら？　私たちは二重の平易さと、二重の利便性、つまり一方がもう一方の中に組み込まれた利便性に頼ることができた。器の利便性と中身の利便性。文書の利便性と文書に含まれる語の利便性。特定の文書ほど便利なものはどこにもない。特定の文書に含まれる特定の語ほど便利なものはどこにもない。私たちが調べたのは本の一部だけで、それをまた本の一部に組み込みさえすればよかった。しかもこの作業では、本に出てくる特定の語が基準になった。一冊の本でも、本の一部でもいい。その中に現実の一部を組み込まなければならないとしたら、どれだけ大変なことになるかしら。それから次数を二に上げて、現実の一部に、現実の一部をさらに組み込まなければならないとしたら？　とにかく何が起きるかわかったものではない。日が落ちる。休暇は終わる。私は一秒の歴史を語るのに一日かかる。一分の歴史を語るのに一年かかる。一時間の歴史を語るのに一生かかる。一日の歴史を語るとなれば永遠に続く時間が必要になる。何でもできる。自分がしていることの歴史を語れと言われたら話は別だけど。私は起承転結が整った物語として歴史を語るようなことはしたくない。私が語る歴史はどれも始まり以外は絶対に見えないけど、それはまず第一に、あらゆる歴史が範囲を定められているとはかぎらず、あらゆる歴史は無限に続く歴史の中に織り込まれているからであり、第二に、私が語る歴史の体制では、あらゆる歴史がそれ自体として無限だから。とりあげる時間がどれほど短くても、その歴史を語るとなれば私には永遠に続く時間が必要になる。とりあげる出来事がどれほど小さくても、その歴史を書くとなれば私には永遠そのものが必要になる。とりあげる有限がどれほど小さくても、その歴史を語るとなれば私には無限が必要になる。今日、あなたと私の身に起こったことを思い出してごらんなさい。「クリオ」の名を項目に立てても、抜き書きを記したカードは十分集まらなくて、内容の薄い、貧弱な副論文にまとめあげることすら叶わなかった。私たちが集めた抜き書きは、たしかカードで二枚分にしかならなかった。ところが「歴史」の名を項目に立てると、該当箇所があまりにも多く、それを書きとめた分類カードも膨大な量になるから、不可能性の在処は正反対の極に振れて、大部の博士論文にまとめあげることすら、たぶん叶わなくなっていた。あなたのお許しをいただいて、とそのひとは言った。私はここにもまた一つの象徴を見ておきたい。今でもまだ象徴などという言葉を使うことが許されるとしたらの話だけど。「クリオ」という私の名を項目に立てると、歴史を語るのに足りるだけ十分なカードを私が手にすることは絶対にない。「歴史」という私の名を項目に立てると、歴史を語るのに足りるだけ十分に少ないカードを私が手にすることは絶対にない。いつも決まってカードは多すぎる。古代史と向き合ったとき、歴史を語ることができない理由は典拠が足りないところにある。現代史と向き合うとき、歴史を語ることができない理由は典拠が多すぎるところにある。そんな境遇に、あの人たちは私を追い込んだ。際限なく調査を続け、細部を調べ尽くすという、あの人たちの方法と、頭陀袋を一つ用意して、そこに詰め込んだ中身を無際限に増やしていけば一つの無限が得られる、というあの人たちの考えに従った以上、それは当然のことだった。

　あなたも知っているでしょう、とそのひとは言った。あの人たちが、私を締めつけるのに使った釘抜きがどんなものだったか、どんな釘抜きの、顎の部分で私をはさんだか、知らないわけではないでしょう。正確を期するなら、握りが一本しかない釘抜きの、先が二つに割れた顎の部分に私をはさんだ、と言うべきかしら。（通常は複数形で書く釘抜きという単語を単数形にすることが認められたらの話だけど。）一方で、あの人たちの心に適った歴史でありつづけようと思うなら、一切の省略、ということはつまり一切の選択を自分に禁じなければならず、だとしたら私は間違いなく、あなたも先刻ご承知のとおり、自分が始まるという、その始まりにすら絶対に辿り着くことができない。ところがもう一方で、私があの人たちに対して不実を働くこともありうる。不実などという高雅で、由緒正しい言葉をここで使うべきかどうか疑問は残るけど、そのとき私は思い切って何かを選択し、何かを省略するのではないかと思う。ところがここで、今説明した二番目の仮定を認めた場合、初めて不実を疑われ、私が少しでも選択を自分に許し、少しでも自由を自分に与え、少しでも省略を許容したなら、それが兆候となって初めてあらわれた時点で、私はもはや、あの人たちが思う私ではなくなっている。兆候が初めてあらわれた時点で、そこにあるのは芸術の手法や、芸術の方法だから、私はまた最初から途方に暮れるしかない。だってそうでしょう、本物の芸術であるものすべてと、最初から競合関係に入って、レンブラントが描いた四平方ピエの画布や、コルネイユが使った四帖分の紙と張り合うことになるわけだから。あなたには、このジレンマから私を助け出すことはできない。私は愚かであるか、あるいは不実であるか、どちらか一方でしかありえない。ということはつまり、二様の愚かさのうち、どちらか一方を選ぶしかない。私は、あの人たちに言われるまま、無際限に増えていく細部を調べ尽くそうと心に決める。そうすると私には自分が始まるという、その始まりを始めることすら絶対にできなくなってしまう。あるいは逆に、原子にして一個程度の欠落を大目に見ただけで、私は無際限に増えていく細部をすべて放棄する。そうすると、一方で私はすべてを失うことになる。私の安全を保障するはずの体制が完全に崩れてしまうから。ところがもう一方で、私には得るものが何もない。芸術にかかわることなら頼りになるのは妹たちであって、この私ではないのだから。芸術にかかわることなら（選択と、省略なら）、あのテルプシコラですら、いつ何を訊かれても、私より詳しい説明ができる。私を一つの学問に育てようとして、この学問という言葉にあの人たちが込めた意味に照らすなら、一方の私は確かに、あの人たちが学問の名で言わんとする意味に適った、そしてあの人たちが望んだとおりの学問たりえている。そうすると私は自分が始まるという、その始まりを始めることすらできなくなる。あるいは逆に、原子にして一個程度の欠落を大目に見ただけで、一個の学問であり、それもあの人たちなりの学問であるという自分の立場に背き、不実を働く一方で、あの人たちの言うことを聞いたため、芸術になることも叶わなかった私は、もはや何者でもなくなった。メルポメネや、エラトや、他の誰か、たとえばあのテルプシコラですら、私より有能だと思う。私はいつもジレンマにつかまって身動きがとれない。「クリオ」である私に抜き書きのカードが足りないかと思えば、「歴史」である私は過剰なまでのカードを抱え込む。古代の民族と向き合っているかぎり、私には資料が足りない。現代の民族に目を向けた途端、私は過剰なまでの資料を抱え込む。ラングロワとセニョボスが、共著本[*1]の冒頭部分に、歴史は資料から作られる、と書いているわね。またずいぶんと乱暴な物言いだこと。（しかも肝心なところが省略されている。省略がお嫌いな殿方としたことが、いったいどうしたことかしら。）資料に抗って歴史が作られることもあるのよ。資料に抗うからこそ、歴史は作られるとすら言えるのよ。失われた時代については資料が足りない。失われざる時代については資料が多すぎる。まさに両極端だけど、時代は二つのうちいずれかでしかありえない。（また、仮に第三の時代があって、二つの中間に位置づけられるその時代にはまさに失うに値する資料だけが失われたとしても《またその結果、まさに残すに値する資料だけが残ったとしても》、資料の紛失はまさに理想的だった、つまり失われたのは、まさに失ってしかるべき資料だったと、いったい誰が断定できるかしら。）問われるべき点はここにある。人は心中を偽って、歴史は一つしかないように見せかけている。ところが歴史には二通りあって、それが「クリオ」と「歴史」だということは、あなたと私でもちろん確認した。古代に、古代の民族に、古代人に、古代の出来事に、古代の世界に向き合うとき、私はクリオで、資料が足りない。現代に、現代の民族に、現代人に、現代の出来事に、現代の世界に取り組むとき、私は歴史で、資料の不足が足りない。まさにそこから、あの人たちが言う歴史の形而上学は生まれた。歴史には二通りあるのに、人は心中を偽って、歴史は一つしかないように見せかけている。古代の世界については典拠が足りない。現代の世界については不足が足りず、典拠の欠如が足りない。暴くべき秘密はここにある。ここにこそ例の、歴史の形而上学を成り立たせる仕掛けがある。古代の世界については情報が足りない。現代の世界については情報の不足が足りない。古代の世界では日が昇ることは絶対にない。現代の世界では、今日も早々と日が暮れたように、いつも決まって夕日が落ちる。そして私は満ち足りた一日を送ることが絶対にできない。私が一日の仕事をやりとげることは絶対にないばかりか、いつもながら平凡に、いつもの平凡な一日を送ることも、平凡な一日を平凡なまま受け止め、どこにでもいる労働者のように、畑を耕す以外これといった取り柄もない農夫のように一日を過ごすこともできない。そんな私は日雇いに出る哀れな女[*2]ですらない。世界の懐に抱かれて日雇いの仕事をこなす女でもない。それに私は落穂拾いの女でもない。落穂拾いなら、畑に来た最後の一人ですら（穂をわざと落としておきな

＊1　『歴史学研究入門』（一八九八）。シャルル＝ヴィクトル・ラングロワ（一八六三－一九二九）とシャルル・セニョボス（一八五四－一九四二）は、ともにフランス実証主義歴史学の基礎を築いた学者で、歴史学における史料の絶対的優位を説いたが、後にアナール学派から厳しく批判された。

＊2　『イリアス』への言及か。トロイア、アカイア両軍の戦いが均衡を保つ様子を、「日銭稼ぎの女」の天秤にたとえた箇所が第十二歌にある。

さい、と言いつけるのだった）[*1]、せめて畑の一方の端から始めて、もう一方の端で終わらせることができる。対する私は一方で、一日の仕事を始めることすらできない。そして古代の世界では必ずそうなる。もう一方で、私がまだ何もしないうちに日は傾く。そして現代の世界では必ずそうなる。古代の世界については抜き書きのカードが足りない。現代の世界についてはカードの不足が足りない。古代の世界について私は絶対に自分の世界をまとめあげることができない。アゲイレイン、つまり統合することができない。ところが現代の世界については、あなたにもわかると思うけど、私たちは始める以前に早くも別々の道を行くしかなくなる。統合以前にそうするしかなくなる。古代の世界については資料が手元にないから歴史は成り立つ。現代の世界については、逆に資料が手元にあるから歴史は成り立たない。もう少し含みをもたせたほうがいいかしら。それから、もう少し細かな点に立ち入るべきかしら。古代の世界について歴史は限られた資料によって成り立つわけだけど、それ以外の資料がないという一点だけは断じて譲ってはならず、他に資料がないという条件だけは、何がどうあろうと満たさなければならない。現代の世界について歴史は手元にある資料の狭間で作られ、手元の資料によって、資料と資料のあいだで、資料に抗い、その周囲を巡り、資料を上から見下ろす、あるいは下から見上げることで、かろうじて成り立つ。あなたにもよくわかっているはずよ、私の友達だから。古代の世界に取り組む歴史家諸氏に、従来不足していた資料の山を一度に渡したら、古代の世界を語る歴史のすべてが、今では古代史と呼ばれるようになった分野がすべて瓦解することは、あなたにもわかっているはずよ。なぜなら膨大な資料を手にすれば、古代史も、現代史が置かれているのと寸分違わぬ状況に置かれてしまうから。人間には二通りあって、古代史家と現代史家に分かれるというのに、人は心中を偽って、歴史家には一通りしかないように見せかけている。ところが古代史家は不足分の資料を渡されても途方に暮れるしかない。なぜなら膨大な資料を手にすれば現代史家と同じ立場に立たされてしまうから。古代史家は手元に資料がない状況に歴史学の命運をかけている。食い扶持を稼ぎ、「学問を発展させ」、後進を支援するため、少量なら、資料を渡されてもかまわないとは思っている。ところが全資料を一度に渡されたら、腰を抜かし、へたりこむしかない。そもそも資料を多めに渡されただけでも相当に不幸なのだから。そうよね、ペギー君、とそのひとは言った。高等師範ではどのような指導がおこなわれ、優秀な古代史家、ということは古代の世界に取り組む優秀な歴史家、つまり古代文明を語る優秀な歴史家を、どのようにして育てていたか、あなたにはよくわかっている。いいえ、それよりもブロック*2(Bloch)のことを覚えているでしょう。Blochとも、Blochとも綴る、あの人。大ブロックと呼ばれていたわね。確かに体は大きかった。でも大ブロックと呼ぶには一つ条件がある。それは歴史書を大部の著作にしないということだった。この点を押さえたうえで大ブロックのことを思い出してごらんなさい。手元に資料がない状況を利用していた。資料の不足を利用して歴史を語っていた。膨大な資料が偶然見つかるという不幸に見舞われると、すべては裏返り、すべてが揺らいだものだった。古代の世界に取り組む歴史家の一人が、古代の世界に関する大量の資料を見つけ(ありうることだわ)、円柱の列や、石板や、墳墓を、パピルス文書を、そして競技施設と、神殿と、弔いの儀式を伝える

*1 ヴィクトル・ユゴー『諸世紀の伝説』第二部、「眠るボアズ」第一二詩行。
*2 ギュスターヴ・ブロック(一八四八ー一九二三)はローマ史の専門家。一八八七年から高等師範学校で教鞭を執った後、一九〇四年からはソルボンヌ大学教授。ドレフュス事件に際して再審請求派に名を連ねたことでも知られる。アナール学派で活躍したマルク・ブロック(一八八六ー一九四四)の父。

考古学的遺構を、さらには劇場や、円形闘技場を調査できたとしたら、それはとても幸せなことよ、とそのひとは言った。(私がうなずき、早くも賛意を示したからだろうか。そのひとは前言を翻した。)とても幸せでしょうね、当人にとっては、とそのひとは言った。なぜなら出世街道まっしぐらだから。学士院入りも見えてくるから。ところが大量の資料を使ったがために、その歴史家は歴史にとってあまり幸せな存在ではない。歴史家一般にとってあまり幸せな存在ではない。つまり幸せな歴史家は同業者に対してあまり親切ではない。なぜならそういう歴史家はふつう、自分と同じ問題点について他の人が見つけたことを、先人や同業者が立証したことを、さんざん苦労したあげく、学識を総動員して積み上げた業績を、このうえなく強固な基礎の上に築かれた成果を、その歴史家の登場以前には「歴史」であったものを(すべて)台無しにしてしまうから。そして今後もずっと同じことが続く、とそのひとは言った。古代史の世界では資料の不足が常態化しているから、突発的に新資料が出てくると、分量自体はどれだけ少なかったとしても、その資料が関係する問題点について、従来認められてきた学説全体を覆すことになる。それで当然よね、五十五万七千点もあった資料のうち、たった一つしか残らないのが古代史の世界なのだから。——お言葉を返すようですが、とあなたたなら言うでしょうね。その資料がまさに当を得た、必要欠くべからざる一点であるなら、何も問題はないではありませんか。一つの文書や、一行の文が一つの世界を隈なく照らし出すこともありますし。——友達であるあなたに失礼かもしれないけど、見当違いもはなはだしいのではなくて。あなたなら、そんな言いぐさを許してもらえるけど、ほかでもないこの私には、そんなことを言う権利がない。権利はなくなった。現代の世界では諦めるしかないのよ。一行の文や、一つの単語が一つの世界を隈なく照らし出したとしても、それは芸術だけに許される手法なのだから。これだけはあなたも覚えておいてほしい。そして芸術の手法こそまさに、現代の世界で一貫して私に禁じられてきたものにほかならない。あなたなら、ホメロスの一行や、たった一語から、古代の世界でも特に厳かなその内奥について、なんらかの啓示を受けることができる。あなたなら、ソポクレスが残した合唱隊のパートを読んで、目の前がぱっと明るくなったように感じることもできる。そしてヘシオドス[*1]の片言から一つの確信を、確実な判断のなかでも特に重い判断を読みとることができる。でもそれができるのは、あなたが芸術の方法をとっているからにほかならない。あなたは省略や、暗示、参照や、捕獲や、圧迫、あるいは遊戯、養育や、受光や、干渉など、いずれも芸術に通じる手段に訴えている。照応や、共振、類比や、並行に訴えている。一つところを掘り下げている。勘や、深い理解を働かせている。私にも、とそのひとは言った。やろうと思えば同じことができる。私にも（私はムーサ九姉妹の長女ではなかったかしら）、一目見ただけでホメロスの一行に込められた意味をすべて把握することくらい当然できる。私にも、文書を数えるのではなく、文書の声を聞き、文書に従うことくらい当然できる。文書と自分のあいだを盛んに行き来することもできる。まめに仕え、まめに随行することもできる。そして（よく）聞き、勘を働かせることもできる。ところがそれこそまさに人に嫌われる態度なのよ。それこそまさにあの人たちが嫌う態度なのよ。あの人たちとは誰か、ですって？　あなたや私の主である歴史学の大家に決まっているでしょう。だから当然、私には芸術家を思わせる態度は禁じられる。私にも、心が広いあの女中[*2]になることはできる。私にも、陋屋の入り口で大切な客を迎えるのと同じように、文書を受け止め

＊1　ヘシオドス（生没年不詳）はホメロスと並び称される古代ギリシアの叙事詩人で、紀元前七〇〇年頃に活動したと推測される。代表作は『仕事と日々』。

ることはできる。私にも、ありうるかぎりで最もみすぼらしい家の戸口に立ち、高貴な客人を迎えるのと同じように、文書を受け入れることはできる。そして額が相手の足につくほど低く首を垂れることもできる。ところがそれこそまさに、あの人たちが嫌う態度なのよ。文書を尊重することすら、あの人たちはまず思いつかない。あの手の人間はいつも文書を校訂してばかりいるから、文書に仕え、文書の声を聞く（そして文書に同意する）、さらに尊いながらも親しい客人を迎えるのと同じようにして文書を迎え入れることは、絶対に思いつかない。尊いだけになおさら親しみやすい文書。そこに尊い糧を求め、心に親しい糧を見出すことは、まず思いつかない。何かの教訓ですらなく、異教徒にも、キリスト教徒にも通用し、霊にも、肉にも滲み入る糧。そんな心の糧に気づかないのは、実のところあの人たちが異教徒でも、キリスト教徒でもなく、霊とも、肉とも無縁だから。現代人以外の何ものでもないから。ホメロスの一行でも、ソポクレスの一行でもいい。コルネイユの一行でも、ラシーヌの一行でもいい。ロンサールの一行でもいい。ヴィニーの一行でも、ユゴーの一行でもいい。それに、言わずにおくのも変だから言っておくと、ラマルチーヌの一行でも、ミュッセの一行でも、それが詩であるかぎり被疑者としてあの人たちの前に立たされる。あの人たちの手で校訂される。起訴状を作るのと同じ要領で校訂される。昔は私にも、稔りなき海[*1]に浮かぶ、遠く微かな光を捉えることができた。そして深い森の中に見え隠れする明りを捉えることもできたし、捉えてみれば時としてそれは人食い鬼が棲む家の明りだった[*2]。私にも、山の頂に一つの言葉を認め[*3]、一つの状況がその奥底から照らされる有り様を見ることもできる。ところがそれこそあの人たちが嫌い、それこそまさに私から奪われた力なのよ。レンブラントも、それにベートーヴェンですら告発され、被疑者としてあの人たちの前に引き出される。通常は絶対にありえない、また説明のつかない部分を残した現象が起きて、しかもそれが、おそらくは偶発的な、ということはつまり、私なりに言い換えるなら、むしろ純粋な出来事の次元に属する現象だったために、美術史家と音楽史家の多くが、というよりもその大半が、現代の悪影響をすべて免れるのでもないかぎり、必ずそうなる。これはまた一つ別の問題ね、とそのひとは言った。その深みと、さまざまな困難に私たちが今日、迂闊にも引きずり込まれた、あの最重要問題と密接に関係するものではあるけれど。残念でならない、とその人は言った。今日という一日が終わりに近づいているなんて。私たちがこうして一緒に過ごす一日は、これから先もまだ何度か訪れるかもしれない。でも私にはもう予想がついている。二人の日々を、あなたが私の名に恃み、私の加護のもとに置くのはもう終わりだということくらい、私にもわかっている。加護を授けるのにふさわしい者が私の他に何人も控えているから。加護を授けるのにふさわしい者が私の他に何人も、あなたの心に深く食い込んでしまったから。私が同席を許されることは今後もまだあるかもしれない。もしかするとそれは古代人を思い出すための方便かもしれない。あなたは謙虚に私の話を聞いてくれる。発言を認め、時には好きなように話させてくれる。他の人はともかく、あなただけは礼儀をわきまえた人だから。あなたは私の話に耳を傾け、話を聞いてもらった私は証人として処遇されるのかもしれない。あなたが私を証人として喚問することになるのかもしれない。なにしろ誰かが話をすれば、そこに訴訟しか見ようとしない、、、

＊2（二九五ページ）シャルル・ボードレール『悪の華』（一八五七年初版）に収められた詩篇六九番冒頭に「あなたの妬みを買うほど心が広いあの女中」とある。
＊1 一五九ページの注＊1を参照のこと。
＊2 シャルル・ペロー（一六二八－一七〇三）の童話「親指小僧」を下敷きにした描写。
＊3 ヴィクトル・ユゴーの詩集『内なる声』の一節を参考にしたと思われる。

のが人間というものであるらしいから。いちばん長く話すのは、この私かもしれない。でも話をするにあたって物事のいちばん奥にまで分け入り、いちばん重要な秘密が湧き出す源となるのは、この私ではない。別の女[*1]がその場を仕切るに決まっている。仕切っているようなそぶりは露ほども見せずに。儚い幻のように私を消したければ、その女が姿をあらわすだけで足りるのだから。今日までとは別の加護が、別の女による加護がその場を仕切り、あなたは今日までとは違う日々を送ることになる。別の聖女があなたの名《な》祖《おや》になってくれる。二十世紀の長きにわたる経験から私が学んだのは、ひとたび心に嚙みついたが最後、キリスト教の歯は絶対に獲物を放さないということだった。私は二度と再び、あなたの中にある異教徒の魂に話しかけることができなくなるかもしれない。斧槍の鉤爪と同じで、いったん食いついたら二度と逆戻りできない歯。そんな歯だから食い込むことができても抜けることはない。嚙みつくときは鋭利な刃物のように、外から中に進む。外から中に向けて滑らかな曲線を描くけど、無理やり中から外に戻そうとすれば受傷部がめくれ、傷口も、嚙み傷の創縁もめくれてしまう。有刺鉄線と同じで、棘が邪魔して引き抜くことができない矢だからこそ、誰もが聖セバスティアヌスを守護聖人として崇める。例外はダンヌンツィオ[*2]だけ。受傷前の状態に戻ることのない嚙み傷。あなたがた人間は時に、いいえ、ほとんど四六時中、〈神〉に対して不実を働いている。ところが〈神〉はあなたがたに対して不実を働くことがない。その歯で食いつき、注入をおこなうとき、恩寵はあなたがたに対して不実を働くことがない。自分のものにしたい人間を、〈神〉は自分のものにする。自分のものにしたい人間を、恩寵は自分のものにする。〈神〉ノ手ヲ逃レシ奴隷。ソノ奴隷ヲ返スヤウ〈神〉カラ求メラレヌ者ガアラウカ？[*3] 人間は〈神〉を忘れることがある。〈神〉は人間を忘れない。〈神〉の恩寵が人間を忘れることはない。古代の神々は噛みつくということを知らなかった。誰が何と言おうと、噛みつく神々ではなかった。ところがあなたがたは噛みつく〈神〉に辿り着いた。噛みつくということを知る〈神〉に辿り着いた。そんな〈神〉に見込まれたあの女と比べると、アフロディテーはまだほんの子供だった。古代の神々が貪り食うことはなかった。ところがあなたがたは容赦のない〈神〉に辿り着いた。貪り食う〈神〉に辿り着いた。

　私が問題にしているのは、あなたがたキリスト教徒の信仰ではない、とそのひとは言った。希望のことでもない。そうではなくて、恩寵に触れて溶け落ちることも、愛に焼き尽くされることもなかった者が、はたしているだろうかと訊いている。

　だから当然、あなたは私を消すことになる、とそのひとは言った。遠からぬうちに訪れ、その後に続く日々から私を消してしまう。去っていく私を引き止めてくれない。今コソ御言ニ循ヒテ僕《しもべ》ヲ安ラカニ逝カシメ給フナレ。[*4]というよりもむしろ私が、去っていく自分を引き止めない。自分で自分を消す。淡い幻のように私を消したければ、キリスト教徒が姿をあらわし、その面前に私を引き出すだけで足りる。なぜなら肉体的存在であるのは彼らであって、この私ではないから。肉体的であるのは霊的存在であって、この私ではないから。言《ことば》ハ肉體トナリテ。[*5]私は冥王ハデスの館をさま

＊1　聖女ヴェロニカのこと。
＊2　ガブリエーレ・ダンヌンツィオ（一八六三－一九三八）の神秘劇『聖セバスティアヌスの殉教』は一九一一年五月二十二日にパリのシャトレ劇場で初演された。
＊3　原文ラテン語。出典不明。
＊4　新約聖書「ルカ伝福音書」二・二九。
＊5　新約聖書「ヨハネ伝福音書」一・一四。

よう影にすぎない。数限りない影の中にまぎれて墓の傍らに立つ影の一つにすぎない。私は墓穴の縁へと急ぐクリオの影。穴の縁に身をかがめ、中に飛び込もうとしている。ところが生贄が喉を掻き切られたのは私のためなどではなかった。[*1] しかも私は肉のパンを口にしたこともなければ、肉の葡萄酒である、あの聖血を飲んだこともない。我ラノ中ニ宿リタマヘリ。[*2] 肉体を得ることで、言葉は肉となった。ところがこの私は肉体を得ることすらなかった。肉体的存在を器として、そこに宿ったのは霊的存在だった。対する私は肉体的存在に宿ったことすらない。

あなたはもうすぐ私を見限る、とそのひとは言った。私とは別の名が次々にあらわれて、あなたに訪れる今日とは別の日々を栄えあるものにしてくれる。私とは別の聖女が次々にあらわれて、あなたの弁舌を導き、その場を仕切ってくれる。それくらいわかっている、とそのひとは言った。もう慣れっこになったけど、と言い足したそのひとの顔はどこか寂しげだった。私も主の婢女[*3]であることに変わりはない。でも私が主に仕えるには見捨てられてある者の境遇に身を置くしかない。見捨テラレタコトニヨッテ[*4]仕えるしかない。つまり私は見捨てられたままでいるしかない。

私たちが別れる前に、とそのひとは言った。私たちとはつまり、あなたと私だけではなくて、古代の世界すべてと、あなたがたキリスト教徒という意味だけど、お別れする前に一つだけ、あなたに頼んでおきたいことがある。これから先、あなたは原稿の頭に、以後あなたから離れなくなる偉人の名を記すことになる。でもその前に、次の一節を思い出してほしい。

私は三日でホメロスの『イリアス』を読むつもりだ、
だからコリドンよ、私が部屋に入ったら、しっかり戸を閉めてくれ［中略］

まる三日のあいだ、じっと動かず、心静かに過ごしたいのだ[*5]……。

どれか一つ原稿を選び、その頭にホメロスの名を記してほしい。史上最大の文豪だから。いいこと、坊や、神々でも敵わない文豪なのよ。神々だけでなく人間も、ホメロスに賞賛されなければ、名を残すことはなかった。私は知っている。ちょうど今、数か月来続く幸福な出来事に導かれ（幸福な出来事はそう滅多にあるものではない）、あなたは『イリアス』をギリシア語原典で読み直そうと思い立ち、その作業を始めたのだった。だから原稿をどれか一つ選んで、その頭に文豪ホメロスの名を記してほしい。そして私たちムーサとは何者だったのか、少しだけ説明してほしい。あの気高い女たち[*6]に、私たちムーサが世界を譲り渡したことは私にもわかっているけど、あの女たちに呼びかける前にもう一度、あなたの中にある異教徒の魂が思いの丈を語れるようにしてほしいのよ、わかるわね、坊や。あなたの中にある異教徒の魂にすべてをゆだねて、一度でいいから、かつて神々に呼びかけたあの男に、今度はあなたが呼びかける。なぜならホメロスは神々に加え、あなたの婢女であるムーサにも呼びかけていたのだから。別れる前に頼んでおくわ。いいこと、坊や、あと一

*1「私は冥王《ハデス》……」に始まるこの部分は『オデュッセイア』第十一歌を下敷きにしている。二〇一ページ注*1を参照のこと。
*2 新約聖書「ヨハネ伝福音書」一・一四。
*3 新約聖書「ルカ伝福音書」一・三八。受胎告知の場面でマリアが自分を指して言う言葉。
*4「イエスの御名の祈り」からの引用。
*5 ピエール・ド・ロンサール『続恋愛詩集』（一五五五）に所収の十四行詩から、第一、第二、第七詩行。
*6 聖女ジュヌヴィエーヴ、ジャンヌ・ダルク、聖母マリア、エヴァの四人。全員がペギーの作品でとりあげられ、題名にもなった。

日はしっかり考えて、その日を栄えある一日《ジュルネ》にしてほしいのよ。昔は一日《ジュルネ》分の戦闘を指してジュルネと呼んだものだった。まる一日は考えて、その日が弁舌の一日《ジュルネ》になるよう努めてほしい。その日を弁舌の一日《ジュルネ》とするよう努めてほしい。文豪ホメロスの名を原稿の頭に記してほしい。私たちムーサのために『ホメロス、古代の清浄をめぐる試論』も書いてほしい。私たちは滅んでもかまわない。それに、滅びたくないと思ったところで、どのみち滅びる運命にある。でも今ある自分のままで滅び、かつてあった自分のままで滅び、かつてあった自分として人に知られ、かつてあった自分のまま葬られることだけは、せめて認めてほしい。古代都市ほど清浄なものはどこにもなかった。私たちを非難したければ好きなだけ非難すればいい。誰よりもこの私が、自分たちムーサに足りなかったものは何なのかということを、しっかり理解しているのだから。でも清浄の不足を非難される筋合いはない。足りないものだらけだったかもしれないけれど、清浄だけはいつも持ちあわせていた。足りないものだらけだったかもしれないけれど、清浄に欠けるくらいなら、まだ何もないほうがよかった。敬虔な心に欠けると思われるくらいなら、まだ何もないほうがよかった。ホメロスほど清浄なものはどこにもない。私たちも、しまいには苛立ちを抑えきれなくなることがある。わかってくれるわね。私たちムーサについて現代人が並べ立てる侮蔑的な言葉を聞けば、腹が立って当然よ。向こうは冗談のつもりで言ったようだけど、愚にもつかない話を、こちらは嫌というほど聞かされたわけだから。古代都市や古代の家庭ほど清浄なものはどこにもなかったし、私が思うにあれほど敬虔なものはなく、私が思うにあれほど神聖なものもなかった。私たちは大いに憤慨している。現代人が私たちムーサにその責任を転嫁した数々の所業は愚鈍で淫らなものばかりだから、腹が立って当然でしょう。何の根拠もないのに。客人ほど神聖なものはなく、古代の歓待ほど清浄なものはどこにもなかった。また、さらに一歩進めて、古代の美ほど敬虔なものはなく、あれほど清浄な美はどこにもない、とここで言っておかなければならない。今だからこそ言わなければならない。さあ、ペギー君、「古代の美はいつもロシア女の太腿に宿ると思われてきたわけではない」[*1]ということを、現代人に説明してあげなさい。そしてヴェラーレンと名乗る古代人よりも前に、ホメロスと名乗る古代人がいたことを教えてあげなさい。

だからホメロスには、長い一日になるけど、その間ずっとあなたの代父を務めてもらいたい。あなたを守る永遠の聖女なら、そんなことで嫉妬する人は誰もいないだろうし。私たちムーサは無力だということを知っているから。それに最高の地位を手に入れたのは自分たちだということも知っているから。いったいどうして、後に残る聖女が、すでに消え去った古代人に嫉妬するかしら。いったいどうして、不滅の聖女が、すでに滅んだ古代人に嫉妬するかしら。いったいどうして、生にあふれ、生を謳歌し、永遠に生きつづける聖女が、死に絶え、葬られて久しい古代人を羨むかしら。私たちムーサが求めるのはただ一つ、義に適った埋葬の他にない。貧しく淫らな現代的習俗について、あれほど愚かで、あれほど柔弱な淫蕩について、あまりにも貧しい想像力から生まれた淫蕩について、その責任をすべて転嫁されることに、私たちは辟易しているのだから。

長い一日になるけど、せめて一日だけは、あなたの中に異教徒の魂を残し、引き止めておいてほしい。以前のあなたは愚鈍な現代人から、あなたが考えるキリスト教世界の生きた証しを無理やり

＊1　ベルギーの詩人エミール・ヴェラーレン（一八五五―一九一六）の悲劇『スパルタのヘレネ』（一九一二年初演）を念頭に置いた記述と思われる。主演はロシア出身のバレエダンサー、イダ・ルビンシュテイン。バレエ・リュスの影響もあって演出が扇情的だったためか、ペギーはこれを嫌ったという。

奪いとったことがあるけど、あのときと同じように現代人から、今度は私たちムーサの埋葬に用いられた聖なる布の断片を奪いとり、それをまる一日のあいだ手元に置いてほしい。異教徒の魂があれば、それをキリスト教徒の魂に作り変えることができる。ところが自身は何ものでもないため、古代の人間でも新しい人間でもなく、美術家でも音楽家でもなく、霊的でも肉体的でもなく、異教徒でもキリスト教徒でもない、そんな現代人を、あの生ける屍を、いったい何に作り変えたらいいのかしら。

昨日の魂があれば、それを今日の魂に作り変えることができる。だとしても昨日の経験がまったくない者に、いったいどうすれば明日を作ってやることができるかしら。そして昨日の魂をもたない者に、いったいどうすれば明日の魂を作ってやることができるかしら。朝の魂があれば、それを真昼と夕べに作り変えることができる。だとしても今朝の経験がまったくない現代人に、いったいどうすれば真昼と夕べを作ってやることができるかしら。

長い一日が終わると、次にあなたは自分の中にあるキリスト教徒の魂を前面に出すことになる。それどころか長い一日を過ごすうちに、早くもその魂を前面に出していたとすら言えるかもしれない。長い一日を迎える前に、間違いなくその魂を前面に出していたとすら言えるかもしれない。古代文明を見下ろすようにして恩寵が生まれ、表には出ない、先行する恩寵として働いた。異教徒の魂があれば、それをキリスト教徒の魂に作り変えることができるばかりか、キリスト教徒として最良の魂を作るとき、その元となるのは得てして異教徒の魂ではないかしら。何であれ過去があったのは悪いことではない。前例になるから。この世に生を享けたのが前の日だったというのは悪いことではない。昨日があったからこそ、今日はさらに満ち足りた一日になる。家を建てるなら地下室の上にかぎる。初めての朝を迎えた後の真昼は熟成の度をさらに増す。

キリスト教徒として最良の魂を作るとき、その元となるのは得てして異教徒の魂であることが多い。（なぜなら先行する魂があれば、後はそれをキリスト教徒の魂に作り変えるだけで済むから。）それで当然でしょう、なにしろ突きつめて考えれば、事実上（歴史上、とそのひとは言った）、キリスト教徒の魂が作られたとき、その元となったのは異教徒の魂であって、誰が何と言おうと、魂がないゼロの状態では絶対にないのだから。キリスト教の世界が作られたとき、その元となったのは異教の世界であって、世界がないゼロの状態では絶対になかった。キリスト教の都市が作られたとき、その元となったのは異教の都市であり、〈神〉の都市[*1]が作られたとき、その元となったのは古代都市であって、誰が何と言おうと、都市がないゼロの状態では絶対になかった。（先行する都市があったから後はそれをキリスト教の都市と〈神〉の都市に作り変えるだけでよかった。）先ほど話題にした現代人には魂が足りない。実に現代人こそ、魂が足りない最初の人間だった。古代の世界で魂が不足することは絶対になかった。独自の魂が不足をきたすことは断じてなかった。満ち足りていた。このうえなく敬虔で、このうえなく清浄で、最も適切な言葉を使うなら、このうえなく神聖な魂によって養われていた。それ以前に時間の揺りかごが三つ用意してあった（それは肉体と、霊の双方を受け止める揺りかごだった）。しかもそれで多すぎることはなかったと考えるしかない。しかもそれより少なくするわけにはいかなかったと考えるしかない。しかもそれでちょうどよかったと考えるしかない。なにしろ時間を寝かす揺りかごは間違いなく三つ用意してあったのだ

＊1　聖アウグスティヌスの『神の国』を暗示したものと思われる。邦訳題の「国」に相当するフランス語は「都市」なので、そのまま「都市」と訳した。

から。それに私たちムーサが、そのうちの一つでも忘れたり、無視したり、蔑んだり、見くびったりするはずはない。なにしろ時間の揺りかごが三つ用意されたことは厳然たる事実なのだから。イスラエルは〈神〉と、ダビデの血筋と、長く連なる預言者の系譜をもたらした。ローマはローマを、つまりローマの穹窿と、軍団と、帝国と、剣と、現世での力をもたらした。ローマは剣をもたらし、イスラエルが剣への嫌悪をもたらした。ナンヂノ剱ヲモトニ収メヨ。[*1] ローマは場所をもたらしたけど、それ以前にイスラエルは時間をもたらした。ローマは住居をもたらしたけど、それ以前にイスラエルは幕屋をもたらした。ローマは居住地と、風土と、総督をもたらしたけど、それ以前にイスラエルは家系と、総督への嫌悪をもたらした。ところがそれ以前にホメロスとプラトンは、いずれあなたが『古代の清浄をめぐる試論』で説明に努めるのと、まったく同じ考え方をもたらしたのだった。

長い一日になるけど頼むわね、ペギー君、せめて一日だけ、あなたの中に異教徒の魂を引き止めておいてほしい。今日が過ぎればその魂は早々に消えてしまうはずだから。求められるのは断じて神々の名誉回復ではない。弁護しようのない不逞の輩だから。それでも下にあった世界なら、神々がその上に迫り出した世界なら、もしかすると弁護に値する世界だったかもしれないし、今でもまだ弁護することができるかもしれない。もしかすると神々と混同せずにおくだけの値打ちがあるかもしれない。もしかするとそれは名誉を残してやり、本来的な名誉を保つよう配慮してやるに値する世界かもしれない。

求められるのは神々の弁護ではない。弁護しようのない不逞の輩だから。ただ単に神々が神として偽物だから、弁護できないと言ったわけではないのよ。その程度なら、たぶんどうということもなかった。どうしようもなく邪悪なのよ。どうしようもなく悪辣なのよ。人間と比べても、はるかに清浄に欠け、敬虔の心にもはるかに欠け、最も適切な言葉を使うなら、神聖の面でもはるかに劣っている。[*2]（それでも例外はあって、ゼウスが、「客人を守るゼウス」[*3]としてふるまう場合だけは別だった。とはいえ数ある問いのうち、あなたがいずれ検討しなければならない、まさにその問いは、あなたがいずれ自分に投げかけなければならない、まさにその問いは、次のようなものになる。すなわちオリュンポスの宗教は本当に古代の世界を統べる宗教だったのか、それとも単に表向きの宗教にすぎず（つまり、そのように見えるのではなく、むしろ表に出る宗教であり、実際にも表に出ていたのではなかったか）、うわべをとりつくろい、下にあるものを覆い隠す宗教だったのではないか、上っ面の宗教だったのではないか、そして深いところに潜む現実の古代宗教は客人尊重の宗教であり、いかにも古代らしい懇願の宗教だったのではないか。いきなり議論の核心に触れ、辿るべき道が行き着くその突端で、極限の一点を目指すなら、その極限の一点で、あなたがいずれ検討しなければならない問いは、議論が行き着く、まさに突端の一点で、あなたがいずれ自分に投げかけなければならない問いはまさに、当事者を名指すなら「客人を守るゼウスはオリュンポスのゼウスと同一の存在なのか」ということに尽きる。

文字どおりの意味で〈神〉と同じなのか、と問うことになる。少し割り引いて同一の神なのかどうか、と言い換えたほうが無難かもしれないけど。

＊1　新約聖書「マタイ伝福音書」二六・五二。
＊2　この丸括弧は閉じられないままになる。
＊3　二〇‐二一ページに説明がある「ゼウス・クセニオス」を参照のこと。

もちろん同一の神だった、とそのひとは言った。古代文明にとってゼウスは常に同一の神だった。とはいえ私にも、あなたにも、それでは理屈が合わないことはよくわかっている。史実に従えば同一の神だった。でも史実がすべてではないということを、この私よりもよくわかっている者がいるかしら。

真に議論すべき問題はここにある、とそのひとは言った。神々は、みずから支配する世界と交わることがなかった。神々が支配する世界は、神々と交わることがなかった。

そのような世界が、やがて神々との断絶に気づかなくなったということはありうる。とはいえ私にも、あなたにも、それでは理屈に合わないことが、当然ながらよくわかっている。

私が何を言いたいのか、もちろんわかってくれるわね、とそのひとは言った。イエスは最低の罪《つみ》人《びと》と同じ世界にあって、その罪人と交わる。最低の罪人はイエスと同じ世界にあって、イエスと交わる。ここには紛れもなく一つの交わりがある。それこそまさに本来の意味で交わりと呼ぶにふさわしいものでもある。それに真実をありのままに話すなら、というよりもむしろ現実をありのままに話すなら、同じ世界にあることを除いて、他にどんな交わりもありはしない。

たっぷり一日はまだ、とそのひとは言った。私たちムーサのために残しておいてほしい。あなたの魂を残しておいてほしいと言うつもりはないし、そんなことはとても言えない。私が言いたいのは、私たちムーサのために、あなたの心を残しておいてほしいということ。私が言いたいのは私たちムーサのために、追憶というか、敬虔な想起の働きを残しておいてほしいということ。古代の神々は神として偽物だったけど、その神々が支配した世界、つまり神々がその上に迫り出した世界のほうは偽の世界ではなかった。悪辣で、邪悪な神ばかりだった。それどころか邪悪な獣ですらあった。でも神々が支配した世界、神々がその上に迫り出した世界は断じて悪辣な世界でも、邪悪な世界でもなかった。

求められるのは断じて神々を弁護することではない。神々を立派な紫の屍衣に包んで埋葬することでもない。そんな仕事に手を染めればルコント・ド・リールや、ルナン[*1]あたりとまったく同じになってしまう。そうね、こう言えばわかってもらえるかしら。まさにそれが考古学であり、ルコント・ド・リールの仕事であり、蓮《ロチュス》を「ロトス」と書く者の偏向である。そう言えばわかってもらえるかしら。本当に求められているのは、時間の揺りかごとして三番目のものを決して蔑まず、決して見くびらないことだし、またおそらくは、というよりも間違いなく二番目の揺りかごについても同様の対応が求められる。

本当に求められているのは、一つの世界に、その世界の神々が背負うべき罰を絶対に背負わせないことだと思う。考えてみればその神々は、当の世界と交わることのない神々かもしれないのだから。本当に求められているのは、一つの世界を不名誉に、神々だけにかかわる不名誉に巻き込まないことだと思う。本当に世界と交わる神々なのかどうか、しかるべく検討しないうちは早まったことをすべきではないから。

ホメロスを読むために。ホメロスをもっとよく知るために。[*2]私の真似をしなさい、とそのひと

＊1　エルネスト・ルナン（一八二三－一八九二）はテーヌ（前出）と並び称される実証主義の思想家で、宗教学と文献学の分野で活躍した。宗教の文献学的・歴史的研究に没頭し、全七巻におよぶ『キリスト教起源史』（一八六三－一八八一）を完成させた。その第一巻『イエス伝』はヨーロッパ全土で反響を呼んだベストセラー。

＊2　傍点部はいずれも入門書の題名を意識したもの。因みにミシェル・ブレアル著『ホメロスをもっとよく知るために』（一九〇六年初版）は一九一一年に再刊されており、『クリオ』執筆中のペギーはこれを参照したと思われる。

は言った。ホメロスを手に取る。常日頃から求められていたことを実行に移す。相手がどれほどの大物でも同じ。それに、これは大物が相手だからこそ強く求められる態度かもしれない。相手は大物だ、などと考えては駄目。絶対に、そんなことは考えないように。何も考えてはならない。本文を手に取る。余計なことは考えない。これはホメロスだ。史上最大の文豪だ。最古の文豪だ。守護聖人だ。父で万能の巨匠だ。そして何よりも、かつて世界に生まれたなかで最も偉大なもの、すなわち親しみやすい表現を極めた真の巨匠だ。そんなことは考えないように。本文を手に取る。そして、あなたと本文のあいだに何も介在させないようにしなさい。何がどうあろうと記憶だけは介在させないようにしなさい。これだけは言わせてもらいたいし、ムーサ全員のなかでも私だからこそ、あなたにこの話をする権利があるはずだから言っておくけど、あなたと本文のあいだに、一切の「歴史」を介在させないようにしなさい。それからもう一つ、これも言わせてもらいたいから言っておくけど、本文とあなたのあいだに、ある意味で生まれがちな賞賛と、敬意とを一切介在させないようにしなさい。本文を手に取りなさい。エミール＝ポール社から先週出たばかりの一冊[*1]を手に取ったつもりで読みなさい。一切の干渉を、一切の準備を排し、一切の儀礼と、一切の追加を排除しなさい。そういう余計な配慮は正真正銘の改竄につながるから。一つひとつの「歌」は、一つひとつの「歌章」は、半月に一度、週に一度あなたが出す「手帖」になぞらえるなら、出たばかりの号のつもりで読みなさい。最新刊のつもりで読みなさい。この、書籍商の業界用語はわざと使ってみた。慎重にならなくていいと言うために。期待するなと言うために。鈍感になるなと言うために。こうして曇りのとれた目を見開くだけで、すぐに見えてくるものがある。わかるわね。新聞と同じように、時報のように、雑報欄のように、起こったばかりの事件を伝える報道と同じように読んでごらんなさい。波一つ立たない穏やかな心で。そんな読み方をして急に気づかされるのは、古代のオリュンポスと古代の世界とが、相互にきちんと重なり合うようにはなっていない、つまりヘールモスメノイ・アレーロテスではないということよ。オリュンポスと世界は大きく食い違っているということよ。

私はとても驚いている、とそのひとは言った。この一件が世人の口の端に上るようになって久しいというのに、これまで誰一人として何も言わなかったことに驚いている。あなたも、この点に気がつきさえすれば、きっと驚くだろうけど、ただ驚くだけでは済まなくて、誰一人として何も言わなかったことに愕然とするにちがいない。こんな状況に立ち至ったのはたぶん、あなたと私で話し合ったような読み方をすることが絶えてなかったからだと思う。ホメロスの作品世界、それもとりわけ『イリアス』には、ある特定の天と、その天とは完全に異質な地がある。ある特定の神々と、神々とは完全に異質な人間がいる。ある特定のオリュンポスと、オリュンポスとは完全に異質な古代の世界がある。不滅の存在と必滅の存在は、断じて同じ死に照らして不滅と必滅に振り分けられるのではない。ホメロスの命名に従って至福者と呼ぶべき者と、不運な者とは同じ運に照らして幸運な者と不運な者に振り分けられるのではない。天と地、神々と人間、オリュンポスと世界は、それぞれ同じもの同士ではないし、似たもの同士の組み合わせでもなければ、嚙み合うこともない。食い違いがある。天は眼下の地と交わる天ではない。縁もゆかりもない天。神々は地上の人間と交わる神々ではない。縁もゆかりもない神々。オリュンポスは眼下の世界と交わるオリュンポスではない。

＊1 エミール＝ポール社は一九一一年にペギーの『第二徳の秘義の大門』を再刊している。

ない。縁もゆかりもないオリュンポス。人々は判断を誤った。上と下は正確に組み合わさっていなかった。地滑りがあった。なんらかの干渉が起こった。後には断層が残された。上と下が同じ地質ではなくなった。天と地、神々と人間、不滅の存在と必滅の存在、至福者と不運な者は互いに交わることがない。オリュンポスと世界は互いに交わることがない。だから人々は生きる糧をオリュンポス以外の場所に求めてきた。オリュンポスは世界を支配するとはいえ、階層秩序の頂点に君臨するわけではない。神聖不可侵の秩序などありはしない。オリュンポスは世界の上に迫り出しているにすぎない。世界がオリュンポスを知る機会は、のしかかってくるオリュンポスの無法ぶりに耐え、その重量に押しつぶされる場合に限られる。世界がオリュンポスを知るのはオリュンポスの無法ぶりに耐えているからにほかならない。世界がオリュンポスを知り、オリュンポスを思い出すと、後はもうその無法ぶりに耐える以外、どんな道も残されていない。世界がオリュンポスについて知ることは、オリュンポスとの関係が忍従でしかない以上、どうしても種類が限られてくる。無数の、言語道断な虐待に、度重なる迫害。破廉恥きわまりない迫害と、執拗このうえない怨念が招いた悲惨な結末。このうえなく残忍な気晴らしに、最悪の流血にいたる気紛れ。ここまで信義に欠けるとなれば、それと拮抗するものは相手の立場を尊重するという、人間界では当然の態度と、人間の崇高を措いて他にない。とにかく腹黒い。度量が小さい。とげとげしい。悪辣だ。すぐに裏切る。誓いを破ってばかりいる。約束に背いて何とも思わない。そんな不埒な輩と拮抗するには信義と純真と初々しさと清浄をもって応えるしかなく、常に廉潔を保つのが難しければ、せめて約束の尊重だけは人間界の原則として立てておかなければならない。

手の届くところまでオリュンポスが下りてきて、そのオリュンポスと遭遇したら、後はもうオリュンポスの無法ぶりに耐える以外、どんな道も残されていない。

これほどの偽善を見せつけられると、あのオデュッセウスですら申し分ない廉潔の士に思えてくる。

だから古代文明で、それも特にホメロスの作品世界で最も崇高なのは英雄だということになる。人間の勇士であり、英雄的な人間であるという広い意味での英雄だけでなく、片親が神であるという本来的な意味に適った半神半人の英雄。（ついでながら人間の男と女神のあいだに生まれた英雄は、男神と人間の女とのあいだに生まれた英雄を、崇高と威厳の面で上回っているようにも見える。）半分は神々の血筋に連なることが有利に働くわけではない。実情はむしろ逆で、こういう言い方が許されるなら、半分は人間の血筋に連なることが有利に働いて、神のごとき英雄は生まれる。そこから英雄には、あの奥深さと、あの威厳と、定めを知るあの洞察力が与えられ、運命は日々の経験となる。半分は人間の血筋に連なることから英雄は、古代の世界で人間の徳と認められたものすべてを引き出してくる。そして半分は神々の血筋に連なることの意義は、英雄を半分だけ神に変えるところにあるのではなく（特に注目すべき点は神々の血筋に連なってはいても不滅は決して手に入らないことだと思う）、半分は神々の血筋に連なっているにもかかわらず、英雄に許されるのは古代人の徳を、いわば昇格させて、一つ上の等級に高めることに限られるのだから（それが高キニ在ル者、つまり上天に座す神々の実像だと思う）、この倍加から、文字どおりの（再三にわたる）二重化から（英雄は半神半人ではなく、むしろ二重の人間であると考えるほうが、ずっと実情に即した見方だと思う）、このきわめて特異な格上げから結果として導かれるのは、確かに英雄こそ、古代の世界で古代人を代表する最も見事な見本であるという認識ではないかしら。

英雄とは拡張され、倍加し、格上げされた人間のことを言う。断じて縮小され、半分になった神ではない。それは英雄にとって幸せなことだった。私たちムーサにとっても幸せなことだった。人間にとって幸せなことだったし、古代の世界にとっても幸せなことだった。神々にとっても、それは幸せなことだった。血筋を一切穢されずに済んだのだから。半分は神々の血筋に連なる英雄ではあっても、たとえば不滅の存在になれるわけではなく、結局のところ神性を付与してはもらえないのだから。人間と運命を分かち合い、人間とともに死ぬ。そうすることで英雄は崇高な存在になる。英雄に認められた特典といえば、しかるべき父親がいて（しかるべき母親がいて）、結果的に地位の高い守護神がいるという、その一点に尽きる。しかも英雄の父親であり、守護神でもある男神は（その代表格はゼウス）（母親が女神なら少しはましだけど）、息子の身の上を気にもとめないことが多い。当の英雄はといえば、半分だけ神々と同じ幸運に与ったとしても、それで穢されることは一切ないし、半分は神々の血筋に連なるからといって、それで穢れを抱え込むことは一切なかった。だからこそ英雄は、あなたや私の手元にある一切のうちで、古代の勇壮を完璧に体現する最高の範例でありつづけることができた。

私が何を言いたいのか、もちろんちゃんとわかってくれるわね、とそのひとは言った。イエスは最低の罪人《つみびと》とも交わるし、最低の罪人もイエスと交わる。そこは同じ一つの世界だから。でも英雄の場合は違って、神々が英雄と交わることはなく、英雄が神々と交わることもない。

私を信じて、言われたとおりにホメロスを読んでごらんなさい。驚くはずよ。ホメロスを読んだあなたは、当時のギリシア人から見ても、またかなり早い時期に、当事者は気づかず、当事者には思いもよらなかったかもしれないけど、まず間違いなくオリュンポスが絵空事も同然の神話になりさがっていたと知って、愕然とするにちがいないわ。

私が何を言いたいのか、もちろんちゃんとわかってくれるわね、とそのひとは言った。イエスは決して神話の人物ではない。キリスト教徒から見てイエスは人となった〈神〉の子なのだから。人となった〈神〉だから。不信者から見たイエスはどうか。そうね、その場合のイエスは一人の人間だということにしておきましょう。とはいえ、いずれの場合でも、キリスト教徒から見ようと、不信者から見ようと、イエスは決して神話の人物ではない。ギリシア人から見ると、どうやらホメロスの時代にはすでに、そして悲劇詩人の時代を迎えてからはなおのこと(ついでながら私が悲劇詩人を話題にするときは、アイスキュロスとソポクレスに限って悲劇詩人と言っているのであって、あの軽蔑すべきエウリピデスはもちろん眼中にない)、どうやらオリュンポスも、神々も、すでに神話上の存在になりさがっていたらしい。神々の存在を信じないわけではない。そうではなくて信じる者の信仰そのものが、いわば神話的なものでしかなくなっていた。信じるにあたって特に強い力をもつのは、神々によってもたらされた現時点での災厄と、神々によってもたらされる、目前にせまった災厄とにおびえる者の、恐怖にもとづく信仰だった。

もっと深く踏み込んでみましょう。落ち着いてホメロスを読んでごらんなさい。(それに悲劇詩人をもっと読むべきでしょうね。)一種独特の、きわめて特異な軽蔑が神々に向けられていることに強い衝撃を受けずにはいられないから。軽蔑には、もちろん羨望が入り混じっている。それどころか軽蔑の主成分は、まさにこの羨望なのかもしれない。(他にもまだあるだろうけど。)確かに人間は神々に羨望の眼差しを向ける。永遠の若さを、永遠の美貌を羨む。無際限の力を、瞬時に移動する速さを羨む。永遠の戦いを、永遠の宴を、永遠の色恋を羨む。ところがそう思った先から、神々への羨望それ自体を溶かすようにして取り込んだ、ある種本来的な軽蔑の実在が明らかになる。おそらく意識にも上らない軽蔑。だからなおのこと危険で、なおのこと確定的な軽蔑。そしてなおのこと深い意味をもつ軽蔑。それに軽蔑それ自体として、なおのこと取り返しがつかなくなった軽蔑。そんな軽蔑が向けられた先には何があるのか。もちろん神々の行住坐臥を措いて他にない。つまり軽蔑は神々が永遠に若く、永遠の美貌を保つことに向けられる。世界のほぼ全域に通用するほどの力に恵まれ、瞬時に移動する速さがあることに向けられる。軽蔑は神々が永遠に戦いを交え、永遠に宴を張りつづけ、永遠に色恋の鍔迫り合いに興じつづけることに向けられる。詰まるところ、すべての神々に対する、内にこもった軽蔑ということだけど、内にこもっているだけになおのこと危険なものとなったこの軽蔑は、悲劇詩人の作品群にも、また最低でもそれと同じ程度には、ホメロスの作品世界に一貫している。(ただしこれには例外があって、たとえば『アンティゴネ』で言及された、不文法の制定者で、その源泉でもあるゼウスは除外して考えなければならない。もちろん『アンティゴネ』のゼウスは、客人を守るゼウスと同じゼウス以外の何ものでもなく、客人と、家庭と、住まいと、都市を守護するゼウスであるわけだから、ここでまた以前と同じ問いを立てるしかないのも当然で、不文法を作り、客人と、家庭と、住まいと、都市を守護する『アンティゴネ』のゼウスが、要するに客人を守るこのゼウスが、オリュンポスのゼウスと同一の存在なのか、むしろまったくの別人ではないのか、まったく別の神、まったく別のゼウス、まったく別の存在ではないのか、と問わなければならない。同じ神だとしたら、どうにも説明がつかないから。成文法も不文法もひっくるめて、自分で定めたすべての法を、あれほど平然と犯し、客人を、家庭を、住まいを、都市を、あれほど深く傷つけた者が、ゼウスの他にいるかしら。一方で歓待の精神を尊重する守り神になっておきながら、その精神を自分の手で、あれほど深く傷つけた者が、ゼウスの他にいるかしら。一方で家庭の名誉を尊重する守り神になっておきながら、その名誉を自分の手で、あれほど深く傷つけた者が、ゼウスの他にいるかしら。信仰をあれほどまでに踏みにじった者が、ゼウスの他にいるかしら。まったく別の存在でなければ辻褄が合わない、とそのひとは言った。一方のゼウスは、他の神々と同様、オリュンポスの神でしかない。オリュンポスの最高神かもしれないけど、結局のところオリュンポスの神であるという事実は動かしようもなく、神々の王にとどまっている。きちんと調べてみるべきね、とそのひとは言った。まったく別のゼウスがいるのではないか。ギリシア世界を限なく巡る、まったく別の存在があるのではないか。結局のところ常に呼びかけの対象になるその存在こそ本当は、こう言ってよければ人間の王なのではないか。せめてこれだけは調べてみるべきでしょうね。）

　軽蔑は何に向けられるのか。詰まるところ軽蔑は、神々が決して滅びないことに、従って最も大きく、最も悲痛な崇高を、決して身にまとえないことに向けられる。崇高とは、まさしく滅びゆく者の美質だから。軽蔑は神々が移ろう気配も見せないことに向けられる。軽蔑は神々が限りある命とおよそ無縁であることに向けられる。軽蔑は神々が儚い命とおよそ無縁であることに向けられる。軽蔑はまさしく神々が存続し、決して移ろわないことに向けられる。軽蔑は、神々がいくらでもやり直せることに、つまり一度移ろえば二度と戻らない人間と、決して同じになれないことに向けられる。軽蔑は神々が、根本的に、また本質的に不可逆の存在である人間と、決して同じになれないことに向けられる。軽蔑は神々の前途に時間があることに向けられる。（従ってまた神々の背後には少しも時間がないことに向けられる。）軽蔑は神々が不安定な、かりそめの存在ではないことに向けられる。要するに軽蔑は、絶えずさらされてある人間に与えられた、他に例のない崇高が、神々には少しも見られないことに向けられる。

軽蔑は、人間を崇高へと導く三つの要因、すなわち死と、苦しみと、危険を、神々が一切もたないことに向けられる。（キリスト教の独自性は、決して三様の苦痛⸨従って三様の崇高⸩、すなわち死と、苦しみと、危険を、何モナイトコロカラ考えついたことにあるのではなく、これら三様の苦しみに真の使命を見つけてやり、現代人にとりつき、その存在を半ばまで蝕む病を加えたことにある。）

そして四つそろった苦しみに、苦しみ本来の、真の崇高を残らず割り当て、苦しみ本来の広がりを残らず与えた点に、キリスト教の独自性はある。

軽蔑は、人間が授かり、人間が身にまとい、人間だけに与えられた三様の崇高を、神々が身につけられなかったことに向けられる。移ろい、一度通った道に二度と戻らず、自分で残した足跡には決して足を踏み入れないからこそ、人間は崇高な存在となる。とりわけ重要な点に絞るなら、後戻りできない道を極限まで辿った先で死ぬ存在であるからこそ、人間は崇高な存在となる。（わけても重いこの経験は旅路の果てで一度だけ実現する。）（死という、崇高な不可逆性の経験。）一切の時間を自由に使えるわけではないからこそ、人間は崇高な存在となる。自由に使えないどころか、時間は一つしかなく、しかも一人につき一つと決められたその時間が一度しか与えられず、一つの方向にしか流れない時間であることから、崇高は生まれる。要するに人間の崇高は危険を冒すことから生まれるわけで、ここにこそ究極の、崇高を極めた崇高はある。まさしく死と、苦しみと、危険に遭遇する危険を冒すことから崇高は生まれる。絶えず危険を冒して、戦いに、宴に、色恋の鍔迫り合いに身を投じつづけることから崇高は生まれる。

そう考えてみればすぐに、ホメロスの作品世界で神々は崇高の面で確かに大きく（しかし無限ではない）（ある意味からすると永遠でもない）、量の面で、そしておそらくは質の面でも大きいには違いないけれど、実体の面で、また本質の面で見ても、神々の崇高は奥深さを欠いていることが明らかになる。神々の崇高は、人間の崇高を転用（詐取）したうえで、そこから、まさしく人間の崇高を生む要因と、人間の崇高がもつ独自性を取り去ったものにほかならない。

だからオリュンポスは決して下界と結ばれることがなく、下界から養分を汲みあげて、その頂点に輝く冠にもなれず、人間と同じ世界に生きることもできないばかりか、フランス王がフランス王国でその身に体現したものにはなれないし、オデュッセウスがその王国と、イタケの館でその身に体現したものにすら、絶対になることができない。オリュンポスは、いわば垂直の方向に並置されている。上に積み重なっている。

神々に対する潜在的な軽蔑は、おそらく人に知られず、おそらく未知の感情でもあっただけに、なおのこと揺るがず、なおのこと動かしがたい軽蔑となる。

羨んでばかりいるように見える（それに人々が羨望をそのまま言葉にすることもままある）。本当に運のいい連中だ、こんなふうだったり、あんなふうだったりするとは。こんなことをしたり、あんなことをしたりするとは。こんなものをもっていたり、あんなものをもっていたりするとは。確かに羨んでいるかもしれないけれど、こうした言葉の裏には陰にこもった軽蔑がある。現代の世界で、労働者がブルジョワのことを語るのと寸分違わない口調が、ここにはある。労働者がブルジョワと同じになりたがっていることは間違いない。間違いなく労働者は、ひたすらブルジョワになることを望み、その一途な思いを募らせている。それでも、いくら羨望しようと、羨望の裏には陰にこもった軽蔑がある（あるいは自分に対する軽蔑も含まれているかもしれない）。（間違いなく自分に対する軽蔑が含まれている。）（そこには軽蔑すべき輩と同じになりたくてしかたのない自分がいるから。）（軽蔑すべき人間の一人になりたくてしかたのない自分がいるから。）

　核心まで踏み込んで、当の古代人も自分のものとはまず認めなかったと思われる考え方に迫り、その奥底を覗いてみると、そこには神々に対する潜在的な、陰にこもった軽蔑がある。崇高の点で、オイディプスと同等の存在になれないことが、神々にはよくわかっていた。だから軽蔑された。古代人の考え方を探ると、人々が心の奥底でオイディプスこそ世界で最も崇高な人物だと思っていたことは、明白すぎるほど明白だと思う。世界で最も崇高な使命に、当初は耐えるだけ耐えてから、後に決然とこれを実現したのは、紛れもなくオイディプスだった。最大限の崇高を現出させたのはオイディプスだった。なにしろオイディプスとは、テバイの王であるという、まさに絶頂から始めて、数あるなかで最も険しい道を辿り、そのまま身を落とした末に、数ある盲人のなかで最も哀れな物乞いとなり、最も苦しみ、最も長くさすらうことで、最も崇高な霊的向上を実現した人物なのだから。

　死ぬことは、ホメロスの作品世界で、必滅の存在として自分の運命を満たすこと、つまり死を免れない一人の人間に定められた運命を満たすことにほかならない。「万が一そなたが死ぬようなことになったら」、と『イリアス』第四歌百七十行で、アガメムノンがメネラオスに言う。（それはメネラオスが、神聖不可侵な休戦のさなか（⦅休戦の誓いを立てたのはメネラオスとパリスが一騎打ちの戦いに挑むためだった⦆、愚かなパンダロスの手によって放たれた（⦅文字どおり愚か者、アフローンだとホメロスは言う》[1]、卑劣の矢を受けたときのこと。幸い矢は奇跡的に急所を外し、帯と、腹帯と、紐の結び目が一つに重なる部分に当たった。というよりもむしろ、矢は帯に当たって(「マルブルー」を思い出すわね》[2]、胸当ての下に巻いた腹帯と、紐の結び目に当たることで勢いを殺がれたのだった。)「そなたが死んで」、とアガメムノンはメネラオスに言う。「そなたが死んで命の定めを満たすことになったそのときは」。死ぬことは、ホメロスの作品世界で、また悲劇詩人の作品群でも、命の定めを成就することに等しい。ある意味からすると、死とは要するに満たし、成就することにほかならず、その結果生まれるのはやはり一種の充足だということにもなる。とりわけ満たし、成就する生き方と、そこに生まれる充足こそが、神々に足りないものの正体ではないかしら。

神々には最後に訪れる死という戴冠が足りない。死による聖別が足りない。神々には苦しみという聖別が足りない。(わけても客人の苦しみと、哀願する者の苦しみと、さすらう者と盲人の苦しみが、ホメロスの苦しみが、オイディプスの苦しみが足りない。)神々には危険という聖別が足りない。

そうした境遇に落ちる危険と自分は一切無関係であることが、神々にはよくわかっていた。死の危険とも、苦しむ危険とも無縁であるばかりか、危険に遭遇するという、たったそれだけの危険とも無縁であることが、神々にはよくわかっていた。

＊1 『イリアス』第四歌。
＊2 民謡「マルブルー公出陣の歌」に「帯（baudrier）」は出てこない。「盾（bouclier）」とあるのを「帯（baudrier）」と勘違いしたものと思われる。

神々は危険を冒すことができるという幸運にすら恵まれない。死の危険を冒し、苦しむ危険を冒し、危険に遭遇するという、たったそれだけの危険を冒す望みがあるという幸運にすら恵まれない。これら三様の崇高を手に入れようといくら思っても、望みは叶わないことが、神々にはよくわかっていた。

詰まるところ、ホメロスから見ても、悲劇詩人から見ても、あるいは古代の世界に暮らすどんな人から見ても、神々は完結を欠く存在だった。神々には満たすということが足りず、成就という、たったそれだけのことが足りず、充足という、たったそれだけのことが足りない。神々は満たされることのない運命を生きていた。

要するに古代の世界から見て（とそのひとは言い募った）、古代の世界に暮らすあらゆる人間から見て、それにこれはプラトンの著作にも跡をとどめる考え方だけど、要するに当事者が認めようと、認めまいと、また認めた場合の自覚が大きかろうと、小さかろうと、神々に充足はなく、充足しているのは人間のほうだった。

それに歴史であるこの私も、とそのひとは言った。私もやはりムーサの一人で、ムーサ九姉妹の長女でもあるし、父親はゼウス、それもオリュンポスのゼウスなのだから、私の運命が決して充足しない原因は、どうやらこのあたりにあるらしい。祈りを捧げる人間は充足している。秘跡を受ける人間は充足している。死にゆく人間は充足している。一つの命によって充足し、また一つの永遠によって充足している。ところが想起する人間は決して充足することがない。それなのに私ときたら、想起する以外は絶対に何もできない。

想起する人間と、回顧する人間と、記憶の法廷に控訴する人間は（すべて同一人物）、いつまでも食い足りない思いをする。それは私も同じで、記憶を辿る以外は絶対に何もしないから、いつになっても絶対に満足することがない。

私には足りないものがある。当然でしょう。でも人の姿をした神々には、おそらくこの世界で最も崇高なものが足りない。最も美しいものが足りない。ホメロスの作品世界にあらわれた、最も崇高で、最も美しいものが足りない。つまり、若さの盛りに命の花を散らすこと。未完成のまま滅ぶこと。戦の庭に立ち、若くして死ぬこと。それがアキレウスの運命だった。しかもこれは華々しい運命や、選ばれし者の運命に限ったことではない。比類なき運命に限ったことではない。アキレウスの運命だけでなく、第二のパトロクロスとでも呼ぶべき者の運命も、そこには含まれている。英雄だけに限ったことではない。他にもまだ幾千もの人間を襲い、「馬を馴らすトロイア勢[*1]」と、「脛当て美々しきアカイア勢[*2]」にも襲いかかった運命。必滅の存在である無数の人間を襲った運命。あの若者たち全員の運命。不運な者なら他にいくらでもいるなかで、わけても不運なシモエイシオスの運命。

「そなたが死んだら」とアガメムノンはメネラオスに言うのだった。というよりもむしろ「万が一そなたが死んで命の定めを満たすことになったそのときは」。ホメロスの作品世界で、早熟の果実が枝から落ちる光景は、たまらなく美しい。早世する者の運命は美しい。命の定めを満たさない若者が討ち取られる光景は美しい。『イリアス』第四歌四百七十三行に、こう書いてある（そういえば『イリアス』以外の話は一切してこなかったわね、とそのひとは言った）。「そこで」（あるいは

＊1　たとえば『イリアス』第四歌に用例があるホメロスの常套句。
＊2　たとえば『イリアス』第一歌に用例があるホメロスの常套句。

「そのとき」）。「そのときテラモンの子アイアスが、アンテミオンの一子、青春も今が盛りのシモエイシオスを討ち取った。若者はその昔、母となる人がイデの山を下り、シモエイス川の岸辺で産み落とした子。両親に連れられ羊の群れを見に行ったときのことだった。それに因んで若者はシモエイシオスと呼ばれていた。大切な両親に養育の恩を返すことはできなかったが、彼には（シモエイシオスには）天命により縮んだ命が与えられ、高邁なるアィアスの槍に屈したのだった」。ミニュンタディオス・アイオーン、つまり短い命、縮んだ時間。これこそまさに、とそのひとは言った。これこそ神々の崇高に欠けているものの正体だわ。戦の庭に立ち、未完成のまま滅ぶこと。大切な両親に、養育の恩を返さないこと。それが神々に足りないことなのよ。神々には足りないということが足りない。しかも若くして滅ぶことですらなく、若くして滅ぶ危険を冒すという、たったそれだけのことが足りない。そして当然ながらこの私も戦の庭に立ち、若くして死ぬことができなかった。ところが死に方には他にもいろいろあって、女の身でも華々しく散ることはできる。アンティゴネは死を迎えた夕べに、これから先も訪れる数えきれないほどの夕べを全部合わせても、私には絶対なしえないことを、あっさりなしとげた。アンティゴネは、まだほんの小娘でありながら、たった一日で自分の定めを満たした。対するこの私は、数えきれないほどの日々を与えられていながら、いつになっても何一つ満たすことができない。自分の運命も、他人の運命も満たすことができないし、ダナイデスの桶[*1]を満たすこともできない。私に運命も、運もないから、とそのひとは言った。私に何もなくて、底が抜けた桶すらないから。

　たった一日でアンティゴネの運命は充足した運命に変わっていた。時間というものがあるかぎり、一つの永遠に、そしておそらくはもう一つの永遠に照らしてみても、この事実は揺るがない。対する私はといえば、私の運命が充足した運命に変わることは絶対にない。それは私に運命が与えられてすらいないから。

そのひとは次から次へと言葉を繰り出した。年老いた一人の男が若かりし日を語るときのように。一人の哀れな女が青春の日々を語るときのように。心を乱す想起の波が押し寄せ、次々に口を衝いて出たのだ。夕日が落ちようとしていた。(「戦いは赤く燃え、陰惨だった」。[*2])(「攻勢をかけ、勝利は目前だった」。[*3])そのひとも気づいた。突然気づいたのではなく、いつの間にか湧き上がり、少しずつ全神経に行き渡るような、一種独特の、言葉にならない認識が働いて、夕日が落ちようとしていることにも、それなのに自分はまだ話を続けていることにも気づいたのだ。そのひとの顔に恥じらいの色が浮かんだ。何も心配しなくていいのよ、とそのひとは言った。あなたの大切なホメロスに私が手をつけたからといって。ホメロスは汲めども尽きぬ大河。だから奪えば奪うほど、残るものも多くなる。

＊1　一一ページ注＊1を参照のこと。
＊2　ヴィクトル・ユゴー『懲罰詩集』第五部、「贖罪」第二節。詩篇全体では第八一詩行。
＊3　同前。第八二詩行。

私たちは長い一日を共に過ごした二人の友人に似ている。日がな一日、二人とも重大な秘密を打ち明けているように見せかけてきたのだ。しかし告白の中身が明るみに出るのは、友人同士が別れ際の握手を始めた少し後のことにすぎない。――あなたも見たわね、とそのひとは言った。太陽はオケアノスの流れに沈んだ。あなたと私で老いを語るようになって以来、二人で長々と老いを語っているあいだに、私の場合はまた一日だけ老いが進み、死を免れないあなたの場合は、あなたが生きた悲惨な数年間から、優に一年分は借りてきたくらい老いが進んだ。私の場合は一度話をした分だけ老いが進み、あなたの場合は大部の本にして一冊か、もしかすると二冊分、老いが進んだ。いつも決まってこうなる、とそのひとは言った。二人で会う日の夜明けに、二人とも道に迷ったとは言えないにしても、遠回りばかりしていたことは間違いない。そして老いていく夕日は、いつも決まって落ちるのが早すぎる。私たちは名言をいくつか味わい、それで別れることにしましょう、とそのひとは言った。そのほうが近道だから。それに言葉が愉快なら、なおさら物悲しい気分を味わえるから。そして刃物で切り込むような名言ほど深いものは他にないから。

最初の名言は、とそのひとは言った。惚れ惚れするようなクールベの一言にしましょう。提督ではなくて（あの人は惚れ惚れするほど立派な武人だった）[*1]、画家のほう。だからオルナンの出身で、埋葬の絵を描き、パリ・コミューンに加わって、記念柱を引き倒したと言われる例の画家。あなたはその言葉をヴィヨーム[*2]に教えてもらった。昨日お昼を食べたときに聞かされた。せっかくの名言だから次の日に先送りすることがないようにしなさい。[*3]とりわけ優れた名言をクールベの言葉に見たヴィヨームはもちろん正しい。多くのことに当てはまる言葉でもあるし。

さて、その頃すでに盛名を馳せていたクールベを、一人の青年が訪ねた。やはり絵を描く青年だった。自分が描いたものを見てもらう。「これはいい」と繰り返すばかりのクールベ。「これはいい」

どんな大家でも、作品を見せれば必ず「これはいい」と言ってくれる。(画壇には本当のことを言う大家[*4]は一人しかいないし、もちろんそれはクールベではない。) 画伯の目は作品に注がれている。けれども画伯が心に問うているのは、来訪者が持参した作品の出来不出来ではなく、目の前にある一枚の出来栄え如何でもない。画伯の目は内向きになっているし、画伯が不安を募らせながら心に問いかけるのは、来訪者ではなく、大家である自分が、今ちょうど手がけている作品の出来不出来であり、大家である自分が、今日これから描こうとしている一枚の出来栄え如何であるわけだから。そして画伯の老いが進めば進むほど、巨匠と認められれば認められるほど、過去に仕上げた傑作の蓄積が大きくなればなるほど、画伯はますます自問自答を繰り返し、ますます不安を募らせていく。今日こそ自分の仕事は破綻をきたすのではないか。それどころか朝のうちにも破綻するのではないか。破綻はすぐそこまで迫っているのではないか。

来訪の儀式が終わり、相手は紙挟みを閉じようとしていた。クールベは、年寄りらしい慇懃な物言いで青年に話しかけ(年寄り扱いしたけれど、とそのひとは言った。当時のクールベはまだ五十八歳にもなっていなかった。死んだのは五十八歳になったちょうどその年だと伝えられているわけ

*1 本書冒頭(五ページ)で言及があった「青銅の柱」、すなわちヴァンドーム広場の記念柱。
*2 マクシム・ヴィヨームについては三七三ページ注*4を参照のこと。
*3 九二ページで引用した諺を再度参照したもの。ただし今回は諺本来の形に戻している。
*4 不明。因みにプレイヤッド版『ペギー散文全集』の編者はジャン＝ポール・ローランス(一八三八－一九二一)の名を挙げている。ペギーの友人だったジャン＝ピエール・ローランス(二九ページ注*1を参照)の父。

だから）、年寄りらしく、こういう場面で世人が必ず訊くようなことを訊いた。「それで、これから先は何をするつもりですか」。相手は、こういう場面で世人が必ず答えるようなことを答えた。「そうですね、実は少しばかりお金の余裕があるんですよ。倹約して貯めましたから。少し時間の余裕もあります。だから中東に行くつもりです」

中東という言葉を耳にした途端、老いた画家が突如として目を覚ました。どうしてそんなことになったのかわからない。あなたも知ってのとおり、クールベは粗野な男だった。教養のかけらもなく、まったく何も知らない男だった（それでも絵を描くことだけは知っていたと伝えられている）。それが中東という言葉を耳にして突然目を覚まし、目の前のことに再び注意を向けた。そこにはクールベその人がいた。慇懃な態度を忘れ、先ほどまでの無関心も忘れている。目の前の冴えない青年を見た。目を真ん丸に見開き、画家の目を取り戻すと、フランシュ＝コンテ地方のお国訛り丸出しで、こう叫んだ。「ほう！」（と口を切ったクールベは、まるで遠方から戻った人のようだった）。「ほう、中近東に行くのかね」。（クールベが中東のことを中近東と言ったのは、いかにも庶民的な言葉遣いで、島のことを島々と言い、インドのことを両インドと言うのと同じように、中近東と言ったのだった。『マノン・レスコー』[*1]の作中人物と同じ言葉遣いをしているわけだから、中近東と言ったのも、実は正しかった。）――「ほう、中近東に行くのかね」、とクールベは言った。「それはつまり君には国がないということだね」

この言葉は、とそのひとは言った。この言葉は発せられたときのままに理解すべきものだと思う。断じて名言だなどと思わないように。名言とは似ても似つかない一言だった。断じて実効性を狙ったものではなかった。まして受けを狙うはずもなかった。無垢な言葉として、そのまま受け止めなければならない、とそのひとは言った。無垢な言葉だからこそ計り知れない実効性を獲得したわけだし。

私たちは誰もが、いいこと、坊やたち、とそのひとは言った。私たち現代人は誰もが同じ状況にある。私たちの誰もが中近東に行く。しかも私たちは誰をとってみても、どこにも国がない者ばかり。そして二重の意味で私たちは中近東に行く。また二重の意味で私たちには国がない。それもそのはず、国には地域としての国だけでなく、時間としての国もあるのだから。それに時間のほうが比重もはるかに重いとなれば、時間の中に国があり、時間の中に地帯があり、時間の中に風土があるとすら言えるのかもしれない。地理上の国があるだけでなく、歴史上の国もある。それに歴史のほうが比重もはるかに重いとなれば、歴史の中に国があり、歴史の中に地帯があり、歴史の中に風土があるとすら言えるのかもしれない。考古学で魅力を増した中近東へと若者たちがこぞって旅立つのを見ていると、私もクールベのように、今では常日頃から、あの若者たちにこう言ってやりたいと思うようになった。「それはつまり君たちには国がないということね？」

つまり君たちは時間の中に場所がない（「お前はどこの場所から来た」、と昔は古参兵が新兵に訊いたものだった）、こう言ってよければ時間の中に居場所がなく、身を置く場としての時間がない、一人前の男になり、市民となり、兵士となり、父になり、選挙人になり、納税者になり、作者となって、不可避で、修復不可能で、神聖不可侵な愚行をすべて演じる場としての時間がない。

＊1　『マノン・レスコー』（一七三一）はアベ・プレヴォー（一六九七－一七六三）の小説。「宿命の女」を描いた最初の文学作品と言われる。クールベが生きた時代から遡ること百数十年、十八世紀前半に刊行されたこの作品にペギーが言及したのは、クールベの言葉遣いが古めかしいものだったことを強調するためだと思われる。

この点は私も同じね、とそのひとは言った。若い人を大勢いたぶってきた継母であるだけでなく、オイディプスよりさらに盲目で、誰からも見捨てられて、時間の中にある世界中の国をずっとさまよってきたこの私は、誰にも増して国がない女なのだから。

「それは天のある区画から別の区画に移る星」[*1]。考えてもごらんなさい。私に国がありさえすれば、世界中の国を彷徨する姿をさらすことはありえなかった。

ホメロスには一つの国があり、プラトンにも一つの国があった。

コルネイユには一つの国があった。レンブラントにも一つの国があった。ベートーヴェンにも一つの国があった。

しかもそれは地域としての国であり、時間としての国でもあった。

（イエスには一つの国があった。それにイエスは当てもなく地上のいたるところに到来したのではなく、まずユダヤの地から始め、それから地上のいたるところに到来したのだった。またイエスは当てもなく時間のすべてと永遠の中に到来したのではなく、まず時間の一点から始め、それから時間のすべてと永遠の中に到来したのだった。）

ところが私は、それに引き換えこの私は、望めば望んだだけ、時代という時代を預けてもらえる。時間としての全時代と、地域としての全時代を預けてもらえる。歴史のすべてと、地理のすべてを預けてもらえる。私に何を預けても問題は起こらないことが十分わかっているから。当てにならない。それなのにすべてを預けてもらえるのも、私は絶対に何一つ自分のものにしないことが、ちゃんとわかっているからよ。世界のすべてを預けてもらえたのも、私には世界をまったく理解できないことが、ちゃんとわかっているからよ。十分わかっているのよ、私は危険人物ではないということとが。だから私はすべての国を任せてもらえる。それに対してホメロスやプラトンが、すべての国を任されることはなかった。そしてコルネイユが、レンブラントが、ベートーヴェンが、すべての国を任されることはなかった。

あの人たちは危険人物だった。それに引き換えこの私は、いてもいなくても同じただの端役。言われなくてもわかることよ。私はほんの小娘にすぎない。(ついでながらイエスも、ある意味からすると、すべての国を任されたわけではない。どこかに出身地があって、ある一つの時代に生まれた以上、世界中の人間を、ごたまぜのまま預けてもらえるはずもなかった。それに、と声をひそめてそのひとは言った。イエスは世界中の人間を預かってすらいない。)

それに引き換えこの私は、と言葉を継いだそのひとは、いかにも辛そうだった。すべてを任せ、すべてを預けることができる者の一人なのよね。任せようが、預けようが、どんな影響もない。当人の前で何を言っても大丈夫な人がいるけど、私はそういう者の一人なのよね。私はこれまで一度も人を危険な目に遭わせたことがない。つくづく嫌になるわよ。私が無垢な存在であることは十分に知れ渡っている。私が誰と交際しても問題ないことは十分に知れ渡っている。何の不都合もない。交際相手にとって。私にとっても不都合はない。私が悪女でないことは十分に知れ渡っている。身も蓋もない言い方をするなら、私は一度も人間を食べたことがない。今でも人肉を食らい、昔も人肉を食らったのは、どれも私とは関係のない神ばかり。

私の前で何を言っても大丈夫だということは十分に知れ渡っている、とそのひとは言った。子供

＊1 ヴィクトル・ユゴー『薄明の歌』(一八三五)、「ナポレオン二世」第六三詩行。

たちのあいだで「告げ口」と呼ばれるもののことを、もちろんあなたも知っているわね。「先生、告げ口は悪い子がすることですよね」。それなら私も、れっきとした告げ口屋だわ。というか、告げ口女という名の報告者。私が報告する者であることは十分に知れ渡っている。でも私の報告は実際に起きていることの百万分の一にも満たない。しかも自分で報告しておきながら、その百万分の一が私にはまったく理解できない。

要するに私は、とそのひとは言った。要するに私は万国博覧会の変種だから、何でもありだとも言えるし、何もないとも言える。ただし本当の万国博覧会には私と違って二つの長所があった、とそのひとは言った。一つ目は博覧会がもう開かれなくなったこと。二つ目は開幕が五月で、十一月には終わったということ。[*1] ところが私は開幕して久しいのに、とそのひとは言った。いつになっても終わらせてもらえない。だから私は、いつまでも続く万国博覧会の変種ということになる。というか、別の言い方をしたほうがよければ、旧来型の万国博覧会はどれも横断面のようなものだった。地理であり、横断的な歴史だった。対する私は縦断的な万国博覧会であり、だから縦断面に沿って延々と続くことにもなった。

私の無垢《イノサンス》もそれと同じね、とそのひとは言った（「わが身の潔白《イノサンス》が、とうとう俺には重荷になってきた」[*2]）。万国博覧会の遊興は騒々しくて子供じみているけど、あれにはあれで無垢なところもあって、私の無垢はその無垢とまったく同じなのよね。

トロイア（またはイリオン）は一つの国だった、とそのひとは言った。シャンパーニュ地方のトロワも一つの国たりえている。風強きイタケ[*3]は一つの国だった。王国と呼ぼうが、島と呼ぼうが、クレタは一つの国だし、アルゴスも一つの国だった。

アルゴスは男の体をキマイラの血で洗った。[*4]

アテネは一つの国だった、とそのひとは言った。ローマも一つの国だった。

エルサレムは、とそのひとは言った。エルサレムは一つの国だったし、シオンの丘も、ベツレヘムも、そしてナザレも、さらにユダヤの国も、それぞれ一つの国だった。

そして百の門をもつ［エジプトの］テバイも、七つの門のテバイも、さらには無人の砂漠も、それぞれ一つの国だった。

ルーアンは一つの国たりえている、とそのひとは言った。それにコンピエーニュも。ドンレミは一つの国たりえている。オルレアンは一つの国だし、ロワールの国が通り名になった地域一帯も立派に一つの国たりえている。

サン＝ジャン＝ド＝ブレは一つの国たりえている、とそのひとは言った。そしてコンブルーとヴォマンベールとボワニィとヴェヌシーとブゥとマルディエも、それぞれ一つの国たりえている。さらにフォブール・ブルゴーニュ[*5]も立派に一つの国たりえている、とそのひとは言った。

＊1 フランス史に名高い一八八九年のパリ万博は五月に開幕し、続いて一九〇〇年に開かれたパリ万博の会期は四月から十一月までだった。
＊2 ジャン・ラシーヌ『アンドロマック』（一六六七年初演）第三幕第一場。
＊3 ペギーの思い違いか。ホメロスが「風強き」と形容したのはイリオンであって、イタケではない。
＊4 ペギーは一九一二年に、『盲人』と題した二篇の十四行詩を発表している。この引用はそのうちの一篇から取ったもの。「男」とは、もちろんホメロス（＝盲人）のこと。

そしてサン゠テニャン[*1]もまた一つの国たりえている、とそのひとは言った。サン゠テニャンは小教区だから。フランス国内の小教区はどれも立派に一つの国たりえている。

パリは一つの国だし、パリの小教区はどれも立派に一つの国たりえている。

そしてパリに二十ある区ですら、それぞれが一つの国だし、それぞれの地区も一つの国たりえている。サント゠ジュヌヴィエーヴ地区は一つの国たりえている。それも麗しい国たりえている。ムフタール通りも一つの国たりえている。五区は五区全体で一つの国たりえている。ソルボンヌ界隈も一つの国たりえている。ただし当局が余計な手出しをしたので、とそのひとは言った。ソルボンヌ自体を一つの国と見ることはできない。

それでも聖王ルイの時代に創設され、ユゴーの言うところを信じるなら、実にシャルルマーニュの時代まで遡るソルボンヌには一つの麗しい国になる可能性が十分にあった。

ヴェルサイユは一つの国たりえている、とそのひとは言った。ヴェルサイユの世紀も一つの国たりえている。パリと、二十世紀の長きにわたるパリの歴史もそれぞれ一つの国たりえている。

どんなときも必ずこの点に立ち戻らなければならない、とそのひとは言った。「ヴェルサイユと、パリと、サン゠ドニを差し出すわ。ノートルダム寺院の櫓も、国にある教会の鐘楼も差し出すわ[*2]」。国とはすなわち鐘楼のある国だということが、これでわかろうというものよ。

コルベイユか、シャトー゠ティエリの鐘楼[*3]。

パリが一つの国たりえたのも、パリには立派な鐘楼があるからにほかならない。その鐘楼とはノートルダム寺院の櫓のことだけど、あと一歩のところだった。世界一の鐘楼と認められてもおかしくなかった。シャルトル大聖堂の尖塔さえなければ。それに対して大学当局は、ソルボンヌの校舎屋上に櫓を設けておきながら、せっかくの櫓を（その気もなかったのね、そろいもそろって鈍物ばかりだから）、鐘楼として生かすことができなかった。

一つの場に属し、それと時を同じくして別の場にも属すること。一つの場に属し、こう言ってよければ、それと場を同じくして別の場にも属すること。これが私にとって野心のすべて、と歴史であるそのひとは言った。見てのとおり単純素朴ね。（私にとって地理的な野心のすべては。）（だから当然、私にとって歴史的な野心のすべても。）ある時代に属し、それと時を同じくして別の時代にも属すること。これが私にとって計画のすべて、とそのひとは言った。見てのとおり複雑なものではない。

要するに肝心な点はいつも同じで、老いを回避することが常に求められる。老いを受け入れないことが求められる。老いはすべての要だから。あらゆるものに老いが潜んでいるから。老いるとは、まさしく別の時代に、別の世代に属するようになることにほかならない。でも話を先に進める前に、老いについて各人が考えていることを一致させておかなければならない、とそのひとは言った。老いの何たるかがわかったつもりでも、実際は何一つわかってはいないのだから。

＊5 （三三三ページ） ペギーはオルレアン市のフォブール・ブルゴーニュ地区で生まれた。
＊1 サン＝テニャンはペギーの小教区。
＊2 フランス民謡「わが金髪娘に寄り添って」の一節。十七世紀の行進曲だが、十八世紀には広く民衆のあいだで歌われるようになった。
＊3 女性詩人アンナ・ド・ノアイユの詩篇「イル＝ド＝フランスの詩」（一九〇七）からの引用。

老いるとは、断じて別の世代に属する（属するようになった）ことではない。国土防衛軍や、国土防衛軍の予備役に移ったとしても、それは断じて老いることではない。別の時代に属するようになったとしても、それは断じて老いることではない。第二世代に加わり、もはや第一世代に属する者ではないとしても、それは断じて老いることではない。第二の時代に加わり、もはや第一の時代に属する者ではないとしても、それは断じて老いることではない。

老いるとは、移りゆくことを言う。一つの世代から別の世代へ、一つの時代から別の時代へ移りゆくことを言う。現下の第一世代から、到来が目前に迫った第二世代へ、今ここにある第一の時代から、差し迫った第二の時代へ移りゆくことを言う。別の世代に、別の時代に属する者となることを言う。現下の第一世代から、到来が目前に迫った第二世代へ、今ここにある第一の時代から、差し迫った第二の時代へ移りゆくことを言う。

老いるとは、年齢が変わったことではなく、年齢が変わりつつある、というよりもむしろ、同じ年齢に固執し、長くとどまりすぎたことを言う。

だからこそ、よくよく注意してかからなければならない、とそのひとは言った。老いを麗々しく舞台に乗せ、私たちに代わって老いを描き、表現する作品には、よくよく注意する必要がある。年齢と、幾世代もの人間を積み上げた『城主たち』[*1]の構想がどれだけ壮大でも、私たち読者の頭に老いの進行や、年齢や、寿命や、取り返しのつかない不可逆的な変化は一向に浮かんでこない。世代の上にまた世代を、高祖父には曾祖父を積み重ね、オッサ山の上にペリオン山[*2]を載せ、城主がいれば、その上に辺境伯を（適切な用語を使えばこうなる）、ライン宮中伯がいれば、その上に方伯を、孫がいれば、その上に高祖父の親を積み重ねたものの、それも徒労に終わった。深い奥行きを生む、拒もうにも拒みようのない遠近法的効果はどこにも認められないし、全体が一方向に動いていくように感じることもない。一歩引いて全体を見ているような印象は一切受けないし、厳粛で深刻な感じも一切ない。それに哀れをもよおす要素もない。また寂しさも感じない。そして人間的なところがどこにもない。

それはなぜか。作品自体が劇として、またロマン主義の書物として、明らかに無謀な、賭けも同然の挑戦であり、明らかに世間の憤激を買うことにその狙いがあったというだけでは十分な説明にならない。作品自体が作者にとって一種法外な（舞台上の）娯楽であり、舞台装置だった、従ってこれと並行し、これと相照らす形で観客の目にも娯楽と映ったというだけでは十分な説明にならない。当然でしょう。それだけで足りるはずがない。壮大すぎるので面白がる向きがあったというだけでは（面白がった者は大きな間違いを犯している）（それに面白がる、という言葉を使うこと自体、すでに間違っている）、そして異様なまでの滑稽さは、いわば意図的に生み出されたというだけでは十分な説明にならない。それ以上の問題があるし、効果が欠け落ちることになった原因は誇張だけではない。失敗の原因は方法そのものにある。『城主たち』に描かれた五世代、あるいは六世代、あるいは七世代におよぶ人間を見ても、老いの姿が一向に浮かんでこないとしたら、その理由は五世代、あるいは六世代、あるいは七世代におよぶ人間を描いたことだけに求められるのでは

＊1　ヴィクトル・ユゴーの韻文劇。『城主たち』（一八四三年初演）の興行的失敗により、狭義のロマン主義文学運動は終焉を迎えた。その後のユゴーは政治活動に専心し、一八五一年に亡命するまでの期間、本格的な執筆活動を再開することはなかった。

＊2　ペリオン山はギリシアに実在する山塊。神話によると、神々に戦いを挑んだ巨人族がオリュンポス攻略の足掛かりとするため、オッサ山の上にペリオン山を重ねようとしたという。

なく、これら五世代、あるいは六世代、あるいは七世代の人間がすべて同一平面上に置かれていることにもある。ところが老いとは、徐々に遠ざかっていくことであり、同じ一人の人間が同じ一つの遠近法的消失点に向けて遠ざかり、さらに大きく距離をとったところから、同じ一つの年齢を凝視するという、まさにその操作にほかならない。

言い換えるなら『城主たち』は、この観点に照らして、私なりの言い方をさせてもらうなら、とそのひとは言った。年代学的で、時間測定的な作品であって、人間的なところがおよそないということになる。

だからこそ、とそのひとは言った。まさしくそうであればこそ、老いの姿が一向に浮かんでこない作品になった。老いとは、まさしく人間そのものなのだから。

それにこの、厳粛さの明らかな欠落だけが『城主たち』の失敗を招いた要因ではない。この、すべてを陵駕しよう、あらゆる人を陵駕しよう、一杯喰わせてやろう、辟易させてやろうという明白な意図（そして欲求）。それだけが失敗の原因ではない。そしてブルジョワの度肝を抜くだけではもはや飽き足らず、完全な痴呆状態に陥れてやろうと考えたことだけが失敗の原因ではない。一言でまとめるなら、作者本人が『城主たち』の執筆中ずっと面白がっていたというだけでは十分な説明にならない。

方法そのものに当たってみるしかない。効果が完全に欠け落ちた本当の理由は方法そのものに求めるしかない。そうすれば私たちも、まさにこの、ほかでもないこの点で、とそのひとは言った。老いの原理そのものに触れることができる。老いはその本質からして、とそのひとは言った。回顧と、哀惜の活動にほかならない。内省し、自省し、自分の年齢を、というよりもむしろ、以前の年齢が自分の年齢、つまり現時点での年齢になるという意味で、以前の年齢を回顧すること。

またそうであればこそ、とそのひとは言った。哀惜ほど崇高で、美しいものはどこにもないし、最も美しい詩は哀惜の詩だということにもなる。

老いはその本質からして記憶の活動にほかならない、とそのひとは言った。それに記憶の働きがあるからこそ、人間にはあれだけの奥行きが生まれた。（ベルクソンはそう考えている、とそのひとは言った。今でもまだベルクソンの著作を引用することが許されるなら、[*1]『物質と記憶』と、『意識の直接与件についての試論』を読んでごらんなさい。）

その意味で、とそのひとは言った。記憶ほど歴史に逆行し、歴史とかけはなれたものはない。また歴史ほど記憶に逆行し、記憶とかけはなれたものはない。そして老いは記憶の側にあり、記載は歴史の側にある。

老いはその本質からして歴史の欠落を招く活動にほかならない。そして記載はその本質からして記憶の欠落を招く活動にほかならない。

私たちが『城主たち』を見物するとき、つまり『城主たち』の上演に立ち会う、あるいは本を読みながら、個人差はあるにしても、おおむね自覚を欠いたまま、自分のために自分で『城主たち』を上演するとき、実のところ何が起こっているのか、よく考えてみるといい。一言でいうなら『城主たち』を上演してもらうとき、あるいは自分のために自分で上演するとき、そこで何が起こっているのか確かめてみればいい。なぜ、どのようにして作者は、一歩引いて全体を見ているような印

＊1『クリオ』の執筆時期と重なる一九一一年から一九一三年にかけて、哲学者ジャック・マリタン（一八八二－一九七三）を筆頭に、新トマス主義を奉じるカトリック勢力が盛んにベルクソン哲学を批判していた。

象と、存在の感覚と、老いとが、異常なまでに欠け落ちるという、当初の狙いとは正反対の結果を招くことに、あそこまで完璧に成功したのか。それは作者が、記憶を紡ぐ代わりに、一貫して歴史にこだわり、老いを追究する代わりに、すべてを記載で済ませてしまったからにほかならない。

老いはその本質からして平面（単一の平面）の欠落を招く活動であり、そこでは無数に重なる現実の平面に沿って、すべてが遠くへ押しやられていく。そうした無数の平面はまた、出来事が継起的に、というよりもむしろ連続的に完了した平面でもある。

そしてこのことは、とそのひとは言った。一人の人間や、一個人の場合よりも正しく、とまでは言えないにしても、同じくらい正しく一つの家系に、一つの王統に（『城主たち』の場合がこれに該当する）、一族に、一つの民族に、一つの文化に（キリスト教世界に）（さらには一つの制度に）、当てはまる。それどころか、適合の度合いがはるかに高いとすら言える。一つの家系や、一つの王統や（作者に見る目があれば『城主たち』が王統の物語であることはわかったでしょうね）、一族や、一つの民族や、一つの文化には（キリスト教世界には）（さらに一つの制度には）、一歩引いて全体を見るための素材が多く、その点で一個人を大きく上回るのだから。そんなわけで、こうして系統をなすものを把握するには、一人の人間を把握するのに二通りの見方があるのと同様、やはり二通りの見方がある。歴史と記載を通して見るのか、それとも記憶と老いを通して見るのか。人は必ずどちらか一方の見方をしている。

このことを特にはっきりと感じさせてくれるのがミシュレだと思う、とそのひとは言った。ミシュレは矛盾だらけだと非難される、とそのひとは言った。とりわけ中世史にその傾向が強いようだけど、数々の矛盾はすべて二つの見方があるところから生まれる。時として現代の理念と、いわゆる現代的方法に縛られて仕事を進めたことから矛盾は生まれた。そしてこの場合のミシュレは歴史と、記載の範囲内にとどまっている。それが突然、かつて世界にあらわれたなかでも最大級の天分に突き上げられると、ミシュレは突如として滔々たる大河に姿を変え、作品の名にふさわしい作品を書き上げる。そしてこの場合のミシュレは記憶と老いの中にある。この場合のミシュレは自分を解き放っている。時代の要請に従うときは歴史家でしかない。自身の天分に従うときは格式が上がって回想録作家にも、年代記作者にもなりえている。

　歴史は復活である、と言ったときの、そして伝えられるとおり何度となくこの言葉を繰り返したときのミシュレは自身の天分に従っていたわけで、要するにこれは歴史と記載から、歴史学的な歴史から、回想録的な歴史に、年代記に、記憶と老いに自力で立ち戻ったことを意味する。

「歴史は復活である」[*1]とミシュレが言うとき、そしてミシュレに続いて人々が何度となく同じ発言を繰り返すとき、この言葉にはきわめて厳密な意味が込められている。つまり墓地に沿って進んではならない。墓地の塀に沿って進むことは許されないし、墓碑に沿って進むことも許されず、肉と霊の両面をもち、時間と永遠の両方を備えた同じ一族の中に身を置いたまま、虚心に古人を呼び出すことが求められる。そして古人の加護に訴えることが求められる。それは同じ一族に属する古人でなければならない。同じ一族の中にある古人でなければならない。しかも古人は一族の過去にあって、移動を続ける一つの点に身を置いているから、これを捉えるには内なる目を見開いて、一族それ自体の中を遡っていき、一族に生じた遅滞を取り戻すことが求められる。そしてこの遡行を可

＊1　ジュール・ミシュレ『フランス史』（一八六九年版）の序文に同様の表現が見られる。

能にしたければ記憶と老いの活動に頼るほかない。

川の流れを遡る、と言う場合と同じように、一族それ自体を遡ることが求められる。すべては記載か想起のどちらかに分かれる、とそのひとは言った。そして記載と想起ほど互いに逆行し、互いにかけはなれたものはない。

こんなふうに説明してもいい、とそのひとは言った。記載と想起は直角をなす、とそのひとは言った。つまり記載が水平の線だとしたら、それに接する想起の勾配は九十度になる。歴史はその本質からして縦走的であり、記憶はその本質からして鉛直である。歴史はその本質からして出来事に沿って進むことで成り立つ。記憶はその本質からして出来事の中にあり、まずは絶対外に出ないことによって、内側にとどまることによって、それから出来事の中を遡ることによって成り立つ。

記憶と歴史は直角を形成する。

歴史は出来事と並行し、記憶は出来事の中心軸となる。

歴史は出来事に沿って、いわば縦走的な溝の上をすべっていく。歴史は出来事に並行してすべっていく。記憶は垂線を下ろす。記憶は出来事の中に入り込み、深く潜り、探査する。

歴史とは、言うなれば金ぴかに飾り立て、少し体の不自由な将軍が、駐屯地となったどこかの町で、完全装備の軍服姿で練兵場に整列した部隊を観閲するのと同じこと。将軍は隊列に沿って進むのだから。そして記載とは、どこかの主計曹長が中隊長について歩く、あるいは駐屯部隊の特務曹長が将軍について歩き、銃の負い革を忘れた兵士を見つけ、手帳に書きとめるのと同じこと。それに対して記憶とは、それに対して老いとは、とそのひとは言った。戦場の将軍と同じで、もはや隊列に沿って進むことはなく、逆に（垂線を下ろすようにして）隊列の中に入り込み、そこを動かず、隊列の背後に立てこもって、その隊列を攻撃に差し向け、前進させる。その場合の隊列は当然ながら水平方向に展開し、将軍の前を横断する。そして「円い丘の背後には近衛部隊が集結していた[*1]」。記憶の中で、想起が起こるところでは隊列がすべて横断的に展開する。こう言ってよければ、それは正常な地質に似ている。隊列はすべて水平方向に展開する。従って探査し、掘削する者から見れば横断的に展開する。

詰まるところ、とそのひとは言った。歴史は常に大規模演習と同じであり、記憶は常に実戦と同じだということになる。

歴史は常に素人であり、記憶と、老いは常に玄人だということになる。

歴史は出来事をとりあげたとしても、決して出来事の中に入らない。記憶、すなわち老いは常に出来事をとりあげるわけではないにしても、常に出来事の中にある。

私にとって『城主たち』が最高に模範的な例の一つとなったのは、とそのひとは言った。古今のあらゆる文学がその歴史を通じて生み出してきた作品のうち、これが最も明確な意図をもって（不自然は承知のうえで）書き上げられた一篇であることに疑いの余地はなく、一歩引いて全体を見ているような、一歩引くことで崇高とその拡大を感じるような、時間の中を遡り、過去に向けて遠ざかっていくような、まさしく隔たりの効果をもたらし、その効果を積極的に作り出そうとした作品であるからにほかならない。継承し、相続し、ある特定の一族を掘り下げようとした作品であるからにほかならない。でも私にとってそんなことはどうでもいい。私は中に入らないのだから。私は

＊1　ヴィクトル・ユゴー『懲罰詩集』第五部、「贖罪」第一〇一詩行。

何かに沿って進むだけの歴史なのだから。『城主たち』は記憶の書物ではない。老いの書物ではない。記載の書物なのだから。歴史の書物なのだから。

そうであるにもかかわらず、作者が書こうとしたのは紛れもなく老いの書物であり、その狙いは一歩引いて全体を見ることだった。

ところが最高の技量があったとしても、とそのひとは言った。必ず崇高で深遠な作品に仕上がるとはかぎらない。技量はむしろ傑作の誕生を妨げる要因ですらある。そして記憶と老いこそ崇高と深遠の神髄にほかならない。

記憶と老いは、「烈しく攻むる者」[*1]には与えられても、技量に頼る者には与えられることがない〈神〉の国そのものだと言える。

そのひとは微笑んだ。そんな気分ではないはずなのに微笑んだ。悲しげな微笑みだった。私はおよそ微笑みというものが好きになれない、とそのひとは言った。フィロメイデース・アフロディテー[*2]「笑み愛でるアプロディテ」ではないのだから。それでも私はここでいったん立ち止まって、『城主たち』は歴史の書物である」という、微笑みを誘う言葉に触れておかないわけにはいかない。私がこの言葉を気に入っているのは、とそのひとは言った。ラングロワ氏[*3]にはこれが一語たりとも理解できないということだけは、最低でも自信をもって断言できるから。とはいえ私もかなり慣れてきた、とそのひとは言った。ラングロワ氏には理解力がないという厳然たる事実に。

考えてみるといい、とそのひとは言った。『城主たち』によって実のところ何が生じたのか、よく考えてみるといい。作品そのものが縦走的なものになっている。系統樹になぞらえようにも共通点すら見出せない。系統樹なら最低でも一本の幹と枝分かれがある。それに根がある。系図になぞらえようにも共通点すら見出せない。系図なら最低でも一定の流れがある。それに血縁関係を示す線がある。イエス・キリスト誕生までの系図とは似ても似つかない。イエス・キリストの系図は、「マタイ伝福音書」のように、代を下りながら血筋を辿れば素晴らしい一本の血統となる。「アブラハムの子、ダビデの子、イエス・キリストの系圖。アブラハム、イサクを生み、イサク、ヤコブを生み[*4]」。あるいはまた、代を遡りながら血筋を辿り、ルカニ拠ル、「ルカ伝福音書」のように、代を遡りながら一族を捉えた記述も素晴らしく、次々に、世代から世代へ、産みの親から産みの親へと辿ってアダムに達し、〈神〉に辿り着くと、ようやく息がつけるこの血族は素晴らしい、の一言に尽きる。「イエスの、教を宣べ始め給ひしは、年おほよそ三十の時なりき。人にはヨセフの子と思はれ給へり。ヨセフの父はヘリ、その先はマタテ……エノス、セツ、アダムに至る。アダムは神の子なり[*5]」

一族として代を下るのでも、一族として代を遡るのでもない『城主たち』では絶対に特定の一族になることができないし、私たち読者の面前で一族を掘り下げ、一歩引いて一族を捉え直すことも絶対にありえない。(にもかかわらず、ことさらに一族の奥行きを表現しようとしたのがこの作品だったとは、皮肉なものね。) 一族の一族たる所以を明らかに示す要素すら見当たらないことは、

＊1 新約聖書「マタイ伝福音書」一一・一二。
＊2 『イリアス』第三歌、『オデュッセイア』第八歌等に用例が見られる定型表現。
＊3 ラングロワについては二九一ページ注＊1を参照のこと。ポンス・ドムラスと名乗り、一九一一年に『ペギー選集 一九〇〇－一九一〇』を論評し、作者の出自、文体、知識人としての姿勢に触れながらペギーを批判した。
＊4 新約聖書「マタイ伝福音書」一・一、二。
＊5 新約聖書「ルカ伝福音書」三・二三、二四、三八。

やはり認めるしかないし、一歩引いて一族の崇高を捉え、一族を掘り下げ、一族が遠ざかっていく様を描くなど、およそ望むべくもない。これから引用する詩の二行には（あるいは四行には）[*1]間違いなくそれがある。また、この一節が「マタイ伝」と「ルカ伝」の記述を合わせた、一種の要約にも、縮図にもなっていることだけは、是非とも認めておかなければならない。

一族の者どもがその木を登る姿は、さながら長い鎖であった。
下では一人の王が歌い、上では一人の神が死んでいった。[*2]

対する『城主たち』は歴代フランス国王の名が並んだ名簿を思わせる。私はそれに沿って進むだけ。私にとってそんなものはどうでもいい。ヘッペンヘフの城主ヨブはヴァルデックの城主マグヌスの父である、と聞かされても、私にとっては何も聞かなかったのと同じこと。ヨブがヴァルデック＝ルソーの父であっても一向にかまわないし、私にとってはどちらでも同じこと。ここにあるのはどれも歴史の（そして地理の）教科書から取ってきた（あるいは教科書に加えた）名前ばかりだから。どれも過去を欠いた名前ばかりだから。かろうじて記載の対象となり、それ自体としては一族とのつながりを欠き、一歩引いて眺める必要もなければ、記憶とも、老いとも無縁な名前ばかりだから。考古学的な名前ばかりだから。それもドイツ考古学に由来する名前だから。二度にわたって考古学とかかわりをもち、二度とも知られずじまいになった名前だから。作者は四世代におよぶ人物を注《つ》ぎ込んだ。私にはどうでもいいことだけど。十世代にしてくれてもよかった。二十世代にしてくれてもよかった。どのみち数世代におよぶ人物を注ぎ込むのだから遠慮する必要はなかったのに。ヨブの息子にしてヴァルデックの城主であるマグヌスは、マグヌスの息子にしてヴェローナ辺境伯とノーリッヒの城主を兼ねたハットーの父である、と聞かされたとしても、私にはそれを受け入れる用意ができている、とそのひとは言った。受け入れたところで何の不都合もない。ハットーがマグヌスの息子であってはならないなどと、どうして言えるかしら。ハットーだろうと、別の誰かだろうと変わらない。私にとっては同じこと。ハットーという人間を知らないのだから。怨みがあるわけでもないし。出世の邪魔をする気もない。それに『城主たち』第一部の題が「祖父」だと教えられても、やはり一歩引いて年齢を描いたような、記憶と一族と老いが、家系と王統が浮き上がってくるような効果を狙って、ことさらにこの題を選んだことは明らかだから、あなたならわかってくれると思うけど、私はそう簡単に騙されたりしない。私には作者と対等の力がある。それくらい当然でしょう。いつだって私は力をもちたがる者と対等に渡り合うことができる。四世代の人物が列を作って私の前を行進する。さもなければ私のほうが彼らの前を行進する。どちらでも同じこと。それでも行列が常に行列であることに変わりはない。

間隔を置いて並ぶことに変わりはない。これでは一覧表にしかならない。概略を記しただけの。果樹牆であり、階段であり、梯子であったにすぎない。段々になっているから、出来事はその勾配に沿って上ることを、（あるいは下ることを）求められる。世代をとりあげるなら、その数をいく

＊1　詩篇「眠るボアズ」は四行で一詩節を構成する定型詩。「一族の……」以下二行を含む第一〇詩節全体のことを言っている。
＊2　ヴィクトル・ユゴー『諸世紀の伝説』第二部、「眠るボアズ」第三九－四〇詩行。「一人の王」はダビデを、「一人の神」はイエス・キリストを指す。

ら増やしても多すぎるということはない。数が多ければ滝になる。そして作者がユゴーなら、滝は瀑布に変わる。そんなものは断じて一族ではない。そして年齢と一族が浮き上がってくるような効果を最大限高め、提供できるものと、獲得できるものをすべて注ぎ込んで、あらゆる人を陵駕するという明白な意図をもって（不自然は承知のうえで）書き上げた戯曲では、一族が描けるはずもなかった。年齢と一族に取り組んだ戯曲として、年齢と一族の劇として決定版となることを義務づけられ、またそうあろうとした戯曲では、一族が描けるはずもなかった。作者当人も、もちろんこの点に気づいたようで、早くも冒頭の第四詩行と、同じく冒頭の第六詩行に一族を含意する語彙を注ぎ込み、一族のさまざまな段階を集め、積み上げ、加算することで明らかな欠落を埋め、覆い隠し、そこにあるはずもない一族を補おうとしている。四行目と六行目の十二音節詩句でこうした小細工を弄するだけでは飽き足らず、これに加えて作者は八行目に「子」の一語を置いている。グアンフマラ、と舞台上のその女を呼ぶことが許されるとしたら、そのグアンフマラは確かに「上手にある主塔の入り口をじっと見る」。

あの向こうで、父親と祖父が物思いに沈み、寄る年波に耐え、
おのが所業の暗い痕跡をあらためて辿りながら、
おのが半生と、一族の行く末とに思いを巡らせながら、
勝利の哄笑から遠く離れて二人きり、心の目で見ている、
おのが悪行の数々を。その悪行よりも子はさらに醜い。[*1]

マグヌスの息子にしてヴェローナ辺境伯とノーリッヒの城主を兼ねたハットーは、ハットーの息子（非嫡出子）にしてザーレックの城主であるゴルロワの父だ、と聞かされても、私にとっては何も聞かなかったのと同じこと、とそのひとは言った。そんな人間は知らないのだから。絶対に知り合うこともないだろうし。それに対してシェリュバンが死んだ、「出陣の命令はなくとも砦の強襲戦に加わり命を散らした」と聞かされたら、そのときはもちろん話が別で、私にも確実に何かが伝わる、とそのひとは言った。そして私には聞かされた話の内容がよくわかる。人知れず体が震えて、確かに私にも聞こえたのだと知らせてくれる。何ですって、あのシェリュバンが。それに私が同じフィガロと同じシュザンヌに、同じ伯爵夫人と同じアルマビバ伯爵に再会し、老いたその姿を目の当たりにすれば、そのときはもちろん話が別で、私にも何かが伝わる。そのときは私に語りかけてくるものがある。そのときは私も老いについて少しは教わることになる。

歴史家をめぐる通念ほど誤ったものはない、とそのひとは言った。優れた歴史家とは過去を研究するにあたって同時代と、同時代に対する配慮から完全に抜け出す歴史家であり、劣った歴史家は同時代への関心と配慮を過去にまで持ち込む歴史家だ、という世間一般の通念は大きく誤っている（そして誤っているからこそ、当然ながら人々はいつもこの通念にとらわれるわけだし、いたるところで同じ通念に遭遇することにもなる）。本当はそこまで単純なことではない。そこまで粗雑でもない。少しでも同時代に対する配慮があれば、いいえ、それどころか少しでも同時代に関する知識があったなら、歴史家になるという醜態をさらすこともなく、別の方面に進んで回想録作家や年

＊1 ヴィクトル・ユゴー『城主たち』第一部第一場。

代記作者になっていただろうと思うのよ。さもなければパン屋か、葡萄園で働いていただろうと思うのよ。なんらかの時代に対する、なんらかの配慮があったとしても、いいえ、それどころか、なんらかの時代に関する、なんらかの知識と、なんらかの理解があったとしても、やはり歴史家になるようなことはなかっただろうと思うのよ。回想録作家や年代記作者になっていただろうと思うのよ。詩人に、画家に、彫刻家になっていただろうと思うのよ。兵士、大臣、皇帝、どれでもいい、とにかく歴史家以外のものになっていただろうと思うのよ。

左官でも、塗装工でも、石工でもいい。

農場を始めてもいい。ボース平野で。

だから歴史家に二つの等級、あるいは二つの類別があろうはずもないし、ありもしない区分に従って、優れた歴史家と劣った歴史家がいる、などと言ってはならない。客観的な歴史を語る優れた歴史家と、主観的な歴史を語る劣った歴史家がいると考えるべきではない。主観だの、客観だのというものは、とそのひとは言った。ゲルマン起源の学者言葉。ドイツの学者言葉は放っておけばいいのよ。歴史家が語るのは客観的な歴史でも、主観的な歴史でもない。これには主観と客観の両方が歴史家にとって未知の概念だという立派な理由がある。

それどころか禁じられた概念ですらある。

主観と客観を多少なりともわきまえていれば、歴史家といえども十四行詩や、スタンスや、ヴィルレー[*1]や、十行詩など、どれも歴史書よりは堅実な文章を書いていただろうと思うのよ。作品らしい作品を書いていただろうと思うのよ。

歴史家には二つの等級がある、それはすなわち優れた歴史家と劣った歴史家だ、などと言ってはならない。歴史家に等級の別はなく、誰もが同じ歴史家なのだから。

歴史に多少の主観を取り入れたとしても、それでは主観にならない。そして歴史に多少の客観を取り入れたとして、それで客観になるわけでもない。

歴史家に二つの等級があろうはずもなく、純粋な歴史家と不純な歴史家の区別は成り立たない。歴史家が恩恵をこうむることは断じてなかった、とそのひとは言った。純粋な歴史家と不純な歴史家に分かれるという恩恵に浴したことはなかった。

何でもいいから少しは理解していたら、とそのひとは言った。歴史家になっていなかっただろうと思うのよ。ユゴーや、ナポレオンが歴史に身をやつしたかどうか、確かめてごらんなさい。

ミシュレは史上最大の歴史家だ、などと言ってもならない、とそのひとは言った。あの人は年代記作者であり、回想録作家であるわけだから。歴史家でない人々のなかで、あるいは、こんな言い方が許されるなら、歴史家を除く全人類のなかで最も偉大な人物の一人だ、と言わなければならない。それどころか天分に恵まれたあらゆる人間のなかで、歴史家ではない人々のなかで他に抜きん出た、大物中の大物だと言ってもいい。コルネイユと同等の、レンブラントと同等の、ベートーヴェンと同等の大物。まさしく自分で描いた数多の英雄と同じような、そして英雄たちと肩を並べるほどの大物。ミシュレは、自分で描いた数多の英雄に伍して、自分が思うような一人の英雄となった稀有の人物なのだから。

歴史に客観的であるか、主観的であるかの区別はない。歴史は縦走的だから。純粋であるか、不

＊1　スタンスとヴィルレーは、十四行詩や十行詩と同様、一定の歴史をもつ韻文詩の形式。

純であるかの区別はない。歴史は側面的だから。歴史は何かに沿って進む。それは歴史が本筋を外れるということでもある。

　ある時代に属していながら、それと時を同じくして別の時代にも属すること。ある場所に属していながら、それと時を同じくして、また場を同じくして別の場所にも属すること。ある世代に属していながら、それと時を同じくして別の世代にも属すること。あるいは、もっと正確な言い方をするなら、ある世代に属する者となっていながら、それと時を同じくして別の世代に、つまり前の世代に属する者のままでいること。これは、とそのひとは言った。ゲレニアの騎将[*1]が置かれたのと同じ状況ではないかしら。というよりもむしろ、アガメムノンがゲレニアの騎将はこうあってほしい（昔と同じままであってほしい）と望んだ、空想の中にしかない姿と同じではないかしら。ゲレニアの騎将は昔と同じままであってほしいという（身も蓋もない言い方をするなら）、叶わぬことが明らかな願いの中だけにある姿と同じではないかしら。

　一つの諺になった言葉がある、とそのひとは言った。数あるなかでも特に間の抜けた諺。（それに諺とは総じて間の抜けたものであるのかもしれない。）ほら、あれよ。「若き日に知恵があり、老いし日に力があれば」と言うでしょう。そんなことを言うのは老境に入ると知恵が増すと思い込ませたいからにほかならない。老人に礼を尽くしているだけ。でも老いし日に知恵はない。老人は歴史家だから。そして知恵もあるのは若者のほう。若い頃は力があるから。

　そして老いし日に知恵はない。力がないのだからもちろんそういうことになる。

　ある時代に属していながら、それと時を同じくして別の時代にも属すること。ある場所に属していながら、それと時を同じくして、また場を同じくして別の場所にも属すること。ある世代に属していながら、それと時を同じくして別の世代にも属すること。それはまさしく一人の神になることではないかしら、とそのひとは言った。神格化されることではないかしら。ところがほかでもない、あなたと私とで十分に検討しなかったかしら、とそのひとは言った。古代人の場合ですら、その思考の奥底で、神になることがどれほどの堕落と見られていたかということを。

歴史家は自分を神格化する、とその人は言った。あるいは神格化を強く望んでいる。というか、歴史家は神になりすますということにしておきましょう。惨めなものね。コルネイユや、レンブラントや、ベートーヴェンが神になりすますことはなかった。紛れもなく人間だった。ユゴーも、ナポレオンも人間だった。(聖人は人間以外の何ものでもない、とそのひとは言った。イエス・キリストは〈神〉になった人間ではなかった。〈神〉であり、人間になった〈神〉の子だった。神になりたい人間と正反対だと考えるしかない、とそのひとは言った。)

あの、愚かなうえに狂った病人でもある歴代ローマ皇帝が、とそのひとは言った。人に命じて自分を神格化させたことにも納得がいく。

兵を観閲するように世界の脇を通り過ぎるだけの歴史家は、素人とどこも変わらない。そうに決まっている。

このように話し終えると、[*2] その場で相手と別れ、他の部隊に向かって歩を進めた。そこで顔を合

＊1『イリアス』に登場するネストルのこと。三五三ページ「このように話し終えると」以降を参照のこと。

＊2 ここから三五七ページ「自分の力を恃む者が」までの引用は『イリアス』第四歌二九二－三二五行。ペギーによる仏訳から重訳した。

わせたのがネストル、声もよく響き、弁舌さわやかなピュロスの首領は、同胞の部隊を整列させ、戦に向けて奮い立たせていた。部隊の要は剛毅なるペラゴン、そしてアラストルにクロミオス、さらには豪勇ハイモン、四方の民を導くビアス。先陣は軍馬と戦車を駆る騎兵、そして後尾には歩兵を置き……。

歩兵の主な欠点、歩兵を不利な立場に置く主な要因は、とそのひとは言った。戦っているかぎり逃げられない、というよりもむしろ、戦いから逃げられないことであり、いくら逃げたくても容易には逃げられない、たとえば騎兵ほど容易に、また戦車に乗った兵をこう呼んでよければ、戦車兵ほど容易に逃げられないところにある。驚くには当たらない、とそのひとは言った。あなたも知ってのとおり、頃合いを計って逃げること、つまり時機を見た逃走は古代人が用いる戦術の一部だった。そして、古代人の考え方に従うなら、逃走は戦術に含まれた他のどの部分にも劣らず、まったくもって正当な手段だった。それに一種の特典でもあった。こう考えてみても、また特典の意味で言っても、最も恵まれていたのは神々だと言わざるをえない。なにしろ特別な馬と戦車があり、そのうえ自身も人並み外れた神の力をもつわけだから、神々は瞬時のうちに逃げることができたし、どこからでも時を置かずにオリュンポスまで逃げ帰ることができた。そんな神々だから騎兵としても練達の域に達していた。それに馬術が巧みだからこそ、人間の運命と、戦いの帰趨に一切巻き込まれることがなかった。そして、これと相照らすかのように、騎兵は馬術に優れるという、まさにそのことによって、また少しだけ神に近づき、また少しだけ神に同化し、人間と戦いから、人間の運命から、戦いの帰趨から、また少しだけ自分を救ったような境地に達する。騎兵はいくらでも動くことができる。ここで例に挙げた場面でも、他のどんな状況でもそれは同じで、またそうであればこそ、いついかなる時も、ひとり歩兵だけが後戻りのできない形で戦いの帰趨と、人間本来の運命に巻き込まれる。ひとり歩兵だけが文字どおり「戦の防壁」となる。「そして後尾には歩兵を置き、勇猛果敢なその大部隊を戦の防壁とする。そして劣弱な兵は中央に据えて、戦いを厭う者も否応なく戦うよう仕組んだのだった。そしてまずは騎兵に命令を出した。各自、軍馬をよく制するよう（手なずけ、その動きを掌握するよう）、また群れをなし、（あるいは「群れの中で」）混乱が生じることのないよう、くれぐれも注意せよと命じたのである」。（このネストルという男はまさに知恵の化身だった。）

誰であろうと馬術を（馬術の腕と、騎兵としての才能を）、また自身の武勇を恃み、同胞に先んじてただ一人、トロイアの軍勢と戦おうなどと思ってはならぬし、自分だけ後に引いてもならぬ。そんなことをすれば諸君の部隊は容易に壊滅する。戦車を駆って敵の戦車に接近した者は槍で間をとれ（投げ槍を構え、槍一本分の余裕をもつのだ）。そのほうが戦法としてははるかに優れている。思えば古人も、この知力と、この気概を胸に秘めたればこそ、都市や城壁を陥れることができたのだ。

ホイ・プロテロイ、つまり古人、前の人々、先の世代。ネストルは現今の人間を諭しながら、先の世代を思い出させ、その美点を讃えることにかけて他の追随を許さなかった（つまり自分の世代を讃えることに巧みだった）。ちょうどその訓戒の最中にアガメムノンが戦線を訪れ、端から端まで戦線を見て回るうちに、ネストルと、ネストルに忠誠を誓うピュロス勢のところまで来た。そしてほかでもない、二つの世代、つまりネストル当人の世代ともう一方の世代、ネストル当人の世代と新しい世代の関係をめぐって、愁いを含んだ願いが、文法的に見ても叶わないことは明らかな祈りが、王アガメムノンの口を衝いて出る。

あっぱれ御老体よ、貴殿の胸に気概がみなぎるごとく、もし（せめて）その両の膝が思いどおりに働き、変わらぬ力を貴殿に与えてくれれば嬉しいのだが！　しかるに皆と同じ（逐語的に訳せば「等しい」）老いに見舞われ、さすがの貴殿も衰えた。その老いを誰か他の者が肩代わりできぬものだろうか。人ならいくらでもいるが、貴殿だけは少壮の者の一人であってほしかった！

ホメロスを訳すなら、とそのひとは言った（訳してみようと思うなら、その作業はしごく簡単であると同時に、まったくもって不可能でもある）、ルメール版よりも、アシェット版[*1]のような訳文を心がけたほうがいい。あなたなら、これ以上説明しなくても、私の言わんとすることはわかってくれるわね。ただ私にも落ち度があって、アガメムノンの到着を語る三行分の詩句を飛ばしていた。

遠い昔から戦をよく知る老将が、こうして兵を奮い立たせていた。それを見て喜んだ豪勇アガメムノンは、ネストルに向かい、翼ある言葉をかけるのだった。

この後に、先ほど引いた祈りの言葉が続く。知恵の化身、すなわち古代人の知恵を一身に体現したゲレニアの騎将ネストルは、それに対して次のように答えている。

続けてゲレニア育ちの騎将ネストルが答えてこう言った。「アトレウスの子よ、わしとてその昔、神にも見紛うエレウタリオンを討ち取った頃の自分であれば、どれだけよかったかと思っている。しかし神々が人間に、すべてを一度に与えたもうたことは絶えてない。あの頃は若かったとしても、今のわしには老いが襲いかかる（わしに到来する、わしに訪れる）。（わしに訪れた。）それでもなお老骨に鞭打って騎兵の列に加わり、忠言と弁舌によって命を下すつもりだ。そうすることが特典ですからな（逐語的に訳せば「戦利品を分配する前に、褒賞として長《おさ》に取らせたその一部」）、年寄りだけの特典ですからな（ここに、あの男[*2]の言葉を借りるなら「フランス語には訳せない地口」がある）。（あの男だったのかどうか、とそのひとは言った。実は確信がもてないけど。）だが槍を揮うだろう（ここにもう一つ地口がある。原典に対応する訳は「槍を槍投げするだろう」となるかしら）、槍を揮うだろう、わしよりも若く、進んで武器をとり、自分の力を恃む者が」

かつての自分でありたいと願わない者がいるかしら、とそのひとは言った。ネストルが神にも見紛うエレウタリオンを討ち取ったのと同じ年齢に、「両の膝が思いどおりに働」いた頃に戻りたい

＊1　ルメール版のホメロスは高踏派の詩人ルコント・ド・リールによる「文学的な」翻訳、対するアシェット版は原文も掲げた逐語訳。

＊2　プレイヤッド版『ペギー散文全集』の注によると、一九一二年十二月から翌年三月にかけて「パリの生活」誌に掲載された自身の文体模写三篇にペギーは憤慨し、文体模写の作者ポール・ルブーとシャルル・ミュレールの背後に、詩人で批評家のフェルナン・グレッグ（一八七三－一九六〇）が隠れているのではないかと疑った。

と願わない者がいるかしら。

見かけによらないのは、とそのひとは言った。見かけによらないのは老人ね（ネストルでもないかぎり、老人は必ず人を欺く）。老人は年寄りだと思われているし、当の老人が自分は年寄りだと周囲に思わせている。でも老人は年寄りではない。老人とはすなわち歴史家だから。

年寄りは四十歳の男。老人のほうは、これすなわち歴史家。

老人は年寄りのふりをしている。だから人は老人が老いに関して管轄能力を有すると思い込む。でも老いに関して管轄能力を有するのは四十歳の男と決まっている。

老人は（人の目を欺いて）自分が年寄りであるように見せかける。衒い以外の何ものでもない。あれは記憶に関して管轄能力を有すると思わせたいだけなのだから。でも記憶に関して管轄能力を有するのは四十歳の男と決まっている。

だから用心しなければならない、とそのひとは言った。人は老人から、若かりし日について、若かりし日の出来事について、さまざまな情報を、なんらかの知識を、典拠となる証言を引き出せると思っているようだけど、これほど誤った思い込みは他にない（誤った思い込みだからこそ、人は必ずこれにとらわれる）。依頼を受けた老人は、いきなりフランスの歴史を語りはじめる。

これほど誤った方法はどこにもない。考え方そのものに大きな欠陥がある。あなたが老人を一人つかまえ、若かりし日について情報の提供を求めたら、どういうことが起こるか、注意して見ればすぐにわかる。

あなたは過去の一時代、つまり歴史上の一時期について情報が必要だと思い込む。（あなたは判断を誤っている。）それだと、あなたも歴史を語ることになる。あなたは数える。勘定くらいできて当然だから、とりあえず数えてみて、創意工夫を凝らし（ingénieusement）（無邪気にも［ingénument］）（［太字にした四文字を］引き算しただけで意味はがらりと変わる）、その時期は、その（歴史上の）時代は、まだそれほど遠ざかっていないことに（調べたいのは普仏戦争と、パリ・コミューンだから。ブーランジェ将軍[*1]の対独報復運動だから。ドレフュス事件だから。あるいは二度開かれた万国博覧会のうち、どちらか一方だから）、いうところの生き残りがいることに気づく。ほかでもない、この「生き残り」という言葉に行き当たったら用心してかからなければならない、とそのひとは言った。それは生きているのではなく、生き残っただけの人間だから。賢いはずのあなたが、どういうわけか、原資料に、泣く子も黙る原資料に遡るつもりで、生き残りのもとを訪ね、生き残りの証言を収集する。ところが訪ねた先に原資料などありはしないわけで、あなたには悪いけど、これだと必ず、あらかじめ道筋が決まった、いつもと同じ歴史の運河に行き着いてしまう。

あなたが一人の老人を訪ね、若い頃について一つなり、二つなり情報の提供を求め、若かりし日について典拠となる証言を引き出そうとしたら、どういうことが起こるか、よく観察してごらんなさい。依頼を受けたその瞬間に老人は歴史家に変わっている。

若かりし日について老人が新しい情報を提供してくれることはない。せっかくの経験を物語に変えてしまう。あなたに声をかけられた途端、老人は背筋を伸ばし、肩をいからせ、勿体をつけると

＊1　ジョルジュ・ブーランジェ（一八三七－一八九一）は軍人、政治家。ドイツに対する強硬姿勢を前面に出すことで大衆の圧倒的支持を得た。人気が最高潮に達した一八八五年から一八八九年までのあいだ、ブーランジェ運動は第三共和政の存立を脅かすまでになるが、当事者であるブーランジェがクーデターの決行をためらい、やがて反逆罪に問われて国外に亡命すると、支持は急速に落ち込んだ。

（少なくとも心の中ではそうしている。平静を装い、表面上は好々爺を演じているけれど）、法廷にでも来たつもりか、片手をあげて宣誓に備える。それもそのはず、老人は法廷に引き出されたのではなかったかしら。そして歴史の審判を受けるのではなかったかしら。

あなたは一人の人間をつかまえ、その人の過去に、青春の歴史という、いくぶん粗略な呼び名を与えてから、これについて話してくれるよう頼み込む。ところが人間なら誰しも、そんな依頼を受けるとすぐに、かつてユゴーが皆に代わって一文にしたためたのと同じことを考えてしまう。それに、あなたにもわかると思うけど、とそのひとは言った。あなたもわかっていると思うけど、この点に触れたが最後、ただちにユゴーのほうへと引き戻されるのは決して偶然ではない。

現下の世紀が法廷に引き出され、私はその証人を務める。[*1]

これが最後の一行、とそのひとは言った。『恐ろしい一年』の冒頭の、序言のすぐ後に短い巻頭言があるけど、その最終行がこれ。ところが一人の老人から見ると、実際に自分が生きてきた年はどれも重要な一年だし、恐ろしい年と呼んで、まずさしつかえない年ばかりだった。それに、私の力を見せつけるつもりはないけど、とそのひとは言った。私とあなたで話し合ってきたことを思えば、一つ前の行に注目しないわけにはいかない。

暗く、胸が苦しい。一つの災いが地に下り、別の災いが天に昇る。
それがどうした。先に進もう。歴史にはそれが必要だ。

現下の世紀が法廷に引き出され、私はその証人を務める。[*2]

あなたが声をかけたとき、そこには一人の人間がいた。今いるのは一人の証人でしかない。ところが、天地神明に誓ってもいいけど、証言に立ったときほど人が嘘をつくことはないし（証言の内容が歴史になるから）、証言が厳粛なものであればあるほど嘘も大きくなる。

通常の生活で嘘をつかずにいようと思うなら、一度は真実を語らなければならない。証言に立ったときも嘘をつかずにいようと思うなら、二度にわたって真実を語らなければならない。

あなたが声をかける。声をかけられたその人は背筋を正し、真面目な顔をして、言葉遣いが丁寧になる。動詞はすべて直説法の定過去に活用させる。首はしゃんと立て、顔を正面に向けると、瞼が垂れないように、かっと目を見開く。頬骨と頬が垂直線上に並ぶよう気をつける。唇の皺を整え、もっともらしい表情を作る。あなたは一人の人間を訪ねたはずだった。実際に会えたのは一人の作者ですらない。[*3] 会えたのは一人の証人だった。嘘つきならいくらでもいるけれど、一番の嘘つきは証人と決まっている。証言とはすなわち歴史だから。

誰もが知ってのとおり、人々は嘘をついてばかりいる。それでも証言しないときは、証言すると

＊1　ヴィクトル・ユゴー『恐ろしい一年』の巻頭言。
＊2　同前。
＊3　ブレーズ・パスカル『パンセ』を下敷きにした記述。『パンセ』の該当箇所は次のとおり。「自然な文体を目にすると、人はひどく驚くとともに喜びもする。作者に会えると思っていたところ、実際には人間がいたからである。ところが趣味に優れる者は、本を目にすると、そこに人間がいると思ってしまうので、実際には作者がいたと知って仰天する」

きほど嘘をつかない。

一つの事件を調べるには、当然さまざまな考え方があるとはいえ、突飛にすぎる点では（突飛な考え方だからこそ、人は必ずこれにとらわれる）、証人に会いに行き、聞いた話を参考にするという考え方にとどめを刺す。

本を調べに行って、その内容を参考にしたほうがまだましだと思う。（そのほうが危険も少ない。）なぜなら本の場合、それが紙の本であることだけは、少なくともわかっているから。本が本である（にすぎない）ことはわかるし、それは誰でも知っていることだから。ところが、ある種の人間は、本と同じでありながら、人から疑いの目で見られることがない。生きた人間だと思われている。

本を読む場合、それが本であることはわかっている。ところが本も口をきくとなれば、それが生きた人間だと思えてくる。

どういうことが起こるか、よく観察してごらんなさい。あなたはその老人に会いに行く。会ったその瞬間に人間が消え、目の前の老人はもはや歴史家でしかない。

会った瞬間に表情が変わり、老人はフランス史の一部を暗唱してみせる。

会った瞬間に変化が起こり、本となった老人は本の一節を暗唱してみせる。

でもその程度なら、誰だろうと老人に引けをとらない。本の真似事をするくらい造作もないことだから。

それに、ただ本の真似事をするだけではない。老人は峻厳な態度をとる。堅苦しい態度をとる。老人が暗唱してみせるのは自分だけの歴史（自分なりのフランス史）ですらないし、当の老人は自分だけの本にすらなれない。老人は万人に共通する唯一絶対の本であり、老人が暗唱してみせるフランス史は、万人に共通の、世間の人がこぞって賛成したフランス史と相場が決まっている。（つまり当然ながら一切の重要性と、一切の価値を失ったフランス史。）そんな事態に立ち至ったのは、ただ単に老人が面倒を抱え込むことを恐れたからではなく、老人にとって最大の気がかりが、老人の心に生き残った最後の関心事が（若い人たちに対して、後の世代に対して、つまり自分が控訴する際の、まさに上級審に相当する世代に対して）、自分は申し分のない形で歴史に参加した人間であると、明確に示すことだったからにほかならない。

老人は自分を立派に見せ、年寄りらしく見せ、歴史家になった自分を見せる（そんな態度をとった理由の一端は、たぶん歴史家になった分だけさらに深く歴史に刻まれると考えたことにある）。

民主制が、とそのひとは言った。民主制が記憶を支配することはない。可動的な一つの点を囲むことで、あるいはその点から到来することで、あるいはその点に向かって進むことで、記憶は各瞬間に階層化するから。そして階層化は必ず指令に従っておこなわれるから。ところが醜悪このうえない民主制こそ、とそのひとは言った。現代の世界に唯一残され、現存する制度のなかでも、かつて世界にあらわれた制度のなかでも、最も人民から遠く、根本のところで最も庶民性に欠け、またとりわけ共和制から最も遠い民主制だからこそ、歴史を支配する制度たりえていることに異論の余地はない、とそのひとは言った。それに、証拠なら他にもたくさんあるけど、この一点を押さえておきさえすれば、歴史である私がほとんど関心を呼ばず、それどころか私に対する関心がゼロであることにも説明がつく。私にはわからない、とそのひとは言った。すべての年月に通用する、あるいは年月を横切り、年月を重ねることで恒久的なものとなった一つの哲学があるのかどうか、私にはわからない（これは、とそのひとは言った。まったく私の管轄外だから）、一つの（時間的に）永遠な哲学、すなわち或ル永遠ノ哲学[*1]があって、必然的に一つの共通な哲学、すなわち或ル共通ノ哲学を兼ねるのかどうか、私にはわからないけど、それでも確かなのは（時間的に）永遠であるとともに共通でもあるような一つの歴史、すなわち或ル永遠ニシテ共通ナル歴史が日一日と形成されていくということだと思う。ほかでもない、一切関心を引くことのない歴史。世間の人がこぞって賛成した歴史。ところが老人が暗唱してみせるのは、まさにこの歴史、というか、こうした歴史の一部と決まっている。こう言ってよければ老人は尋問されているのだから。それに、あなたが誰かしら老人をつかまえて、若かりし日を語らせようとすれば、相手は尋問を受けていると思うに決まっている。

背景にあるのは、とそのひとは言った。背景にあるのは一種曖昧で、とらえどころがなく、その分さらに大きな脅威となった、歴史を決める全員参加型の普通選挙で、これによって曖昧な、従って絶対に異議申し立てを受けつけない決定が絶えず下される。そもそも、曖昧で、その分さらに異議申し立てが難しく、確実で、確定的なものとなり、その分さらに取り消しがきかなくなったこの決定こそまさに、あなたが頭を下げて話を聞いた老人の頭に浮かぶ唯一の重大事にほかならない。そして老人が考えることは一つしかない。そして老人の気がかりは一つしかない。そして老人が名誉に思うことも一つしかない。それは最初から慎重の上にも慎重を期して、曖昧かつ確実な決定に従うことであり、しかも老人は決定の内容を最初からよく知っている。どんな凡人だろうと最初から本能的に知ることのできる決定だから、当然そうなる。

なにしろ凡人にとって唯一可能な決定だし、世界中どこを探してもこれを上回るものはない、とそのひとは言った。一般に凡人が凡庸を見分け、それを迎え入れる際の本能的な勘ほど確かで奥深いものはなく、凡庸の実体が自分以外の凡人だろうと、平凡な出来事だろうと、凡人の勘は等しく通用する。

分相応に甘んじ、皆と同じようにふるまい、出過ぎた真似はしないこと。（抜きん出たり、注目を浴びたりしないようにすること。）それが人間にとって、また慎重でありたい老人にとってはなおのこと、本能として何よりも大切なものとなる。（民主主義的で、共和主義的なところがほぼ皆無なこの本能は、共和主義の対極だとすら言える。）人々はオリュンポスの時代からすでに、いいえ、きっとオリュンポスの時代よりも前に、出過ぎた真似をする者があれば、その者に拳の雨が降ることを学んでいた。

そんな歴史の普通選挙だから、全世界を支配しないはずがない、とそのひとは言った。歴史の普通選挙が、あまねく世界を支配する心理面の普通選挙を、歴史の言語に翻訳し、歴史の分野に移し換え、歴史に転写したものにすぎず、その原因と起源も人間心理にあるという見立てが正しければ、当然そういうことになる。感覚を覚えるときも、感覚が生まれたそもそもの始まりから、私たちは自分なりの感じ方で、自分が感じるとおりに感じるのではなく、人はこんなふうに感じるものだと聞かされたとおりに、感じ方をめぐる共通の了解に従って（万人に共通の感じ方でもって）感じるという見立てが正しければ、当然そういうことになる。人として当然の感じ方をしなければならない、昔の人もそんな感じ方をしたものだ、と言われるままに私たちが感じるとしたら、当然そうい

＊1　ゴットフリート・ライプニッツ（一六四六－一七一六）が用いた表現。

うことになる。慣例的な感じ方で、作法を重んじる感じ方で、伝統にのっとった感じ方で、確固不動の感じ方で、趣味がよく、礼節にも適った感じ方で私たちが感じるとしたら、当然そういうことになる。もっとも、今ここで私たちが触れたのは、とそのひとは言った。ベルクソン先生が完全に解決してくださった問題ではあるのだけれど。

どうしてあなたは、とそのひとは言った。その老人だけが例外で、あなたの手助けをしてくれると思ったのかしら。あなたは手助けをしてもらうに値する人間かしら。自分は例外だと思っているのかしら。自分は歴史家ではないと言い切れるかしら。歴史に刻まれた人間ではないと言えるかしら。あなたが老人を訪ね、聞き出そうとしたのも、結局のところ歴史だったのではないかしら。あなたが歴史を問えば、老人は歴史で答える。あなたが歴史を求める以上、老人も歴史で答えるしかない。老人が記憶で答えたとしたら、誰よりも先にあなたが驚くに決まっている。それだと巻き込まれてしまうから。それに、あなたも老人と同じで、何がどうあろうと巻き込まれることだけは避けたいと思っている。

あなたは怖くてならない。巻き込まれることが。

どうしてあなたはその老人が、あなたのために、想起してくれると思ったのかしら。そもそも老人は自分のために想起することすら絶対にないというのに。できるわけがない。それに万が一できたとしても、実際に想起するとなれば恐ろしくてたまらない。老人は、想起することを最も恐れている。自己の内面に下りていくことは、人間にとって最大の恐怖だから。一人でいるとき、老人が想起することは絶対にない。あなたと膝を突き合わせ、二人、あるいはそれ以上の人数が必要な、まさに共同想起と呼ぶにふさわしい想起に加わることも、まずありえない。どうしてあなたは、そんな老人が記憶を働かせ、きっと一つの作品に仕上げてくれると思ったのかしら。つまり自分の殻に閉じこもったまま、持続の中で年を取り、老い、可動的な点に追いついたが最後、梃子でも動かない老人が、自身の記憶に飛び込み、その深みに沈潜しながら、過ぎ去った年月の厚い堆積層をいくつも通り抜け、堆積層と堆積層のあいだに埋もれた、二度と戻ることのない年月の層も通り抜けて、今では遠くなった青春の日々に達するなどと、どうしてあなたは思ったのかしら。それにあなたは、少年期や、はるかな青春がすっかり遠のいてしまった今、内側から本当の自分を見る内面の旅が、老人を楽しませるとでも思ったのかしら。楽しいわけがないでしょう。老人は外的に、地理学的に、地形学的に、年代学的に、時間測定的に、要は歴史的に自分を知るようにしたほうが望ましいと考え、少年期や青春に対して一定の距離をとる。しかも老人にとって距離はいつも同じであり（もう一方の、内的距離と同じであり）、要するにそれは外的で、地理学的な、地形学的で、年代学的で、時間測定的な、つまり歴史的で、縦方向の隔たりに対応した距離であるにすぎない。現地で作業するよりも、地図上で作業したほうが望ましいと思っている。そうすれば疲れも少なくて済むし、地図を使っても結果は同じだと自分で自分を納得させる。それどころか、きっと地図のほうが優れていると自分で自分を納得させる。地図のほうが明瞭だし、自分もそのほうが気楽だから。そして必要とあらば地図のほうが現実に近いと言い出しかねない。こんなふうだから自身の記憶に沈潜する代わりに、老人は昔話に助けを求める。有機的な想起よりも歴史的な叙述を優先する。つまり皆と同じように老人も、身も蓋もない言い方をするなら、鉄道を利用するのが望ましいと思っている。歴史は常に海岸沿いを行く（ただし海岸から一定の距離をとった）縦断型の長距離鉄道であり、こちらが止まってほしいと思う全部の駅に止まってくれる。それでも歴史の鉄道が海岸線そのものを辿ることは絶対になく、海岸線そのものと合致することもない。なにしろ海岸線そのもの、つまり岸辺では潮の満ち干が起こり、人と魚がいるばかりか、広々とした河口や小さな流れもあって、大地と海が一つに溶け合った二重の生を営んでいるのだから。

人間は変わらない、とそのひとは言った。いつになっても人間は、自分を見るよりも、自分を測定するほうを選んでしまう。

老人は、とそのひとは言った。老いるとはどういうことであるのか、わからないし（わからなくなったし）（幸いなことに）、もはや老いについて何も知らず、何一つ理解することができない。ところが四十歳の男は、今まさに青春から抜け出したという感覚があるだけでなく、自分の内面を覗いて、失った青春に目を凝らす。だから四十歳の男には老いるとはどういうことであり、老いとはそもそも何であるのかということが、ちゃんとわかっている。

老人は人生行路に沿って漫ろ歩く。人生行路に沿って前後に視線を送る。鉄道線路と変わらない。ところが四十歳の男には、青春が去ったばかりだということ、そして自分は青春を失ったということが見えている。彼方ニ去リテ無ニ還リヌ。そして青春をどうしてしまったのか[*1]と自問し、青春を失った自分を目の当たりにする。

〈神〉のなすことすべてよし（とそのひとは言った）（ラ・フォンテーヌが言ったように[*2]）。人間はいったいどうなるかしら、算術をそのまま適用したら。そして四十歳の男を襲う無残なまでの憂愁が、ただ続くだけでなく増大し、十年ごとに十を掛けて、ますます大きくなるよう定められているとしたら。幸いなことに、そうはならない、とそのひとは言った。そうはならないし、四十年生きた人間が五十年生きた人間になることもない。その人間は歴史家になる。

四十歳の男は、とそのひとは言った。人間を襲う憂愁のさなかにある。男の目には、人生が自分から去っていく、ただその瞬間に見た人生だけでなく、取り返しのつかない形で人生が去ったばかりの、まさにその瞬間に見た人生の実像が映っている。男の目には、自分の手から人生が零れ落ちたばかりの、まさにその瞬間に見た人生の実像が映っている。

人間の憂愁が年齢相応に増大するとしたら、人生は耐えがたいものになる。でも実際はそうならない。何が起きているのか、よく見てごらんなさい、とそのひとは言った。憂愁は持続しない。でもそれだけではない。憂愁は残存しない。でもそれだけではない。さらに言うなら憂愁は増大することもない。でもそれだけではなく、憂愁はたちまち憂愁とはとても思えないものに変わり、五十年生きた人間、四十代を超えた人間には、それが憂愁であることすらもはや認識できない。〈神〉は人間に恵みを垂れ、人間を歴史家にした。そして人間を歴史家にするということは、〈神〉が人間に与えた最大の恵みであり、最大の慈悲ですらある。

四十歳の男は、二十歳の男が詩人であるのと同様、年代記作者であり、回想録作家であることをその本分とする。ところが二十歳を過ぎた人間はもはや詩人ではなく、四十歳を過ぎた人間はもはや回想録作家ではない。

四十歳の男は、青春のただなかではないまでも、青春が過ぎた直後の記憶に、十分深く組み込ま

＊1 「青春をどうしてしまったのか」はポール・ヴェルレーヌ（一八四四―一八九六）の詩集『智慧』の一節「どうしてしまったのだ、そこにいるおまえ、おまえの青春を」からの自由な引用。

＊2 「神のなすことすべてよし」はジャン・ド・ラ・フォンテーヌの『寓話』第九巻、その四「ドングリとカボチャ」一行目からの引用。

れたままなので、今でも青春にとどまり、今でも青春に加わり、今でも青春の内側にいる。それと同時に自分はもはや青春に加われず、もはや青春にとどまれず、青春が去った後の年代を迎え、もはや自分が存在する余地は一切残されていないことを知る。人に言われるまでもなく、これから自分は歴史家になると感じ、記憶と、歴史に先立つものと、自分の内側に残っていたものに、心の奥で別れを告げる。もう自問することもない。終わってしまった今となれば、これがどういうことなのか、ちゃんとわかるから。

　続いて男はとりわけ陽気な自分に戻る。幸いなことに。「とりわけ陽気な」ときですら人生はすでに耐えがたいものだった。そのうえ憂愁にとりつかれたら、いったいどうなるかしら。歴史家ほど陽気なものはない。そもそも墓掘り人夫ほど陽気なものはないということは確固不動の真実だった。それに歴史と墓掘りは同じ仕事でもある。昔話に花を咲かせる老人ほど陽気なものはない。対する四十歳の男が昔話に花を咲かせることはない。四十歳の男は自分の記憶に呼びかける。

　そういう事情があるから、とそのひとは言った、その名に恥じぬ年代記作者と回想録作家はほとんど見当たらない。ジョワンヴィル以後に、いったい何人の名を数えることができるかしら。

　回想録作家がほとんど見当たらないのは詩人が極端に少ないのと同じだし、そうなった理由も同じだと言える。つまり両方の理由は並行するわけで、要は同じ次元に属し、同じ形式と、同じ様態と、同じ手順に従う理由同士を、一方からもう一方へ、一方の面からもう一方の面へとずらしただけで説明がつく。二十歳にして詩人である人間は詩人ではない。それはただの人間。二十歳を過ぎてなお詩人であれば、そのときこそ人は詩人たりえている。同じように、四十歳にして回想録作家である人間は回想録作家ではない。それはただの人間。四十歳を過ぎてなお回想録作家であれば、そのときこそ人は回想録作家たりえている。

そして詩人の天分が二十歳を過ぎてなお詩人であることに存するのと同様、年代記作者と回想録作家の天分は四十歳を過ぎてなお年代記作者や回想録作家であることに存する。

そういう事情があるからこそ、とそのひとは言った。天分は総じて老いないことにあるものだ、と人が言うとき、本当は何を言っているのか、よく注意して聞かなければならない。その人は言いたいことを言えていないのだから。詩人の天分は少しも老いないことに存するとは、まず一義的な意味で詩的操作を実行するための活力を少しも失わないということであり、二義的には世界を受け止め、作品を送り出す二重の操作に向けて、新鮮な驚きを少しも失わずにいることを意味する。この二義的な意味を見極めようと思い、私たちは「手帖」[*1]の誌面を借りて、この分冊で最初のほうは全部使わせてもらった、とそのひとは言った。回想録作家の天分も一義的には詩人の天分と同じように、想起の操作に向けて活力を少しも失わずにいるという意味で、老いないことに存するとはいえ、二義的な意味で見れば正反対で、老いる、それも歴史家にならないよう正しく老いる術を心得ていることに存する。

詩人の不毛は一義的な意味と二義的な意味の両方で老いることに由来する（起因する）。回想録作家の不毛は一義的な意味で老いる一方、二義的な意味では老いないことに由来する。

それに回想録作家の天分は、とそのひとは言った。最低でも詩人の天分と同じくらい稀なものだと思う。古代作家の時代から現在にいたるまで、年代記作者と回想録作家を何人数えることができ

＊1『クリオ』は作者の死後に日の目を見た遺著だが、本来ならペギーが主宰する「半月手帖」に掲載されるはずだった。

るかしら。回想録作家を自称しても、その大半が、いいえ、それどころか大半をはるかに上回る大多数が偽の歴史家であり、偽装した歴史家であるにすぎないのだから。歴史家として偽物なのではない。私が言いたいのは回想録作家として偽物だということ。要するに真の歴史家が回想録作家を兼ねているということ。偽の回想録作家は自分の記憶を少しも掘り下げようとしない。自分の歴史を、自分が生きた時代の歴史を、自分が経験した出来事の歴史を語ってばかりいる。『ワガ時代ノ歴史』。偽の回想録作家なら全員が選んでもいいし、全員が選んでしかるべき題名はこれと決まっている。

あなたが主宰する「手帖」の版元でも、とそのひとは言った。この点で特に衝撃的な実例を見つけ、公表したことがある。あなたのおかげで日の目を見たのはフーリエ派共和主義者の一族に伝わる書類一式[*1]だった。全部で十冊か十一冊、あるいはそれ以下、あるいはそれ以上の冊数におよぶ「手帖」をびっしりと埋めた文書と資料は、手紙や、日記や、覚え書きをはじめ、どれも興味が尽きないものばかりで、分冊のどこをとってみても、端から端まですべてが記憶の領域に属している。記憶の次元に属している。それなのに文書がもつ利点は部分的に損なわれていた。あえて言わせていただくなら、その原因は絶えず歴史を参照する叙述に対して、時おり読者が困惑を覚えたところにある。記憶の平面から歴史の平面に絶えず送られ、移されるかと思えば、逆方向の移動もあるし、記憶の平面から歴史の平面へと追放されたところに、要は平面と平面のあいだを行き来させられた、というよりもむしろ、二つの平面を同時に踏まえて生きるよう求められたところに原因はある。これではさすがに煩わしすぎる。にもかかわらず私たち読者の誰もが覚えている、とそのひとは言った。これらの文書がどれだけ興味深いものだったかということを。どれも第一級の資料だったということを。つまり資料がどれだけ記憶に満ちていたかということを。一族と民族の記憶。一族の揺籃期を余すところなく伝え、ゆかりの土地にもかかわる記憶。その一族だけでなく、ルイ＝フィリップ治下の、第二帝政下の、そして第三共和政初期のフランス社会を織り上げる素地は何だったのかということを今に伝える記憶。何度も戦をしかけ、連勝街道を突き進んだ末に、唯一の敗北が惨憺たる結果を招いた戦争の記憶。*2 その敗北から今ようやく、とそのひとは言った。あなたがたフランス国民は立ち直りはじめた。ポール・ミリエ氏が、*3 とそのひとは言った。ポール・ミリエ氏が歴史にこだわりさえしなければ、現状のままでも十分に興味深い資料集は、今の二倍は面白いものになっただろうと思う。こだわる対象を記憶に絞っていれば、どれだけ素晴らしいものになったことか。

あなたの仲間に、とそのひとは言った（仲間と呼ぶことを許していただけるなら）、あなたの仲間に一人、年代記作者と回想録作家の名にふさわしい人物がいる。誰のことか、あなたにはよくわかっているはずよ。そう、ヴィヨーム。*4 あの人は昔と同じ純然たる年代記作者の系譜に属している。そう思ったのは一度や二度ではない、とそのひとは言った。お昼を済ませたヴィヨームとあなたが

＊1『フーリエ派共和主義者の一族――ミリエ家』は一九一〇年八月から翌年十二月にかけて「半月手帖」に掲載された。

＊2 ナポレオン三世は積極的対外政策の一環として、さまざまな地域に軍を派遣する。即位直後のクリミア戦争（一八五三－一八五六）に始まり、インドシナ戦争（一八五九－一八六二）、イタリア統一戦争への介入（一八五九）、メキシコ出兵（一八六二－一八六七）を経て、最後は普仏戦争（一八七〇－一八七一）に突入し、惨敗を喫した。

＊3 三七二ページ、「あなたが主宰する……」以下を参照のこと。

＊4 マクシム・ヴィヨーム（一八四四－一九二五）はパリ・コミューンの闘士。「半月手帖」（第九巻から第十一巻）に回想録を発表した。

連れ立ち、昔日のおもかげを求めてカルチェ・ラタンを散策するところに出くわせば、そう思うしかない。話がパリ・コミューンにおよぶと、あの人は俄然本領を発揮する。そして普仏戦争と、第二帝政と、第三共和政の初期段階が話題になったときも、あの人なら得々として歴史を語りはじめるようなことはない。どこの壁面でも、どれほど小さな敷石でも、あの人の手にかかると文書にも、想起の素材にもなる。ほら、ここだよ、ヴァレス[*1]が通ったカフェは。そこの隅っこに陣取った。体の構えはこうだった。そんな話をしながら、肩を怒らす独特の仕草と、背伸びでもしているような独特の姿勢を真似てみせるものだから、あなたの目にはヴァレスの姿がありありと浮かび、時空を超えてヴァレス当人の前に連れ出されたように思えてくる。しかも連れて行かれた先にあるのはヴァレスの時代だけではなく、当時のヴァレスが迎えた年齢と、ヴァレスという出来事そのものでもあるから、あなたは世に数多ある「伝記」をすべて読破した場合よりも百倍は多くのことを学ぶ。ヴィヨームとあなたは抜け道の前を通りかかる（それがシャンポリオン通りだったことにしておきましょう）。――ここにロジャール[*2]が住んでいた。あそこにルームコルフ商会[*3]があった。（この人も戦争になる前にフランスへ移住したドイツ人だがね。）ほら、あれだよ、ルームコルフ誘導コイル。あの頃はまだ電気が今ほど普及していなかった。今ではルームコルフ誘導コイルのことを覚えている者もいなくなったがね。それがあの頃はまだ最新の発明品だったわけだ。だからロジャール親爺に住所はどこかと尋ねると、「電気屋爺さんのところ」（と答えたものだ）。それから、やはりヴィヨームのおかげで、『ラビエニュスの言葉』はどういう本であり、『ラビエニュスの言葉』の爆発的成功がどれほどのものだったか、あなたは知ることができた。表紙が緑色をしたあの小冊子は、今でもあなたの目に浮かぶし（それとも青い表紙だったかしら、とそのひとは言った。それともまた別の色だったかしら。私には思い出せなくなった、とそのひとは言った。でもあなたはもちろん覚えているわね)、目で見て触れられるような気がしてくる。ヴィヨームなら、話が二十歳の頃におよんでも、得々としてフランスの歴史を語りはじめるようなことはしないから、当然そうなる。だからあなたは、あの人と並んでゆったりと歩を進めながら、あの人を急き立て、あの人を励まし(励ます必要すらないのに)、あの人に催促する。低姿勢に徹してはいても、あなたは今と違う、すでに消滅した一つの時代を、文字どおり自分で生きようとして相手に食らいつく一方、幸せな気分に浸りもするわけで(私の思ったことを全部話したほうがよければ、あなたの幸福感は少しばかり自筆物の蒐集家に似ているとも言えるし、それとほとんど同じ種類の、節度というものを知らない幸福感だとも言えるけど、蒐集癖ほど立派なものはどこにもない)(それに蒐集癖ほど喜ばれるものはない)(それに蒐集癖ほど強固で、どっしりと構えたものはない)、要するにそれは、これまでの半生でなかなか手に入れられなかった希少品、つまり正真正銘の年代記作者に出会った喜びではなかったかしら。――ここだよ、どうしてそんなことになったのか誰にもわからないのだが、パリ・コミューンの国民兵が一人、いいかね、君、ここで巨大な切り石の下敷きになって圧死した。事故に気づいた者は一人もいない。あの頃は新しいソルボンヌの工事が進められていた。[*4](あなたならわかるわね、とそのひとは言った。「新しいソルボンヌ」とは何のことか。いいこと、こうい

*1 ジュール・ヴァレス(一八三二-一八八五)はジャーナリスト、小説家。パリ・コミューンに深くかかわり、政治委員にも選ばれた。
*2 ルイ=オーギュスト・ロジャール(一八二〇-一八九六)はペギーと同じ高等師範学校の出身。教職についたが、帝政に忠誠を誓うことを拒んで罷免された。後出の『ラビエニュスの言葉』(一八六五)はロジャールの著作。
*3 ハインリヒ=ダニエル・ルームコルフ(一八〇三-一八七七)はハノーファー出身の物理学者。

う言葉の綾が年代をくっきりと浮き上がらせ、一つの世代を切り取ってみせる要因だから、よく覚えておきなさい。「新しいソルボンヌ」という言葉を、今の時点で、あなたも含めた現代人が口にするとき、頭に浮かぶのはランソンとその忠実な部下であるリュドレールのことと決まっている。ところが当時の人が「新しいソルボンヌ」と言えば、それは「新しいオペラ」がガルニエのオペラ座を指したのと同様、ネノ氏[*1]が建てたソルボンヌ校舎のことだった。今ではもう古くなったと言ってさしつかえない、そして徐々に《建築学的構造から見て》居住不適格な建物になりつつあるソルボンヌ校舎のことだった。）話を元に戻すなら、当時は新しいソルボンヌの工事が進められていた、というよりもむしろ、工事にとりかかる準備が進められていた。[*2]（ソルボンヌの工事でないとしたら、とそのひとは言った。コレージュ・ド・フランスの工事か、さらに別の工事だった可能性もある（新しいソルボンヌの工事にしてはさすがに時期が早すぎるかもしれないから）。工事現場には大きな切り石がいくつも置いてあった。ちょうどこの場所で、一人の国民兵が特大の切り石に目をつけ、自分の背丈をはるかに超えるその石の陰に隠れた。国民兵はエコール通りを上ってくる軍隊に向けて小銃を撃っていた。（とは言ってみたものの、エコール通りはあったかしら。開通した後だったかしら。[*3] 私は本当に何も知らない、と歴史であるそのひとは言った。こんなとき、年代記作者なら迷ったりしないのに。）ともあれ国民兵が軍隊に向けて小銃を撃ち、軍隊はサン＝ミシェル大通り方面から上ってきたことに間違いはない。（サン＝ミシェル大通りなら、とそのひとは言った。確かにあったと断言できると思う。）突然のことだった。まっすぐ立っていた切り石が、ばたんと倒れて、国民兵を文字どおり押しつぶした。まるで特大の墓石。つまり「墓標」。ほら、あれよ、ロンサールをはじめ、プレイヤッド派の作品なら必ず出てくる、あの「墓標」。

かくして我ら、たちまち墓標の下に横たえられん。*4

どうしてそんなことになったのか、私は絶対に知ることができない、とそのひとは言った。石の頭が張り出し、それで安定が悪く、見かけばかりの危うい安定を保っていたということかしら。砲弾が当たったのかしら。でも本当に大砲を撃っていたのかしら。それも、ほかでもないサン＝ミシェル大通りから砲撃があったのかしら。事の次第はどうあれ、事故に気づく者がいなかったことだけは確かね。それから長い年月が流れ、工事が再開されたとき、横倒しになった石の下から、つぶれた骸骨は見つかった。*5

普仏戦争なら、とそのひとは言った。普仏戦争と、それに続くパリ・コミューンなら、まだどうにかなる。かなり昔の出来事だから。ところが別の出来事に目を向け、まだ手で触れられそうな、

＊4 （三七五ページ） ソルボンヌ校舎の改築がおこなわれたのは一八八二年から一九〇一年にかけてのことなので、パリ・コミューンより後の出来事だが、土地の収用と建物の解体は、かなり前に始まっていたらしい。

＊1 アンリ＝ポール・ネノ（一八五三－一九三四）はローマ賞（二三七ページ注＊3を参照）を受賞したフランスの建築家で、ソルボンヌ大学新校舎が代表作。

＊2 この丸括弧は閉じられないままになる。

＊3 エコール通りの開通は一八五五年。

＊4 二九ページ注＊2を参照のこと。

＊5 マクシム・ヴィヨームが「半月手帖」第一〇巻八号（一九〇九年一月三十一日）に発表した「蜂起した街を行く」に詳細な記述がある。

あるいは手で触れられると私たちが信じて疑わない歴史をとりあげるとなれば、事情は一変する。たとえばドレフュス事件。要するに四十周年を迎えてすらいない歴史。あるいはまだ四十代に届かない歴史。今を生きる世代の歴史に感じても不思議はないほど近い歴史。歴史というものは近ければ近いほど、いいえ、もっと正確に言うなら、歴史の時期と素材が近ければ近いほど、歴史と記憶を隔てる断絶がくっきりと浮き上がり、両者を分かつ稜線は鋭くなる。そして断絶はいやがうえにも際立ってくる。そして断絶が特殊な事例であればあるほど、そこに一つの典型を認め、ますます深い意味を読みとることができる。私たちは信じて疑わない、とそのひとは言った。ドレフュス事件なら手で触れることができると思っている。安心していいのよ、よかったわね。でも、もう一方で私たちは深く悲しまなければならない。事件に触れたその手が私たちの胸を焦がすことは、もうないのだから。その手に触れても、私たちが知識欲に身を焦がすことは、もう二度とないのだから。

あのドレフュス事件は、とそのひとは言った。ドレフュス事件は特にこの点で幸運な事件であり（残念ながら幸運な事件と認めるしかない）、それどころか唯一、適切に選ばれ、数ある事件のなかでも最良の選ばれ方をした、たった一つの事件でもある（そしておそらくは、新たに事件が起こり、〈神〉の思し召しによって事件はこれでもって打ち止めと決まるまで、その優位を保ちつづける）。なぜならドレフュス事件は今なお極限的な事件でありつづけているから。私たちは真偽のほどを見極めることで報酬を得る専門家だけど、そんな私たちの見識に照らしても、とそのひとは言った。ドレフュス事件は極限まで辿り着いた、ちょうどその縁のところにある事件だから。まさしくこの一点にドレフュス事件はある。旅人が最後の砂丘を上り、盛り上がった砂の峰に辿り着いたのと同じで、ドレフュス事件はまさしく極限の一点にあり、だから事件はまだ近く、具体的な想起と、記憶に、回想録作家や年代記作者に、さらには老いにゆだねられた文書であり、素材であると人が思っても、なんら不思議はない。いちばん近くにあって、いちばん手近な事件だから、ドレフュス事件は歴史になどなっていないと思われている。安心なさい、坊やたち、とそのひとは言った。でも、もう一方で事件の死に涙しなければならない。ドレフュス事件は確かに死んだのだから。もう不和をもたらすこともないのだから。

ドレフュス事件の詳細に立ち入ってみるのもいい、とそのひとは言った。その必要に迫られ、私たちにそうするだけの時間があれば、ドレフュス事件の詳細に立ち入って、事件の解決、というよりもむしろ事件の清算をめぐる詳細に立ち入ってみるのもいい。そこには誰の目にも明らかなことがある。つまり政界関係者の努力と労力はすべて（あれはあれで正しかったのかもしれない。政界関係者の和解工作からフランスの新しい威光が生まれたことだけは確かなのだから）（フランスの威光は私たちが作り上げるもので、その波及に立ち会うのも私たちだから）、ドレフュス事件をめぐる和解へと私たちを導くこと、つまり時期尚早に、また不自然であるのは承知のうえで、私たちに事件の意味を、事件の理解を、それも内側からの理解を、事件の秘密を、そして文字どおり事件の記憶を失わせることに注がれた。さらに言い換えるなら、結局のところ政界関係者のあらゆる駆け引きは、時期尚早に、また不自然であるのは承知のうえで、私たちを歴史家に変えるという明確で、厳密このうえない目標を有していた。ドレフュス派だった者を（そして反ドレフュス派だった者を）、ドレフュス事件を語る専門の歴史家に変えるという目標を有していた。時期尚早に、また不自然であるのは承知のうえで、私たちをドレフュス派の立場から（そして反ドレフュス派の立場から）、ドレフュス事件が専門で、ドレフュス支持運動を研究する歴史家の立場に移行させるという目標を有していた。民衆のあいだでは「パンの味をわからなくする」と言うことがある。これとまったく同じ意味で、政界関係者は私たちをドレフュス事件の「味」がわからない者に変えた。今となっては見つけるだけでも難しいはずよ、とそのひとは言った。歴史家以外の立場でドレフュス事件を語ってくれる人は。そんな人は一人もいないのではないかしら。見つけるだけでも難しいはずよ。ドレフュス事件の記憶があり（記憶を失わずにいて）、回想録作家や年代記作者の立場でドレフュス事件を語ってくれる人は。そんな人は一人もいないのではないかしら。私たちは見事なまでに和解させせられてしまった、とそのひとは言った。真っ先に歴史家の立場をとってしまったことにある。私たちのためを思い、歴史家の立場をとる最後の一人になるくらいのことなら、少なくともできたはずなのに。

「パンの味がわからなくなる」という表現は、死ぬことを意味する。「パンの味をわからなくする」という表現は、殺すことを意味する。（まさしくパンの味を「逝かせる」ことを意味する。）これとまったく同じ意味でドレフュス事件の「味」をわからなくさせ、逝かせることで、政界関係者は私たちがドレフュス事件と、ドレフュス支持運動に対して、文字どおり死人となるよう仕向けた。後に残ったのは、死人となったことが本当に重大な損失なのかという問いだった。でもこれは、とそのひとは言った。ここで検討しているのとまったく別の問題ではある。

ドレフュス派の旧参謀本部を非難しなければならない理由、つまり彼らが犯した背信は、とそのひとは言った。事件の味をわからなくする作戦に手を貸したことではなく、実際に手を貸していながら、表向きはこれと裏腹な言明に終始したことにある。言葉とは裏腹な行動をとったことにある。

一つの事件をめぐって和解が成り立つとしたら、とそのひとは言った。それは事件について何一つ理解できなくなったことを意味する。その意味で、とそのひとは言った。決して和解にいたることはないと自信をもって断言でき、永久に不和が続くと自信をもって断言することのできる事件は一つしかない。つまりイエス事件。これとまた同じ意味でイエス事件は、決して歴史に作り変えられることがないと自信をもって断言できる唯一の事件でもある。世界に訪れてもおかしくない最大の、それでいて確実に回避できるだろう失寵は、世界中の人が許可を受け、イエス事件を研究する歴史家になることであり、そうなっても不思議はないということを措いて他にない。イエスをめぐる永遠の不和が終息することを措いて他にない。イエスが歴史と記載の素材になりさがることを措いて他にない。（本質的に記憶の素材であり、老いの素材であり、だからこそ、記憶や老いの素材であるからこそ、永遠なる若返りの源泉たりえているという、イエス本来のあり方が損なわれてしまうことを措いて他にない。）イエスをめぐる和解にいたり、しかもそれが審判にもとづく真の和解とは別の和解になるということを措いて他にない。

歴史家が言う意味での和解とはすなわち、とそのひとは言った。調停とミイラ化のことにほかならない。

ドレフュス氏を非難しなければならない最たる理由は、決して氏が和解したことにあるのではない。ドレフュス氏も人間だった。歴史家になるしかなかった。はっきりさせておかなければならない点は、ドレフュス氏が真っ先に和解すべきではなかったということに尽きる。和解に先鞭をつけるべきではなかったということに尽きる。

見つけられるはずもない、とそのひとは言った。今の世の中に歴史家以外の立場でドレフュス事件を語る者は一人として見つからない。見つけられるはずもない。世々にいたるまで、歴史家の立場でイエスを語る者は一人としてあらわれない。

イエスを語る以上、人々にはキリスト教徒の立場で、あるいは反キリスト教徒の立場で語る以外に選択肢はない。

今後も人々は変わることなくイエスを語りつづける。信者の立場で、あるいは不信者の立場で。

ネストルの力はもはやネストルの中にはない、とそのひとは言った。力はアンティロコスに宿った。アンティロコス・ダブレーロン・エネーラト・ドゥーリ・ファエイノー・ネストリデース。『イリアス』第六歌三十二行。そしてアンティロコスは輝く槍でアブレロスを討ち取った、ネストルの子（アンティロコス）は。

そして見てのとおり、このアンティロコスがネストルになった、というよりもむしろ、アンティロコスにネストルがなった。それに呼応して、このアブレロスが、神にも見紛うエレウタリオンになった、というよりもむしろ、アブレロスに、あの神にも見紛うエレウタリオンがなった。

この点を掘り下げるために、もう一度ユゴーに話を戻しましょう、とそのひとは言った。あなたならわかるわね、数多くの点で私たちが決まってユゴーに立ち戻るのは、決して偶然ではないということが。ユゴーを貶したければ、好きなだけ貶せばいい、とそのひとは言った。どれだけ貶そうとユゴーが、かつて見られたなかで、長命の事例として最も見事なものの一つであるという事実は動かないのだから。長命の事例として最も見事なものの一つだ、と私は言ったけど、とそのひとは言った。これは長命だけにかかわる事例ではない。なにしろ八十三年の長きにわたってユゴーが展開してみせた驚異的な長命は、当人から見れば決して外の出来事ではなく、幸運と、絶えざる幸運の更新でもなかった。三年の賃貸借契約を、自動継続によって六年、九年と一律に延長し、この更新を家主が根気よく認めつづけるのとはわけが違う。ユゴーの長命は内なる出来事であり、一つの企てを慎重に進めることで実現した。幸運には恵まれたかもしれない。ただ、幸運に恵まれたとしても、ユゴーの幸運はその中に分け入って理解し、その中に入って前進させ、その中に入って完成へと向かわせるべきものだった。その意味で私たちは今一度、ユゴーを最高に模範的な実例と見ることができる。極限的な事例と見ることができる。人の一生とはどのようなものであり、そこから何が得られるのかということを示す、特に幸運な、唯一幸運な、傑出した、文句なしの模範例と見ることができる。その意味で、また私たちが今ここで検討している問題に照らしても、とそのひとは言った。ユゴーの生涯は、人の一生を傑出した水準にまで高めたものだと言うことができる。

時間の中で延ばせるだけ延ばした生涯。人の一生を（時間的な）広がりの中で、広げられるだけ広げた生涯。

その一方でユゴーは本質的に、また誰にも増して一般的な人間だった。紛れもない一般人だった。かつて見られたなかで最も並外れた一般人がユゴーだとも言えるけど、そう言った先からすぐに、一般人としては最大の偉人だったと付け加えるべきかもしれない。だからこそユゴーは格段に興味深い人物たりえているわけで、とそのひとは言った。それに（少しばかり診療所と試験所の臭いがする言葉遣いを許していただけるなら）ユゴーが興味深い点は傑出した、他に例を見ない模範でありながら、あくまでも一般人の水準にとどまり、一般的な一生の何たるかを示す傑出した、他に例を見ない模範でありつづけ、その結果として誰にでも通用する模範となったことにある。

そうであってみれば当然、一つの世紀を体現した人間になるというユゴーの願望には一貫性があったことになる。ユゴーは幼少の頃から一世紀生きた人間に、百歳の人間になることを願った。だから目標達成のためにユゴーがどうふるまったのか、詳細に調べてみなければならない。

一点の疑いもない（とそのひとは言った）。樹齢百年の老木になりたいと、ユゴーが常に願っていたことに。それにまた一点の疑いもない、ユゴーが目標を達成してもおかしくなかったことに。よくあることだから。その気になれば、いつでもできることだから。でも私が言いたいことは（とそのひとは言った）、説明するのがとても難しい。ほんの数分でいいから、あなたに猶予《クレディ》をお願いしなければならない。それから、もう一つ、私を信用《クレディ》していただかないと。

まず、ユゴーという人は間違いなく平均的人間の典型だった。ただし、そう断じるにはユゴーが平均的な偉人であること、またここで特に重要な点として、ユゴーが平均的な長寿の人であることだけは了解しておかなければならない。ユゴーは間違いなく一般的な人間の典型だった。ただし、そう断じるにはユゴーが一般的な偉人であること、またここで特に重要な点として、ユゴーが一般的な長寿の人であることだけは了解しておかなければならない。一般的な人間というものを、いいえ、もっと正確に言うなら平均的人間というものを、社会学者の面々が血眼になって追い回し、アルブヴァクスさん[*1]だったかしら、あの人の言うところを信じるなら、追跡劇には人類学者の面々も加わっているようだけど、偉人の範疇に平均的人間を加え、ここで私たちが重視している長寿の人の範疇にも平均的人間を加えれば、そこにあらわれるのは紛れもなくユゴーだということになる。だからこそユゴーは、あれほど見事に模範として通用する。それも、まさしく一般人の見本として。また、平均的人間の見本として。

ユゴーは他の誰にも増して偉人と長寿の人の一般的かつ平均的な模範たりえている。

ところが、そうは言っても、百歳に届き、一世紀生きた人間になるだけでは、まだ決して十分とは言えない。そんなことはまだ第一段階にすぎないのだから。百年持ちこたえたとしても、その百年の収まりが悪い場合もある。一世紀生きたとしても、一つの世紀を体現した人間になれないことはある。一七六八年から一八四八年までの期間に、シャトーブリアン子爵は八十年の生涯が収まるように生きた。ところがこれではどうにも収まりが悪い。ちょうど二つの世紀にまたがる恰好で、その八十年を過ごしてしまった。だからシャトーブリアンは、どちらの世紀でも主役にはなれなかった。一七四九年から一八三二年までの期間、ゲーテもこれとほぼ同じ人生行路を辿っている（し

＊1　モーリス・アルブヴァクス（一八七七―一九四五）は高等師範学校出身の社会学者。デュルケーム（二一七ページ注＊2を参照）の弟子で、著書に『平均的人間論』（一九一三）がある。

かもユゴーとまったく同じ年齢に達している）。むなしい努力だった。百歳に届いても、一世紀生きた人間になったとしても、シャトーブリアンになっても、ゲーテになったとしても、それだけでは一つの世紀を体現した人間にはなれない。世紀をまたぐアーチの梁間が二つに分断されている。ちょうど真ん中に、世紀と世紀のあいだで均衡を保つための支点が来る。もっと気の毒なのは生涯の三分の一か、四分の一を一つの世紀（終わる世紀）から、そして残りの三分の二か、四分の三を別の世紀（始まる世紀）から借り受ける人たちだと思う。それだと継ぎはぎになってしまうから。何をするにも裁ち残しや端切れの他は手に入らないから。人生行路も道化が着る上着のように、雑多な寄せ集めにしかならないから。

それとはまったく別の使命を帯び、まったく別の作られ方をするのが、自分は一つの世紀を体現した人間になると心に決めた人にほかならない。そういう人は百歳に届き、一世紀生きただけでは満足しない。そんなことは第一段階にすぎないのだから。自身の世紀が当該の世紀を満たさなければならないし、そのために自身の世紀が当該の世紀と合致しなければならない。

ここに最初の困難が生じる。それもそのはず、百歳に届き、一世紀生きた人間になるべく挑んだとしても、挑んだその人が必ず百年生きられるとはかぎらないのだから。ただ、このような最初の困難を、というよりもむしろ、このような事前の困難を考えてみる前に、それを大きく上回る困難があって、すべての土台はここにあり、またとりわけ他のあらゆる困難の土台がここにあるということを、まずは率直に認めておかなければならない。これはすべての基盤となる困難なのだから。そして哲学者と道徳家と歴史家と年代記作者を一身に体現した人間の気を引くには、まさにもってこいの困難でもあるのだから。でも今回だけで論じ尽くすには、さすがに問題が大きすぎるし、今後も機会はあるだろうから、この点はまた別の機会に回すことにしようと思う。なにしろ問われるべきは、いったいどうして世紀はあるのかということなのだから。そして世紀という年代区分、つまり百年単位の切り分けは誰がどう見ても、ただ恣意的なだけの区分けであり、合理主義者に言わせれば、どう見ても算術的な区分けにすぎないにもかかわらず、実際問題として、いったいどうしてそれが歴史の出来事を画定する節目となったのかということを問わなければならないのだから。

　この種の問いを立てると（とそのひとは言った）、利口な人間に笑われる。合理主義者は見向きもしてくれない。無神論者にとっては問い自体が存在しない。ところが警戒を怠らない人間、つまり人生経験を積んだことで、実際に起こり、多少とも現実感がある出来事を気にかけるようになった人間から見ると、この種の問いは間違いなく存在する。どのようにして世紀はあるのか。いったいどうして世紀という年代区分が、世紀という時間の区画が、世紀という百年単位の切り分けが、どう見ても算術的な区分けにすぎないにもかかわらず、現実の世界で歴史の出来事を画定する節目そのものとなったのか。世紀はある（とそのひとは言った）。ただ単に勘定し、時間と距離を積算するだけの世紀ではなく、歴史の出来事を画定する世紀がある。遠い昔まで遡らなくても、まず十六世紀がある。十七世紀がある。十八世紀がある。十九世紀がある。そしてつい先日、私たちは二十世紀の始まりに立ち会った。それ以外にも（とそのひとは言った）、時代をさらに遡って、世紀の所在を認めることができる。十五世紀があった。そして十四世紀があった。そして十三世紀があった。そして十二世紀があった。これらすべての世紀に、きわめて明瞭で、きわめて明示的な年代区分があって、しかもそれは算術的な区分と一致するものではない。［地球を周回する月の見え方にたとえるなら］秤動《ひょうどう》が起こる。十七世紀は一六一〇年に始まる。十八世紀は一七一五年に始まり、一七八九年あたりで終わるしかなかった。十九世紀は一八一五年にようやく始まった。フランス大革命期と第一帝政は、世紀という仕組みが生まれて以来、全世界で見られたなかでも特に大掛かりで、特に驚異的な節目となって、前後二つの世紀をつないでいる。

ここに一つの謎がある（とそのひとは言った）。学者は気にもとめないけど、人間である以上どうしても気になり、深く考えさせられる、そんな部類の謎がある。人間なら、目の前の謎そのものは根源的な謎から派生した特殊事例にすぎず、根源的な謎とはすなわち時間の謎であり、出来事と歴史の謎にほかならないことがわかっている。ここにあるのは、そういった部類の謎だし、特殊事例に相当する謎はどれも、いわば入れ子となって、大いなる時間の謎に、出来事のリズムと、出来事の流れと、こう言ってよければ出来事の出来事をめぐる謎に組み込まれている。

名の予定説ともいうべきものが常に働いている、つまり特に顕著な例を挙げるなら、運不運と名には関連があると信じ、そういうこともありうると思い直さないまでも、集落の呼び名には古戦場として永久に名をとどめることを運命づけられたものがあると信じ、そういうこともありうると思い直さないまでも、偉人の名となり、またとりわけ偉業の名となることを前もって定められた名があると信じ、そういうこともありうるとは思い直さないにしても、ここに顔を覗かせた謎はどれも同じ水準にあって、相互に強い類似を示すばかりか、その実体は時間なるものの謎、すなわち運不運と出来事の謎であると指摘することだけは許される。どんなふうかでも、それは何かでもなく、あるのは何で、なるのは何かでもなく、最初からただ一つ、自分ならどう理解するかということを知りたいだけの人は、そんなところに秘密などあるはずもないと考え、そう公言してはばからない。何があって、何が起こり、それは何であるのかを知ろうと思い、ひたすら自問自答に心を砕く人なら、ただ秘密があるだけでも、不可知の一点があって、不安に行き当たるだけでもなく、そこには一貫した秘密の系統があって、それは運不運をめぐる秘密の系統だということを認めるにちがいない。

できることなら私は（とそのひとは言った）、哲学用語は使いたくない。でも今は使うしかないらしい。問題を吟味する代わりに、解を得ることだけに心を砕き、いつも問題を解くことから始める人がいるものだけど、そういう人から見れば当然ながら秘密も何もあったものではないのだから。あったものではない、と言ったけど、これは目の前に何もない、という意味で言っている。（どこにも何もない、という意味で言っている。）逆に、何が問われているのか、それを本当に知りたがっている人から見れば、運不運をめぐる秘密の与件ほど、与件であるにふさわしい与件はどこにもないと主張することが許される。

それに私は（とその人は言った）、ベルクソン哲学の用語は使いたくない。あれを使うことは禁止されたようだから。[*1] もっとも、私に理解できるのは『意識の直接与件についての試論』までだけど、そんな私から見ても、次のような問いを自分に投げかけずにいることは不可能に近い。世界それ自体に一つの持続があり、この持続を下から支え、記憶に刻んでいくものこそ、ほかならぬ世界の時間なのではないか。しかし世界の持続はそれでもなお世界の時間そのものに符合しているのではないか。世界の出来事に固有のリズムと速度があるのではないか。そして波形のふくらみと、くびれがあるのではないか。そして激動期と安定期があるのではないか。そして世界の出来事を画定

＊1　三三九ページ注＊1を参照のこと。

する節目があるのではないか。
必ず確実なことに辿り着くから（とそのひとは言った）、注意を怠らず、自分の記憶を探りなさい。記憶の中を覗き、虚心に見てごらんなさい。いいから見なさい。「直接」という語が『意識の直接与件についての試論』で使われたのとまったく同じ意味で直接見てごらんなさい。時間のすべてが同じ速度で、また同じリズムを刻みながら過ぎるわけではない。誰にも否定できないこの事実に納得がいくだろうから。

個の時間だけではない。一個人の時間だけが不規則に流れるわけではない。それだけのことならベルクソンが看破して以来、すでに了解済みの事項だし、持続をめぐるベルクソンの発見も、まさにこの点を明らかにするものだった。ところが個の時間に加え、広く公衆の時間も、一民族全体の時間も、世界の時間も不規則に流れる以上、ここで次のような問いを自分に投げかけないわけにはいかない。公衆の時間もまた、別の何かを覆っているにすぎず、何かを測る尺度であるにすぎず、何かを下から支えているにすぎないのではないか。そしてこの何かというのが、一個独立した固有の持続であり、ほかならぬ公衆の持続であり、民族の持続であり、世界の持続なのではないか。それにこれは立派な社会学に仕上がってもおかしくない素材でもある。社会学者の面々に、関心を向けるべき点を見出すだけの才覚があるかどうか怪しいものだけど。

記憶の中を覗き、よく見てごらんなさい（とそのひとは言った）。あなたに固有の生、個であるあなたの生、あなた個人の生、あなたの内なる生だけが、あなたに固有の内なる生と心的な生だけが、時間のみならず持続の性質も帯びているわけではない。そればかりか、あなたの心的な生はこれまで常に同じ速度で、同じリズムを刻みながら、均等な一つの運動となって流れてきたわけではなく、今も一律に流れてなどいない。(そして特筆すべきなのは、四十歳の節目を越えるとすぐに、心的な生は流れが速まり、生の消費がいわば加速し、生の弛緩が加速どころか急加速することだと思う。)これは了解済みの事項。解決済みの問題とも言える。また逆に子供時代の年月は十倍に数えられることも立証されている。少なくとも十八歳まではそう。それにこの問題をめぐっては、すでにベルクソンが見事な講義をおこなっている。でも私はさらに一歩、先に進んでみたい(とそのひとは言った)。記憶の中を覗き、よく見てごらんなさい。目を凝らし、あなた個人の記憶の中に、あなたと同じ民族の記憶を探ってごらんなさい。そういった部類の眼差しが求められる場合に合わせて、先入主を排し、あるがままに、計算や理屈は気にかけることなく、心静かに見てごらんなさい。あなたは、どの民族にもそれぞれ持続があって、世界には世界の持続があるのではないかという問いを、自分に投げかけないわけにはいかない。それもそのはず、虚心になったあなたの目には、あらゆる民族の生が、民族の出来事と世界の出来事が絶えず同じ速度で、同じリズムを刻みながら、均等な一つの運動となって流れ、消費され、弛緩することは絶対にないという、まさにその事実がくっきりと映っているはずだから。見るだけでいい。虚心に見てごらんなさい。こんな言い方を許していただけるなら、無邪気な者の目で記憶の中を覗き、よく見てごらんなさい。目を凝らし、あなた個人の記憶の内側に、あなたと同じ民族の記憶を探ってごらんなさい。そうすれば見えてくる。現に今も見えている。現実の流れ、すなわち現実の出来事は(記憶の中では)どう考えても均質ではないということが。どう考えても単に時間であるだけではないし、単に時間を生み出すだけでもないということが。どう考えても均質な時間が、空間的な組成をもつ時間が、数学的な時間が、算術的な時間が、理論上の時間が(そしてもう一つ、補足としてここで付け加えるなら、歴史的な時間が)、ただ単に流れ、出来事として出現するのでもないということが。それは単に数学的で、算術的で、理論的で、歴史的な純粋物質ではない。あなたには見える。それは多様な現実の持続であり、現実に民族の多様な持続であり、現実に世界の持続そのものであるのかもしれないということが。つまり一民族の出来事に、そしておそらくは世界の出来事にも独自のリズムが与えられ、調整も加えられているのではないかということが。よく見てごらんなさい、とそのひとは言った。当の民族になりかわって、あなた個人の記憶を探ってごらんなさい。はっきりと見てとれるのではないかしら。出来事は決して均質ではなく、たぶん有機的な組成をもつということが。波形がふくらんだり、くびれたりする、音響学で言うところの腹と節もあれば、充足と空虚もあってリズムを刻むのに加え、おそらくは調整も加えられ、緊張と弛緩、安定期と激動期を繰り返し、振動の軸と、隆起点と、臨界点もあらわれ、暗い平原[*1]が開けたかと思えば突如として中断符で終わる。その有り様が見てとれるはずだから。

一つの民族になりかわって考えれば、はっきり見えてくることがある、とそのひとは言った。何も起こらない時間があって、何も起こらない平原が広がっていた。そこに突然、一つの臨界点が迫り出してくる。努力が報われない問題に取り組んで、成果も上がらないまま、何年も前から、それこそ何年も何年も考えつづけたのに、得るものはないし、一歩たりとも先に進むことができない。そんな、解けないように見え、また実際にも解けなかった問題の数々が、どういうわけか突然、問題として存在すらしなくなる。あなたの記憶を覗いてごらんなさい。そこに安定期と激動期が、平原と臨界点がないかどうか、確かめてごらんなさい。何年も何年も、十年、十五年、二十年、そして三十年ものあいだ、あなたはある一つの問題を解こうと全身全霊で取り組み、それでいていかなる解決も見出せずにいる。ある一つの病気をとりあげ、病因の究明に全身全霊で取り組み、それでいていかなる薬も作れずにいる。そして民族全体が全身全霊で取り組む。さらに幾世代もの人間が全身全霊で取り組む。それなのに突然、取り組んできた問題に背を向ける。気がついてみれば世界はすっかり様変わりしていた。[*2] もはや同じ問題が生じることはなく（続々と生じる別の問題は十分すぎるほど数が多いから）、もはや同じ困難に遭遇することもなければ、もはや同じ病気について考えることもない。何も起こりはしなかった。それなのに何もかも以前と違う。何も起こりはしなかった。それなのに何もかも新しい。何も起こりはしなかった。それなのに古いものは一切存在しなくなり、古いもの一切が無関係になった。

それに自分は何の問題に取り組んできたのかということすら思い出せなくなった（とそのひとは言った）。そして覚えてすらいない問題に、あれほどの情熱を燃やしたことに感嘆する。つまり結局のところ、あれほどまでに青春を燃やしたことに感嘆する。そして感嘆すること自体（とそのひとは言った）、人が老いた印にほかならない。一民族の持続と世界の持続がある以上、それと同じく、またその結果として、一民族の老いと世界の老いはある。

何も起こりはしなかった。それなのに世界は相貌を変え、人間の悲惨も変わった。

自分は何を語ってきたのか、自分で自分に問うてみる。それなのに何も思い出せない。

＊1 ヴィクトル・ユゴー『懲罰詩集』第五部「贖罪」、第二節第一詩行に「ワーテルロー、ワーテルロー、ワーテルロー、暗い平原！」とある。

＊2 ジャン・ラシーヌ『フェードル』第一幕第一場の台詞を下敷きにした表現。「あの幸せな時は、もはやない。すべては様変わりした、／この岸辺に神々が遣わされた時からだ、他でもない／ミノスとパジファエの娘であるあの人を」（渡辺守章訳）

自分は何の問題に取り組んできたのか、自分で自分に問うてみる。徒刑囚の鎖が別のものに変わった。そして一つの青春が脱皮して老齢に姿を変えた。

このような老いが（とそのひとは言った）、いわば正確な年表に書き込むべく、正確な時間測定器を用い、正確に記録した時間の長さをなぞるようにして姿をあらわすなら、その場合はまだ老いを捕捉することができる。はっきりした節目が刻んであれば、まだ老いを捕捉することができる。歴史の一大記録装置によって節目ごとに区切られていれば、まだ老いを手に入れることができる。その場合は立体地図を見ているように老いが浮き上がる。八十三年におよぶ生涯を一八〇二年と一八八五年のあいだにうまく収めた者は節目ごとに区切られた老いを手に入れることができた。立体的な老いを手に入れることができた。一八一四年と一八一五年を、一八三〇年を、一八四八年を、続いて十二月二日を、さらに一八七〇年と一八七一年を経験した人間。あるいは安定し、変化にとぼしい期間を目安にして数えたほうがよければ、第一帝政を、王政復古を、ルイ＝フィリップの時代を、第二共和政を、それからクーデターという節目に続く第二帝政を、そして普仏戦争にパリ・コミューンという二重の節目に続く第三共和政を経験した人間。そういう人間が誇ってもいいのは単に多くを経験したことではなく（私が今日ここで言っておきたいのはそんなことではない）、人間の身分をほぼ完全に超え、人間の器を超え、人間の年齢を超え、一人の人間という時間の単位を超えるほどの経験をしたことだけではない。それどころか、経験の多寡だけに話を限るなら、それは人間という単位そのものを超えた経験だと言うこともできる。ところがそういう人間は、自分の老いに区切りがあるばかりでなく、その老いが必ず、しかるべきところに嵌め込まれていることを誇っていい。老いに天井があることを誇っていい。立派な円屋根の内側を仕切り、規則的な格間で区分けしたうえで、要所に規則的な刳り形を配した格天上さながらだと誇っていい。そんな老いを迎えた人間ならアーチ状装飾や葉脈状の補強材が足りないと不服を述べるはずもない。

それとは逆に、とそのひとは言った。懐かしいボース平野に生まれてこのかた、そして広大な台地さながらの第三共和政が始まって以来、身ヲ粉ニシテ働キ、ひっそりと苦しみに耐えてきた私たちに（そのひとは私たち現代人の運命に寄り添ってくれたのだ）、手がかりになるものが一つでもあったかしら。私たちにはもう（とそのひとは言った）、地下水脈を探す井戸占いのような出来事しか残されていない。もう一方の時間体系に身を置けば、とそのひとは言った。もう一方の、ユゴーの時間体系、つまり一八〇二年に生まれた者の時間体系に身を置けば、自分は出来事を作り出しているし、その間に世界も出来事を作り出しているという印象だけは、最低でも抱くことができるし、そのように錯覚することもできる。そしてあれほど多くの出来事が集中し、その節目が立体的に浮き出した様を見れば、これら目覚ましい出来事が老いをもたらし、老いを作り出す現場に立ち会っているように思えてくる。それに比べて私たちの立場はどれだけ謎めいていることか、とそのひとは言った。そして私たちの立場に加え、私たちの時間体系はいったいどれだけ、さらに私たちの歴史はどれだけ悲痛であることか。なにしろ私たちにとって出来事は、出来事だけで単独に作用し、老いも老いだけで単独に作用するから、私たちは老いに対して無防備な裸身をさらすしかない。かくかくしかじかのことをしたから、その分だけ私たちは老いた、それにあの節目を通り過ぎたから、その分さらに私たちは老いたなどと釈明することもできない。私たちは平原に、また例の広大な台地に身を置いたまま老いていく。四十数年の歳月を経ているというのに、戦争の一つも起こらなかった。内戦の一つもなかった。暴動ですら一度も起こらなかった。革命の一つも起こらなかった。クーデターの一つも起こらなかった。立体的な節目の一つもなかった。かろうじて小さな隆起が起こり、かろうじて軽微な褶曲が見られるだけだった。欠如を埋めるために、私たちは苦肉の策を弄し、わずかな隆起や褶曲を、聳え立つ連山に作り変えようとした。それでも私たちには、隆起や褶曲では連山になるはずもなかったことくらい、もちろんわかっている。

そして私たちには、何もない地表と違って、地下では紛れもない大変動が起こりつつあることくらい、もちろんわかっていた。

幸せな民族は歴史をもたない民族だと言われることがある。私に対してまたずいぶんと失礼な言葉だこと、とそのひとは言った。それでも一応は分析してみましょう。分析だけは怠らないようにしないと。この俗諺が虚偽であることは今さら言うまでもない。幸せな民族があるはずもないのだから。それでもこの格言は、他のあらゆる格言と同様に虚偽であるからこそ、他のあらゆる格言と同様、何かと便利な区別を可能にしてくれる。ただ単に歴史をもつ民族と、歴史をもたない民族があって、両者の区別から、今ここで問うているのとはまったく違う、はるかに深刻な問題が導かれるだけでなく、私たちが今日どうにか辿り着いた問題もあるわけで、それは要するに歴史を含む時間の区画と、歴史を含まない時間の区画があるということだった。ほかでもない歴史という語に、可視的で、外的で、表面的な、つまり大雑把な節目という意味を与えれば、当然この区別が成り立つ。

その意味で言うなら、とそのひとは言った。私たちは歴史をもたない。そして歴史と無縁だからこそ私たちは、歴史をもたない者がどれほど悲痛な立場に立たされているか、そのことを知るのにうってつけの位置にいる。不意の出来事はどこにもない。何も起こりはしなかった。それなのに突然、私たちは自分がもう以前と同じ徒刑囚ではないことを実感している。

何も起こりはしなかった。それなのに終わりの見えなかった一つの問題が、出口を見出せなかった問題が、まるごと一つの世界が固執してきた問題が突然、問題として存在すらしなくなり、人々は自分が何の問題に取り組んできたのか、自分で自分に問い、訝しく思うばかり。一つの解を、通常の、どこにでも転がっているような解を得る代わりに、その問題が、その困難が、その不可能な問いが、いわば物理的な解消の点を通過したからそうなった。臨界点[*1]を通過したからそうなった。また同時に、世界全体が、いわば物理的な臨界点を通過したからそうなった。温度にさまざまな臨界点が、つまり融点と、氷点が、沸点と、凝縮点が、また凝固点が、そして結晶点があるように、出来事にもさまざまな臨界点がある。それにまた出来事には、未来の出来事の断片を差し込まなければ、沈殿することも、結晶することも、定まることもない過溶融の状態が一部含まれている。

これほど謎めいたものは他にない、とそのひとは言った。深いところに潜んだこれらの転換点や、大変動や、刷新や、深いところで進行する巻き返しほど謎めいたものはない。ここにこそ出来事の秘密はある。この問題を追う人々の執念にはすさまじいものがあった。それなのに何の成果も得られない。だから気も狂わんばかりになった。さらに悪いことに人々は、ランソンを一般人にしたような、とげとげしい人間になろうとしていた。さらに悪いことに人々は日々老いていった。それから突然、何も起こりはしなかったというのに、人々は新しい民族の一員となり、新しい世界に加わり、新しい人間に変わった自分に気づく。

＊1　これまで何度か言及のあった「臨界点」（初出は三九二ページ）は物理学用語。同じ物質で気相－液相間に相転移が起こる点のことを言うが、ペギーはこれを突発的な変化が起こる転換点の意味で用いたと思われる。

出来事内部の節目は外部の節目によって、立体的な節目によって、政治的な節目によって、歴史的な節目によって示され、これら外部の節目が内部の節目を浮き上がらせ、その表出となることを引き受け、ある程度忠実な節目でありつづけているかぎり、また表面にあらわれた裂け目や、褶曲によって生まれた連山や、痙攣性の収縮とが見えているかぎり、幸いにも人々は自分がまだ現状を理解していると思い込むことができる。ところが手がかりになるものがもう何もないとなれば、そのとき人々は自分が出来事そのものに巻き込まれ、純粋な老いの中にいることを実感する。

不可逆的な老いの大河を前にして、その表面を取り繕ってくれるものは、もう何もないのだから。

そうであってみれば当然、一つの世紀を体現した人間になろうにも、その作戦の遂行はヴィクトル・ユゴーの華々しい成功から予想されるほど簡単ではないことになる。百歳に届き、一世紀生きた人間になるだけではまだ足りない。それとは次元が違う、ある一つの世紀を体現した人間になるという目標を追わなければならないのだから。どれか一つの世紀を選ばなければならないのはもちろんのこと、選ぶ世紀が特に歴史的で、特に年代学的で、特に時間測定的な世紀、つまり歴史的な区切りが特に明瞭な世紀であれば、これほど望ましいことはない。そしてその世紀は偉大な世紀であることが望ましい。

以上二つの観点のうち、二番目のほうに照らすなら、フランス十九世紀はとりわけ偉大な世紀だと言える。ところが二つの観点のうち、一番目のほうに照らしてもフランス十九世紀の優位は明らかで、どのような民族の歴史を探っても、歴史的な区切りがこれほど際立った世紀を他に一つでも見つけられるとは思えない。ナポレオンに始まり、万国博覧会と人民大学[*1]で終わり、飛行機が登場するのとほぼ同時に完了したフランス十九世紀は、ただ単に偉大な世紀であるわけでも、充実の世紀であるわけでも、多くを見てきた世紀であるわけでもなかった。フランス十九世紀はおそらく、かつて見られたなかで歴史の節目が最も明瞭なうえ、最も力強い歴史の節目をなすのに最もふさわしい出来事によって、十五年から十七年、あるいは十九年おきに切り分けられた世紀でもある。

このような戦場が待ち受けていた。こうして素材が用意され、その実体は時間だった。このような試合場で競い合うことになっていた。まるまる一つの世紀を占拠しようと思うなら、真っ先に講じておくべき措置は、その世紀が始まる前に生まれないようにすることを措いて他にない。世紀が始まる前に生まれるのは重大な過ちだから。事前に過ちを犯すことになるから。これこそまさに、大変な粗忽者で、大変な激情家でもあるラマルチーヌなら犯して当然の過ちだった。犯すべくして犯した過ちだった。一七九〇年に生まれた、と事典類には書いてある。それだと十年も損をしたことになる。始まりで躓いたことになる。だから、一八六九年に死んだというのが事実なら、ユゴーとほぼ同じ長い年月を生きたことになるのに（七十九歳を八十三歳から引き算すると四年しか残ら

＊1　フランスでは一八八〇年代に無償の義務教育制度が完成したものの、それ以前に子供時代を送った大衆層は公教育の恩恵に浴することがなかった。そこで就学経験のない大人のためにフランス各地で設立された学芸振興協会を「人民大学」と呼ぶ。その最盛期はドレフュス事件と重なり、極端な反ユダヤ主義に対抗して一般大衆を啓蒙するうえで重要な役割を演じた。

ない）、実際よりもはるかに早死にしたように見えるし、一つの世紀を体現した人間になりたくても、その候補にすら数えてもらえない。そして一七九〇年から一八〇〇年までのあいだに置いた、最初の十年間は、当人にとって何の役にも立たない。その一方で、同じ十年でも一八六九年から一八七九年までのあいだに置いていたら、人生が三十年延びたのと同じことになったにちがいない。その十年はラマルチーヌを第三共和政に導き入れただろうから。そして共和政は今も変わることなく続いているのだから。このような展望と視点があり、このような仕切りが設けられ、このような時間の節目が現に存在する。それなのに大変な浪費家であるラマルチーヌは、一八六九年と一八七九年のあいだに収めた十年が、一七九〇年と一八〇〇年のあいだに収めた十年に比べ、二十倍もの収穫をもたらすことを知らなかった。「恐ろしい一年」[*1]を過ごしたという、たったそれだけのことが、ユゴーにどれほどの収穫をもたらしたか、ちょっと計算してみれば、これは十分納得がいくことだと思う。

ヴィニーが犯したのも同じ過ちだった。一七九七年に生まれたヴィニーは、始める前にもう疲れていた。そのうえ一八六三年に、六十六歳で死んだとなれば、当人が望んだからといって手に入るものは一つもなかった。六六・六六六……年の生涯は、一世紀の三分の二に相当する。一世紀の三分の二があれば、どうにか成功を収めることができるかもしれない。ただしその場合、一世紀の三分の二は当該世紀の真ん中をまたいで、三分の一が世紀前半に、残りの三分の一が世紀後半に収まるようにしたうえで、三分の一と三分の一が可能なかぎり滑らかにつながるよう工夫する必要がある。一九一三年から一九七九年まで生きれば、一つの世紀を体現した人間に近い存在になることはできるかもしれない。もっとも、それだけではまだ少し足りないのも事実ではあるけれど。

世紀が始まる前に生まれないようにするだけではまだ足りない。あくまでも賢明であろうとする者は、世紀が始まった少し後に生まれる。ちょうど百年生きられるとはかぎらないし、八十数年しか生きられなかった人の例には事欠かないのだから。それに八十数年の生涯は、ちょうど中心軸に収めるのが望ましい。その位置を真ん中に定めるのが望ましい。その中央が世紀の中央と、ちょうど重なるようにするのが望ましい。そうでもしなければ、世紀の終着点を捉えそこなっている、年数が足りない、向こう岸に辿り着くには力不足だと見られてしまう。一歩間違えれば物件不存在の調書をとられてもおかしくない。

なにしろ八十数年の寿命しか見込めない場合でも、世紀が始まった少し後に生まれ、世紀が終わる少し前に死ねば、二重のメニスカスと呼んでしかるべき現象の恩恵を受けられるのだから、事はなおさら慎重に運ばなければならない。私が言いたいのはこういうこと。つまり一七九〇年に生まれた者は一八〇〇年に生まれたのと同じに見られ、それだけで十年の損をする。一七九七年に生まれた者は一八〇〇年に生まれたのと同じに見られ、それだけで三年の損をする。そしてこの現象を凹面メニスカスという。ところが一八〇二年に生まれた者も一八〇〇年に生まれたのと同じに見られる。だから二年の得をする。そしてこの現象を凸面メニスカスという。ここまでは出生時の話。次に反対方向を見ると、一九一三年に死ぬ者は一九〇〇年に死んだのと同じに見られ（一九〇〇年と一九一三年に違いを認め、その間に十三年の歳月が流れたと数えるのは今の私たちだけで、歴史がその程度の歳月を数えるはずはなく、歴史から見れば一九一三年は一九〇〇年と同じで世紀の始

＊1 『恐ろしい一年』（一八七二）は普仏戦争に取材したヴィクトル・ユゴーの詩集。

まりにすぎない）、それだけで十三年の損をする。そしてこの現象をもう一方の凹面メニスカスという。ところが一八八五年に死ぬ者は当該の世紀を満了し、終着点に辿り着き、十五年の得をする。そしてこの現象をもう一方の凸面メニスカスという。加えて遺著を何冊か、巧みに間を空けながら出していけば、世紀の満了を助けることになる。

このような展望が開けている。時間にはこのような視点がある。このようにして人は世紀を満了し、一つの世紀を体現した人間となる。また、このように世紀の始まりに二重のメニスカスがあり、世紀の終わりにも（世紀の終わりは次の世紀の始まりでもあるから）、やはり二重のメニスカスがあったとしても、それは別に驚くべきことではない。なにしろ一つの世紀は、時間ノ海という、一種独特の海原を収めた容器なのだから。しかもそこには紛れもなく二つの岸がある。だから紛れもなく一方の岸からもう一方の岸に辿り着くことが求められる。しかも海面は大きくうねり、そこには打ち寄せる時間の波もあり、時間の潮が満ち干を繰り返す。

天才の一手があるとしたら、それはユゴーの場合、とそのひとは言った。それは強引なまでの力業と天才の一手を組み合わせたところに生まれた増加分に、さらなる補充をおこない、これをさらに増大させることで成り立つ。だからユゴーは、自分が拠って立つ基盤にナポレオン一世の時代も加え、この追加によって自分の時代を足下から固め、自分が生きる時間をさらに長いものに変えたのだった。そのうえ私たちはここで（とそのひとは言った）、ユゴーに訪れた第二の幸運に立ち入ることにもなるわけで、その信じがたいまでの幸運とはつまり、皇帝ナポレオンに対してユゴーが完成させた、他に例を見ない一種独占的な支配のことを指す。ここまで徹底して現役の英雄を任される詩人は、かつて一人もあらわれなかった。正確な、まさにあるべき一点に身を置き、芸術と偉業の双方に欠かせない時間的な隔たりを正確に測った、まさにぴったりの一点に身を置く英雄を、ここまで徹底して任される詩人は、かつて一人もあらわれなかった。

ユゴーは時間の面で数えきれないほどの幸運に恵まれた。なかでも最大の幸運は疑いの余地なく、最大の偉人を任されたことだった。最大の幸運は疑いの余地なく、ナポレオンを任されたことだった。世界のためにナポレオンを名指しで創造した「神命」は、ユゴーのためにナポレオンを名指しで創造した神命を包む外皮にすぎなかった。ここまで徹底して一人の芸術家に任された素材は、かつて一つもなかった。ここまで徹底して一人の詩人に任された英雄は、かつて一人もいなかった。ここまで徹底して一人の詩人に英雄が与えられ、割り当てられたことはなかった。それに逆もまた真であるらしく、ユゴーはナポレオンに与えられ、割り当てられたと考えれば、さらに理解が深まる。

それにしても（とそのひとは言った）、正確で、適合し、ぴったりと、隙間ができないように合わさった、ナポレオンとユゴーの枘継《ほぞつ》ぎ状態を、ただ大まかに示すだけでも、本にして一冊分の記述が必要になる。他に例を見ない二人で一つの運命。並外れた、二人で一つの僥倖。相互に高め合う両者の使命。あそこまでの適合。あの枘継ぎ状態。絶妙にして完璧な一致。対をなす大物二人。互いに支え合う二人の巨人。それぞれの領域で唯一無二の存在たりえた二人。その芸術家一人だけに与えられた唯一の素材。その詩人一人だけに与えられた唯一の英雄。この大いなる結合。両者の一致。この完成と、他に例を見ないこの戴冠。それを素描するだけで本にして一冊分の記述が必要になる。

たぶんこれは（とそのひとは言った）、時間の面でかつて訪れたなかで最大の幸運なのだと思う。

今日のところ私は、そのような幸運に含まれた、文字どおり年代学的な面だけに注目しておきたい。素材に埋没しないでいるのに、ちょうど足りるだけ遠くにいた。素材に巻き込まれ、全身全霊を挙げて打ち込むのに、ちょうど足りるだけ近くにいた。素材の一部をなすのに、ちょうど足りるだけ近くにいて、素材から自由になるのに、ちょうど足りるだけ遠くにいた。模範となる人物を見るのに、ちょうど足りるだけ近くにいた。そして同じ人物を見るのに、ちょうど足りるだけ遠くにいた。英雄をつかまえるのに、ちょうど足りるだけ近くにいた。そして自分はつかまらないでいるのに、ちょうど足りるだけ遠くにいた。そう、時間の面でこれほど大きな幸運が訪れたことは、かつて一度もなかった。これほど完璧で、微細な点にいたるまでこれほど厳密な照応は、かつて一度も起こらなかった。幸運がこれほど勤勉な婢女となって人間に仕えたことは、かつて一度もなかった。そしてあれほどの素材を、そしてあれほどの模範を（そして詰まるところ例の「睡蓮」を）、あれほどの英雄と、現役の英雄に任されたあの充実の時間を、ユゴーがまさしく自分の一部として取り入れ、がっちり摑んだのはまさしく、どんな人間にも、そしてとりわけ詩人に、消せない印を残す子供時代の出来事だった。ユゴー少年には人生最初の、唯一消えることのない跡が残った。ユゴー少年は、あの奇跡的な、命名に無理があり、呼び名自体が矛盾をはらむ「ナポレオンのスペイン」を経験した。ユゴー少年が目撃したのは閲兵式だけではない。戦闘が終わった直後の凱旋。そして凱旋した直後の、さらなる戦闘に向けた出陣。そして、こう言ってよければ戦闘の合間。そして勝利と勝利の合間。それだけにとどまらず、ユゴー少年はさらに深く、さらに迫真的なものを見た。かさばる荷物や賄いの女も、その目でしかと見た。それにユゴー当人が雑多な荷物に紛れ込んだ一個の荷物だった。[*1] やがて年齢を重ね、まさしく五十歳の曲がり角に、自身の半生と重なる半世紀の曲がり角に、人生行路も半ばに達した折り返し地点の里程標に辿り着いて、関心が薄れはじめ、心象が消えはじめても不思議はないその時期に、第一の僥倖よりもさらに並外れた、そして第一の僥倖を倍加する第二の僥倖に恵まれたユゴーは、あの奇跡的な急変に、あの奇跡的な倍加に、まさしくナポレオン三世のクーデターに遭遇し、距離をとる二度目の機会と、反発と、怒りと、反対命題を一つ残らず手に入れたのだった。これらすべてが一つ残らずユゴーに任されたのだった。

ちょうど足りるだけの現前に、ちょうど足りるだけの不在。記憶するのに、ちょうど足りるだけの跡と、事の真相を見極めるのに、ちょうど足りるだけの距離。それを可能にした、時間と年代学にかかわる大きな幸運のうち、とそのひとは言った。私は文字どおりの意味で履歴にかかわる部分だけに注目しておこうと思う。ユゴーは与えられた素材に釣り合う人間だった、とそのひとは言った。素材との類縁が強く、深く素材に入り込む一方、素材から外に出るときは持続する一つの運動となり、素材から吹いた新芽のように見えるので、私たちは思わず知らず時の流れを遡って、ユゴーの始まりを、素材であるナポレオンの始まりと重ねてしまう。また、このような展望と視点が時間にはあるからこそ、彼[*2]が多少ともその名を轟かせた最初の出来事はトゥーロン攻囲戦であり、当時の砲兵隊に「恐れを知らぬ男たち」が集まっていたことも、私たちにはよくわかる。

結局のところ私たちは誰もが知っている、とそのひとは言った。彼がブザンソンの生まれである

*1　一八一一年から一八一二年にかけて、ユゴー少年は軍人だった父親の任地スペインで暮らした。後に『新オード集』（一八二四）所収の「子供時代」で、そのときの経験を語っている。

*2　この「彼」はもちろんナポレオンを指すが、原文では読者がユゴーとナポレオンを混同してもおかしくない曖昧な書き方がされている。原著者の文体に配慮して例外的に三人称代名詞をそのまま直訳した。次の段落についても同様。

ことを[*1]（その話は当人から十分すぎるほど聞かされた）。でも私たちは他にもまだ知っている。彼が一時期ブリエンヌ[*2]にいたことも、ちゃんとわかっている。それに乳飲み子だった頃すでに詩作したばかりか、もっと前に詩作を始めていたことも、ちゃんとわかっている。このように彼は、一方と他方が部分的に重なり、一方が他方の前に出て、一方が他方を先取りする包含を三つも四つも手に入れて、その恩恵に浴している。そしてこれこそが一つの世紀を満了することであり、世紀を超えることでもある。

どれほどの大物でも（たとえばラヴィス、とそのひとは言った）、五十年を閲して五十歳くらいに見られる以上のことは絶対にできない。それに五十年でもすでに長い。だから五十代を迎え、五十周年を祝う以外には何もできない。ラヴィスが新入生として高等師範学校の門をくぐったときは、まだほんの青年だった。人生の門出を飾ったばかりだった。始めたばかりだった。それなのに私たちがラヴィスの高等師範学校入学五十周年を祝ったとき[*3]、そこにいるのはすでに終わった人間だった。そしてあなたは、とそのひとは言った。いいこと、坊や（とそのひとが私に言った）、あなたはそこまで行くこともできない。半世紀のあいだ持ちこたえることすらできない。その苦役船で櫂を漕ぎはじめて十五年、あなたは限界が来たと思いながら毎日を過ごしている。そして永遠の時が過ぎたように感じている。今の苦しみがいつまでも続くと思っている。それなのに「手帖」はまだ十五巻にしかならない。あなたには三十五年後の自分が見えない、とそのひとは言った。「手帖」の五十周年を祝い、職業生活に入った、つまり衆目にさらされる今の生活に入った、その不幸な始まりから数えて五十年になるその日を、みずから祝う姿が見えてこない。あなたは「手帖」の第五十巻を主宰する自分の姿を思い浮かべることができない。それでもあなたは、はっきりと思い浮かべているし、あなたと一緒に私も思い浮かべている（愛しい人、と優しさに満ちた声でそのひとが私に言った）、死を迎えるその日にあなたが考えることを。

＊1　ブザンソンに生まれたのはユゴー。
＊2　ブリエンヌの陸軍幼年学校で学んだのはナポレオン。
＊3　式典は一九一三年一月十九日にソルボンヌでおこなわれた。

訳者あとがき

一九一四年九月五日。首都パリから東北東へ二十二キロのヴィルロワで、フランス陸軍歩兵第二七六連隊のシャルル・ペギー中尉は戦死した。遮蔽物もない前線で額を撃ち抜かれ、ほぼ即死だったという。第一次世界大戦が始まって一か月後の英雄的な死は、以後この文学者につきまとう愛国者のイメージを決定づける出来事となった。

それに先立つこと五年、ペギー作品の受容に大きく影響する動きが起きている。一九〇九年四月十八日にカトリック教会がジャンヌ・ダルクを福者の列に加えたのだ。生誕五百年の節目を迎え（ジャンヌの生年は一四一二年頃）、一九二〇年には列聖される「オルレアンの乙女」。一般の関心も高まっていく。劇作家としての代表作でそのジャンヌ・ダルクを主人公に据えたペギーは否応なくカトリック陣営に分類され、カトリック層以外には浸透しにくい作家となった。

信仰と郷土愛に生きたカトリックの文学者。そのような人物像が広く行き渡っているのは事実だが、実際の作品に見るペギーは安直な分類を許さない、多様で非典型的な書き手である。祈る言葉がそのまま詩になったと言えばいいだろうか、中世的な連禱形式で語りかけてくる反時代的な詩人。二十世紀初頭の論壇を牽引した「半月手帖」の発行責任者。その「手帖」について、現代でただ一つ、十六世紀の刊本に比肩しうる見事な出来栄えだ、と愛書家に言わしめた活版印刷術のエキスパート。風刺を通り越し、誹謗中傷に近い文書を矢継ぎ早に発表した論争家。『クリオ』を主著にもつ歴史哲学者。ペギーの活動範囲はあまりにも広いのだ。散文作品を中心に据えると、青年期から変わることのない左派の思想家であり、詩作品を通して見ればキリスト教文学の圏域に属し、古典を継承する伝統主義者の相貌が浮かんでくるが、マルクス主義からも、国粋主義団体アクシオン・フランセーズからも等しく距離をとり、左派でありながら愛国者で、民族主義者の一面をもち、キリスト者でありながら教会の外に身を置いた人間。そうした矛盾をはらむ存在として読者の前にあるシャルル・ペギーとは、いったい何者なのか。

*

一八七三年一月七日、ロワール川流域の町、オルレアンに、シャルル・ペギーは生まれた。指物師の父はシャルルが生後十か月の時に他界し、以後は椅子の藁を詰め替える単純作業で日銭を稼ぐ母親と、母方の祖母によって育てられる。生活は苦しかった。それでも利発なシャルル少年は周囲の期待を一身に受け、小学校を首席で卒業すると、奨学金を得て地元オルレアンの高等中学校に進む。続いてパリ近郊のラカナル高等学校、さらに名門サント゠バルブ学院に進み、高等教育機関として最難関の高等師範学校に合格した。高等師範学校在学中の一八九五年十一月、体調不良を理由に一年間の休学を願い出て故郷に帰る。オルレアンでは本格的に活版印刷の技術を学ぶかたわら、社会主義研究グループを設立、庶民の啓発に努め、その体験をもとに復学後は学友と活発に議論を交わし、独自の社会主義思想を構築していった。やがて早世した親友の妹と結婚、それを機に高等師範学校を退学する。一八九七年に三部からなる長大な戯曲『ジャンヌ・ダルク』を刊行したかと思うと、翌九八年からはドレフュス事件に深くかかわり、ドレフュス擁護の論陣を張る。誌名が示すとおり月二回の発行を目指した「半月手帖」の創刊は一九〇〇年一月のことだった。編集、校正から発送まで、雑誌作りの全過程を一人でこなす重労働はペギーが戦地に向かう直前まで続けられた。十四年半で総数二二九冊を数えた「手帖」は二十世紀初頭のフランス文学・思想を知るうえで欠くことのできない資料であり、掲載された作品で特に有名なものにロマン・ロランの大河小説『ジャン゠クリストフ』がある。精神生活に目を向けると、一九〇七年頃にカトリックの信仰を回復しているが、ペギーは司祭の指導を拒み、ミサに参列することもない型破りなキリスト者だった。

ペギーの経歴が当時の知識人として異例に属することは、いくら強調しても強調しすぎにはならない。フランスでは、地方の貧困層から中央の上流階級に移るのに最低でも三世代を要するとよく言われる。圧倒的に不利な境遇にありながら、独力で学歴社会の頂点に昇りつめたこと自体、すでに驚きだが、せっかく手に入れたエリート予備軍の地位を、信念の命ずるままに、いとも簡単に手放してしまう、その迷いのなさは尋常ではない。真摯を絵に描いたような苦学生にとって、高等師範学校に進んだ一八九四年秋から、「半月手帖」を創刊する一九〇〇年一月までの五年半におよぶ期間は「政治」の季節だった。仕事の公正な分配と、余暇によって可能になる教養の涵養を目指す社会主義者ペギーは、労働者の啓発、出版拠点と集会所を兼ねた書肆の運営、ストライキに突入した炭鉱労働者への資金援助など、いずれも社会変革を最終目標とする活動に八面六臂の活躍を見せ、行動範囲を広げては、その都度、理想と現実の齟齬に直面して深い失望を味わっている。あるいは先達として尊敬し、あるいは盟友として信頼を寄せた政治家や知識人との関係も、協調と決裂のあいだを激しく揺れたが、こうと決めたら迷わず行動に出て、苦い経験に終わったとしてもその結果はしっかりと受け止め、思索を深めていく体験の人。ペギーと大半の同時代人を隔てる違いはここにある。

ペギーの文学的素養に目を向けると、時代とともにあった行動の人とは逆の傾向が認められ、別の意味で驚かされる。社会思想家として、あれほど深く状況にかかわったのと同じ人間が、表現の世界では同時代文学とおよそ無関係なところで創作活動をおこなっているのだ。一八七〇年前後に生まれ、ペギーより少しだけ年上で、二十世紀前半を代表するフランス文学の巨匠となった者は、その大半が象徴主義文学の風土から育っていった。マラルメの高弟を自任するヴァレリーは言うにおよばず、小説家ジッドも、劇作家クローデルも、青春の一時期にマラルメやランボーの圧倒的な影響を受けた。対するペギーはどうか。文学史の著作でもある『クリオ』を一読すれば明らかなように、ペギーが依拠する文学作品は、ホメロスと悲劇詩人に代表される古代ギリシアの文学にしろ、十七世紀を中心としたアンシアン・レジーム期のフランス文学にしろ、いわゆる「古典」ばかりである。ほぼ唯一の例外はロマン派の総帥ヴィクトル・ユゴーだが、そのユゴーですら、ペギーが『クリオ』を書いた時期には没後四半世紀を過ぎ、学術研究の素材になりつつあったわけだから、立派に古典の仲間入りを果たしていたと考えていい。そもそもユゴーを古典として論じたことが、文学史家ペギーに認めるべき功績の一つでもあるのだ。保守的とも、権威主義的ともいえる文学的嗜好に当人の経歴が影響していることは想像に難くない。ペギーが高等師範学校に合格したのは二十一歳のときだった。教養娯楽とは無縁な家庭環境で育ち、脇目も振らず勉学に励んだ地方出身の青年が手に取ることのできる文学作品といえば、ギリシア語とラテン語の学修で接する古典と、国語と修辞学の教材となる過去の仏語作品に限られていただろうからだ。しかし、そうした環境的要因よりも重要なのは、ペギーの文学的嗜好に一つの歴史観が影を落としていることである。

第一次世界大戦後に始まる欧州諸国の凋落にペギーが立ち会うことはなかった。世界の勢力図が塗り替わる前に生涯を終えたペギーにとって、歴史とはすなわちヨーロッパの歴史だった。その歴史を、ペギーは三つの時期に分けて考えている。古代（ギリシアとローマ）、続いて西暦紀元から千八百年か、千九百年ほどの期間、そして最後が現代。古代ギリシアと古代ローマにヨーロッパ世界の淵源を見ることで大方の見解は一致している。第二の時期がキリスト教によって秩序づけられたヨーロッパの文化的安定期であると主張しても、まず異論は出ないだろう。問題は現代である。一七八九年のバスティーユ監獄襲撃をもって現代は始まったとする一般的な歴史観に加え、ペギーの著作では一八八一年前後に現代の始まりを求める記述が多く見られる。ペギーにとって現代の起点は二つあるのだ。一見あまりにも突飛な主張に思われるかもしれないが、ペギーが生きたのは第三共和政の時代だという単純な事実を忘れさえしなければ、これはこれで理に適った考え方だということに納得がいく。

普仏戦争での敗北から生まれた第三共和政は、忌わしい出来事の記憶をかかえていた。敗戦と、講和条約にもとづく賠償金の支払い、アルザス地方とロレーヌ地方北部の割譲、そしてパリ・コミューンに対する弾圧と市民の粛清。発足当初から不安定を運命づけられていた第三共和政は、深く傷ついた人心を立て直すために、国民の一体感を醸成することに腐心する。ペギーのいう一八八一年前後とは、時の首相ジュール・フェリーが国民皆教育（義務、無償、非宗教を原則とする義務教育）の制度を完成させた時期であり、同じくジュール・フェリーが主導した植民地拡大も、ある面からすると国民意識の涵養を狙った施策だった。革命期の勇壮な歌「ラ・マルセイエーズ」を改めて国歌と定めたのもこの頃のことである。そのような状況をふりかえりながら、ペギーは為政者によって強要された愛国心と、知的選良（ペギーの用語法に従うなら「知識人党」）による一元的支配を批判していくことになる。その一方で、簒奪者ナポレオン三世を断罪した『懲罰詩集』に市民が熱狂し、共和国再生を決意するという、いわば自然発生的な愛国心の高揚を、自身は立ち会うことのなかった第三共和政の始まりに重ねて陶然とする夢想家がいる。つまりペギーは、二つの起点をもつ現代史の遠近法に照らして、革命期に由来する誇り高き共和国の精神と、共和国の理想と遠く隔たった現実の第三共和政とを区別し、後者については一八八一年以降の「現代」として徹底的にこれを糾弾し、前者については革命期どころか、一七八九年以前のアンシアン・レジーム期すら含む「かつてのフランス」を引き継ぐものと見ているのだ。この点を押さえておけば『クリオ』に登場する最重要人物がユゴーであり、そのユゴーがナポレオン一世と、ほとんど同一視されたことにも納得がいくのではないだろうか。一八八五年の国葬と、被葬者の神格化は（ユゴーの遺体が安置されたパンテオンは「万神殿」を意味する）、偉人の政治利用以外の何ものでもなく、そのような虚像は破壊しなければならない。だからペギーは共和国の創設神話にからめて、同時代の文豪ではなく、「かつてのフランス」を受け継ぐ古典的な詩人としてのユゴーを語ったのだった。文学作品が古典でなければならない理由もそこにある。あえて単純化するなら、近代的自我を中心に据えた同時代文学は公共の圏域に馴染みにくく、共通の記憶を形成してくれる保証もない。それに対してユゴー作品の一部は、ペギーが好んで引く「眠るボアズ」にしろ、『懲罰詩集』に収められた成功作にしろ、民衆の記憶によって生きる古典である。古典である以上、そうあってほしいとペギーは願っている。裏を返せば、そう願うしかないほど一八八一年以降の第三共和政は共和国として形骸化していたということにもなる。ますます閉塞感が強まっていくこの時期、一八八二年には金融恐慌が起こり、投資銀行の相次ぐ破綻で貯蓄を失った市民の憎悪は金融界を牛耳るユダヤ系の資本家に向けられ、かつてないほど反ユダヤ主義が高まっていた。やがて偽りの愛国心と、反ユダヤ主義が一つに結びつく形で、第三共和政の存立を危うくする事件が起こる。ドレフュス事件である。

＊

一八九四年十月十五日。フランス陸軍の機密情報をドイツ側に漏らしたスパイ容疑で、アルザス地方出身のユダヤ人将校アルフレッド・ドレフュス大尉が逮捕される。非公開の軍法会議で軍籍位階剝奪と終身流刑が決定、翌年四月にドレフュスは南米ギアナの「悪魔島」に流された。ドレフュスの家族に乞われ、自身もユダヤ系フランス人であるベルナール・ラザールが『誤審――ドレフュス事件の真相』（一八九六年）でドレフュス無罪を訴え、フランス社会に根を張る反ユダヤ主義を告発したが、同調する者はごくわずかだった。それでも書類の筆跡から真犯人が判明し、一八九七年に受刑者の兄マチュー・ドレフュスが告発したが、体面を保とうとする軍上層部の意向を受けて、翌年一月十日、十一日の軍法会議は被疑者エステラジー少佐を無罪とした。そして同月十三日、日刊紙「オーロール」が人気作家エミール・ゾラの共和国大統領宛て公開書簡「私は告発する」を掲載したのを機に世論が沸騰、再審を求めるドレフュス派と、軍部の名誉を守ろうとする反ドレフュス派とに国内を二分する論争が繰り広げられることになった。その間にもドレフュス有罪の証拠とされた資料は偽造文書であることが判明し、エステラジーが隣国ベルギー経由でロンドンに逃亡。ドレフュス派は勢いづき、一八九九年に再審がおこなわれた。ところが結果は再度の有罪判決。ドレフュス当人は上告を望んだものの、周囲の説得もあって大統領特赦を受け入れる。苦渋の決断だったにちがいない。特赦とは刑の執行を免除することであって、無罪放免ではないのだから。そして一九〇六年、最上級審の破棄院が一八九九年の判決を「破棄」したが、これは下級審への「移送」（つまり差し戻し）を伴わない決定だった。破棄院は法令の適用について、その妥当性を判断するのであって、事実認定をおこなう審級ではない。だからドレフュスの無罪が司法によって認められたことにはならないのだ。玉虫色の政治決着である。

『われらが青春』（一九一〇年）で事件当時を回想し、前後十年におよぶドレフュス支持運動を総括してペギーはこう記す――「すべてはミスティックに始まり、ポリティックに終わる」。ペギーとドレフュス派のかかわりを論じる際に決まって引かれる有名な言葉だが、その言わんとするところは必ずしも明白ではない。「ポリティック」が事件を終わらせた政治決着と、それを目指して暗躍した人々を指すことは明らかだと思われる。では「ミスティック」はどうか。ペギーはこうも述べている――「われわれドレフュス派の運動は一つの宗教だった」。すると「ミスティック」は神秘主義宗教のことを言っているのだろうか。いや、違うだろう。それでは『われらが青春』に頻出する「共和国のミスティック」や「革命のミスティック」を説明できない。ペギーがいう「ミスティック」を理解するには、『われらが青春』の狙いが、キリスト者ペギーをみずからの陣営に取り込もうとする右派への反論にあったことを念頭に置いて考える必要があるのだ。

『われらが青春』と同じ一九一〇年にペギーは代表作の一つ、『ジャンヌ・ダルクの愛徳の神秘劇』を発表し、右派の大物作家モーリス・バレスの絶賛を浴びた。「アクシオン・フランセーズ」紙はこの作品をもってペギーがドレフュス派と完全に手を切り、伝統的なカトリック陣営に復したと論評した。ペギーの文名は上がる。しかし右派の賛辞をそのまま受け入れることは、ドレフュス擁護に奔走した自身の過去を裏切ることに等しい。行動の人ペギーは過去の自分を否定することを潔しとしなかった。ドレフュスを擁護した社会主義者と、カトリック陣営に合流したと思われがちなキリスト者のあいだに断絶はなく、正反対にも見える両者が自分の中に同居していることを示すためにカトリック左派の立場を鮮明にしたのである。そこに『われらが青春』の意図があった。ドレフュス事件に政治的対立ではなく（共和派vs王党派、社会主義勢力vsカトリック陣営……）、公正と、真実と、自由を守るためなら身命を擲つことも厭わない者と、現行の制度を保全するためなら不公正と、虚偽と、束縛を甘んじて受け入れる者との根本的な違いを見たペギーは、前者を「ミスティック」の側に、後者を「ポリティック」の側に置いたのだった。前者を代表するのが、ドレフュス事件への取り組みを通じて、フランス社会に溶け込んだ同化ユダヤ人から、ユダヤ民族の根源的な問題にせまる思想家へと変貌したベルナール・ラザールであり、後者の代表は、ドレフュス派の論客でありながら、事件の政治決着に向けて動いた左派の大物ジャン・ジョレスだった。相手が右派の論客であろうと、ジョレスのような左派の政治家であろうと、国家理性に従って行動する者がペギーには許せない。ペギーにとって一個人の救済は国家の存続よりも重いのだ。極言すれば無実と知りつつドレフュスに犠牲を強い、公正と真実と自由のないところで国家機構を守ろうとした反ドレフュス派の画策は人倫にもとるばかりか、国の将来まで危うくする。冤罪を糊塗することによって「時間の中で」国と民族を救済しても、それでは「永遠の」救済にはならないと主張するペギーは、現世で（時間の中で）犯した大罪を来世で待つ永遠の責め苦と結びつけたキリスト教的な時間意識からドレフュス派の信念を語っていたのである。

　左派が必ずドレフュスを擁護するとはかぎらず、右派なら誰もが反ドレフュス派であるわけでもない。またカトリック教会は、その政治力を傾けてドレフュス派に抵抗した時点で「ミスティック」ではなく、むしろ「ポリティック」に軸足を置いている。ペギーは政治的見解の相違や、宗教と世俗の対立を超えたところで、揺るぎない信念《ミスティック》を共有した者同士のつながりを「ドレフュス派の神秘体《コール・ミスティック》」と名づけた。「キリストの神秘体《コール・ミスティック》」がすべての国で、すべての時代に生き、今後も生まれてくるすべてのキリスト者を束ねる「教会」であるのと同様、「ドレフュス派の神秘体」はドレフュス一個人の救済が、永遠の相のもとで共和国を救うことにつながると信じたドレフュス派と、事件後に生まれていながら、個人の尊厳は国家機構の保全に優先すると考える点でドレフュス派と同じ信念を抱く人々とのつながりを指す。そのような意味でドレフュス事件は「ミスティック」が実質的な運動となって噴出した最後の出来事であり、だからこそ当事者の世代にとどまらず、これを教訓として後の世代に伝えていかなければならない。だが事件は風化する。日付と、人名と、史実だけが記録に残り、事件の背景も、当事者の苦闘も、市民一人ひとりに跳ね返ってくる事件の影響も、いずれは忘れられてしまう。将来世代に教訓として事件を伝えるはずの歴史が、実は事件を取り逃すばかりか、事件の意味をむしろ隠蔽する方向に進むのではないか。だとしたら歴史的記載は結局、後の世代による事件の抹殺であり、またそれを、事件にかかわった当事者の世代がすでに望んでいたのではないか。徹底的に歴史を問う『クリオ』のような著作が生まれる背景に、こうした体験と、失望と、反省があったことは、ここで是非とも強調しておきたい。

*

以上のような背景をもつ『クリオ』は、どのような作品であり、ジャンルとしては何に該当するのだろうか。フランス文学の伝統に先例を求めるなら、思索する自己を「試す」という、モンテーニュ的な意味での試論《エッセイ》に近いだろう。しかし対話であることを題名に謳っている点で（実際は対話よりも独白に近いのだが）、プラトン以来の哲学的伝統に連なる対話篇であり、歴史の女神クリオを主人公に据えた設定からすれば、ギリシア神話に取材したフィクションでもある。そのクリオが作者ペギーと体験を共有し、一九〇八年には病に倒れ、ペギーと同様ラヴィスやランソンを敵に回している点、そして何よりも死に際してペギーの脳裏に去来する想念を、クリオが自分のものとして引き受ける作品の末尾に鑑みるなら、これはクリオの口から語られたペギーの自伝以外の何ものでもない。一つの民謡を介して十八世紀と十九世紀の文学作品を関連づけ、作品解釈に独自の視点を導入した点を評価するなら、優れた文学史の著作でもある。かくもさように『クリオ』は多面的で、さまざまな切り口から論じることのできる異形の作品だが、あえて単純化するなら、中心テーマは二つに絞ることができるだろう。

一つは歴史批判と、歴史に代わる思考法の追究である。出来事を取り逃す歴史に対抗するものとして、ペギーが重視したのは記憶とともにある「老い」の作用だった。「算術的な」時間の目盛りで出来事を測ろうとする歴史には出来事の輪郭をなぞることしかできないのに対し、出来事の内側に入っていく者は必ず老いに縛られるが、その一方で老いの進行とともに、出来事を可動的な現実として体験することができる。不老不死のムーサであるはずのクリオを、死期の迫った老女の姿で登場させたペギーの意図が、歴史そのものに歴史批判を語らせ、歴史に代わる出来事の理解を示す点にあったことは明らかだ。ペギーが師事したアンリ・ベルクソンの区別に倣うなら、ここには「作られたもの」と「作られつつあるもの」の違いがある。時間を持続と見れば、そこにあるのはもはや歴史的記載の対象となる等質な瞬間の連続ではない。持続は不可逆的であり、したがって老いを含むが、それはプロセスとしての老いであり、老いた末に歴史家となった者の不活性状態ではない。このあたりの議論を、ペギーの愛読者だったジル・ドゥルーズは次のようにまとめている。

すぐれた哲学書である『クリオ』で、ペギーは〈事件〉を考えるにはふたつの方法がある、と説明しています。ひとつは〈事件〉の側面をたどりながら、〈事件〉が歴史のなかで〈実現〉し、歴史のなかで条件づけられ、腐敗していくありさまを記録するというもので、もうひとつは〈事件〉の流れをさかのぼり、生成変化のなかに身を置くようにして〈事件〉に没入し、〈事件〉のなかで若返りと老化を同時に体験する、そして〈事件〉の構成要素や特異性をすべて生きなおすというもの。（ジル・ドゥルーズ『記号と事件――一九七二‐一九九〇年の対話』、拙訳、河出文庫、二〇〇七年、三四二ページ）

記憶と歴史の相克に加え、『クリオ』で重要なもう一つのテーマは反復である。モネの『睡蓮』にしろ、時を置いてボーマルシェとユゴーの作品で変奏される「マルブルー公出陣の歌」にしろ、ペギーの取り上げた実例には同一主題（あるいは同一形式）の反復をともなうものが相当数含まれるばかりか、『クリオ』の文章表現そのものが反復を基本として組み立てられてはいなかっただろうか。しかし、それよりも根本的で、記憶の問題に直接かかわってくるのは、本来なら繰り返されるはずのない不可逆的な出来事が無際限に反復するという考え方だ。にわかには受け入れがたい主張ではあるものの、これがキリスト者に馴染みのある考え方であることを念頭に置けば、どう理解すべきなのか、大体の見当はつく。ペギーは別のところで（後出の『クリオI』）、キリスト教の核心をなすイエスの受肉と受難を語りながら、これと関連づけて「秘跡」にも言及している。聖餐を通じてキリストとの霊肉の一致と、聖餐に与る信徒同士の一致をもたらすという聖体拝領では、一度きりの出来事（最後の晩餐）が聖体のパンを口にするたびに再現され、「世々にいたるまで」際限なく反復する。この場合の反復は同一の事象が同じ条件のもとで機械的に繰り返されるのではなく、繰り返されるたびに変化を招き、絶えざる更新をうながすような再生である。ペギーは『クリオ』で、イエスとは「本質的に記憶の素材であり、老いの素材であり、だからこそ、記憶や老いの素材であるからこそ、永遠なる若返りの源泉たりえている」（本書三八一ページ）と主張するが、それは「イエス事件」が「決して歴史に作り変えられることがないと自信をもって断言できる唯一の事件」（同）、つまり生々しい体験として常によみがえってくる記憶であるからにほかならない。こうして信徒一人ひとりに訪れる反復の体験を、社会の水準に接続したペギーは、歴史上重要な出来事も反復の観点から捉えようとする。ペギーにとって人類史上最も重要な人物の一人であるジャンヌ・ダルクの裁判はイエス事件の反復だった。その現代版となることをドレフュス事件に求めた者の期待は裏切られ、ドレフュス当人の背信によって、聖者が生まれることのないまま事件は収束した。それでもドレフュス擁護の運動が起こった当初、この事件にイエス事件再来の可能性を見たペギーは、老いとともにある記憶を後続世代が反復し、共有することに期待して、自分が最後の一人になったとしても事件の証人でありつづけようと決意したのではなかったか。

さらに一つ、今だからこそ重要な問題をペギーが提起していることも見落としてはならない。『クリオ』は敗戦後の社会変動を考え抜いた者の遺著でもあるからだ。第三共和政が普仏戦争での敗北から生まれた政体であることは既に述べたが、公教育による国民統合を目指し、国内的には一応の平安が保たれていたのも束の間、一九〇五年のタンジール事件でモロッコをめぐるドイツ帝国の領土的野心が明らかとなる。ペギーは普仏戦争の再現もありうると考え、盛んに警鐘を鳴らした。ドイツをめぐる記述に不適切な表現が見られるのは、そうした危機意識のあらわれだろうし、戦後が戦前に変わりつつあることを感じとった者の苛立ちでもあるだろう。ペギーは主戦論者ではないが、かといって非戦論者でもなかった。侵略戦争を否定し、加害者になるくらいなら自分は脱走すると公言したペギーも、祖国が侵略を受けた場合は兵士として戦う覚悟を決めていた。はたして時代は戦前へと回帰し、ヨーロッパは人類史上初の総力戦に突入する。出征の理由を問われたペギーは、今回限りで戦争を終わらせるためだと語り、笑顔で戦地に向かったという。戦後が戦前に変わってはならない。戦前の緊張を解消するには戦争以外に手段はなく、ひとたび戦闘が始まれば、憎悪が憎悪を呼ぶ。だからこそ不幸な時代を生きた者には、その体験を共通の記憶として後続世代に伝える責務がある。自身の行動を歴史の審判にゆだねるのではなく、むしろ歴史のほうが裁かれなければならない。体験の伝達とはなりえない歴史に代わり、無際限の反復による記憶の喚起を目指したペギーの生き様と作品は、永続的な戦後を希求しながら、今も私たちに語りかけている。

＊

最後に『クリオ』本文の成立過程をふりかえっておく。一九〇九年から翌一〇年にかけて、ペギーは長大な歴史論に取り組んでいる。残された草稿は四二三枚。研究者のあいだで『クリオⅠ』と呼びならわされ、一時期ペギーが『歴史と肉的魂の対話』と呼んでいた未完の作品だ。時が流れて一九一二年六月、いったん中断した対話の改稿に着手したペギーは『クリオⅠ』の冒頭部分だけを残し（本書七六ページの「ヴィシュヌ神が蒼穹のロチュスに座することはもはやない」まで）、残りはすべて放棄したうえで、九八四枚にもおよぶ展開を書き加えることになった。こうして成立したのが本書『クリオ　歴史と異教的魂の対話』（通称『クリオⅡ』）である。一九一三年六月の時点でペギーはまだ『クリオⅡ』を執筆中だったことが書簡等の資料から明らかになっている。正確な時期はわからないが、『クリオⅠ』から『クリオⅡ』に移る過程でペギーが第二の対話を構想し、「記載」に終始する不毛な歴史と、年代記作者の態度で出来事を捉える「記憶」の働きを、それぞれクリオと、聖女ヴェロニカに託そうとしたこともわかっている。十字架を背負ってゴルゴタの丘へと向かうイエス・キリストの通り道にたまたま居合わせ、その顔をぬぐうことでイエスの面貌を手巾に写し取った聖女ヴェロニカは、無際限によみがえる記憶を体現した人物として登場するはずだった。対話篇同士の対話を想定した、実に興味深い作品構想ではあるのだが、ヴェロニカの存在は『クリオ』で一度暗示されたきりで（本書二九八ページ）、聖女の名を題名に含む対話篇は書かれずじまいになった。対話篇同士の対話が実現すれば、ペギーの資質と思索の在り方を、これ以上なく純粋な形で表現する作品になっていただろう。論争家ペギーは日々更新されていく状況と対話した。詩人ペギーの内面では社会思想家と信仰の人が対話していた。思想家ペギーは革命家と伝統主義者を、キリスト者と社会主義者を胸の奥に同居させ、ときとして真っ向から対立する者同士の対話に耳を傾けた。歴史のムーサと聖女ヴェロニカの対話はついに実現することがなかったが、『クリオ』の本文と対話した者には、卓越した才能の持ち主も多い。先に名を挙げた哲学者ドゥルーズに加え、映画監督ジャン＝リュック・ゴダールも『クリオ』に関心を寄せた一人だ。シネマトグラフの誕生から二十世紀末にいたる映像の世紀を語った『映画史』の最終章で『クリオ』を朗読するオフの声に耳を傾けながら、ペギーが対話をうながす書き手であることを改めて納得するのは、ひとり訳者だけではないだろう。

＊

今回の仕事は河出書房新社の阿部晴政さんからお話をいただき、木村由美子さんが編集を担当してくださることになった。気心の知れたお二人ではあるが、引き受けたものかどうか、実はかなり迷った。『クリオ』には山崎庸一郎氏の既訳がある（『歴史との対話──クリオ』、中央出版社、一九七七年）。二十世紀フランスのカトリック思想に詳しいわけでもない者が、この難解な大著を訳し直す意味はどこにあるのか。すぐには答えが見出せなかった。それに翻訳とは原作の文体を母語で再現する作業だと考える訳者にとって、『クリオ』はきわめて扱いにくい本だ。口語を基本とした特異な文体に抽象的な内容を盛り、同一主題の反復と変奏を繰り返す、こう言ってよければ「肺活量が大きい」ペギーの文章は、総じて淡白な日本語文との相性が悪すぎる。大変な仕事になることは火を見るよりも明らかだった。それでも、苦労は承知のうえで『クリオ』と向き合ってみようと思ったのは、既訳が『クリオⅠ』と『クリオⅡ』からいくつかの箇所を抜粋し、再編集した抄訳だったからだ。原著者の意図を十全に伝えるには『クリオⅡ』を全訳するしかない。そう思い直したのである。思想家ペギーを広く日本の読書人に紹介したいという阿部さんの熱意に打たれ、訳者が全幅の信頼を寄せる木村さんに背中を押していただいたことも大きかった。作業の困難については言わずにおくが、初の全訳をどうにか完成させることができたのはお二人のおかげである。この場を借りて心より御礼申し上げる。

二〇一八年盛夏

宮林 寛

解説、あるいはペギー君の「試論」の勝手な読み

池澤夏樹

まず、これはどういうジャンルの文学作品だろうかと考える。

小説ではない。歴史の女神クリオとの対話という体裁だが、語るのはクリオばかりでほぼ作者自身らしい「ペギー君」はおとなしい聞き役。歴史とは何かという主題で始まるけれど、そこに実に多種多様な話題がどんどん割り込む。それは古代ギリシャ神話の神々の品性の問題であったり、ヴィクトル・ユゴーの詩の韻律についての詳細な分析であったり、ドレフュス事件という当時はまだ現代史に属する一件の論評であったり、およそ抑制のない奔放な展開。

評論と呼ぶにはまとまりを欠き、随筆やエッセーとするには内容が重すぎる。しかし日本でこそ「エッセー」は筆に随《したが》う「随筆」と同じような日常的な話題を扱う軽い文と見られているけれど、フランス語の本来の意味は試論、未だ論として確定した内容ではないがとりあえず文章にしてみる、という類別のことである。その典型がモンテーニュの『随想録』と和訳される『エセー』だ。『クリオ』を書いていた三年ほどの間、シャルル・ペギーは思いつくことをすべてここに投入したのではないか。意想をとりあえずみなこの場に持ち込んで、それから思索を重ねて深化を図る。そういう前のめりの姿勢がこのまとまりのない一冊になった。せめて章立てくらいしてくれてもいい

のにと読者は思うが、しかしペギーは読者など念頭になかったのだろう。ぜんたいの構成など考えずただ書き継ぐばかり。
それならば読む方も自分の興味を引く話題をわがままに拾って読んでいこう。そういう読みかたを本の方が許容している。

まずはクリオの性格。ギリシャ神話ではムーサ、すなわち文芸を司る九人姉妹の女神の長女で、専攻は歴史。しかし女神と言ってもアフロディテーのように色めいた話が伝わっているわけではなく、歴史という抽象概念の神格化以上のものではない（ちなみに、九人のムーサたちの守備範囲はやがて広がって音楽〈ミュージック、つまりムーサの営み〉や美術も含むようになった。そのため彼女たちの館であるムセイオンすなわちミュージアムは日本語では美術館と博物館に分けて訳され、今日の混乱を招いている。ルーヴルは果たして美術館か博物館か）。
この本の中でクリオは女神であるのに老いている。「私は永遠の生をもたない哀れな老女」と言う。この老いという問題は後で詳細に論じられるのだが、その前に話はいきなり現実的になって、どうやら彼女、今は官立の大学の歴史の教師であるらしい。子供の頃はなにしろ長女だったから八人の妹たちの世話を押しつけられたと愚痴を言い、父ゼウスの横暴と好色を嫌悪して、母ムネモシュネに同情していたと語る。この母は記憶の女神だから、歴史である長女にはそれだけ親密に思われたかもしれない。

書き手のわがままに対抗して、読む方も次々に現れる話題の中からとりわけ興味あるものを拾ってみる。いわばクリオさんとペギー君の対話に勝手に割り込むつもりで。

歴史の女神である以上、時間の作用ということは常に念頭にある。ホメロスの作品に対する時の作用が話題になるのはそのためだ。『イリアス』と『オデュッセイア』は輝かしいテクストとしては常に知識人たちの書架にあったとしても、人はこれを誤読するのだ。「私たちがホメロスを誤読すれば、ある意味で、またある一定のやり方で、それからある一定の範囲で、この範囲に見合っただけ完成の証しである冠を剝奪し、その分余計に人と作品から冠を剝奪することになる。正しく読めばホメロスに（再び）冠をかぶせることになる」というのは、つまり文学とは書く行為と読む行為の相互作用だということだ。作品は歴代の読者という時間の中に置かれ、時が浸食する。「名高いパロス島の大理石がどれほど硬かろうと、古代からいつも日の光にさらされてきたその表面がどれだけ艶やかだろうと、私たちの視線に絶えずさらされた古代のアフロディテー像は形の成立と、その解体を繰り返すことになる」というのが時間の作用だ。永遠はそう簡単には手に入らない。いわば永遠もまた生成し消失する。現代ならば、ブラックホールも蒸発するというS・ホーキングの説を思い出そう。

だから女神でさえ老いる。

クリオが「兜屋小町」を持ち出したのには笑ってしまった。フランソワ・ヴィヨンの詩の主人公で、今は老婆だがかつては「兜屋《かぶとや》の売娘《うりこ》」、つまり侍ども相手の武具屋のセールスガールの嘆き節。これは色香で迷わせる商売で、娼婦とすれすれだったらしい。それを己が身に重ねていいのですか、クリオさん？

彼女が遠い昔を思って嘆く一節を矢野目源一の粋な訳でここに引く。矢野目は小野小町への（能を経由しての）連想を込めて彼女を「卒塔婆小町」と呼ぶのだが――

さては優《やさ》しい首すぢの
肩へ流れてすんなりと
伸《の》びた二の腕　手の白さ
可愛い乳房《ちぶさ》と撫でられる
むつちりとした餅肌《もちはだ》は
腰のまはりの肥《ふと》り膩《じし》
床上手《とこじやうず》とは誰《た》が眼にも
ふともも町の角屋敷
こんもり茂つた植込《うゑごみ》に
辨天様が鎮座《ちんざ》まします

ペギー君が敢えて引用までしなかったヴィヨンの詩の現物を示すのは野暮かもしれないとしても、しかしこれが彼の脳裏にあったことはたしかなのだ。

熟成ということがないわけではない。

それをクリオは「老人」と「年寄り」という二つの言葉の使い分けで示す。巷をうろうろしているのは老人でしかない。しかし――

「あなたの故郷《くに》では、そうよね、ペギー君、お百姓さんたちが、『年寄り』の一語に並々ならぬ思い入れと、たくさんの意味を込めている。節くれだったもの。根をもつもの。耐え抜いたもの。芽生えと生育を経験したもの。老いを経験したもの。持ちこたえたもの。どんな試練でも切り抜け、を思わせる。

勝利を収めたもの」

こういうモラリスト風の発言は後の時代で言えば例えばサンテグジュペリの『人間の大地』など

では時間の作用の典型として、科学と進歩という概念はどうか。これについてクリオ婆さんが言うことは鋭い(彼女が若かった古代にはなかったもので、近代社会を観察していて知ったのだろう)。彼女によれば、科学とは「圧倒的な力で君臨する理論。つまり回を重ねるごとに何かを学ぶのは、学んだことを次の回に繰り越すためであり、これを繰り返せば立派な家が建つという発想であり、その先には進歩が待っている。

「進歩の理論が想定し、創設するのは全世界に根を張る一つの巨大な貯蓄銀行」であって、「人類がいつも預け入れてばかりで、引き出す機会は決して訪れない」のだ。つまりは「上り専用の階段。上ったが最後、二度と下りられない階段」。

二十世紀の初頭にここまでの洞察はやはり賞賛に値する。もしもぼくがクリオさん/ペギー君と話ができるのなら、ぼくならば同じことを木登りに例えると言うだろう。登るばかりで下りかたを知らない木登り。枝はだんだん細くなり、地面はどんどん遠くなる。

歴史を論じ、時の作用を考えるのに、なぜこの本には(ミシュレはあっても)ジャンバッティスタ・ヴィーコの名が出てこないのだろう。ヴィーコは歴史には反復性と進展の両方があると考えた。英雄期の後には古典期が来て、それはまた衰微して未開の時期に戻る。しかしまったく同じことが繰り返されるのではなく、ぜんたいとしては人類は一つの方向へ進んでゆく。外の視点から見れば歴史は螺旋を描くように見える。この説を実証するためにヴィーコは神話・伝説・おとぎ話の類を多く援用した。

　ニーチェの永劫回帰のことも論じてほしかった。

　ミシュレと言えば、もう半世紀も前の話だから時効だと思うが、ぼくはミシュレの『ジャンヌ・ダルク』をテーマに女友だちの卒論を代作したことがあった。西川正雄先生、ごめんなさい。

　ミシュレを改めて読み返したいと思う。とりわけ『魔女』を。

　クリオが女神でありながら老いるのは好ましいことだ。なぜならば不死であるが故に神々は英雄に劣る存在であるから。クリオは、「崇高の点でオイディプスと同等の存在になれないことが、神々にはよくわかっていた。だから軽蔑された」と言い、「神々には最後に訪れる死という戴冠が足りない。死による聖別が足りない。神々には苦しみという聖別が足りない。（わけても客人の苦しみと、哀願する者の苦しみと、さすらう者と盲人の苦しみが、ホメロスの苦しみが、オイディプスの苦しみが足りない。）神々には危険という聖別が足りない」と言う。

　ここから導かれる英雄の定義――「英雄とは拡張され、倍加し、格上げされた人間のことを言う。断じて縮小され、半分になった神ではない」。

　神々というのは人間を論ずるための便宜的な仮説でしかないのではないか。

　では人間の栄光とは何か。

「人は下落と死のあいだで選択を迫られる」というのはクリオの衝撃的な発言だ。「多種多様で、数限りなく、そのうえ永久に繰り返す下落と、最後に訪れる究極の下落である死のあいだ」にあって、「悲惨な選択ができる立場にある（立たされる）ということ。わかるわね、坊や、これは救済を別にすれば人間にとって最大の幸運なのよ」。

これはサルトルの実存主義の先取りかもしれない。人間は自由という刑罰を負わされているというあの思想に繋がるものかもしれない。

ぼくはこの本を機にボーマルシェのことを知ることになった。これまではモーツァルトのオペラ『セビーリャの理髪師』と『フィガロの結婚』の原作者として名を知るのみだったのが、少し調べてみると、なんとも波瀾に満ちた愉快な人生を送った男なのだ。ユゴーは師として教えを乞いたいが、乱暴なボーマルシェは（ヴィヨンと同じように）友人にしたい。

この十八世紀の快楽主義者はたぶん吉田健一が最も好むところだろう。彼が『ヨオロッパの世紀末』で賞賛した円熟した文明の落とし子。自然主義や社会主義のイデオロギーに汚される前の明るい人間の姿。

ヴィヨンはこういう男だった——百年戦争の混乱の中に生まれ、パリ大学を卒業、殺人、盗み、放浪の生活を送り、その間幾度か王侯宮廷の詩宴に列し、幾度か牢獄に繋がれ、ついに死刑の宣告を受け、のち赦されて行方不明となった。

しかしてボーマルシェは——十八世紀に生まれ十八世紀に死んだ。父は時計師で（時計屋ではない！）、自分も家業を継ぐが、やがて音楽師になり、宮廷に出入りし、多くの事業を興し、金融に手を染め、出版を手がけ、武器を売買し、森林開発や土木工事を請け負い、ジャーナリストでもあった。何度かの結婚、たくさんの訴訟沙汰、国王の密使、アメリカ独立戦争を巡る暗躍……なんとも派手な人生ではないか。今に残るのはモーツァルトのオペラの原作者という栄誉のみ。

ユゴーの『懲罰詩集』を巡る論議はなかなか難しいが、読んでゆくうちに愉快な詩句に出会った——

　狼の頭蓋にウサギの耳が
　　そろりと立った惨めな姿。

これを「滑稽の面で稀に見る傑作」とクリオは言っている。実際、今の日本にもこういう奴はたくさんいるんですよ、とペギー君に言いたくなる。

詩は翻訳がむずかしいからフランス語に疎い者はついついユゴーを『レ・ミゼラブル』の作者としてしか見ないが、しかし彼はまずもって詩人であった。詩人という分類が狭すぎるならば韻文の作家と言ってもいい。

翻訳と言えば、クリオは、「私が手に取った『イリアス』と『オデュッセイア』の刊本は、見つけられたなかでは最も非学術的な翻訳（仏語訳）だった」と言う。あるいは、「最も素朴で、最も人間的な、最も謙虚で、最も実直なうえ、気取りは最も少なく、大学の良さを、それも昔ながらの大学の良さを最も色濃く残す翻訳だった」とも言う。

それが大事なのですよ、とぼくはクリオさんとペギー君に言いたい。学術的な翻訳の先行を前提とした上で、非学術的な翻訳を世に問う。そうやってこそ古典を若い世代に手渡すことができる。

ぼくは『池澤夏樹＝個人編集　日本文学全集』における日本の古典の現代語訳のことを言いたい

のだ、ぼくがあの仕事をたった今いい創作をどんどんしている作家・詩人に頼んだのは間違いではなかったと。あの全集は今はまだ学年末に優等生に与えられる賞品ではないとしても、いずれはそういう名誉ある地位に据えられたいとぼくは願っている。

もっと雑談にしてしまおうか。

ぼくが二人に聞きたいのは、『イリアス』の最初のところ——

怒りを歌ってください、女神よ。ペーレウスの息子であるアキレウスの……

という、この女神は一般にムーサとされているけれど、では九人のうちの誰なのか、という疑問。クリオ、これはあなたなのか。それとも、ホメロスの時代にはまだ九人は分かれていなかったのか。あるいは、さっきちょっと触れたニーチェの永劫回帰のことを、ミラン・クンデラという作家が『クリオ』刊行の何十年も後に出した『存在の耐えられない軽さ』の中で論じているが、もしも時空を超えられるとしたら、お二人はこれをどう読まれるか。

雑談、歓談、割り込んだぼくと、それをそそのかした須賀敦子、この四人の、ワイングラスを前にした小さなシュンポジオン。実現するといいと思うが、まあこの世にその機会はあるまい。

この翻訳について少し述べておこう。

日本語の口語は男女で使う言葉の違いが大きいという点で珍しい言語である。これが性差別を強化しているというので、近年ではこの差は埋められつつある。だれもわざわざ女らしい言葉遣いはしない。しかしこの翻訳の中ではクリオが頻繁に言う「違うかしら」や「授業に戻るわよ」は発話者が彼女であることを伝えるのに実に効果があるのだ。

また一見してわかることだが、注の周到はまこと有益であると同時に楽しい。二二七ページの立法議会議員アルフォンス・ボーダンを巡るエピソードなどそのまま短篇小説になりそう。執筆はプロスペル・メリメあたりが適当か、いや彼には政治的すぎる主題かな、などと考える一方で、敢然と危険な場所に赴いて「銃撃を受けて死亡」というのはシャルル・ペギーその人の最期と同じであったと気づいて慄然とする。

あなたは第一次世界大戦の戦死者であった。

Charles PÉGUY:
CLIO, DIALOGUE DE L'HISTOIRE ET DE L'ÂME PAÏENNE (1932)

宮林寛（みやばやし・かん）
1957年生まれ。パリ第七大学博士課程修了。慶應義塾大学文学部教授。専攻はフランス近代詩。訳書に、クリスチャン・オステール『待ち合わせ』、ジル・ドゥルーズ『記号と事件』、ルイ・アルチュセール『未来は長く続く』（いずれも河出書房新社）、G・ドゥルーズ／F・ガタリ『千のプラトー』（共訳、河出文庫）、フィリップ・ソレルス『例外の理論』（せりか書房）、中上健次『千年の愉楽』フランス語版（共訳、ファイヤール社）など。

須賀敦子の本棚6　池澤夏樹＝監修
クリオ　歴史と異教的魂の対話

2019年2月18日　初版印刷
2019年2月28日　初版発行

著者　シャルル・ペギー
訳者　宮林寛
カバー写真　ルイジ・ギッリ
装幀　水木奏
発行者　小野寺優
発行所　株式会社河出書房新社
〒151-0051　東京都渋谷区千駄ヶ谷2-32-2
電話　03-3404-1201（営業）　03-3404-8611（編集）
http://www.kawade.co.jp/
印刷　株式会社亨有堂印刷所
製本　加藤製本株式会社

Printed in Japan　ISBN978-4-309-61996-5

須賀敦子の本棚 全9巻

池澤夏樹＝監修

★1　神曲 地獄篇（第1歌～第17歌）〈新訳〉
ダンテ・アリギエーリ　須賀敦子／藤谷道夫 訳
（注釈・解説＝藤谷道夫）

★2　大司教に死来る〈新訳〉
ウィラ・キャザー　須賀敦子 訳

★3　小さな徳　〈新訳〉
ナタリア・ギンズブルグ　白崎容子 訳

★4・5　嘘と魔法（上・下）〈初訳〉
エルサ・モランテ　北代美和子 訳

★6　クリオ　歴史と異教的魂の対話〈新訳・初完訳〉
シャルル・ペギー　宮林寛 訳

7　私のカトリック少女時代　〈初訳〉
メアリー・マッカーシー　若島正 訳

8　神を待ちのぞむ　〈新訳〉
シモーヌ・ヴェイユ　今村純子 訳

9　地球は破壊されはしない　〈初訳／新発見原稿〉
ダヴィデ・マリア・トゥロルド　須賀敦子 訳

★印は既刊

（タイトルは変更する場合があります）